講談社文庫

目撃

西村 健

講談社

目次

目撃

1

「いやぁねぇ。本当に気味が悪い」

ここのところ、ママ友の話題と言えばもっぱら、これだった。

「こんな静かな住宅街だってのに。いったいどうして!? よねぇ」

「恐いわぁ。子供から一時(いっとき)でも、目を離す気になれない」

「もし何かあったら、って考えちゃうもの」

「そうそう。ホントホント」

二ヶ月ほど前のことだった。近所で立てこもり事件が発生した。ストーカーが一方的に想いを寄せていた女子大生の家に押し入り、母親をナイフで刺して大ケガをさせたのだ。母親は何とか自力で外まで這い出し、助けを求めたが女子大生は人質となった。以降十二時間。ストーカーは警察の説得にも応じずそのまま立てこもり、周囲の住民は恐怖で眠れぬ夜を余儀なくされた。最終的にはスキを見て警官隊が突入し、ストーカーは逮捕された。幸い女子大生は軽傷ですんだ。

　そうしたら二週間ほど前、今度は殺人事件が発生した。これも近所の、資産家の自宅で夫人が死体で発見されたのだ。金目の物が盗られていたということで、警察は強盗殺人事件と見ているらしかった。いずれも歩いても行ける距離で凶悪な犯罪が立て続けに、二件。これではママ友たちが恐怖にすくみ上がり、何かと言うと話題に上らせているのも当然ではあった。

「ねぇ、戸田さん」ひとしきり、恐いわぁが交わされると次に話題を振られるのはたいがい、奈津実だった。「貴女また仕事で、あの辺に行かなきゃいけないんでしょう？」

　奈津実が電気メーター（正式には「電力量計」）の検針員をしている事実は当初、幼稚園のママ友の間でもそれほど知られたことではなかった。別にこちらからわざわざ、教えることでもないと思ったからだ。なぜ、検針員の仕事に就いたのか。できれば触れられたくない話題であったから、という面もある。

　が、こんな事件が起こってしまっては大っぴらになるのを避けることはできなかった。以前から知っていたママ友の一人がある日、振って来たからだ。「そう言えば戸田さん。貴女が担当して回ってるとこって、あの殺人事件の起こったとこと近いんじやなかったっけ」まだ、事件発生から間もない頃のことだった。

「え、えぇ」尋ねられれば嘘を言うわけにはいかない。事実、現場はまさに担当地域のド真ん中であったのだ。いや。本当は、それどころか……。「実はそうなのよ。あの家も、私が回ってるお客さんの一人で」

「えぇっ、そうなのぉ⁉」

とたんに大勢が食いついて来た。もはや、避けられない展開ではあった。

「戸田さん、検針員をしてたんだぁ」

「それじゃもしかして貴女、殺された人を見たこともある、とか」

「え、えぇ」これも嘘は言えなかった。本当のところを打ち明けるまでだった。「見た、どころじゃないのよ。実はちょっと、話したことだってあるわ。とっても感じのいい方だった。だからあんな人が、こんなヒドい事件に巻き込まれてしまうなんて信じられなくって」

「そうなの」

「恐いわねぇ」

「知っていた人が殺された、なんてねぇ」

「あぁイヤだ。気持ち悪い」

「こういうのって逆に、感じのいい人の方が巻き込まれやすいのかも知れないわよねぇ」

たわいのない言葉が飛び交った後、ふと漏らされた最後の一言にすかさず茶々を入れる手合いまで現われる。「それじゃぁ」恐怖を紛らわせたい、という面もあるのだろうか。冗談めかした口調で、続けた。「あんたなら大丈夫、ってことじゃないの」「何よぉ。言ったわねぇ」笑いでごまかしたい心理もあるのかも知れない。最後は苦笑で締めくくられるのもしばしばだった。

ともあれ格好の話題を提供することになった。こうして奈津実が検針員をしていることは、凶悪事件の被害者を知っている、という事実と共にママ友仲間に知れ渡ることになってしまったのである。

だから一通り、恐いわねぇが続いた後は奈津実に話が回って来るのはここのところ、いつものことになっていたのだ。

「ええええ。そうなのよ」これも嘘を答えることはできなかった。まさに指摘の通りなのだ。「これも仕事だからね。毎月、同じところを回らなきゃいけない。だからイヤでもまた、あの現場の近くに行かなきゃならないわ」

「イヤよねぇ」

「でも仕方がないわよねぇ」

「私達は恐いから、って近づかなきゃいいだけの話なんだけど。仕事となったらそうはいかないものねぇ」

「戸田さん、気をつけるのよ」一人が近づいて来て、ことさらに言った。「あぁいう事件って案外、近所の人が犯人だったりするでしょ。身近な人だったり、親戚だったり。それに犯人っていったん事件を起こした後、また現場に戻ることも多い、っていうじゃない。だから気をつけるのよ。あの近所に行く時は絶対、気を緩めちゃダメよ」

「本当よ」

「あぁ恐い」

「戸田さん、気をつけてねぇ」

「ストーカーの方はある意味、捕まったからもう大丈夫だけど。殺人事件の方は犯人はまだ、その辺を大手を振って歩いてるのかも知れないんですものねぇ」

「でも本当にどうしてこんな静かな住宅街で、あんなヒドい事件が立て続けに」

半分は恐がるのを楽しんでいるような面も、なきにしもあらず。子供が園から出て来るのを待っている間の、格好の時間つぶしにはなっていた。

やがて幼稚園の園舎から、子供たちがゾロゾロと外に出て来た。園庭で待っていた母親の前に姿を現わした。続いて先生が出て来る。子供たちはいったん、整列して先生を向く。「先生、さようなら。皆さん、さようならぁ〜」声を合わせ、いっせいに頭を下げる。ここ、『めぐみ幼稚園』は子供のしつけがしっかりしていることで有名だ。それもあって奈津実も、満里奈をここに通わすことに決めたのだ。整列して最後の挨拶が終わり、ようやく「解散」となった。子供たちはそれぞれの母親の元に、わっと駆け寄った。

が、満里奈は来ない。周りの友達が母親の元に走り寄り、「ママ〜」と甘えているのを横目で見るようにして、元の場所に留まっていた。何かあったな。すぐに悟った。なければ満里奈だってみんなと同じように、奈津実の胸に飛び込んでいた筈だ。

こちらの方から歩み寄った。目の前で腰を屈めた。視線を合わせようとすると、向こうの方から目を逸らした。心なし、膨れっ面になっていた。何かあったのだ、間違いない。

「先生」満里奈は三歳。ここでは「リスさんクラス」になる。その担任の、鴻池瑞稀先生を見上げた。「何があったんですか」

「大したことじゃないんですよ」鴻池先生も歩み寄って来て、同じように腰を屈めた。優しく微笑んだ。「ただちょっと、音楽のお遊戯の時間に瑠衣ちゃんとモメる形になって」

葉月瑠衣ちゃんは同じリスさんクラスで、満里奈の一番の仲良しだ。なのに今日は音楽の時間、楽器を取ったの取らないのでケンカになったらしかった。最終的に満里奈がドンと突き飛ばしてしまった。尻餅をついた瑠衣ちゃんはビックリして、泣き出してしまったのだ、とか。

「気づいた私が慌てて駆けつけて、何があったか聞き出しました。最初は満里奈ちゃんもむずかってたんですけど。私が言うと最後にはちゃんと、『ゴメンナサイ』って謝れて。とっても偉かったですよ。だからもう『ゴメンナサイ』もしちゃってるし、終わったことですよ」

「大変」立ち上がって辺りを見渡した。葉月さんの姿を探した。が、見当たらない。慌てて門の外に駆け出した。

園庭の前は私道になっていて、先は行き止まりなので一般自動車は入って来ない。自転車で送り迎えしている親はたいてい、塀の外に停めている。そちらを見渡すと、いた。自転車の後ろのチャイルドシートに、瑠衣ちゃんを乗せている葉月さんの姿があった。

「すみません」走り寄った。「今、そこで鴻池先生に伺ったんですけど。今日ウチの満里奈が瑠衣ちゃんを、突き飛ばしちゃった、って」

「あら」驚いたようにチャイルドシートを見た。「そんなことがあったの、瑠衣」

「うん」瑠衣ちゃんはすなおに頷いた。「でも、大丈夫だよ。満里奈ちゃん、『ゴメンナサイ』してくれたし」

「先生がおっしゃるには音楽のお遊戯の時間に、楽器を取ったの取らないの、でケンカになったんですって。それで満里奈が突き飛ばしたんで瑠衣ちゃん、ビックリして泣き出しちゃった、って」

「気にしないでくださいよ、戸田さん」葉月さんはニッコリ微笑んでくれた。「よくある子供のケンカですよ。仲がいいから逆に、そんなこともあるんですよ。満里奈ちゃん、ちゃんと『ゴメンナサイ』もしてくれたみたいですし。瑠衣も気にしてないみたいだし」チャイルドシートに再び、視線を向けた。「ねっ、瑠衣。これからも満里奈ちゃんと、仲良くできるモンね」

瑠衣ちゃんもニッコリ笑い、当然だというように頷いてくれた。「ご免なさいね、瑠衣ちゃん。これからも満里奈を、よろしくね」

「本当に気にしないでくださいよ、戸田さん。それじゃ、また」葉月さんは自転車で走り去った。

確かによくある子供のケンカではある。だがこうしたことは、早めに収めておいた方がいいのは確かなのだ。放っておくと後々、モメごとの遠因にもなりかねない。瑠衣ちゃんママはそんな人ではない、とは分かっているが謝れるなら早めに越したことはない。ママ友間でいったん、こじれると尾を引いてしまうことが往々にしてある。子供どうしの関係にも影を落とす。

園庭に戻った。「先生、すみませんでした」頭を下げた。満里奈をチラリと見やってから、続けた。「やっぱりちょっと、精神的に不安定になってるのかしら」

「まぁ、そういう面もなきにしもあらず、なのかも知れませんけど」鴻池先生はこちらの事情をよく知っている。単に幼稚園の担任、というに留まらず奈津実にとって、今やよき相談相手でもあってくれているのだ。「今回のはまぁ、よくある子供のケンカに過ぎないと思いますよ。仲がいいから逆に、こんなことも起きる。あまり気にすることはないんじゃないかしら」

葉月さんと同じことを言ってくれる。もう一度、深く頭を下げて門を出た。満里奈の手を引き、自分の自転車に歩み寄った。他のママ友の自転車はもう、一台もなくなっていた。

満里奈をチャイルドシートに乗せ、私道の尽きるところまで自転車を押した。ここからは漕いで行こう、とサドルにまたがろうとすると背後から満里奈が言った。「そっちじゃない」

ため息が出た。サドルにまたがるのを止め、ハンドルで自転車を支えたままチャイルドシートを振り向いた。「満里奈とママが帰るのは、こっちよ」

「そっちじゃない。私、元のおうちに帰りたい」

もう一度、重い重いため息が喉を衝いて出た。「ねぇ、分かって。あっちの家にはもう帰らないの。満里奈とママが帰るのは、今のおうち」

「ヤダ」

「分かってよ、お願い」

「ヤダ」

じっと目を見た。「それじゃ、こうしよう。家に帰る前にちょっと、イオンに寄って行こう」

東武練馬の駅前に、大型の「イオン板橋ショッピングセンター」が立っている。あそこなら満里奈の大好きな『アンパンマン』グッズも売っているし、ここのところお気に入りのゲームもある。キャラクターが踊るリズムに合わせてボタンを押す遊びで、タイミングが合っていれば高得点が出る。こんなに小さい子なのに、と不思議に思うほど満里奈は、あっという間にこのゲームが得意になった。子供のリズム感、って大人が考えるよりずっと発達しているのかも知れない。それとも満里奈は実は、音楽の隠れた才能を持って生まれた、のかも。ちょっとした密かな、自慢でもあった。

「ウン、行く」さすがは子供だった。とたんに機嫌を直して、乗って来た。満面の笑みを浮かべた。「満里奈、イオン行きたい」

「よぉし。じゃ、そうしよう」

今夜の夕食と明日のお弁当のおかずは、家の冷蔵庫にある。満里奈の大好物はミートボールと「タコさん」の形に切った赤いウィンナーだ。お弁当にこの二つが入っていれば、問題はない。

ただ冷蔵庫のミートボールは冷凍もので、レンジでチンすればすぐに食べられる製品だった。忙しい時は重宝するが、本当は挽肉を練って作った方が美味しいのは言うまでもない。だから今日は、イオンで挽肉を買って帰ろう。そうしたら満里奈だって明日、一杯はこちらの言うことを聞いてくれるだろう。

改めて自転車にまたがろうとした。

あぁ、明日も暑くなりそうだな。広い園庭には大きな木がいくつも植えられている。塀の向こうにそびえ立ち、枝を大きく広げている巨木も多い。その葉陰からいく筋も差し込む陽の光を見上げながら、奈津実は思った。暑いのはイヤだ。何より仕事が大変になる。

とたんに背筋がゾッとして、脚の動きが止まった。暑いどころではない。背骨を寒気が走り抜けた。

振り返った。何者かが路地に飛び込む姿がかろうじて、視線をかすめた。

「背中には気をつけるのよ」検針員の仕事を譲ってくれた伯母がかつて、大切なアドヴァイスとして言っていた。「メーターを読もうとして集中していると、つい背後が不注意になる。数字を読んで打ち込もうとちょっと後ろに下がろうとしたら、ギリギリのところを自転車が走り抜けて行った、なんて経験が私にも何度もあるわ。一つ間違ったらぶつかって、大ケガしてたところだった。だから背中には気をつけるのよ。数字を読んでいる時もいつも、後ろの気配だけは忘れないで」

この仕事を始めてまだ、半年。慣れない中で奮闘している毎日だが、伯母のアドヴァイスだけは気に留めていた。おかげで普通の人よりは、背後に敏感になっている自信はあった。

だから、分かった。気のせいではない。視線を感じた。路地に飛び込んだ人影は確かに、こちらを見ていたのだ。気づかれたと察して、慌てて身を隠したのだ。間違いない。

「ママー。どうしたの」

満里奈の問い掛けもどこか、遠くの方から聞こえて来るように感じられた。背筋を冷や汗が流れ落ちていった。

2

「あぁ、暑い」思わず、口に出た。夏は大変よ。伯母の言っていた言葉も、頭をよぎった。

検針員は基本的に、外を歩き回る仕事だ。だから暑い日は当然、身体にこたえる。汗が吹き出し、体力を消耗する。油断をすると熱中症の危険も増す。「夏なんてこの世から消え去ってくれたらいいのに」恨みたいような気持ちだった。

熱中症の予防については会社からも、くり返し注意されていた。何年か前までは猛暑日になると、日に五、六人は倒れていたそうだ。階段で座り込んでいて意識がもうろうとなり、後ろに倒れて後頭部を打ち大ケガをした例もあるという。今では会社が講座まで開いて注意を促しているおかげで、検針員の間でも熱中症の恐ろしさが共有されるようになっている。それでもつい集中してしまう仕事だ。いまだ一夏に、十件足らずは被害が出ているらしい。

奈津実も予防は常に心がけていた。第一、倒れたりなんかしていたら満里奈の面倒は誰が見るのか。義務感が胸にあった。歩いている時も小型のペットボトルをバックパックに入れ、小まめに水分補給をするようにしていた。会社から配られた塩アメを口に含んだ。

汗をぬぐいながら顔を上げ、各戸に設けられた電気メーターを見上げる。示されている数字を読むと、腰にブラ提げたハンディ・ターミナルに打ち込む。分厚くしたスマホにテンキーをくっつけたみたいな形の機械で、小型のくせに驚くような高性能だ。本社のメイン・コンピュータ、基幹システムと携帯電話回線でつながっていて、直接データのやり取りができる。

　まずは朝、家を出る前に今日、回る予定の顧客の最新データを基幹システムからダウンロードしておく。そして実際にメーターの前に来、今月の数字を打ち込むと前月との差から電気の使用量を計算し、料金を弾き出す。同じく腰に提げたプリンターから、検針票をプリントアウトする。

　奈津実は汗っかき体質なので、この時も大変だった。汗で検針票を濡らすわけにはいかないため、どんなに暑くても手袋をしていなければならなかった。

　銀行などの口座から引き落としの契約をしているお客さんであれば、検針票は単に「今月の使用量と料金はこれだけですよ」と記しているお報せに過ぎない。ただし今も月ごとの料金振り込みを希望しているお客さんが一定割合、いる。その場合は検針票は、請求書でもあるのだ。バーコードがついており、コンビニなどで振り込むことができる。このバーコードをまかり間違っても、汗でにじませたりするわけにはいかないのだった。「濡れてたおかげで振り込めなかったじゃないか」とお客さんに怒られれば、こちらはただただ謝るしかない。

　一区画を回り終わって、自転車を停めているところへ戻って来た。このようにある一画に来るとどこに自転車を停め、どのように回って検針するのかはそれぞれのノウハウだった。検針員が各自、やってみて自分にとってはこのやり方が一番いい、と体得していくものだった。奈津実はそれぞれ自転車を停める定位置を、密かに「駐輪場」と呼んでいる。また同じ一画でも右回りで見て回るのか、左回りかも人それぞれだった。中には道の両側を、ジグザグ交互に行く人もいるという。

もっとも奈津実の場合、基本的には伯母から教えられた通りになぞっている段階だったが。今後、慣れて来たら独自のやり方をするようになるのだろうか。今のところまだ、ちょっと分からなかった。伯母とは違うやり方をしている自分の姿など、いまだ想像もつかない。

「あっ、いけない」

自転車の荷籠にはぴったり収まる大きさの、プラスチック・ケースを入れてある。荷籠に固定してあり、蓋には鍵がついているので離れている間も、中身を盗まれる心配はあまりしなくていい。歩き回る間、なるべく身軽でいたいからだった。最低限の必需品だけをバックパックに入れ、歩き出す。このため水分補給用に持ち歩くペットボトルも、小型のものにしていた。

自転車のケースにはペットボトルの中身を注ぎ足すための、こちらは大型の水筒を納めてある。それから水を移し替えようとして、気がついたのだ。ロール紙が足りない。

腰からブラ提げたプリンターで検針票を打ち出すには当然、紙が要る。専用のロール紙を会社から支給されていた。それと、バッテリー。もしもの場合を考えて予備を持ち歩くのは、当然の備えだった。ロール紙は一巻でだいたい、百件分が打ち出せる。一日に多い時で五百件回るので、五巻は持って行かなければならない勘定になる。打ち損じたりといった場合に備えて、奈津実は六巻を持って行くのを常としていた。なのにポーチの中には六どころか、二巻しかない。まだまだ、あと三百件は回らなければならないというのに。

今朝、補給するのを忘れていたのだ。

満里奈のお弁当を凝ったものにしようとして、熱中した。ついつい時間を食った。気がつくと登園時刻が迫っていた。慌てて満里奈を自転車のチャイルドシートに乗せ、家を出た。娘を幼稚園に送ってから直接、検針の担当エリアへ自転車を回した。周りに仕事がバレてしまった今となっては、毎度の行動だった。時間を自分の裁量で割り振って仕事ができる。検針員であるがゆえの有利さだった。「まだまだ子育てで忙しい時期が続くんだから。時間が自由に使える仕事の方がいいでしょ」紹介してくれた伯母に感謝、だった。

ただしこのため家を出る時は、全ての準備を整えてから、でなければならない。なのに今朝はお弁当作りに凝り過ぎて、ロール紙の補給をウッカリしていたのだ。これからいったん家に帰って、またこちらに戻って来るのでは時間がムダになり過ぎる。

スマホを取り出した。秋野さんに掛けた。「あっ。お仕事中、すいませ〜ん」相手が出たので、切り出した。「今ちょっと、いいですかぁ」

秋野多佳子さんはこの道、ウン十年のベテランだ。伯母とも長年、仲良くつき合っていた。奈津実のことをいつも気に掛けてくれる、とても頼れる大先輩だった。

「あの〜。ちょっと、言い出しづらいんですけどぉ」

「えっ、またやっちゃったの」用件を伝えると、呆れたような声を発された。実はつい先日にも、バッテリーの予備を忘れて同じようにお願いしたことがあったのだ。

「しょうがないわねぇ、全く」

「すみませ〜ん。このお返しは後で、必ずしますので。どうか、お願いします」

「まぁ、いいわよ。困った時はお互い様ですものね。それに戸田さんからお返しなんて、いただくわけにはいかないわ。とにかく遠慮なんかしないで。どこで何時ごろ、落ち合うかだけ決めましょう」

秋野さんと奈津実の担当エリアはしばしば、接する。だから境界のどこかで落ち合って、ロール紙を貸してもらえるようお願いしたのだった。結局、昼の一時過ぎ頃をメドにファミリーレストランで会うことになった。一時になったら互いに電話を掛け合って、自分のいる位置を確認し合いましょうと決めた。

「先にお店、入っといて」間もなく、一時。そろそろ電話を掛けようかという時刻だった。向こうの方から先に掛かって来た。「もうすぐ、終わりそうなの。せっかくだから全部、回っちゃってからゆっくり休みたいわ。だから先に入ってて。三十分くらいで行けると思う」

さすが、だった。あと三十分で、今日の担当エリアは全て回り終えるという。奈津実はといえばまだまだ、三分の一あまりも残っているというのに。これがベテランとの腕の差、だった。

言われた通り先にファミレスに入った。こうなったらもう、食べちゃおう。お昼をいただいてしまうことにした。タイ風ピリ辛のスパイシーカレーとスープのセットに、ドリンクバーを付けた。たっぷり食べて体力をつけなくぢゃ。この後も、重労働が待っているのだ。

実は今日のお昼用に、とオニギリを用意してはいた。自転車の荷籠のケースに入れてあった。だがこの炎天下、屋外で食べる気にはなかなかなれない。公園の木陰に入っても、やっぱり暑い。今日は風もあまり吹かないためなおさら、だった。せっかくファミレスに入ったのだ。たまには贅沢をして、何が悪い。

三十分もあれば食べてしまえるだろうと思っていた。さすがに大先輩を前にして、自分だけ食べているという図は気まずい。なのに秋野さんは、十五分もしない内に店に入って来た。さすがはベテラン。三十分と言っていたのにその半分で、終わらせてしまったのだ。

「あらっ。お昼、いただいてるの」

口の中の物を咀嚼しながら、両手で拝む仕種をした。のみ下してから、言った。

「このあと、まだまだ残ってるので。せっかくだから今の内に、腹ごしらえしちゃおうと思いまして」我ながら言い訳がましい口調になっていた。だってあと三十分っておっしゃってたじゃないですか〜。恨み節までつけ加えるのはさすがに止めにした。

「いいのよいいのよ。遠慮しないで」秋野さんは笑って、向かいに腰を下ろした。歩み寄って来たウェイトレスに、「ひんやりフローズンマンゴーミルク」を注文した。

「この暑さだものね。食べないと体力を消耗するわ」

実はオニギリも用意していた、と打ち明けた。でもこの暑さでは、外で食べる気にもなかなかなれなくて。オニギリは夜にいただけばいいや、と思いまして……

「分かるわぁ。私も途中でちょくちょく、休憩はとるようにしてるけど。公園のベンチに座って、スポーツドリンクを飲んだりして。でもこの暑さだと、のんびりくつろぐ気にもなれない。外で何か食べたっておいしくないもの、ね」全くの同感だった。

「秋野さんはお昼は、家に帰ってからなんですか」

「今も言ったように外で食べたって、暑くておいしくないから。だからサッサと終わらせて、家に帰るようにしているの」

　それもサッサと終わらせることができる、実力が伴って、のことだ。奈津実にはまだとてもそんな芸当はできない。

「それに途中でゆっくりくつろいじゃうと、続きに取りかかるのが辛いじゃない。腰が重くなっちゃう、っていうか。だから小さな休憩はとってもお昼は全部、回り終わってからにしているの」

「私もそうしたいのはヤマヤマなんですけど。お昼前に終わらせるなんて、とてもムリだわ」

「貴女はスタートが遅い、っていう面もあるからね」

　秋野さんはよく知っている。検針員は人それぞれだが、一般的には朝の八時くらいに仕事に取りかかる、という人が多い。その時刻に合わせて家を出る。そうすれば昼食前に終わらせてしまうことができるからだ。午後は自分の時間をゆっくり過ごすことができる。

　ところが奈津実の場合、満里奈の幼稚園があった。登園時間は八時四十五分からで、朝礼が始まるのは九時二十分。早く連れて行っても門が閉まったままである。「早朝のお預かり保育」というシステムもあるが、あまり利用する気にはなれなかった。何より八時四十五分に登園、という一日の流れが、既に満里奈の中で定着しているからだ。どうにも避けられない時は早朝預かりを使うが、基本的には時間のペースを崩したくないと思っていた。

だから検針のスタートはどうしても遅くなる。その日の担当エリアによっては、十時近くになって開始ということもある。秋野さんはそのことを言ってくれているのだった。

「いえいえ」と手を振った。「やっぱりまだまだ、手際が悪いというところの方が大きいです。ポカだってしょっちゅう。今日だってこんな風に、ロール紙を忘れてみたり」

「そりゃぁ初めの内は、誰だってそうよ。私だって最初は、ずいぶんミスばかりしたわ」それに、と笑ってつけ加えた。「それに機械が変わった時だって、そうよ。性能はよくなってるけど、使い方になかなかなじめない。今のハンディ・ターミナルは最新式だからね。慣れるまでにはけっこう、時間が掛かったわ。歳をとると特にそうね」

そんなことないですよ、と返すのを聞き流して、続けた。「まぁ、そういうものよ。それより尾長さんの跡を貴女が受け継いで、もうどれくらいになるんだっけ」

尾長泰子、というのが伯母の名だ。母の姉に当たる。早くに旦那さんを亡くし、この仕事を始めてウン十年。つまりこの秋野さんと同じくらいのキャリアがあった。

「半年になります」

「半年かぁ」遠い目になった。「尾長さんが貴女を連れて来て『そろそろこの仕事を辞めようと思う。姪に引き継ごうと思う』と言った時には驚いたわ。でもね。気持ちは分からないでもないのよ」

「やっぱりスマートメーター、ですか」

「そうね」運ばれて来たマンゴーミルクを一口、飲んだ。「この先どうなるか分からない、ってこともあるしね」

電気を使うとそれに応じて中の円盤が回り、数字が加算されていく。昔ながらの電気メーターから現在、最新式のスマートメーターへの切り替えが急速に進んでいた。奈津実たちの契約する東京電力パワーグリッド大塚(おおつか)支社管内で言うと現在、取り替え済みは五割超といったところだろうか。東電としては二〇二〇年までには、全てをスマートメーターに置き換える計画となっていた。

スマートメーターだと最新のデータが、三十分ごとに基幹システムに直接、送られる。膨大な量のデータがメイン・コンピュータに蓄積されていく。検針員が一々、現地まで来てメーターの数字を読み機械に打ち込む、なんてアナログな方法は要らなくなるのだ。

もちろん、プリントアウトした検針票を客のポストに入れるポスティングの仕事は残る。客の家を回る、というニーズは変わらない。だがそれも「一々、結果を打ち出した紙なんて持って来てくれなくていい。ホームページで自分の顧客データを見られれば、それでいい」という客からすれば無用ということになってしまう。若い客であればあるほど、そうだろう。今後、お年寄りが亡くなっていけばそういう声の方が大きくなっていくだろう。

今のところはまだ、ポスティングの仕事はある。だがメーターを見て数字を打ち込むのと、ただ検針票をポストに入れるだけでは仕事の手間が違う。当然、検針員に支払われるギャラの単価も違って来る。するとスマートメーターの客ばかり回る検針員は、実入りが減ってしまうわけだ。

「マネージャーさんも大変だとは思うわよ」秋野さんが言った。「私達の収入になるべく差が出ないように、担当を割り振らなきゃならないからね」

マネージャーは東電パワーグリッドの正社員で、豊島区と文京区、板橋区と北区といったように区レベルの広い地域を統括する。自分の地区の検針員を受け持ち、なるべくスマートメーターの客ばかりにならないようそれぞれに担当を割り振る。次々と切り替わっている中でそれをやるのだから、大変なのは間違いなかった。おまけに電力自由化政策で、管内にも東電以外から電力を買うお客が現われつつある。以前は管内の全ての世帯が顧客だったものが、穴空き状に様変わりしつつあるのだ。

「でもねぇ。あの人達は正社員だから。一つの仕事がなくなったって、クビにされることはない。でも私達は違うのよ。単に会社と契約しているだけの身ですからね。仕事がなくなったら、契約更新してもらえないだけ。検針員の身分を失ってしまう。先が見えない。だから『体力的にも自信がなくなって来たし、後を姪に譲って自分は辞める』っていう尾長さんの判断、私にはアリだと思うのよねぇ」

あらあらいけない。慌てたように、話題を打ち切った。こんな話、するつもりじゃなかったのに、ね。暗くなっちゃうし。それに貴女にはまだ、仕事が残ってたのに。ご免なさいねぇ……

そんなことないですよ、と手を振った。「私も秋野さんとゆっくり話せて、よかったです」

奈津実は仕事を終えるのが遅いので、満里奈には幼稚園の午後の預かり保育を頼んである。だから時間はゆっくりあった。暑い外になかなか出たくない心理もあり、こうしてゆっくり話せてよかったというのは偽りのない本音だった。

お金を支払うところでまた一悶着あった。「忘れ物をして、会ってくださいとお願いしたのは私ですし。ご飯まで食べちゃったしここは私に払わせてください」主張する奈津実に対し、秋野さんも譲らない。

「何を言うの。後輩におごってもらうわけにはいかないわ。おまけに私ばっかり、好き勝手にしゃべっちゃったんだし」

結局、何とか言いくるめた。ゆっくり話せて楽しかったというのは本音です、と言い張ってようやく、納得してもらった。「じゃぁまぁ、ここは戸田さんに甘えるわ。このお返しは次に必ず、ね」

「もう。そんな、気にしないで下さいよ。本当に安いデザートなんですし」

店を出ると熱気がむっと襲い来た。うわっ、とどちらからともなく悲鳴を上げた。「もう。腹が立つくらいに暑いわねぇ。本当に戸田さん、気をつけてね。熱中症にだけは、ならないように」

はい、ありがとうございます。言って、別れようとした時だった。「あら、何やってるのよ私。いやぁねぇ」すっとんきょうな声が上がった。「戸田さん、ロール紙。一番、肝心なもの渡すの忘れてたじゃないの。いやぁねぇ、私。こんな情けない先輩、何の助けにもならないわね」

忘れていたのはお互い様だ。おまけに最初のキッカケを作ったのは自分だから、こっちの方がより罪が重いことになる。

いやぁねぇ、を繰り返す秋野さんと今度こそ別れた。本当にいい人だな、と改めて思った。

さあ、やるぞ。気合いを入れ直した。ゆっくりくつろいでしまうと次を始めるのが辛くなる。秋野さんの言葉通りだ。でも、仕方がない。クーラーの効いた店内で贅沢な食事を摂ると決めたのは自分自身なのだし。昼食後もどっさり仕事を残しているのは、手際が悪いせいなのだ。誰かを恨みたくともその相手は、自分自身に他ならない。

自転車のサドルにまたがろうとした。

とたんに背筋がゾッとして、脚の動きが止まった。暑いどころではない。背骨を寒気が走り抜けた。昨日、満里奈を連れて幼稚園から立ち去ろうとした時と全く同じだった。

振り返った。何も動きは見えなかった。そこは、昨日とは違う。

だが、確信があった。

見られていた。何者かが今しがたまで、こちらに視線を向けていたのだ。物陰に身をひそめ、奈津実の動きを監視していたのだ。間違いない。これも、昨日と同じだった。

よし。迷いが吹っ切れた。奈津実は腹を固めた。ここはやっぱり、警察に相談してみよう。

3

〝見立て屋〟、と仲間内で呼ばれていた。素知らぬ顔を装いながら内心、穂積亮右は（ほづみりようすけ）この呼び名を満更でもなく感じていた。

何となれば捜査を解決に導くのは結局、見立てだからだ。この事件の全体像はこうなのではないか。犯人はこうして犯行に及んだのではないか。捜査を進める内、何となく浮かんで来る。勿論、そうでない可能性は無数に残るもののその全てに同じ労力を割いていては、解決できるものもできなくなってしまう。だからある程度、見えて来た段階でこの方針でやってみようと焦点を絞る。見立てが正しければ真相に辿り着く。そういうものだ。

警視庁刑事部捜査第一課に長年、勤めた経験から自分は見立てに優れているという自負はあった。仲間の間でも認められていた。だからこそこの呼び名がついたのだ。誇りを抱いていいと胸の内で、思っていた。

今回は西高島平（にしたかしまだいら）警察署に設けられた、特別捜査本部に合流していた。板橋区内で発生した、「資産家夫人殺人事件」の特捜本部だった。実は捜査を始めて直（す）ぐ、現場の状況からこれは強盗殺人事件なのではないかと見えて来た。だから本音では「強殺事件」と特捜本部の〝看板〟を書き換えたいところだ。が、まだ絶対にそうだと断言できる段階でもない。そのため〝戒名〟も、未だ最初に掲げられたままになっていた。

〝マル害（被害者）〟は笠木登志子、六十五歳。夫の素生（六十八）は独力で運送会社を立ち上げ、全国規模にまで育て上げた立志伝中の人物だ。今も経営の第一線に立ち、会社を引っ張っている。築き上げた資産はかなりのもので、地元でもよく知られている。

子供は男二人と女が一人。全員、とうに成人して独立し家を出ている。長男は当初、別な企業に就職したがそれは父も同意した修業で、今は父の会社で片腕として働いていた。次男も流通業に就職しており、いずれは兄と同じ道に入る心構えもあるのかも知れない。いずれにせよ子供は全員、結婚しそれぞれの家庭を築いていた。

子育てを終えた登志子も家に閉じ籠ってはいなかった。そもそもが社会活動に関心が高く、子供の学校時代からPTAに深く関わっていたらしい。自分の時間が長く使えるようになると、積極的に外に出て行った。町のボランティアなどに進んで参加した。民生委員を志願して務め、困っている近隣の相談に乗った。カルチャースクールなども熱心に主宰した。

つまり笠木家は昼間は全員、家人は家におらず留守であるのが普通だった。そこを犯人に狙われたらしい。つまり本来、犯人は空き巣に入っただけだったのだ。なのに、ふいに登志子が戻って来てしまった。仕方なく口封じのために命を奪った。これがこの事件に対する、捜査本部全体の見解だった。穂積の見立ても同じだった。

事件の発生は二週間前。その日も登志子は朝から外出していた。近くの老人保健センターの多目的ルームで、パッチワークキルトの手作り教室が始まるためだった。実はこれも、登志子が中心になって立ち上げたカルチャースクールの一つだった。初日ということで招聘した先生と、生徒との初顔合わせの場が設けられた。まずはパッチワークキルトの美しさを体感し、手作りの楽しさを知る。同時に先生と打ち解け合ってもらう。初日は特にそれが大切なんだというのが笠木さんの考えだったんです。スタッフの一人が、涙交じりに証言していた。

ところがいよいよスタートというところで、登志子は忘れ物に気づいた。先生の作品を収めた写真集を、家に置いたまま出掛けて来てしまったのだ。勿論、ないならないで構わない。だがあった方がいいのは言うまでもない。パッチワークキルトのバリエーションの豊かさを目の当たりにし、先生の腕の程も実感する。それも大切なことなのに、と笠木さんは自分で自分を責めていました。これも、スタッフの一人の証言だった。

「それでお昼の時間に、笠木さんは家に取りに戻られたんです」スタッフは言った。「本当なら皆でお弁当を持ち寄って、ワイワイ言って食べながら交流を深める場でしたのに。『私、ちょっと帰って取って来るから皆さんはお昼を楽しんでて』って」

開催場所の老健センターが家の近所だったのも、振り返ってみれば不幸だった。遠ければ何もわざわざそこまですることはないですよ、と周りも押し留めていたろう。特別に写真集は今日ではなく、二日目でもいいじゃないですか、と。結果、悲劇が起こることもなかったろう。空き巣に金品を盗まれる被害はあったにしても、命まで奪われることはなかったのだ。

笠木邸の近所には老健センターだけでなく、社会教育館が立っているがそこが開催場所でなかったのもある意味、悪い巡り合わせと言えた。

笠木邸のあるのは界隈では通称〝ヒルズ〟と呼ばれる、周りからは高台になったところである。ちょっとした高級住宅街を形成している。買い物その他、日常の用を足しに行くにはいずれかの坂か階段を降りなければならない。〝ヒルズ〟にあるのは民家ばかりで、商業施設のようなものは皆無だからだ。故に高台下に住む者は自虐を込めて、〝ヒルズ〟に対して自分達の住む平地を〝下界〟と呼んでいた。「〝ヒルズ〟のお偉方も生活のためには、こちら〝下界〟に降りて来なければならないのさ」と。確かに〝下界〟の方には古い都営団地が残るなど、住民の収入の差は明らかだった。

社教館のあるのはその、〝下界〟の方だったのだ。笠木邸からの距離としてはセンターとほぼ同じでありながら、こちらに往復するには坂の上り下りが伴う。そして各種カルチャースクールを開催するのは、実はセンターより社教館での方が多かったというのだった。

「ですから社教館で実施する時は私が、笠木邸へ車を出すのが常でした」スタッフが言った。「〝ヒルズ〟への坂は結構、キツいですから。笠木さんも最近『歳で、坂を上り下りするのが膝に応えるようになった。息も上がっちゃう』って仰ってましたし。私が車で送り迎えするようにしてたんです。だから、やっていたのがもし、社教館だったら……」

忘れ物を取りに戻る、と言い張る登志子のために車を出していた筈というわけだった。そして連れがあれば、悲劇は防げたかも知れない。またもし避けられなかったとしても、少なくとも犯人は目撃されていたのではないか。一人で家に入って行った切り笠木さんがなかなか戻って来ない。おかしいな、と車で待っているスタッフが、慌てて逃げ去る犯人の姿を目撃していた可能性は高い。事件の発覚もずっと早まっていたろう。

しかし実際には、開催場所は老健センターだった。センターは〝ヒルズ〟の端に立っており、笠木邸との間に坂はない。だから登志子は、一人で歩いて帰ることになった。結果、悲劇は起こった。

つまり、ちょっとした不運の積み重ねで事件は起こってしまったということだ。もし開催場所が老健センターでなかったら。忘れ物を取りに戻る時間帯が昼食時でなく、犯人が空き巣を働く前後に数十分でもズレていたら。登志子は殺されずに済んだことになる。

ただ実際には、こんなものである。事件とは不運が偶然、悪い方に悪い方にと転がって起こる。逆にちょっとした僥倖が差し挟まったことで、命を落とさずに済んだ者もいくらでもいる。もっとも当人は、危うく死ぬところだったなんて自覚していないケースが殆どではあるが。人が生きていられるのはたまたまの幸運の積み重ね。刑事なんて稼業を長年、やっているとしみじみ実感する。

穂積は特捜本部の置かれた西高島平署の、大会議室の〝自席（いつもここに腰を据えていることから自ら呼称していた）〟から立ち上がった。部屋の隅で作業している、轟木悠紀雄のところへ歩み寄った。

「よう、どうだぃ」声を掛けた。「チャート図は最新のものに、更新できたかぃ」

轟木は捜査本部で資料の整理に当たる、所謂〝デスク〟役を務めていた。各捜査員の上げて来た、報告書の整理整頓だけではない。司法関係の提出書類も作成する。だが何より重要なのは、捜査の過程で判明した事項を一枚の紙に、チャート図として纏める作業だった。

所轄の刑事課長が署長などに経過報告に行く際、全ての捜査資料を抱えて出向くわけにはいかない。こうした時のため、事件の概要と途中経過、捜査のポイント等が一目で分かる資料が入り用になる。またこのような図が作られていれば、頭を整理し次の方針を立てる際にも大いに役立つ。轟木はこのチャート図作成の名人で、捜査本部が立てられるたびに仕事を任されていた。それだけ特捜班長の信任が厚い、ということだった。

俺とは全くの逆だな。穂積は内心、苦笑した。普通、警視庁から特捜本部に来た捜査員は所轄の刑事とペアを組み、捜査に当たる。靴底が磨り減るまで周囲を根気よく歩き回り、証言を集める。何足、靴を履き潰したかが刑事としての勲章、とされる所以(ゆえん)だ。ところが穂積は轟木と同様、捜査本部に詰めることが多かった。当初は所轄の刑事と現場の周辺へ歩を運び、全体の雰囲気を摑んだりもするがそれが終わると、独自の行動に移る。〝一匹オオカミ〟。〝見立て屋〟と共にもう一つ、穂積に冠された渾名であった。彼が一人で勝手な行動を採るのは、仲間内でも半ば黙認されていた。

だがそいつは轟木のように、特捜班長からの厚い信任があるから、ではない。逆だ。見放されているのだった。あいつに何を言っても無駄。どうせ聞き入れることなんてない、と放置されていた。

穂積としてもそれで、何の問題もなかった。不満どころか、有難いくらいだった。干渉しないでいてさえくれれば、いい。どうせもう、数年で退職となる身だ。ここまで来たら最後まで、好き勝手にやらせてもらうだけだった。特捜班長とは元々ソリが合わないこともあり、互いに最低限の接触だけに留めるようにしていた。もっともこんな俺と性格的に合うような奴が、他にもさしていはしないのも確かだが。

「ここのところ新しい証言が、なかなか入りませんからねぇ」穂積の質問に答えて、轟木は言った。階級は同じ警部補だが、刑事としてのキャリアはこちらがずっと長い。当然のように、敬語を使ってくれた。もっともそこに尊敬の念が込められているのか、は大いに疑問だと穂積も思っているが。「図を更新しようにも、材料がありませんで」

「まぁ、そういうことだな」

穂積も毎回の捜査会議には出席している。捜査員が歩き回って得て来た証言について、耳にしている。確かにここのところ、目新しい事実は浮かび上がって来ていなかった。チャート図を更新したくともその材料がない、との轟木の嘆きにも頷けた。

「だがあいつらの報告書が、捜査の全てを網羅しているとは限らないからな」穂積は言った。捜査員たるもの、できれば事件は自分の手で解決したいという本音が常にある。他の仲間に先手を打たれ、手柄を奪われたくない。刑事の本能のようなものである。だから捜査の過程で「これは」という証言に巡り合うと、往々にして胸に仕舞い込む。もうちょっと自分一人で掘り下げてみて、真相に迫ろうという心理が働く。悪いことでは決してない。そうした本能が執念と化し、難事件を解決に導くのだ。ただ捜査員の本音がそうである以上、報告書に書かれた内容が全てであると鵜呑みにもできない。「何か、隠してる奴はいないかな。こうして毎日、資料を読み込んでるお前だったらピンと来ることもあるんじゃないのか」

「さぁ、どうでしょうねぇ」轟木はチャート図から顔を上げ、うんと伸びをした。悪戯っぽい笑みを浮かべた。「隠し事、ってったらそれこそ、穂積さんの方こそどうなんです。もうそろそろ何かの〝見立て〟に、辿り着いてる頃合いなんじゃないんですか」

「あぁ、まぁな」あっさりと認めたため、轟木にしても意外だったらしい。驚いたような視線を向けて来た。「ただまだ単なる、仮説に過ぎん。とても大っぴらにできるようなものじゃないよ」

「まぁそりゃ、そうでしょうが、ね」チャート図に視線を戻した。指差して、続けた。「ここに書くのは報告書に上げられた、ちゃんと信頼のできる証言ばかりだ。仮説なんか書き入れる性格の資料じゃない。だから突飛な説を明かして下さっても、害はありませんよ。少なくとも、貴方には。ここに書き込むことだけはないんですから、ね」

「あぁ、まぁな」繰り返して、逆に尋ねた。「指紋はどうなってる。何か進展はあったのかな」

笠木邸は人の出入りの多い家だった。夫が仕事の関係者を連れて来ることも多かったし、夫人が社会活動仲間を招くのもたびたびだった。だから大勢の人間の指紋が検出されていたが、不自然では決してなかった。家に出入りしたことのある全員の指紋を集め、残されていたものとの照合が進められていた。誰が残したのか、既に判明した指紋も多い。だが未だ不明なものも多かった。

「まだまだ怪しい指紋が絞り切れてないのが現状でしょうか、ね」

「見つかると思うかね」質問を続けた。ちょっと頭を整理したい。そういう時、こいつを相手に話すのが何よりだった。会話の中からちょっとした、ヒントが飛び出て来るかも知れない。

「さぁ」苦笑を浮かべるしかない、という風だった。まぁ、確かにそうだろう。「そいつはどうでしょう」

「微物はどうだ」微物、とは文字通り、現場に残された微細な物質だ。鑑識が現場を掃除機で吸って回り、微物を採集する。髪の毛や服の繊維その他、諸々。容疑者が見つかった場合、そのDNAをとって現場に残された髪の毛のものなどと照合する。一致した場合、いつも家を訪ねていた者なら「残っていても当たり前だ」と開き直られるがそうでなければ、犯人である蓋然性がぐんと増す。「こいつは、空き巣なんだから。いつも家を訪ねていた人間じゃない可能性が高い。すると微物が残っていれば、有効な証拠になり得る」

「まぁ、そうですな」一息、ついて続けた。「ただこいつが空き巣だったというのも、仮説の域を出てはいないわけで」

「偽装、か。そうだと思うかね」

「いや、まぁ。個人的な意見としてはその可能性は低かろうとは思いますけどね」

「うむ」大きく頷いた。「俺も、そう思う」

家に忍び込んでいた空き巣が、ふいに帰って来てしまった夫人を止むなく殺害した。そう見せ掛けるために犯人が巧妙に偽装した可能性も、ゼロではない。だがこの仮説に立った場合、どうしても避けられない疑問があった。もしそうだとすれば犯人は、夫人が家に帰ることをどうやって事前に知ったのか。たまたま忘れ物をしてしまったのは、夫人自身。そんなことを第三者が、事前に察知するのは不可能だろう。またた忘れ物を取りに戻る、と夫人が言い張るかどうかだって予測のできるものではない。戻る時間帯がお昼時になるかどうかだって然り、だ。そしてもし、夫人が帰って来てくれなければ犯人はいつまでも待ちぼうけを余儀なくされる。カモフラージュの前に犯行すらままならない。

カルチャースクールのスタッフに犯人の仲間がいた？　夫人が昼時に家に戻ると言

っている、と知らされ、偽装殺人の絶好のタイミングと慌てて笠木邸に忍び込んだ。帰って来た夫人を計画通りに殺害した。まぁ可能性をゼロとは言わないが、あまりありそうにない仮説と認めざるを得ない。

そう、やはりこれは純粋に空き巣だったのだ。誰もいない筈の家に忍び込んだがふいに帰って来てしまったため、殺害するしかなかった。現場の状況の示す通りである。カモフラージュではない、との前提に立って動いていい筈だ、と穂積も思っていた。

「出ると思うかね」質問を重ねた。「微物。犯人の遺留物があると思うかね」

「さぁ」これも苦笑で返された。「そいつはどうでしょうねぇ」

「俺は出ない、と見ているんだよ」穂積は言った。「この犯人は用心深い。遺留物を残すようなタマじゃない」

「ほう」興味深そうな視線を向けて来た。「どうしてそう思われるんです」

「まずは、凶器だ。こいつは、最初から用意していた」

夫人は後頭部を棒状のもので殴られ、気絶したところを刃物で胸を刺され殺害されていた。ところがその殴りつけた棒状のものも、刃物も現場では見つかっていない。家からなくなった、それらしきものもない。即ち犯人が最初から用意していた、ということだ。

「つまりこういうことですか。夫人が帰って来たのは確かに犯人にとって、不運な出来事だった。だが全く予期せぬことというわけでもなかった。万が一の場合に備え、事前に凶器も用意した上で空き巣に入った」

「そうだ」頷いた。「おまけにそれだけじゃない。こいつは別な服さえ用意している」

後頭部を殴りつけ、気絶させた夫人を犯人は仰向けに転がした。ところが一突き目のナイフで正確に心臓を突き通すことができず、胸から血が飛び散った。二突き目が心臓を貫き、血流は止まったがそれまでに返り血を犯人は浴びている。そのまま、外に逃げ出すわけにはいかなかった筈だ。殺害時の体勢を考えるに、血は犯人の顔や服に掛かった可能性が高い。顔の血なら洗い落とせるが、服だとそうはいかない。そしていくら閑静な住宅街とは言え、血を浴びたままの格好で歩いていたのではさすがに目立ち過ぎる。

「一突きでは上手くいかず、返り血を浴びる可能性まで想定してたってことですか」さすがに虚を突かれたような反応だった。「それで浴びた血を隠せるような、少なくとも上着か何かまで用意していた」一息、ついて続けた。「まさか、そこまで」

「あぁ。確かに俺も、上着説には与してはいない」更に質問で返した。「考えてもみろ。そもそもこいつは何故、マル害を殺したんだろう。あれだけ広い家だ。隠れる場所には事欠かなかったわけじゃないか。どこかに隠れてやり過ごし、夫人が忘れ物を取って出て行くまで待つこともできた。そうは思わないか」

「単に忘れ物を取りに帰っただけだ、って犯人には分からなかったわけですからね」

轟木は指摘して言った。「暫く、家に居座る可能性だって充分あった。それを思えば、サッサと殺して逃げてしまった方が安全、と判断したとしても無理はないのでは」

「あぁ、確かに、な」現場となった家の造りを思い浮かべた。古い日本家屋で、おまけに二階建てだった。「それでも、だ。あの家には二階もあったんだぞ。以前は子供部屋として使われていたが、今は単なる物置同然だった。あそこだったら半日くらい、隠れていられるとは思わないか。そしていくら忘れ物を取りに来たとまでは分からなかったにしても、そう長居はするまいと予測はできたのでは。何と言っても基本的には、外出したままの予定と事前調査はしていたんだろうから」

「う〜ん、成程」腕を組んだ。「ただ二階にまで上がってしまうと、階段は一つだけですからねぇ。もし隠れていてマル害まで上がって来てしまったら、袋の鼠になっちまう。鉢合わせの可能性が増す。その恐れは犯人としても当然、考えるでしょう」

やはりこいつは頭がいい。回転も速い。ブレーンストーミングの相手として最高だ、と感じた。

更にあの家の造りを思い浮かべた。入り口は、二つ。玄関と勝手口だ。玄関を出ると外には広いスペースがあり、正面に重厚な正門がある。敷地は高い塀で囲まれている。正門の外は表通りだ。ここは主に夫、素生の通勤に使われていた。会社から迎えの車が来ると正門を開ける。車は敷地内まで乗り入れ、玄関前のスペースで待つ。素生が乗り込むと発進する。帰宅時はこの逆である。

一方、勝手口の方はそれ以外の、普段の生活に使われていた。家の者がちょっと外出するためだけに、あの重厚な正門を開け閉めするのは面倒なのだろう。だからマル害は専ら、勝手口の方を使っていたようだった。出ると正面の塀に小さな引き戸があり、外は路地に通じる。正門の左手に回り込むと行き当たる路地だった。

「あの家は入り口が二つあった」穂積は言った。外に逃げ出すルートが、少なくとも二つあったということだ。他にも庭に面した廊下に掃き出し窓があり、縁側から庭に飛び出すことも可能だった。「だからどこかに隠れて上手くやり過ごし、イザとなったら隙を見て逃げ出す、というテもあったんじゃないか」

空き巣に入った場合、逃げ道を確保しておくというのは犯人にとっての常套手段である。まず家人の帰って来るドア（この場合、勝手口）は元通り施錠しておく。鍵が開いていると不審に思われるし、閉めておけば家人が開けている間に時間が稼げる、という一石二鳥。そうしておいて別の出入り口（この場合、玄関や掃き出し窓）の鍵は開けておく。何かあったらそこから素早く逃げ出せばいい。これだけ慎重な犯人である。当然、それくらいの事前準備はしておいて然るべきと思われた。

「う〜ん」再び腕を組んだ。「そこまで行くともう、想像の域を出ませんけどね。犯人の頭の中についてあまりに思い巡らし過ぎても、どこまで穿っているか見当もつかないわけですし」

「だから、なんだよ」思わず身を乗り出した。この轟木が相手なら、今の胸の内をかなりの部分まで打ち明けていい気になっていた。「こいつはあくまで俺の見立てだ。だが今のところ、どうしてもそう思えてならないんだ。これだけ周到な犯人が何故、殺人など犯さずサッサと逃げ出さなかったのか。それは、できなかった理由があるからなんじゃないのか。そしてさっきの疑問、服に浴びた筈の血をどうしたのか。この二つの疑問点を考え合わせると、とある仮説が浮かんで来る。だから俺は、指紋も微物も出ないんじゃないのかと言ったわけなんだが」

まさに核心を明かそうとした、矢先だった。ドアにノックの音があった。「あの、ちょっといいですか」所轄の巡査が顔を覗かせた。「捜査本部を訪ねて見えた、ご婦人があるのですが」

ご婦人!? 唐突な展開に戸惑った。眉間に皺が寄っているのが自分でもよく分かった。ふと見ると轟木の表情も同じだった。「何の用だ。ここの特定の誰かに、面会を求めてでもいるのか」

「いえ、そうではありません。こちらに知り合いがいるわけではないそうです。ただ一つ、相談がしたい、と」一息、ついて続けた。「どうやらそのご婦人、殺人現場を目撃したらしいというんです」

4

署の警務課に言って、小会議室を一つ空けてもらった。イザとなったら取調室を使えないでもないが、いかにも殺風景な室内である。婦人が萎縮してしまっては、元も子もない。先に通してもらって、お茶でも出してやっておいてくれと頼んだ。

そうしておいて穂積は〝自席〟に戻り、最新のクリヤーブックを取り上げた。一つの事件を担当するたびに、捜査資料を片っ端から突っ込んで行くクリヤーブックである。資料を収めた封筒あり、ファイルあり、メモあり。手帳やノートの類いもどんどん差し込んで行く。そして折を見ては中身を机に広げ、吟味する。思いついたことを更にノートや紙切れに書き込んで行って、透明ファイルに追加する。一杯になれば新たなクリヤーブックを用意する。こうして捜査が進む内、十何冊にもなってしまうのが常だった。今はまだ、三冊目の段階だった。そいつを手に、小会議室に向かった。

ドアをノックすると、「はい」と返事があった。「失礼します」入ると、三十絡みと思われる婦人が椅子から立ち上がって軽く頭を下げた。頼んでおいた通り、目の前のテーブルには茶が出ていた。もっともこの暑さなので緑茶ではなく、氷を浮かべた麦茶だったが。

身長百六十㎝弱くらいか。一目で見当をつけた。体重は四十五㎏あるかないか、といった辺りだろう。全体としてスリムな体型だった。

髪は短目に切ってあり、ボーイッシュなスタイルに整えてあるがそいつが逆に、顔の女性っぽさと相俟って色気を醸し出していた。輪郭は愛らしい丸顔だが、切れ長の眼と真っ直ぐに通った鼻筋、キリリと結ばれた口元が意志の強さを表していた。一見、可愛らしく見えるが決してそれだけの女ではない。中には一本、頑固な芯が通っているると見て取った。長年、この仕事をやっていると自然と人間観察をやってしまう。こいつも〝見立て〟の内かな、と穂積は心の中で苦笑した。多分この女に対する今の奴も、そんなに外れてはいまい。

「この事件の捜査本部におります、穂積と申します」名乗って、名刺を差し出した。

「今、捜査員が出払ってまして。それで取り敢えず私が、お話を伺おうと」

「済みません、名刺を持ちませんもので」女が言って、名乗った。「戸田奈津実と申します」

互いにテーブルを挟んで面と向かって座り、クリヤーブックからA４ノートを取り出した。字を確認して、名前を住所や電話番号と共に書き込んだ。やはり年齢は、三十代になったばかりということだった。まだ若さを漂わせる面も残しつつ、それなりのしたたかさを積みつつある歳頃だ。俺の〝見立て〟も間違ってはいないようじゃないか。胸の中でまたも、苦笑した。

「それで」内心を表に出さず、切り出した。「殺人現場を目撃したらしい、というお話だったようですが」

「えぇ。実は私、電気メーターの検針員の仕事をしておりまして」

「ははぁ。するとあれですか。各家庭のメーターを見て回って、数字をチェックしている、あのお仕事。私も街を歩いていてちょくちょく、お姿をお見掛けすることがあります」

「えぇえぇ、そうなんです。それで丁度あの日、事件のあった一画を担当してまして。あのおうちも私、検針に回りました」

「何時頃」

「幼稚園に子供を送ってから、担当エリアに行きますので。あの辺りを回っていた頃は確か、十二時過ぎくらいになっていたんじゃないか、と」

「ちょっと待って下さい。お子さんを送られた後、まずは会社に行かれたんじゃないんですか。だからそこから担当区域に向かったとすれば、時刻も変わって来てしまうんじゃないですか」

「いえ。そうじゃないんです」

電気メーターの検針員は各々が会社と業務契約を交わしている、個人営業なのだと戸田女史は説明した。「ははぁ」知らなかった。正直に打ち明けた。「そうだったんですか。私はてっきり、検針員さんを束ねる電力会社の子会社みたいなものでもあって。そこの社員さんなんだろうな、と」

「誤解されてる方も多いみたいですね。でもそうなんです。私達はそれぞれが個人事業主のような立場で、年度末には確定申告もしなければならないんです。私が契約しているのは東京電力パワーグリッド大塚支社で、ここは豊島、文京、板橋、北区を管轄しています」

打ち合わせその他の用で会社に出るのは月に三回だけ、ということだった。他の日は自宅と担当区域とを往復するだけ。会社との遣り取りはメールや電話のみで済ますという。彼女の場合はその前後に、子供の幼稚園の送り迎えが差し挟まる。

幼稚園が開園するのは午前八時四十五分。そこから二つのエリアを回って、現場近くに着いた。一つの担当区域に行くと特定の場所に自転車を停め、一画を歩いて回る。だから大体の時間が分かるのだという。

「あそこはちょっと高台になってますよね。坂か階段を上らなきゃならない。私はいつも、階段下のスーパーの駐輪場に自転車を停めることにしてるんです。階段を上がって一画をぐるりと回り、下りて来る。上がる前にちょっと、時計を見たのを覚えてます。十二時前でした。すると回り終えて下りて来ると、一時くらいになる。そしたらお昼を頂こうと思ったんです。階段を上り下りして疲れるので、一休みするのに丁度いいな、って」

一戸一戸、回るルートも決まっているそうだった。十二時前に階段を上がって、基本的に一画を時計回りに歩く。するとあの家に来るのは大体十二時二十分見当。三十分を過ぎていたということはまずあるまい、と彼女は請け合った。

老健センターで皆が昼食を摂っている間にマル害、笠木登志子は自宅に戻った。家に着き、被害に遭ったのはまさに十二時二十分頃という見当になる。確かにぴったりだった。

いつまでも笠木さんが帰って来ない。不審に思ったスタッフがマル害の携帯に電話を掛けてみたのが一時過ぎ。出ないので更に不審を募らせ、笠木邸に行ってみた。遺体を発見し、事件が発覚した。一一〇番通報がなされた。こうして俯瞰して見ると成程、犯行時に最も近くにいた第三者はまさしくこの女だったことになる。

「それで」身を乗り出した。いよいよ核心に切り込んだ。「現場で何を、ご覧になったんです」

「それが」眼を逸らした。顔を俯けた。視線がテーブルの上を彷徨うのが、ここからも見て取れた。「よく、分からないんです」

「分からない、と仰いますと」

「ええ」意を決したように、視線をこちらに戻した。確固たる眼光が放たれていた。「確かに私あの日、あの時間にあそこにいました。でも何か、気になることはなかったんです。不審に思えるような何かを見ていたら、とっくにここに通報してます。だけど何もなかった。何か普段と違うと気づいたようなことは、なかったんです」

「にも拘わらず、貴女はここへ来られた」眼を真正面から見返して、言った。「受付の者に、『自分は殺人現場を目撃した』と仰った」わざと、表現を変えた。断定調に敢えて、した。

「ちょっと違います」案の定、訂正して来た。そう、こっちだって意識して間違えたのだ。「正確には『殺人現場を目撃したらしい』と申し上げました」

「そう、そうでしたね」薄く笑った。「確かに語尾がちょっと違うだけだが、中身はかなり変わってしまう。そもそも『現場を目撃した』のなら貴女も仰ったように、その日の内にこちらに通報されていた筈だ」

「ええ」

「では、貴女が今になって『現場を目撃したらしい』と思われた理由は」

「えぇ」一瞬、口を噤んだ。意を決したように、続けた。「最近、何者かに監視されているんです。子供を送り迎えしている時。仕事の最中。背後に誰かの視線を感じることがちょくちょく、あるんです。ハッとして振り返って、路地に飛び込む人影を見たこともあります。あれは確かに、私を密かに監視していた。絶対に間違いありません」

検針員として働いて来る中で、背中の気配に敏感になったと戸田女史は語った。メーターの数字を読むのに没頭していて、背後が疎かになることはよくある。ちょっと後ろに下がろうとして、ギリギリのところを自転車が走り抜けて行ったり。だから後ろに気を配るのは安全のために大切なのだ、と先輩から教えられた。自分としてもなるべく、気をつけるよう心掛けて来た。背中の気配に敏感になるのは、検針員の防衛本能のようなものなのだ。だから間違いない。私は確かに誰かに見られている、と主張するのだった。

「ほほぅ」ノートに概要を書き込んだ。そのまま鉛筆の尻で、額の辺りをトントンと叩いた。監視されているなんて、本当ですか。疑問を呈したところで始まらない。絶対にそうです。いや、本当に本当か。堂々巡りが続くだけだ。だから大前提については、素直に飲み込むことにした。「ではそんなことをされる、お心当たりは」

「だから、あの事件です。私がきっと、何かを見てしまったんでしょう。自分では気がついていないだけで。それか、犯人の方が私を見てしまったのかも知れません。それで、目撃されてしまったと勘違いしたのかも」

「まぁそれは、あり得るとは思いますがね」意地悪な質問を敢えてした。「他にはありませんか。監視なんかされるような心当たりが。あの事件、以外に何か」

ほんの僅か、間が空いた。一瞬、にも満たないような間だったが。見逃すような穂積ではない。

「ありません」一息、ついて続けた。「あるわけないじゃないですか、あんなことされる心当たりなんか。あの事件の他に、そんな」

「まぁ、いいでしょう」ノートに印をつけた。奇妙な間があったぞ、と後になっても忘れないようにするためのチェック・マークだった。そのまま文字をメモりはしない。何を書いているのか、正面の彼女からも見えているのだ。何の印だったか忘れる恐れを覚えたら、女が帰った後でメモり直しアンダーラインでも引いておけばいい。最近は物忘れも酷くなったからな。自分の記憶力が疑われるようになったら刑事もお終いだな、と胸の中で自嘲した。「それじゃ監視されるようになったのもあの事件、以降」

「ええ。ええそうですね。正確にいつからだった、と明言はできませんけども」

「まぁ、そういうものでしょう」頷いて、ノートをパラパラと捲った。目的のページを開いて、テーブルに置いた。

自分で描いた、あの家の平面図だった。敷地を取り囲む塀についても描き込んであった。塀と建物との距離が、どれくらいか。庭の広さがどれくらいか、も大体のところが分かるように。植木が生えている位置、置き石のある場所も印してあり、庭の死角がどこどこになるかもこれを見れば概ね摑めるようにしてあった。「これを見て下さい。貴女が見るメーターというのは、家のどの位置にあるんでしょうか」

「ここです」

指差したのは勝手口だった。大体、電柱や電線から分岐して建物とを繋ぐ引込線の取付点はそうした辺りに設けるものであり、引込口配線を経由して屋内配線となる。引込口配線に取り付けられるメーターも当然、その付近に設置される。

「外から見ることはできますか」塀の高さを思い出しながら、訊いた。できる、などと答えれば嘘をついている可能性が高くなる。

「できません」即答した。「生垣なんかだったらその隙間から、覗けることもあるんですけど。あの家はしっかりした黒塀ですから。だから一応、中に声を掛けて塀の引き戸を開けます。勝手口の近くまで敷地に入って、メーターを読みます」

「中に声を掛ける、というと」

「やっぱりほんの少しでも、お客様の敷地に足を踏み入れるわけじゃないですか。だから礼儀の意味でも、必ず声を掛けるようにしています。『検針に来ました。失礼します』って」

「インタフォンで屋内と話すわけではないんですね」

「そういうお客様もいらっしゃいます。たとえほんの僅かでも敷地に足を踏み入れるんだから、ちゃんと断って欲しい、って。インタフォンを押して、自分が受け答えしてから検針して欲しい、ってご要望される方もいらっしゃいます」

「しかしそれじゃ、留守にしてたら検針できないわけじゃないですか」

「仕方ありません。お客様のご意向は最大限、尊重するようにしてますので」

例えば自分は毎朝八時までは家にいるので、検針の時はそれまでに来て欲しいというような要望もあるらしかった。言われれば従うしかない。彼女の場合そういう日は、幼稚園の早朝預かり保育を利用しているということだった。普段の登園時間は八時四十五分だが、事前にお願いしておけば七時から預けることができる。そうしてからお客の家に直行し、在宅中に検針を済ませるのだ、と。

「しかし」ついつい興味が湧いて、質問を重ねてしまった。「そうまでして行っても、やっぱり留守だったなんてこともあるんじゃないんですか」

「あります」率直に認めて言った。「そんな時は仕方ありません。『八時に来てみましたがお留守でしたので、後でまた来てみます』とメモをポスティングして、他を回ります。携帯番号を書いておきますので、帰って来たら連絡を下さる方も。でもそれも下さらないお客様もいらっしゃいます。後でもう一度、行ってみたらとっくに帰られてたなんてことも」でも、とつけ加えた。「でもあのお客様は、そういう方じゃありませんでした。『私は留守にしていることが多いから、いようがいまいが勝手に塀の中に入って、メーターを見てもらって構いませんよ』って仰って下さって」

「じゃぁ貴女あのマル害――被害者の夫人と直接、お話しされたこともあったんですね」

「えぇ」頷いた。辛そうな表情だった。それはそうだろう。「私が最初にあそこの担当になった時でした。挨拶に伺ったんです。そしたら今も言ったように『勝手に入っていいから』って。とても感じのいい方だなぁ。親切そうな人だなぁって思ったのを、よく覚えています。なのにあんな方が、殺されたなんて。聞いた時は、私……」

「えぇえぇ、そうでしょう。周りの証言からもマル害――あのご夫人はとてもいい人だった、という言葉ばかりが聞かれます。あんなことをした犯人を許すわけにはいかない。貴女もできる限り捜査にご協力、頂けると有難い」

「えぇ、勿論です」目尻を小さく拭った。動揺が隠せなかった。「私に、できることがあれば」

「まずは何でもいいから、思い出してもらうことですな」穂積は言った。「貴女がいったい、何を見たのか。貴女をつけ狙おうと思うような、犯人の動機に火をつけたのは何なのか。ほんの小さなことでいい。一見、事件とは関係ないように思えることでもいい。思い出してくれたら、大きな助けになります」

彼女は検針に取り掛かる前、まずは中に声を掛けたという。犯人が当時まだ屋内、または庭にでもいて聞いていた可能性は高い。文字通り、飛び上がったことだろう。肝を潰したに違いない。何かを見られてしまった。勝手に思い込み、つけ狙うことにしたとしても不思議はない。だから本当に、彼女は何も見ていなかったとしても大いにあり得る。

だがちょっと、発破を掛けることにした。あんな残酷な犯人を逮捕するのに協力して欲しい。何かを思い出してくれ。圧力を掛けてやれば、注意力も喚起されよう。結果、自らの危険を回避できる確率も高まる。

警務課に頼んで住宅地図のコピーを取り、持って来てもらった。テーブルの上に広げた。

「貴女の仕事は基本的に、昼間のようだ」穂積は言った。「人目があるところでは犯人も、おいそれと襲って来るとは思えない。ただそうは言っても、住宅街でも死角はあるでしょうからな。万全を期さなければ」

いついつはどことどこ。彼女の日毎の受け持ち地域を、地図を赤枠で囲って示してもらった。この辺りをどの日に大体、何時ころ回るのか。分かっていれば交番の警官に、重点的に周辺をパトロールさせることができる。

「わぁ、そこまでして頂けるなんて、頼もしいわ。とても安心できます」

「こうして見たところ、担当区域はかなり広範に亘っているようですな。今日はこっちで明日はあちら、と。とてもここ西高島平署の管内だけでは収まり切れるものではないようだ。他の署にも協力を仰ぎましょう。そして貴女がそこを回る時は、パトロール警官もできる限り近くにいるように万全の態勢を心掛けさせましょう」

「不審者を見つけたら、どうされますの」まだ不安は残っているようだった。「その場で逮捕してくれるんですか」

「あまりにもあからさまに不審な行動を採っていた場合、職務質問して任意同行を求める、ということもあり得ないでもないが」答えて、言った。「まぁ、こんなことを仕出かすような犯人ですから。あからさまな挙にはまず出まい、という気はしますね。それに任意同行を求めても、あくまで容疑を否認されたら帰すしかない。逮捕までの確証はないんですから。すると自分が疑われていると悟った犯人は、不利な証拠を消してしまう恐れがある。こちらとしては勇み足。あまりに危険なやり方と認めるしかありませんな」

「じゃぁ不審者を見つけてもその場では知らん振りをしておいて、身許を突き止める方に力を入れるわけですね」

「そういうことになると思います」素直に頷いた。「不審者を見つけたら跡を尾行けて、自宅その他の行き先を突き止める。何者なのか、調べるのに全力を尽くす。恐らくはそういう対応になるでしょう」

戸田女史は安心したように頷いた。普通ならその場で取り押さえて欲しい、と要望する方がこういう場合、女性としては一般的ではないのか。恐いんですもの。変な人を見つけたら一時でも早く捕まえて下さい。いくらそういう行動はリスクが大きい、と理詰めで説明してもなかなか受け入れてくれないのが女性心理という奴、なのでは。

「さぁもう一つ、詰めておくことがある」この点も心に留めておくよう、ノートにチェック・マークを残してから穂積は言った。「夜です。昼間よりそちらの方が、ずっと危険かも知れない」

自宅の場所を確認した。この署の管内に当たる、古いマンションらしかった。エントランスにオートロック機能もない。おまけに部屋は二階なのだという。

「二階だと上ろうと思えば、ベランダに上れてしまいますな。失礼ですが、旦那様は」

「いません」目を伏せた。「今、別居中でして」

「そうですか。すると家では幼い娘さんと、二人切り。それは危ないな。パトロールはこっちの方を、重点的にやるべきかも知れない。幸い、おたくはここの管内です。交番に強く言って、夜は頻繁にパトロールするように指示しときましょう」

「有難うございます。とても心強いです」言って、意を決したように顔を上げた。こちらの眼を見据えた。「あの。不審者を見つけてもまずは放っておいて、身許を突き止めるというお話でしたけれども。それが分かった段階で、私にも教えて頂けますか」

「いや、まぁそりゃ。教えないわけではないが」戸惑った。捜査の根幹に関わることである。怪しい人が見つかったらしい。噂好きの女の常で、周りにベラベラ言い触らされでもしたら堪らない。勿論、当人に指摘してもそんなことはしないと言い張るだろうが。鵜呑みにすることなどできはしない。「しかし何故です、いったい」

「え、いえ。やっぱり、興味がありますから。こんなことをするような犯人って、どんな人なのか」

「まぁ。常識で測り知れるような奴でないことだけは、確かですよ。分かりました。捜査の進捗状況についてはできるだけ、その都度お報せするようにしましょう」本当は教える気など更々ない。単に安心させるためだった。携帯の番号も聞き出して、ノートにメモした。「私の携帯番号もお教えしておきましょう」渡した名刺をいったん返してもらい、裏に手書きで番号を書き込んだ。「どんなに小さなことでもいい。気づいたことがあったらこの番号に連絡ください。特にあの現場で、何があったか。そう言えばいつもと違うこんなことがあった、などと思い出すことがあったら、必ず」

「分かりました」

署の入り口まで見送った。どうぞよろしくお願いします。女は何度も頭を下げて、自転車で走り去った。

穂積はふと顔を上げて、外の強い日差しに眉を顰めた。いつまでこの暑さが続くんだろう。今も聞き込みで歩き回っている同僚を気の毒に思った。まぁそれを言うなら検針員の彼女達も、なのだろうが。

5

〝ゲーム〟、と諏訪部武貞は呼んでいた。そう、まさしく〝ゲーム〟だ。これは何より、楽しむためにやっているのだ。金銭的なものも盗らないではないが、それは副次的な産物に過ぎない。悦びを得るため。精神の平安を維持するため、というのが諏訪部にとっての最大の動機だった。

人の陣地に入り込む。当人が知らない内に、そいつの縄張りを勝手に侵食する。ゾクゾクするような快感だった。俺は今、人知れず禁断の場所にいる。実感すると興奮を覚えた。一度、味わってしまうともう止めることはできなかった。

初めてやったのは、まだ小学生の時だった。校長先生にこっぴどく叱られてしまったのが、切っ掛けだった。

当時、諏訪部の学校では体育館の改装工事が行われていた。危険なので近づかないように、と生徒達は釘を刺されていた。

だが「行くな」と言われれば行きたくなるのが人情というものだ。特に、男の子。冒険心がムクムクと頭を擡げる。よし、行ってみようぜ。誘い合い、三人で工事現場に入り込んでみた。

直ぐに見つかった。それはそうだ、現場には工事の人達がいるのだから。担任に言いつけられ、校長室に呼び出された。

「危ないから行ってはいけない、と言ったでしょう」校長は女だった。常に高飛車な態度で、上から見下ろすような物言いが特徴だった。それは恐らく生徒に対してだけでなく、ヒラの教師に対しても。「もう、先生の言うことの意味も分からないような年齢ではない筈ですよ。それとも何かしら。貴方達はこの学年にもなって、危ないかどうかの判断もまだつかないのかしら」

カチンと来た。奥歯がギリッ、と鳴った。何か仕返しをしてやる、と誓った。

だがその日の内にやってしまったのでは、察されてしまう。こんなことを仕出かしたのは昼間、キツく叱ったあの子達の中の誰かじゃないかしら。見当をつけられてしまう。

だから、待った。待ち遠しかったが、仕方がなかった。直ぐにバレるようなヘマはやらない。それが〝ゲーム〟の鉄則だ。そう。あの頃から明確に、この呼び名を使っていたわけではないが感覚としては、今と全く同じだった。

一ヶ月ほど時間を空けてから、行動に出た。夜、家を抜け出した。無人の真っ暗な学校に来た。

校長室の窓は運動場に面している。最初から決めていたので行動に迷いはなかった。窓に石を投げつけて、割った。割れて空いた穴に手を突っ込んで鍵を開け、窓を開けた。ギザギザのガラスは危なかったが、慎重にやったので怪我をすることはなかった。血を残すことだけは避けなければならなかったのだ。中に入り込んだ。

何度も入ったことのある校長室である。掃除の当番だったこともある。一ヶ月前は例のことでも、入った。

だが、全く違った。勝手に忍び込んだ室内は、格別のものがあった。俺は今、入ってはいけないところにいる。あの校長の神聖な場所を侵している。

「侵す」などという言葉をあの頃、知っていたかどうかは定かではないが感覚としては今と同じだった。そう。全てはあの時に始まり、基本的に現在もそのまま継続しているのだ。

室内に金目のものはなかった。吹奏楽部が都内の大会で優勝した時のトロフィーや、集会に招かれて来た有名人のサインなどが飾られており、盗んでどこかに売れば何がしかの金にはなるかも知れないが、そんなことをすれば即座にバレてしまう。盗んでアシがつかないものとなれば、現金だけだろう。そう、あの頃からどれがアシがついてどれならバレないか。感覚的に分かっていたのだ。現金があるとすればここだな、という机の引き出しにはさすがに、鍵が掛かっていた。

ただせっかく忍び込んだのに、手ぶらで帰るというのは惜しい。鍵の掛かっていない引き出しをいくつか開けている内に、判子を見つけた。大人にとって判子というのは大切なものだ、と子供心に知っていた。何か、重要な書類があれば必ずこれを押す。よし、こいつだ。ポケットに入れた。ささやかだが重要な〝戦利品〟だった。この用語も、未だにずっと使っている。

最初に入った窓から、外に出た。割れて室内に飛び散ったガラスの破片も、床に落ちた石も敢えてそのままにしておいた。手を突っ込んで窓の鍵を元通りに締めた。全ては最初から計画していた通りだった。

翌日、学校で緊急朝礼があった。「今朝、私達が学校に来てみたら校長室の窓が割られていました」教頭が壇上に上がって、言った。「生徒の誰かがやった、なんて私達は信じたくありません。きっと、外部の心ない者が仕出かしたことなのでしょう。それとももしかしてこの中に、心当たりのある者がいるのか。もしいるのなら正直に名乗り出なさい。今この場で、でなくていい。周りに知られる必要はない。もし心当たりのある者がいたら、後でこっそり私や担任の先生に打ち明けなさい。正直に言えば怒ったりはしない、とここに誓いましょう」

言うまでもなく打ち明ける気など、更々なかった。それよりも聞いていて、狙い通りだったと北叟笑んだ。

窓が割られていた、という表現を教頭は使った。だが実はその後、自分は室内にまで入り込んだのだ。あの口調だとどうやら、そこにまでは気づいていないようだった。ただ単に窓ガラスに石を投げつけ、割っただけのイタズラと受け止めているようだった。そのために石も破片もそのままにしておいたし、鍵も掛け直したのだ。上手くいったらしい。思うと、笑みが溢れて仕方なかった。

盗んだ判子についても言及はなかった。本当に気づかなかったのか。それとも知らん振りをしただけだったのか、は分からない。今となっては何とも言えない。

ただ今になって思うのは、盗んだのが三文判でラッキーだったのでは、ということだった。さすがに象牙製の立派な判子でも盗んでいれば、大騒ぎになっていただろう。窓が割られただけでなく侵入者もあった、と明確になっていたろう。

子供だったのでさすがに、いい判子か安物かまでは意識してはいなかった。ただ大人にとって判子は大事らしい、と知っていたため盗んだまでだった。三文判ならなくなっていても、どこかに置き忘れたかな、くらいに思ってくれる。お陰でバレることはなかったのかも知れない。子供ゆえの浅知恵で助かったのかも、という気は今もする。

ともあれどれだけ安物であっても、諏訪部にとっては極めて意義の大きい〝戦利品〟であることに変わりはない。今もあの判子は、手元に大切にとってある。

以来、病みつきになった。別に恨みがあるわけではない。相手が友人であっても構わない。とにかく先方が知らない内に、そいつの陣地に侵入する。諏訪部にとっての生き甲斐となった。

例えば友達の家に遊びに行って、今度の週末は家族で旅行に行くと耳にしたとする。すると帰る前に、家の窓のどこかをこっそり開けておく。一番いいのは外に面したトイレの窓だった。そんなところから人が入って来るとは大人はあまり思わない。鍵が掛かっているかどうかなんて、あまり意識しない。だがこちとら、身体の小さな子供だ。トイレの窓だって楽々、潜り抜けられる。

週末、家族旅行に行って無人と化したそいつの家に忍び込んだ。何度も遊びに来たことのある家だが、やはり違った。屋内に佇んでいると快感がひしひしと胸を浸した。その時は友達の大事にしていた『遊☆戯☆王』のカードを一枚だけ盗み、〝戦利品〟とした。一番、有り触れていてなくなっていても気づかないようなカードを選んだ。

長じるにつれ手口は更に巧妙化した。鍵を開けるピッキング道具も手に入れ、何度も練習して腕を上げた。大抵の鍵は何の支障もなく、あっという間に開けることができるようになった。

大学の時には同じサークルに所属する、女の娘の家に忍び込んだこともあった。無論、性的暴行を加えるためでは全くない。逆だ。彼女がいないことを確かめて、入り込んだのだから。あの娘の家に俺はいる。広義な意味で、犯している。その感覚が最高なのだった。ただし〝戦利品〟は、ブラジャーにした。そういう意味では「性的犯罪」には違いなかった。

社会人となった今も、変わらない。綿密に計画を練り、下調べを充分に積んだ上で他人の家に忍び込む。収入の不安定な稼業である。せっかく入り込んだのだから現金は、有難く頂く。

だが何度も言うように、主目的はそちらではない。忍び込むこと自体が大事なのだ。そして事後も決して、バレないこと。勿論、現金が消えているのだから空き巣に入られたことは、家人には直ぐに分かる。警察に通報され、捜査が行われる。ただその手が諏訪部にまで伸びて来ることは、決してない。綿密な計画と事前調査はそのためにこそあるのだ。プラス、慎重な上にも慎重な行動。見事に逃げ果せて、完遂となる。〝ゲーム〟は〝パーフェクトゲーム〟の称号を得る。

二週間前もそうだった。まさに〝パーフェクトゲーム〟となる筈だった。環境は理想的で、お膳立ては完璧に整えられていたのだ。

その家を見た時は、興奮した。お誂え向き。まさに諏訪部に入ってくれ、と言っているような物件だった。

まずは一軒家でなければならない。マンションの一室なんかだと、出入りしているところを別室の誰に見られるか知れたものではない。家人のスケジュールは綿密に調べ、留守にしていると確信して侵入するが周りの住民の動向までは、把握できるものではないのだから。

プラス、敷地が塀で囲まれていなければならない。建物に侵入する前に、準備が必要だからだ。塀の中にさえ入り込めば周りの視線は遮断される。そういう環境でなければならない。

その家はまさに完璧だった。高い黒塀に囲まれた古い一軒家で、おまけに一帯はちょっとした高台になっていた。地元では冗談めかして〝ヒルズ〟なんて呼ばれているらしい。いくら高い塀に囲まれている敷地でも、隣にマンションなんか立っていたら最悪だった。諦めなければならなかった。上から見下ろされる危険を排除することはできないからだ。集合住宅の住民全員のスケジュールまで把握できないのと同様、隣のマンションでどんな動きが勃発するかまでは、見当もつかない。宅配便を届けに来た運転手にたまたま見られてしまう、なんてこともあり得る。

その家は完璧だった。高台に立ち、しかも周囲にそれより高い建物はなかった。塀の角度的に、隣家の二階からでも見下ろされる危険は全く考えなくてよかった。飼い犬もいない。これまたこのような時には、必要不可欠な条件でもある。

「あの、済みません」周囲の住民にさり気なく聞き込んだ。「あちらのお宅、凄く大きなお屋敷ですねぇ」

「あぁ、あそこでしょ。笠木さんのお宅ですからね」

運送会社を経営している社長の自宅、ということだった。諏訪部も知っている、全国的規模の運送会社だった。ならば金持ちであるのは間違いない。家ばかり立派で内実は……なんてケースもままあるが今回は、そんな心配をする必要もなさそうだ。

「先日のあの、ストーカー立て籠もり事件なんですけど」更に質問を続けた。会話を自然と求める方向に誘導する。こういう辺り職業柄、得意なのだ。「この一帯は高台ですから、現場を見下ろすこともできたんじゃないんですか」

「あぁ、あの事件ね。近所であんなことがあって、本当に恐いわよねぇ。警察が周囲を取り囲んで大変だったし、報道関係の人もたくさん来たから大騒ぎだったわ。現場を見下ろすことができるかも知れない、ってテレビカメラの人がこっちの方にも上がって来てたみたい」

「それで、実際に見えたんですか」

「いえ。それが、ね。現場はちょっと、あっちの方でしょう。うちとの間には、他のお宅もあるし。だから、見えなかったのよ」

「笠木さんのお宅からはどうだったんでしょうね」こういう時、大きな事件の話題があると助かる。近所の住民は内心、話したくてウズウズしているから振ればいつまでもつき合ってくれるのだ。そういう中から貴重な情報もポロリ、と得られる。「あそこ、お庭も広そうだから現場を見下ろすこともできたんじゃないのかな」

「さぁねぇ。どうでしょう。あそこには二階もありますからね。だから見ることはできたかも知れませんね」

「ちょっと見せて下さい、なんて近所の人が押し掛けたりしなかったんですか」

「そんなことしませんよ。あそこ、旦那さんはちょっと怖い方ですからね。一代で会社を築き上げた社長さんなんだし。近所の私達から見ても、ちょっと近づき難いような雰囲気が」慌ててつけ加えた。「でも奥さんの方はとても砕けた、いい方なんですよ。ボランティアにも熱心で、町内の活動にも積極的に参加していらっしゃる。あちこちでカルチャースクールを主宰したり。だから毎日のように、外出してらっしゃるわ」

「そういう人だったら野次馬根性、丸出しに事件の現場を見に行く、なんてことはしそうにないですね」

「そうなんですよ。だから私達も、ちょっと現場を見せて、なぁんて馬鹿なこと言い出す気にもなれないわけで。でもホント、あの奥さんには感心するわぁ。とにかく慈善活動にご熱心で。いつもあちこち、飛び回っておられる。だからあのお宅、昼間は殆どがお留守なんですよ」

こうして貴重な情報が、次々と手に入った。次のターゲットはここだ。ここしかない、と思い定めた。こうまで理想的なところを諦めるくらいなら、最初からこんなことやらなければいいだけだ。

更に事前調査を進めた。近所の奥さんが語った通り、笠木夫人は様々なカルチャースクールを主宰していることが確認できた。今度、近くの老健センターでも新たなスクールを立ち上げるらしい。会場が近所なのがちょっと気になったが、老健センターの掲示板で何月何日の何時からスタート、と具体的に明示されているのがよかった。これなら間違いない。特にスクールの初日は目の回るような忙しさで、近所であってもちょっと家に帰る、なんて余裕は到底あり得まい。その日に決行、と腹を固めた。

周りは住宅街だから昼時になると、人目がほぼなくなる。勤めの人はとっくに会社に行っているし、家にいる者は昼餉の準備。外に出て来る用事など何もない。そもそもこの日差しの中、外に出たがる人間などいない。諏訪部は誰にも見られることなく、笠木家の敷地に滑り込むことに成功した。

上から見られることはない。分かっていてもつい、塀の内側に身を寄せてこそこそ行動してしまうのは人情というものだろう。背負っていたバックパックを下ろすと、中から必要な品を取り出した。まずは鍵を開けるためのピッキング道具。そして食品工場の従業員などが着るような、衛生作業服だった。これを服の上から着込み、全身をすっぽり覆ってしまう。帽子をかぶり、マスクをつける。手には手袋、足にはビニール製の足袋。この季節、暑くて堪らないが仕方がない。髪の毛その他、後でDNA鑑定の元になりそうなものを一切、残さないための措置だった。

万全を期した後で改めてピッキング道具を手に取り、勝手口に歩み寄った。鍵を開けて、屋内に足を踏み入れた。

広い屋内だがどことどこを探せばいいか、経験から大方の見当はつく。貴金属の類いなどちょっとした金目のものは見つかったが、手をつける気は一切なかった。大した額にならないと分かっていたしそもそも、高価なものであったら今度は逆に、換金の時に目立ってしまう。

和室の押入れの下部に大きな金庫があったが、開けられるものではなかった。ピッキング道具くらいでは歯が立たない。最初から分かっているので、挑むような無駄な時間を掛ける気もない。

この分だとタンス預金も期待できないか、な。金庫を目にして諦めた通りだった。書斎の文机や仏壇の引き出しなども開けるだけ開けてみたが、現金はあまり見つからなかった。奥さんのへソクリでもないかと探して回ったが、それもなかった。社会活動に熱心な、ご立派なお方だという。旦那に隠したお金でこっそり遊ぶ、なんて趣味もお持ちではないのだろう。

最大の収穫は、金融関係の書類の収められた引き出しで見つけたクレジットカードだった。こいつは使える。まずはギフトカードの類いを大量に購入する。最近ではこうしたものをクレジットで買うにはうるさくなったが、それでもサービスを提供している業者はいるのだ。盗まれた、と分かってカードを止められるまでの時間との勝負だが、急いで買い集めればそれなりの量にはなる。後は金券ショップに持ち込み、現金化するだけだ。

さて、そうとなれば長居は無用だ。〝戦利品〟に相応しいものを何か見つけて、さっさと引き上げよう。腹を決めた、その時だった。勝手口の鍵が開けられる音がした。家の者が帰って来た。帰って来やがったのだ。

侵入した時、中から鍵を掛け直しておいたのはこうした時の常道だった。もし家人が戻って来てもちょっとした時間が稼げるし、何よりその音で緊急事態と察することができる。

だが他の逃げ道を確保しておくことは、しなかった。何より敷地の外に出る前に、衛生作業服を脱がなければならない。素早く逃げ出す、なんてことはできないと最初から分かっているのだ。つまり家人が帰って来てしまった時点で、次の選択肢は定まっていた。そして、そいつの運命も。

バックパックから特殊警棒と、サバイバルナイフとを取り出した。前にもこんなことがあったため、最初から用意してあったのだ。どれだけ綿密に計画を練っていても、不本意な展開というものはどうしてもあり得る。万が一の事態にも備えておくのは、当然だった。

帰って来たのは夫人だった。物陰に隠れて遣り過ごし、背後から歩み寄った。後頭部に特殊警棒を叩き込んだ。夫人は何が起こったかも分からなかったに違いない。その場に崩れ落ちた。金属製の警棒で後頭部を強打されれば、誰だってこうなる。

気絶した夫人を仰向けに転がし、胸にサバイバルナイフを突き立てた。迷いはなかった。こうしなければ自分が破滅の道を辿るだけだ。それに何より、こいつが悪い。

せっかく理想的な〝パーフェクトゲーム〟になる筈だったのを、台無しにしてくれた、こいつが。

一突き目では心臓を上手く貫いてくれなかったようで、胸からは血が吹き出した。構わない。こちらは全身を覆っているのだ。落ち着いて二突き目を入れると、今度は上手くいった。心臓を刺し貫き、血の噴出も止まった。確実に死んだことを確認し、諏訪部は夫人のハンドバッグを手にした。

こんな事件を起こしてしまったのでは、クレジットカードを使うのはマズい。ただの盗みと違って警察は捜査に血眼（ちまなこ）になる。カードの使われた店や周辺の監視カメラは徹底的に洗われるだろう。

だから夫人のハンドバッグの中身を探り、財布を取り出した。中の現金を抜き取った。大した額ではなかったが、ゼロよりはずっといい。せっかくの楽しみをぶち壊されてしまったのだ。せめて金銭的な収穫でもなければ、やり切れない。諏訪部は空になった財布を放り出し、その場を離れた。

庭に出ると衛生作業服その他を脱ぎ捨てた。バックパックに詰め終えると、遺漏はないか周りを見渡して歩き始めた。裏口の塀の引き戸を薄く開け、誰もいないのを確認して外に滑り出た。素知らぬ顔をして足早に立ち去った。

動揺はなかった。そんなこともあり得る。覚悟は常にあったからだ。最悪の展開もある。そうした時は迷わず、次善策を採るまでである。どんな事態でも冷静に対処する。何事もなく家に帰り着いた。

だが思い出すと、今も腹が立つ。せっかく〝パーフェクトゲーム〟を完遂できると、期待していたのに。久しぶりにいい思い出が残ると喜んでいたのに、こういう結果になってしまった。

望みもしない殺人を犯す羽目になった。〝戦利品〟も盗っては来なかった。時間がなかった、というだけではない。悪い思い出の象徴など、取っておく気にもなれないからだ。これだけの手間を掛けたというのに結局、手に入れられたのはちょっとした現金だけだった。〝パーフェクト〟どころではない。〝フォールト〟だ。

血に塗れた衛生作業服も処分するしかなかった。直ぐに買い直さなければならなかった。即、必要なわけではない。ただいい機会がいつまた、巡って来ないとも限らない。そうなった時、慌てて買い直していたのではどこかでミスをしてしまう危険性が増す。万全の準備というものは常に、早め早めにしておいた方がいいのだ。

金目のものは殆ど手に入れられなかった一方、余計な出費も強いられた。金額の問題ではない。こうした羽目に陥れられたことにこそ、腹が立つ。腸が煮え繰り返る。

悪いのはあの女だ。あんなところに帰って来るから、悪いのだ。理想的な〝パーフェクトゲーム〟だったのに。最悪の展開を招いた。社会活動に熱心な慈善家かどうかなんて、関係ない。俺の楽しみの邪魔をした奴は、殺されるのが当然の報いではないか。

そう、何人(なんぴと)たりとも許されはしないのだ。諏訪部武貞は強く思った。〝パーフェクトゲーム〟を台無しにした奴は、誰であろうと息の根を止めてやる。俺がこの手で、確実に。

6

「うちのお客様は基本的に、企業さんが多ございますので」販売部長が言った。先程もらった名刺によると、太刀川顕信(たちかわあきのぶ)という名らしかった。もっとも苗字と肩書きだけは、電話で既に聞いていたが。漢字と名前まで知ったのは、今日が初めてだった。

「個人でご購入のお客様というのは、あまりいらっしゃらないのですよ。昨日もお電話でお話ししましたように。ですからその上、首都圏在住の方となるとかなり限られた数に絞ることができました」

差し出された資料を受け取った。お願いしておいた通り購入者の名前と日付、住所その他の情報が一覧に纏められていた。お手数お掛けしました、有難うございます。穂積は本心から、礼を述べた。

衛生作業服のメーカーに来ていた。犯人を絞り込む材料になるのでは、と微かな期待を抱いていた。

先日も捜査本部で轟木に示唆した通り、穂積の中では犯人に対する〝見立て〟が少しずつ、構築されつつあった。こいつは用意周到な奴に違いない。事前調査を徹底し、準備も完璧に整えた上で犯行に臨んだのに違いない。

事態の急変にも冷静に対処している。夫人の財布から現金が抜き取られている一方、家に置いてあったクレジットカードは現場に放り出されていた。こいつは当初、クレジットカードで金券でも買い漁り現金化することで利益を得ようとしたのであろう。ところが殺人を犯す羽目になったのであっさり諦めた。捜査が徹底されてしまうことが予想されたためだ。そこで夫人の財布から現金を盗むだけに切り替えた。極めて的確な判断と言えた。人一人、殺しているのに冷静さを失ってはいない。

なのにそんな犯人がマル害——笠木夫人が忘れ物を取りに家に帰って来た際、上手くやり過ごして逃げ出さなかったのは、何故か。どうして殺人などという大罪まで犯さなければならなかったのか。

もう一つ、刃物の一突き目でマル害を即死させることができず、浴びた筈の返り血を犯人はどうしたのか。二つの点を考え合わせると、大きな仮説が浮かんで来る。犯人は最初から、全身を覆う服を着ていたのではないか。そう、食品工場の作業員なんかが着ているような衛生服を。仮説が胸にあったからこそ轟木に対して「現場の微物を分析しても、髪の毛のようなＤＮＡに繋がる遺留物は発見できないのではないか」と予測を語ったのだった。もっとも直後に「犯行現場を目撃したらしい」という女が現われたため、最後まで説明することは叶わなかったが。

マル害を刺殺した後、犯人は庭に出て衛生作業服を脱いだことだろう。その手間が必要だったからこそ、上手くやり過ごして逃げ出すという選択肢はなかったのだ。ただお陰で、服についた血を気にする必要はなかった。汚れた服は脱いで持ち帰ればよかった。何気ない顔でその場を立ち去ったことだろう。

だが汚れた衛生服を、そのままにしてはおけない。いくら洗っても、血が残る可能性は常にある。すると警察がルミノール試験を施せば、見つかってしまう。もっともルミノール反応で検出されるのは血だけとは限らず、疑いが出た段階で更に綿密な鑑定が必要となるが。いずれにせよ血を浴びた服をとっておくのは、犯人にとっては危険極まりない。捨てるしかなかった筈である。

ではその後、どうするか。前回の空き巣は失敗だったのだ。次の機会を虎視眈々（こしたんたん）、狙っているに違いない。準備も早め早めに整えておこうとするだろう。すると新たな衛生服を、直ぐに買い直す可能性も高いのではないか。

見当をつけると、パソコンをインターネットに繋いでみた。こういうのは未だに慣れず、不得手なのだが最低限のことだけはできるようになっていた。検索ページで「衛生服」と打ち込んでみた。製造メーカーや販売店がいくつもヒットした。メーカーにはネットで注文を受けて直接、客に販売するサービスをしているところも多いようだった。

そんな中から一つ、目をつけた。大手のメーカーで衛生服だけでなく、各種作業服も製造販売しているところだった。捜査本部から電話を入れた。同じようなメーカーは他にも多数あり、犯人がここのを購入したと決まったわけではないが、まずは話を聞いてみれば見えて来るものもあるだろうと考えたのだ。思いついたら取り敢えず行動してみる。〝一匹オオカミ〟刑事（デカ）としての穂積の流儀だった。

「そちら、衛生作業服の販売をネットでも受け付けられているようですが」警察だと名乗って、質問した。詳しいことは説明できないが捜査の過程で必要な情報だ、と強調した。「ここ二週間の間で注文を受けた、個人客のリストを見せてもらいたいんですよ。可能でしょうか」

「うちのお客様は基本的に、企業さんが多ございますので」担当者を、と頼むと販売部長を名乗る人間が電話口に出て、言った。それが今、目の前にいる太刀川だった。確かにあの時のセリフは今と全く同じだったな。思うと穂積はついつい、胸の中で笑みを浮かべた。「例えば一つの工場とかの単位で、纏めてお買い上げになるお客様が。ですから個人で購入されるケースというのは実は、そんなに多くありませんで」

「しかも首都圏在住、という条件付きです」犯人の職業についても、とある〝見立て〟が出来ていた。すると恐らく住んでいるのは首都圏、と見当もつけていた。「そうなるとかなり、絞り込まれて来るのではないですか」

「そうですね」太刀川と電話口で名乗った販売部長は、素直に認めた。

「お手数を掛けて申し訳ないがそのリストを作成し、見せて頂きたいのです」

「そうですね。いや、しかし」

躊躇(ためら)っていた。まぁ、当然ではあろう。顧客情報というのは企業にとって、宝にも等しい。せっかく買ってくれた客を今後も末長く、上得意として確保したいと願わない企業はなかろう。なのにそんな個人情報を、おいそれと外に漏らすわけにはいかない。捜査のためとならば協力するのも吝(やぶさ)かではないが、バラしたのを客に知られてしまえばいい気持ちはするまい。下手をすれば顧客全体から総スカンを食う。せっかくの上得意を逃してしまう。二の足を踏むのも、当然だった。

「単に捜査の参考にするだけです」食い下がった。「資料が捜査本部の外に出ることは絶対にない。それは、保証します」

会ったこともない人間に保証します、と請け負われても、はいそうですかとはなかなか頷けまい。分かってはいたがここは、食い下がるしかなかった。

「捜査にご協力したいのは山々なんですが」太刀川部長は言った。「ただ、その。貴方が本当に、その」

吹き出しそうになった。こちらが本当に警察なのか、と向こうは疑っているのだ。

しかしまぁ、当然ではあろう。いきなり電話を掛けて来て、「警察の者です」と名乗ったに過ぎないのである。それこそ保証するものは何もない。最近だとそうして「警察だ」と電話で偽り、金を騙し盗る「振り込め詐欺」の被害も頻出していることだし。「こういう手合いに注意して下さい」と呼び掛けているのは考えてみれば我々、警察自身ではないか。

「分かりました」笑い声が電話口に飛び込まないよう、注意しなければならなかった。「私自身、そちらにお邪魔しましょう。明日でも構いませんか」

電話を掛け直させる、という手もないではない。いったん、この電話を切って西高島平署に掛け直してもらう。「特捜本部の穂積警部補を」と呼び出してもらい、自分が電話口に出れば嘘ではなかった証拠になる。

だがまぁ、自分が出向いて直接、話した方がいいと判断した。たまには捜査の現場から遠く離れて気分転換するのもいいし。面と向かって話した方が、先方も気が楽だろう。腹を割って打ち解けた気分にもなってくれるかも知れない。

そして今日、実際に訪れてみた。警察手帳を掲げて見せた、効果は抜群だった。何だか疑ったみたいで、申し訳ありません。名刺を受け取りながら太刀川部長は、恐縮して何度も頭を下げた。

いえいえ当然のことですよ。電話で警察と名乗る相手には警戒しろ、と我々も皆さんに注意喚起しているところですし。むしろちゃんと用心してくれて有難い、と笑うと打ち解け合った雰囲気が醸し出せた。狙った通りの効果だった。

差し出された資料にざっと目を通した。並んでいるのはただの名前の羅列に過ぎない。ただこの中に、犯人がいる可能性もゼロではないと思うと胸が高鳴った。こういう時の興奮はどれだけ経験を積んでも、なくなるものではなかった。もっとも実際には犯人がネットで買った確率は低かろう、と胸の中で諦めてはいるが。ここ以外のメーカーから購入したということも大いにある、と分かってはいるが。

「捜査のお話なので具体的なことは明かせないのでしょうが」資料を捲っているこちらを見て、太刀川部長が言った。「もしかして何かの事件の犯人が、衛生服を購入したかも知れないと警察では見ているわけなのですか」

「そうなのですよ」顔を上げ、素直に認めて答えた。「それも購入したとすれば、ここ最近。この二週間か、もしかしたらこれから間もなく、ということもあり得ると見ています」

「そうなると大変、失礼ですがネット通販を利用した可能性は低いのではないですか」こちらの胸の内をズバリ、見抜いた指摘だった。この部長、なかなか鋭い。もしかしたらテレビの刑事ドラマか何か、好んで見ているのかも知れない。またも余計な〝見立て〟をしている自分がいた。「ネット通販だとこんな風に、記録に残ってしまう。なるべく追及されたくない犯人からすれば、店舗で購入した可能性の方が高いのでは」

「そうなのですよ」これも認めて、言った。「ご指摘の通りです。犯人は名前の記録など残らない、店舗での購入を選んだ確率が高い。ただ我々としてはあらゆる可能性を、追及しないわけにはいかないんですよ。もしかしたら間抜けな奴で、大した考えもなしに記録に残るような買い方をしてしまった、ということもあり得ますので。まずは取っ掛かりとして、こちらに来てみたわけでして」

「いやぁ、大変ですなぁ。無駄足に終わるかも知れないと思っていても、一応はやってみなければならないわけですね」

「まぁ、そういう仕事なんでして」

「それではどうでしょう。うちから卸している小売店さんのリストを、出すこともできますよ。メーカーは我が国にはうち以外にもいくつもありますが、衛生服を扱っている店舗さんはほぼこの中に網羅されていると思います。そちらを、当たってみられては」

「いやぁ、有難うございます」心から感謝した。やはり来てみてよかった、と感じた。電話で話しただけではとてもこうした、次の捜査のヒントになるような方向は出て来なかったに違いない。「そうして頂けると、とても助かります」

リストを持って、戻って来た。「ここの直ぐ近くに、ホームセンターがありましてそこにもうちから衛生服を卸しています。よろしければまずはそこに、ちょっと行ってみられたらいかがですか。担当の方は私もよく知っていますし。もし行かれるなら事前に、私の方から一報を入れておきますよ」

「いやぁ。何から何まで、お世話になります」深々と頭を下げた。「お言葉に甘えて、お願いしてもいいですか。早速、行ってみようと思いますので。担当の方に一言、これからこんな奴が訪ねて行くと用件を伝えておいて頂けると、話が早い」

太刀川部長の言った通り、件のホームセンターは会社からタクシーの初乗りで行ける距離にあった。店に着いて部長から教えられた担当者の名前を告げると、直ぐに裏の事務所に通された。

用件についても部長から事前に知らされていたようだが、取り敢えず「衛生作業服を個人で購入した人間を探している」と告げた。「捜査情報に関することで、申し訳ないが詳しいことはお伝えすることはできない」と断った。

「衛生作業服のようなものは基本的に、個人よりも企業単位で購入されるケースの方が多ございますので」売り場主任は言った。太刀川部長とほぼ同じ内容の答えに、またも苦笑しそうになった。やはりこういうものは、個人で買うのはレアケースと見て間違いないようだ。「例えばここから直ぐ近くにもお弁当の工場がありますが。そこもうちのお得意で、定期的に『何ダース』という単位でお買い上げになられます」

「すると個人で購入されたケースは絞り込み易い、ということですね」

主任は頷いて、コンピュータを指差した。「レジでバーコードを読み込み、POSシステムで収集されたデータは全てここに管理されております。これを見れば衛生服を一着だけ購入されたケースはいつといつあった、と立ち処に分かります」

ネット通販と違ってここに残るデータには言うまでもなく、客の個人情報はない。こういう買い方をした客がいつといつあった、という記録が見られるだけだ。確認すると主任は、「それはその通りです」と認めた。「さすがにお買い上げになったのがどの何という方である、とまでは分かりません」

「ただ」ここに案内されて来る途中、レジの横を通った時のことを思い出した。「レジの横や店内にはあちこちに、防犯カメラが設置されてましたな。あの映像というのはどれくらい、保存されているものなんですか」

「今では動画データもかなり圧縮して、保存できますので。かなり以前のものまで保管してありますよ。基本的には何かあった時のため、三ヶ月間は保管しておくようにと内規で決められているのですが。実際には消すのも面倒なので、半年くらい前のものも残ってるんじゃないのかな」

そんなに昔のものは必要ない、と言った。欲しいのはここ、二週間のデータだ。調べてもらうと衛生服を一着だけ購入した客は最新では、四日前に一人いた。取り敢えずこの日の映像を見てみたい、とお願いした。

購入した時刻まで正確に分かっているから、どの部分を見ればいいか探すのも簡単だ。売ったのがどのレジだったかも記録されている。「これだ」目的の映像は直ぐに見つかった。ボヤケているが、年恰好くらいはよく分かる。初老の男性だった。

穂積の〝見立て〟では犯人像は、もっと若い筈だった。恐らく二十代後半から四十代の頭といったところ。なのでこの人物は多分、違う。思ったが、この映像をコピーしておいてくれ、と頼んだ。それから店内の他のカメラで、この人物を写しているものはないか探してもらった。

ここ二週間の間で衛生服を一着だけ購入しているのは、もう一人だけだった。その人物についても同じようにお願いし、集められるだけの映像をコピーしてもらった。こちらの客はまだ若そうだ。どちらかと言えば犯人は、こっちである可能性が高かろう。

「大変お手数をお掛けしますが」穂積は言った。「今後もこのような客があれば、記録しておいて頂けますか。今のようにレジでの映像から店内、全てのカメラに写っているものまで。コピーしてとっておいて頂けると有難い」

「はぁ」

面倒だな、と思っているのが見ただけで分かった。それはそうだろう。店側からすれば何のメリットもないのだから。おまけに手間を掛けた挙句、全てが徒労で終わってしまう確率の方が高い。だが捜査とはこういうものなのだ。無駄足は百も承知で、可能性を一つ一つ潰していく。

「ご面倒を掛けて申し訳ない。またこちらからご連絡を入れます」頭を下げて、ホームセンターを辞した。

捜査本部を出、自宅に向かう頃には既に終電近くになっていた。衛生服メーカーとホームセンターから西高島平署に戻り、あちこちに電話を掛けていたのだ。太刀川部長からもらった衛生服を卸している店舗のリストに、片っ端から掛けた。今日のホームセンターと同じお願いを繰り返した。

本当ならこんなもの、人海戦術でやった方がいい。捜査本部のメンバーでチームを組んで、お前はあっち、お前はこっちの店という風に割り振る。一斉に同じ内容の電話を掛ける。時間的にも効率がいい。何より一人でやっていると、同じセリフばかりを繰り返すことになるので飽きてしまう。

が、仕方がなかった。独自の判断で、勝手にやっている捜査なのだ。おまけに今、辿り着いている〝見立て〟を特捜班長なんかにはギリギリまで知られたくない。俺を嫌っている班長のことだ。こんな推察だらけの〝見立て〟を伝えたところで「そんな雲を摑むようなことしてないで、地に足のついた捜査をしろ」などと突っ撥ねられるのがオチだろう。それでも強行しようとすれば妨害さえされるかも知れない。

だから面倒でも、一人でやるしかなかった。こうして網を張っておけばどこかに、犯人が引っ掛かって来る可能性はある。いくら確率は低かろうとできるだけのことはやっておく。繰り返すが無駄足は、捜査の常道なのだ。

店舗も閉店時間になり、電話を掛けることもできなくなった。ぼちぼち、捜査員が聞き込みから帰って来る時刻になった。親しい奴を何人か捕まえて、進捗状況はどんな感じか聞き出した。そうしている内に終電近くになったのだ。今日やれることはこのくらいだな。切り上げ時と判断して、帰途に就いたのだった。

自宅マンションの前まで来ると、人影があった。「よう」手を挙げた。ひょろりと背の伸びたシルエットなので、遠目からでも誰か直ぐに分かる。「毎晩、ご苦労様だな」

「同じセリフを返させて頂きますよ」読日新聞社会部のベテラン記者、山藤尚也(やまふじなおや)だった。熱心に夜討ち朝駆けを繰り返し、スクープをいくつものにしているベテラン記者である。穂積もこれまでの事件捜査で、何度も相対しておりすっかり顔馴染みだった。「毎晩こんな時間まで、本当にご苦労様です」

「皮肉かよ」捜査本部の設置から一ヶ月近くは、家に帰る暇もないというのが刑事の常識だ。夜遅くまで聞き込みに回った挙句、報告書を仕上げる用もある。大抵は所轄の道場なんかに寝泊まりすることになる。

だが穂積の場合、マイペースで仕事をしているため報告書作成の務めもない。たまたま署が自宅の近くで帰り易かったこともあり、ここのところは毎晩、帰宅していた。周りからも認められて(諦められて?)いた。お陰でこうして、新聞記者の夜討ち朝駆けにも遭うようになった。

「まぁ、いいや」皮肉なんかじゃありませんよ。そんなこと言うわけないじゃないですか、と否定する山藤記者に掌を向けて遮った。「ただせっかくだが、今日は何もないぞ」

「ホントですかぁ。〝見立て屋〟の穂積さん。また何か新しいことに目をつけて鋭意、捜査が進行中じゃないんですか」

「捜査なんてそんなに毎日、大きく動くものじゃないよ。実態は地味なものだ。まぁあんたには、釈迦に説法だろうが、な」

「本当かなぁ。穂積さん、顔が晴れ晴れしてますよ。これだけ長いつき合いだ、見りゃぁ分かる。停滞してたんじゃ、そんな表情にはならない筈だ」

苦笑するしかなかった。確かに表情には、滲み出てしまっているかも知れない。

「あんたこそどうなんだ」逆に訊き返してやった。「こないだやった、ネタ。毎日、熱心に追及してるとこなんじゃないのかぃ」

「そりゃそうですよ。あんな情報、頂いて放っとくわけにはいくモンですか」

「くれぐれも言っとくが、他所には漏らすんじゃないぞ」煙草を一本、差し出して来たので有難く受け取った。カミさんがうるさいので自腹じゃ買わないようになって久しいが、厳密に禁煙しているわけでもない。こんな風に差し出されたら素直に頂く。ネタをやった相手なのだからこれくらいの見返り、頂いたって構うまい。ライターで火をつけてもらい、煙を長く吐き出してから続けた。「あんただから教えてやったんだからな」

「そりゃ、まぁね。こんなネタ、頂いたのはうちだけですからね」山藤も煙草を銜えて火をつけた。「他所に教えてあげるわけがないですよ。でもねぇ、いつまで黙っとけばいいんですか」

「俺がいい、と言うまでだ」

「今の段階でも書けば、一面ブチ抜きの大スクープなんですがねぇ」

「今の段階で書かれちゃ、大いなる捜査妨害になる。犯人を逃してしまい兼ねない。それくらい、あんたにだって分かるだろ」

「えぇ、まぁ」

「だからもうちょっと、あんたの胸の中だけに仕舞っといてくれ」煙を胸一杯に吸い込んだ。あぁ、美味い。こんな美味いものを金輪際(こんりんざい)、止(や)めちまうなんて馬鹿のすることだ。要は加減の問題。健康を害しない程度に、調整して吸えばいいだけだ。「何か大きな動きがあったら、必ず真っ先に知らせるから」

「本当ですね。信頼してますよ」

「あぁ、信じてくれ。だからそれまでは誰にも言わず、独自で調べを進めるだけにしといてくれ」

「もうちょっと具体的なところまで教えてくれたら、調査も楽なんですけどねぇ」

「贅沢、言ってんじゃないよ。おまけにあんまり突っ込んで調べられたんじゃ、あいつ何やってる？　って周りの記者にも勘づかれちまうじゃないか」

「わざと見当違いのところ調べさせて、私を含め周りを煙に巻こうって魂胆ですか」

「そこまで底意地、悪いこと考えちゃいないよ」携帯用灰皿が差し出されたので、吸い差しを放り込んだ。ご馳走さん、と礼を言った。「とにかく今の段階で明かせるのは、悪いがここまでだ。じゃ、また」

「ええ、お休みなさい。どうか最新の第一報だけは、必ずうちに。お願いしますよ」

同じく吸い終わった煙草を携帯用灰皿に突っ込み、立ち去って行く山藤の背中を見送って穂積も踵を返した。マンションに入った。

そう、こいつも張ってみた網の一つだ。賭けではある。それもかなり危険な賭けだ。それこそ特捜班長なんかにはとても、打ち明けることはできない。何て無茶をやっているんだ!? 直ちに止めろ、と封じられてしまうのがオチだ。まぁそっちの方が普通の刑事としては、真っ当な感覚ではある。保身が服を着て歩いているあの班長なら、尚のこと。

だが俺は違う。穂積は思った。元々が保身なんかにはさして関心はなかったし、年齢的にもどうせもう直ぐ警察を離れる段階に至ってしまった。ルールの範囲を多少、逸脱しようが犯人逮捕のためならできる限りのことはやる。それが〝一匹オオカミ〟刑事としての、俺の矜持なのだ。

7

「あぁ、まただ」

思わずため息が出た。ここのマンションの管理人さん、口だけは調子いいが実行が伴っていない。いつでもここにいますから気軽に声を掛けて下さいよ。請け合っていたのに実際には、管理人室にいたためしがない。

仕方がない。またお願いするしかない。暑い外を歩き回って吹き出た汗を、奈津実はタオルで何度もぬぐった。何とか見苦しくない顔になると、改めて自動ドア手前のインタフォンに歩み寄った。一〇五を押した。

「はい」年老いた婦人の声が出た。「あぁ、戸田さん」

制服を着ているので、すぐにそうと分かってくれる。個人の生活の場にギリギリまで近づく、あるいは踏み込むことさえある仕事なのだ。身許を示す制服は欠かせない。名札もつけているので、こうして名前を覚えてくれているお客さんもいる。もっとも以前、変なストーカーが出たこともあるらしくそれから今の、フルネームではなく苗字だけの名札になったんだ、とか。

「はい、そうなんです。いつもすみません。ここ、開けていただけます」

「ええ、どうぞどうぞ。ちょっと待ってね」

ガラス製のドアが開いた。奈津実は中に足を踏み入れた。

一階の廊下に行くと、鏑木（かぶらぎ）さんが外に出て待っていた。今、ドアを開けてくれたお婆さんだった。独り暮らしらしく、人に会うこともあまりないようで奈津実が月に一回、こうして訪れるのを小さな楽しみにしていた。ほんの短い時間だけなのに、自分を待ってくれている人がいる。思うと、救われるような気分になった。暑い中を歩き回ってウンザリしている日々での、わずかな安らぎのひとときだった。

「はい、これ。今月の分です」検針票をプリントアウトして手渡した。

「どうもありがとう。本当にいつもお疲れ様ですね。ここのところ毎日、暑いから大変でしょう」

「えぇ、まぁ」

「外を歩くお仕事ですからねぇ。熱中症になっちゃいそう」

「えぇ。それだけは気をつけてます。水分は小まめにとるように、心がけてます」

「ここの管理人さん、本当にいい加減で、ねぇ。管理人室にいたためしがない。私もホント、見たことがないですよ」

「でもいつもこうして、鏑木さんに開けていただいて。本当に助かります」

「いえいえ。でも考えてみたら私、管理人さんに逆に感謝しなきゃいけないのかもね。おかげでこうして毎月、戸田さんに会えるんだもの」

「そう言っていただけると、嬉しいです」

検針員をやっていて、困るのがオートロックのマンションだった。管理人がいて開けてくれればいいが、そうでなければ中には入れない。検針票をドアのポストに届けられない。

ここのマンションは既にスマートメーターに切り替わっているので、数字を読んでハンディ・ターミナルに打ち込む必要はなかった。今月の料金はいくら、と結果を打ち出した検針票をポスティングするだけだった。

おまけに一階のエントランス裏に集合ポストがあるので、そこに突っ込むという横着もできた。お客はめいめい、何かの用事で外出した時などに帰りに集合ポストから取って来ればいい。

でもできれば、したくなかった。「ポスティングは基本、集合じゃなくドアのポストに入れることよ」伯母も心構えを説いていた。やはり横着した印象よりは、わざわざドアのポストまで届けに来てくれたんだ、とお客に思ってもらえた方が気分もいいだろう。オートロックのマンションのこんなところまで入り込んで、プライヴァシーの侵害だなんて怒る人もいるかも知れないが、まぁ少数派だろう。

それにこの鏑木さんのように、年老いた住民も多い。足が不自由で外出するのは週に何回、なんて人もいるだろう。エレベーターはあってもおっくうで、一階まで降りるのも面倒という人もいよう。そういう老人は郵便物だって毎日、取り出すわけではない。だからせめて、自分の配る検針票くらいはドアのポストまで届けてあげたかった。月に一度、会えるのを楽しみにしている鏑木さんのような人がいればなおさらだった。

「そんな風に言っていただけるのなら、管理人さんがいても鏑木さんのインタフォンを押しちゃおうかしら。そうしたら変わらずこうして、お会いすることができますモンね」

「そうそう。ゼヒそうしてよ。もうこんな、お婆ちゃんですものね。訪ねて来てくれる人も限られてるし。定期的に部屋の掃除とかしに来てくれる、ヘルパーの人くらい。だから他の人とお話しできると、とても嬉しいの」

鏑木さんは見たところ、身体はそんなに悪くはなさそうだった。歩くのも少し不自由そうではあるが、歩行困難というほどではなかった。身の回りのことは基本的に、自分でできるのだろう。時おり掃除の手伝いにでも来てくれる人がいれば、充分なのだろう。

ご家族はどうしたんだろうか。思うが、訊くわけにはいかない。そこまで足を踏み入れる権利は自分にはない。またもしそっちの方面で相談を持ちかけられたとしても、できることはあまりにも少なかろう。

「お部屋にはエアコンはあるんですよね」熱中症の話題を思い出して、尋ねた。

「あるけど、あまりつけっ放しにするのも気になってね。身体にもよくない、っていうし。だから、つけたり消したり。それもまた、実は電気をたくさん消費してる、ってこないだテレビでは言ってましたけどね」

「そうですよ。適温にして、長時間つけてた方が結果的には電気代の節約になるんですよ。基本的にお部屋におられる鏑木さんなら、なおさらです。ちょっと外出するだけくらいなら、つけっ放しにしてた方がかえって節約になったりするんですから」

「あらあら。電気の専門家に言われたら、その通りにしなくちゃ、ね」

まだこの仕事に就いて、半年だ。専門家、なんて言われるのはおこがましい。今のは基本的に、テレビで言っていたことの受け売りなんだし。そこのところ、鏑木さんとレベルは何も変わらない。

「専門家なんかじゃないですよ。でも室内にいるから、って油断は禁物です。家にいて熱中症になるケースだって多いんですから。気をつけて下さいね。エアコンは上手にお使いください」

「はいはい。心配してくれてありがとうね。もうこの歳になると、気に掛けてくれる人もいなくなっちゃいましたから。それだけでありがたいくらいですよ」

「私も鏑木さんとお話ができて、楽しいです。いつまでもお元気で。来月も、また」

「ええ。私も戸田さんと会うために、元気でいなきゃ、ね。エアコンも教えてもらった通り、上手に使うことにするわ」

「それじゃ」

一階の各戸に検針票を入れ終わると、先に最上階に上がった。いったんエレベーターで上がれば後は下りである。さすがに上りをずっと階段だとしんどいが、下りなら構わない。もっともあまり下ってばかりいると、膝を悪くするともいうけれど。

鏑木さん、か。回りながら、思った。本当に感じのいい人だ。ちょっと話しただけで、気分もよくなる。なのにどうして、独り暮らしなんだろう。あんなに人当たりもいいのに。家族はいったいどうしたんだろう。

ここのマンションはスマートメーターなので、検針員としては仕事をしても単価が安い。各階、回ったところで手取りは夕カが知れている。それでも、と思うのだった。鏑木さんのような人と触れ合えば少しでも、気分がほぐれる。暑いなぁ。管理人はいつもサボっているし、とイライラしていたのがいつの間にか、吹っ飛んでいる。それでいいではないか。お金だけじゃない。人と接して心がちょっと、豊かになる。この仕事をしていてよかったなぁ。感じられる瞬間があるだけでありがたい、と思うべきだろう。

考えてみれば鏑木という苗字も最初は、読めなかった。それが数多くの名前に接している内、分かるようになって来るのだ。おかげで最近では変わった苗字もずいぶん、読めるようになった。検針員をやっていて得た思わぬ余禄、なのかも知れない。

全戸、回り終わってエントランスに戻って来た。管理人室は今も、無人のままだった。

　外に出た。日差しが照りつけた。マンションの中も廊下は、外に面している。暑い外気にさらされる。それでも日差しは遮られていた。だが表に出ると日陰もない。陽光がモロ、肌に突き刺さって来る。汗が再び、吹き出した。

　停めておいた自転車のところに歩み寄った。荷台のケースから水筒を出し、まずは口をつけて飲んだ。バックパックに入れておいたペットボトルは、とうに空になっていた。

　ふと見ると自転車に乗った警官が通り掛かった。奈津実を見てブレーキを掛けた。

「あの、戸田さんですか」制服を着ているからこれも、すぐに分かってくれるのだ。

　はいそうです、と答えた。あの穂積という刑事はどうやら、言った通りのことをしてくれているようだ。「パトロールしてくれているんですね。ありがとうございます」

「何か、変ったことはありませんでしたか」

「今日は今のところ、何もないようです」

「そうですか。本官もまだ今のところ、不審な者は見かけておりません」

「これから隣のエリアを回ります。自転車をちょっと移動させます」

「そうですか。引き続きパトロールは続けますので。どうか、お気をつけて」

「ありがとうございます」

安心して、気分が軽くなった。守られている。身体も軽くなったようだった。暑さによる不快感もかなり、ぬぐい去られていた。やっぱり人との触れ合いが、こういう時には一番なのだ。すさんだ心を和ませてくれる。警察に相談してよかった、と感じた。確かにちょっと後ろめたい気も、しないではないが。

今日のお客は全て回り終え、自転車を走らせて都営地下鉄三田線の志村三丁目駅に来た。明日の担当エリアを回るには、ここが最寄駅だからだ。満里奈の幼稚園は今日から夏休み。昨日から母のいる実家に預けてある。だから奈津実も夜は、そちらで過ごすのだった。

自転車を有料のパーキングに停めると、駅前のコンビニに入った。一日、歩き回って身体は汗まみれである。まずはエアコンで涼みたかった。ここはカフェサービスがあるので、座って冷たい飲み物を味わうことができる。奈津実はアイスカフェラテを選んだ。喉を滑り落ちていく甘さが、心地よかった。

ホッと一息つくと、ハンディ・ターミナルを取り出した。今日のデータを基幹システムに転送した。

受信した基幹システムは今日、打ち込まれたデータに前回と比較してそごはないか、ミスと思われる点はないかなどをチェックする。結果を、各支社のコンピュータに送る。プリントアウトされた結果を、職員がチェックして各検針員に電話する。「ミスではないか」と疑われる点があればただし、全ての照合を終えて「はい、ご苦労様でした」となる。これをもって検針員は、本日の仕事は終了である。

支社からの電話を待ちながら奈津実は、ふと思い至っておかしくなった。そう言えばここ志村三丁目駅は、板橋事務所の最寄駅でもあるではないか。つまり自分は電話を掛けて来る職員のすぐ近所にいて、待機しているというわけだ。それなら直接、板橋事務所におもむいて結果について話し合えばよかったのに。今日のデータにかなり奇妙な点が見つかれば、そうすることになるかも知れない。

と、電話が掛かって来た。幸い、さしておかしな点はなかったらしく早々に「お疲れ様でした」とお役ごめんになった。

通話を切りながらもう一つ、思い至った。せっかくだったら自転車も、事務所に停めさせてもらえばよかった。そうすれば一晩分の駐車料金も、掛からなかったのに。ほんの何百円の節約に過ぎないが、今ではそんな風に考えてしまう自分がいた。お金の大切さをしみじみと実感している、自分が。

都営三田線は終点の目黒駅から、そのまま東急目黒線に乗り入れている。ずっと乗っているとて東急東横線の日吉駅に至る。奈津実の実家は川崎市内だった。沿線の駅からはちょっと歩くことになるが、そういう意味では一度も乗り換えることなく、一本で来ることができた。

駅を出るといつもながら、はぁとため息が出た。最近は再開発で、高層タワーマンションや大型商業施設が立ち並び見違えるように変わってしまっているのだ。子供の頃は会社と工場ばかりの街だったのに。ちょっと行けば多摩川の川辺で、走り回って遊ぶのが常だったのに。

奈津実の実家は駅を取り囲む超高層ビルとは程遠い、古びたマンションの一室だった。そういう意味では今、住んでいるところと五十歩百歩だった。

「ただいま～」

ドアを開けると、「ママー」と満里奈が飛びついて来た。しっかりと受け止め、強く抱きしめた。愛おしい匂いがふんわりと鼻をくすぐる。一日、働いた疲れがこれで吹き飛ぶ。汗まみれになってガンバった。それもこの一瞬のためだった、とつくづく感じる。

母、辰子がニコニコしながら奥から現われた。「お帰り。満里奈はとってもいい子でしたよ。一日、ずっとご機嫌だったわ」自分がいなかったのにご機嫌だった、と言われるとちょっと複雑な気分にもなるが、始終むずかって母を困らせたというよりずっといい。

「あのねあのね」目をキラキラさせながら、言った。今日の報告、というわけだ。

「満里奈、バァバと『いとーよーかどー』行ったんだよ。とっても美味しいアイスクリーム食べたんだよ。ブドウの味の」

「家にいても暑いだけだからね。やることもないし。だから駅前のイトーヨーカドー行ったの。お昼もそこでいいか、って」

「でもねでもね。朝ごはんいっぱい食べたから、お腹が空かなくって。だからタコ焼き食べたの。熱っつあつの」

いつまでも玄関先で話していても仕方がない。満里奈を抱っこして、奥へ入った。居間のソファに腰を下ろして、再開した。飲み掛けだったらしいジュースのストローに、満里奈はかぶりついた。飲み下してから、続けた。

「それでねそれでね。バァバが、すっごく熱いから、ってお箸でタコ焼き割ったの。そしたら煙が、バーッ、て。カツオブシが、こんなになってて」

本当に楽しかったのだろう。身ぶり手ぶりを交えながら、今日の模様をいっしょうけんめい話す娘を奈津実は眺め続けた。

あぁ、自分は幸せだ。しみじみ、感じた。こんな日々がずっと続いてくれますように。心から願わずにはいられなかった。

この生活を守るためだったら、自分は何だってやる。改めて胸に誓った。たとえ多少、後ろめたく感じることがあったとしても。

8

三人で食べた夕食も本当に楽しかった。満里奈の大好物のミートボールを、母がお手製で作ってくれた。

「ママのとバァバのと、どっちが美味しい」

「んーとねんーとね。バァバ」

子供は残酷なことをサラリと言ってくれる。正直に答えているものだから、よけい胸にグサリと突き刺さる。

「お願いだからママのだって言ってよ〜」

「んーとねんーとね。ママのもいい、ママのも、美味しいよー」

「『のも』って、何よ〜」

終始、笑いに包まれた食卓となった。あっという間に時間が過ぎた。

風呂に入るとさすがに一日の疲れが出たのだろう。程なく満里奈は寝入ってしまった。

布団から響く、安らかな寝息を聞きながら奈津実は寝室を出た。仏壇の前に正座し、父の遺影に手を合わせた。食道ガンが見つかった時にはもう末期で、手の施しようがなかった。満里奈が生まれたばかりで子育てに大わらわだった奈津実は、入院中のお見舞いも満足にできなかった。あっさり、逝ってしまった後には介護疲れで呆然となっている母だけが残されていた。ギリギリ、赤ん坊の満里奈を見せてあげることができた。それだけが娘としてできた、父への最後の親孝行だったろうか。

居間に戻ると母は缶チューハイを呑んでいた。元々はあまり強くなかったのが、独り身になって酒量が少しずつ増えて来たらしい。呑みでもしなきゃ長い夜をどうやって過ごすのよ。以前、奈津実に言ったことがある。確かにそんなものだろうな、と思った。自分も仕事と満里奈の世話とで体力を消耗していなければ、眠れぬ長い夜を持てあましているかも知れない。

「二日酔いにはならないでよ」奈津実は言った。「明日も満里奈を見てもらわなきゃならないんだから」

「分かってるわよ」一口、呑んで母は言った。「あの人が亡くなって、もう二年。お酒とのつき合いにも慣れて来たわ。自分の適量も分かって来た」

あんたも呑みなさいよ、と言うので冷蔵庫に歩み寄った。色んな種類があるわよ、と言う通りビールから日本酒、チューハイにハイボールまでそろっていたが無難にビールにしておいた。

乾杯した。

「孫は可愛いわねぇ」缶チューハイも二缶めになっていた。「あの人がくれた、最高の贈り物だわ」

「私はどうなのよ」おどけて、言った。

「もちろん、あんたもに決まってるじゃないの。そもそもあんたがいなきゃ、満里奈だっていないんだもの」

「やっぱり満里奈ありきの考え方じゃない」

「あのねぇ、娘と孫の可愛さは違うのよ。そりゃもう、全っ然。あんたも持ってみれば分かるわ」

「みんな、そう言うわね」

「あの人の贈り物と言えば」周りを見渡した。「これも、そうではあるわね」

「私達が今、住んでるとこもね」

「そうそう。そういうこと」

生前、父は証券会社に勤めていた。奈津実の生まれた頃はちょうど、日本経済がバブル景気に向かって走り出していた時期に当たる。当時は子供だったからよく覚えていないが一時、株価のピークは四万円近くに達したという。証券会社も未曾有の好景気に沸いていたことだろう。

日本中が高騰する地価や証券に金を湯水のように注ぎ込む中、父も世相にどっぷりと浸かっていた。資産運用の謳い文句に踊らされ、マンションの部屋をあちこち買いあさった。自分の顧客も周りもみな同じことをしているのだ。何の疑問も持たなかったろう。証券会社という、狂奔の中心にいたからこそ逆に、距離を措いて冷静になることは難しかったのだろう。ただしインサイダーの疑いを逃れるためか、株に手を出すことはなかった。買うのはもっぱら不動産だった。地価は永遠に上がり続け、下がることはないと信じられていた時代である。

ところがバブルは、あっさり弾けた。株価も地価も暴落した。気がつけば資産運用のつもりで買いあさった不動産は、不良債務の山と化していた。父は借金まみれに陥っていたのである。

たださすがはプロだった。せっかく買ったのだし、また値上がりするかも知れないからとなかなか不動産を手放さずにいた結果、泥沼にはまる者が続出する中で迅速に動いた。火傷はしても致命傷にはならないよう物件を次々、処分した。それでも残る借金には給料を惜しげもなくつぎ込み、ダメージを最小限度にとどめた。この冷静さが最初からあれば、と悔やまれはするがまぁ実際にはこんなものだろう。

会社を退職するまでには全ての借金を返し終え、資産価値的には大したものではないがいくつかのマンションは手元に残った。その内の二つがここと、奈津実たちの住むマンションというわけである。残りは貸しており家賃収入と年金を合わせれば、母も仕事をせずに暮らしていくことができた。投資と後始末の大騒ぎはあったものの、「父の残した贈り物」と言えばその通りだろう。奈津実だっておかげで、家賃の心配だけはせずにすんでいる。

「それで、どうなのよ」母が話題を換えた。当然、出るべくして出た話題だった。「あの男とのことは、今」

「何も変わらないわ」奈津実は答えて言った。「離婚調停中。まだ何も進んでない。結論が出るのはまだ、ずっと先のことになるでしょうね」

「最初からイヤな感じはしたのよ」最近、この表現が多くなった。お酒が入ると、特に。まぁ、言いたい気持ちは分からないではない。「何だか、物腰が高飛車な感じがした」

「もう、言わないでよ」気持ちは分からないではない。だが言われたくないのも、当然の本音だろう。「今さら、そんな」

「そう、そうね」母は二缶めを呑み干した。三缶めを取りに、立ち上がった。「今さら言っても、何にもならないわよね」そう言いつつ、いつも最後はこの話題になってしまうのだけど。

「もう、二日酔いにはならないでよ」

「分かってるわよ」言い放ちながら、冷蔵庫のドアを開けた。「でもまだ、要るわよ。もう一杯くらい」

夫（悔しいが離婚が成立していない以上、法的には今もこうなる）戸田昭伸は奈津実よりも二つ上。五年前に合コンで知り合った。大手総合商社に勤めるやり手の営業マンだった。学生時代はずっとアメリカン・フットボールをしていたということで、がっしりした体格が印象的だった。俺について来ればいい。そうしたら幸せにしてあげる、という物言いに好感を抱いている自分がいた。

物心がついた頃には父は借金まみれで、返済に汲々としていた。申し訳ない気持ちがあったのだろう、いつも家族に対して低姿勢を崩さなかった。だから反動で無意識の内に、男性には強いリーダーシップを求めていたのかも知れない。逆の意味で父の呪縛のような価値基準だったのかも知れない。昭伸はまさに好みにドンピシャだった。つき合い始めてから結婚を決意するのに、さして長い時間は要しなかった。

「仕事なんか続けることはない」結婚が決まると、昭伸は言った。当時、奈津実はIT企業に勤めていた。と言っても技術畑ではなく、単なる事務職だったけども。お給料は悪くはなかったが仕事にさして魅力を感じているわけでもなかった。「それより君には家庭をきっちり、守って欲しい」生活費は俺がしっかり稼ぐから家庭を守る方に専念して欲しい、と言われるとアッサリ賛成した。やっぱりこの人、頼りになるわ。惚れ直している自分がいた。

ところがイザ、一緒に住んでみると昭伸の本性が見え始めた。まず、呼ばれ方がそれまでの「君」から「お前」へと一変した。ちょっとした違いだが、籍を入れるまでは「お前」と呼ばれることは一度もなかったのだ。作為的なものだったのか、と疑わずにはいられなかった。言葉づかいも目に見えて横柄になった。上から目線、という態度がアリアリだった。物腰が高飛車に感じられた。母の評価が的を射ているのは、間違いない。

満里奈が生まれると、横柄さは更に度合いを増した。さすがに娘が可愛いのは確かなのだろう。満里奈が機嫌よく笑っていると、いかにも嬉しそうにあやす。だが泣き始めると態度が変わった。「うるさい」怒鳴りつけられた。「俺は仕事で疲れてるんだぞ。満里奈を泣かせるな。それが母親としての、お前の務めだろう」

「赤ん坊が泣くのは仕方ないでしょう」

「赤ん坊が不機嫌なのは、お前がやるべきことをしていないからだ。子供の気持ちを察して、満足するようにしてやる。それが母親というものじゃないか」

「そんな」

「いずれにせよ俺は疲れている。このままじゃ明日の仕事に差しつかえてしまう。満里奈を連れて外へ出て行け。抱っこして歩いてやれば、機嫌もよくなるだろう。眠ってくれるかも知れん。とにかく泣き止むまで家に帰って来るな」

たまに父親の見舞いに病院へ行き、疲れて帰って来た時も悶着があった。満里奈が寝てくれたのを幸い、自分も一休みしていたのだ。そこに、昭伸が帰って来てしまった。

「何だ」キッチンを覗いて、言った。「飯の用意が何もできていないじゃないか」

「ごめんなさい」素直に謝った。「お父さんの看病に行ってたの。そしたら疲れちゃって。一休みしてたらつい、ウトウトしちゃって」

「義父さんの見舞いに行くな、とは言わん。だが家庭のことがおろそかになるようじゃ、本末転倒じゃないか」

「ごめんなさい。慣れないことしたんで、疲れたのよ。お願いだから今日は許して。どこか外で、食べて来て」

「外で食う、たうんぬんを言ってるんじゃない。お前が務めを果たしてないから叱ってるんだ。俺は外で仕事をして生活費をしっかり稼ぐ。お前は仕事はしなくていいから、家庭をちゃんと守る。結婚する前、そういう役割分担で行こうと決めたじゃないか」

「叱ってる」の言葉にカチンと来た。何様のつもりなのよ⁉　どこまで上から目線なのよ、の怒りが胸に渦巻いた。「謝ってるじゃないの。なのにどうしてそこまで言われなきゃならないの」

「最初の取り決めをお前が忘れているようだから、指摘してやってるんだ。時々、言ってやらないとダメみたいだからな、お前は」

「今日はお父さんのお見舞いよ。いつもとは違うことがあったのよ、だから」

「義父さんの見舞いというといつもと違うことをするのは、出かける前から分かってい
た筈だ。疲れてしまう可能性も想定できた筈だ。ならば簡単な惣菜でも買って来ておいたらいい。ちゃんとした備えができていたら、俺だってこんなことは言わん」

一流商社の営業マンである。口はうまい。時には相手を説き伏せる、あるいは言い負かしてしまう会話力がある。おまけにそもそも、こちらに非があったのだ。弱みがある分、反論も説得力を持たない。

「分かったわよ」降参するしかなかった。「私が悪ぅございました。今後こんなことがないよう気をつけるから、今日は許して。どこか外で、食べて来て」

「まぁ、自分の非を素直に認めるのなら、いいだろう」

夫が出て行った後も、イライラが募った。どうしてあそこまで言われなくちゃならないの⁉　言葉が頭の中でグルグル回った。

だが確かに、指摘されるようなことをしてしまったのは自分だ。次は準備をちゃんとしておこうと誓った。あんな男に言い負かされるのはもうごめんだ、の本音もあった。

「今日もお見舞いに行って来ようと思うの」そのため次に、父の病院に行こうとした日には事前に告げた。「だから夜はこないだみたいに、疲れてるかも知れない。早く帰って来るのならどこか外で食べて来て」

「何だ」出勤前、ネクタイを締めながら昭伸は言った。「また病院、行くのか」

「だってお父さん、かなり悪いのよ。お母さんだって看病に疲れてるし。だから時々、行ってあげるのがせめてもの親孝行でしょう」

「そもそも、もう末期なんだろ。手の施しようがないんだろ。そんなら看病だって、ムダになるだけじゃないか」

「何てことを」頭の中が真っ白になった。「苦しんでいるお父さんを見殺しにしろ、って言うの!?」

「そんなことは言ってない。そもそも病院で麻酔をされてるんだから、苦しんでるわけじゃないじゃないか。どうせ長いことない人のためにムダな労力を割くより、満里奈を始めこれからの人間のことを重視した方が合理的じゃないか、と言っているんだ」

言い返す言葉を失った。自分はこんな心ない人間と暮らして来たのか。目の前が、今度は真っ暗になった。絶望が胸を満たした。

「まぁ女はもともと非合理的、ってのが常識だからな」こちらの気持ちを知ってか知らずか。追い討ちを掛けるようなことを言い放った。「お前に合理的になれ、なんて言っても単なる時間のムダなんだろうな」

夫の出かけて行ったドアを、奈津実は呆然と見つめ続けた。自分はこんな人とこれからずっと、暮らして行くことができるんだろうか。不安に全身を包まれた。だがもう満里奈がいる。独り身だったらサッサと別れることもできるだろうが、娘に父親のいない寂しさを味わわせるわけにはいかない。我慢するんだ。自分に言い聞かせた。満里奈が大きくなるまで。自分が我慢すればいいだけのことではないか。

一度など、手を上げられた。父が亡くなり、しばらく経ってからのことだった。些細なことで口論となり、ついあの時のことを口走ってしまったのだ。

「そう。あなたは冷静な人なんですものね」一度、言葉に出すともう止まらなくなった。「どうせもうすぐ亡くなるお父さんなんて放っとけ、って言った。血も涙も凍りついた冷血漢、あなたは」

とたんに頰を張られた。元フットボーラーの大男である。筋力が違う。奈津実は吹っ飛んだ。背後の壁に激突し、気が遠くなった。まだ立って歩き始めたばかりだったな心地だった。

満里奈も、異変が分かったのだろう。怖がって、火がついたように泣き始めた。おかげで完全に気絶することはなかった。どこか遠くで満里奈の泣き声を聞いているような心地だった。

さすがにこの時は、夫も後悔したようだ。焦ったように走り寄って来た。「すまん」謝られた。思えば夫から謝罪の言葉を聞いたのは、後にも先にもこの時だけだったかも知れない。「ついカッとなってしまった。すまん。本当にすまん。大丈夫か」

歯がグラついていたが、骨折のようなケガはしていなかった。ただし張られた頬は大きく腫れ上がり、内出血を起こしてとても人前に出られる顔ではなくなった。見られたくない恥ずかしさもあり、病院には行かなかった。顔の腫れが引くまで一切、外出は控えた。

買い物は全て、夫が会社の帰りにしてくれた。「ほら、言われた通りのものを買って来たぞ。おぉ、腫れもかなり引いて来たじゃないか。治るのももう間もなくだな。よかったよかった」思えば夫からあれだけ柔らかく接してもらったのも、入籍以降ではあの時だけだったかも知れない。

今、振り返ればどれだけ恥ずかしさを覚えようが、病院に行っておけばよかった。夫に殴られたと正直に医者に打ち明け、カルテを作っておいてもらえばよかった。そうすれば離婚調停において、ずっと有利に運ぶことができたのだ。もしかしたらあの時、昭伸が優しくしてくれたのはそうはさせないための方便だったのだろうか。今となっては夫のあらゆる振る舞いに、疑心暗鬼にならざるを得ない自分がいる。

暴力を振るわれたのはあの時、一度きりだった。だがケガが治ると元の横柄さが戻って来た。いや、最大の危機を乗り越えた分、夫は自信をつけたのかも知れない。これでもうこの女は、俺の言いなりになるしかない。勝手に思い込んだのかも知れない。高慢な物言いは、増長するばかりだった。

「遅くなるんなら、電話くらいちょうだいよ」深夜に帰って来た夫に、不平をぶつけた時だった。不機嫌な声が返って来た。

「今夜は大事な取引先を、接待する用があったんだ」

「ちょっと電話するくらい、できたでしょ」

「そんなことにも気が回らないくらい、必死だったんだ。何だ、料理が冷めちまった、ってだけだろ。冷蔵庫に入れといて、電子レンジで温めりゃいつでも食えるんじゃないか。そんなことでいつまでも、口を尖らせてるんじゃない」

「あなたは私が夕食の準備をちょっとおろそかにしたくらいで、とんでもないミスをしたみたいにガミガミ言うくせに。自分のちょっとしたミスには、とっても寛大ですこと。そもそも」

「止(や)めろ」大声で遮った。もう一言もしゃべらせない。お前には物を言う権利を与えない、という口調だった。「俺は疲れてるんだ。黙れ。もう一度こないだみたいな目に遭いたくなけりゃ、な」

こないだみたいな目。つまりはまた殴るぞ、と言っているのだった。ちっとも反省していない。後悔していたわけではない。それどころか暴力を脅しの道具としてとらえている。妻を自分に従わせるための、道具として。

こんな人とはもう暮らせない。奈津実は悟った。満里奈のために我慢するつもりだったが、もう限界だ。夫婦とは呼べないこんな家庭で育てる方が、娘の成長にとっても悪影響しかなかろう。

離婚について調べ始めた。幸い、インターネットを見てみれば様々な情報が手に入った。殴られた時カルテを取っておけばよかった。初めて悔やんだのも、この時だった。

離婚に際して少しでも条件が自分に有利になるよう、別居の前に準備をしておくとよいと複数のページでアドヴァイスされていた。浮気をしていたのならその点を言い立てて、こちらに有利に運ぶことができるが幸か不幸か、昭伸に女性問題はない。疑いがあれば探偵でも雇って、浮気の調査をしてもらえばいいらしいがこの手は使えそうになかった。

ただし常に高飛車な態度で接され、人間的に否定されたと精神的被害を訴えれば、かなり効果的であるらしいと分かった。これならうちのケースにピッタリである。高圧的なことを言われた、と証明するために密かに録音しておくといいとのアドヴァイスがあった。

早速、ＩＣレコーダを購入して来てその時に備えた。高慢な物言いはしょっちゅうのことなのだ。決定的なセリフを録音することができれば、それをキッカケに家を飛び出せばいい。

ところが備えているとなかなか、それっぽいことを言ってくれない。向こうが言わないのならわざと怒らせるようなことをして、セリフを引き出してやればいいのだろうが奈津実には、そういう器用さがなかった。キツいことを言わせようとしてもどうにも、やっている自分がワザとらしく感じてやる気が失せてしまう。勘のいい男である。こいつは俺をワザと怒らせようとしているな。意図を察されれば、対応策をとられてしまいかねない。

そうして決定打となりそうな録音ができずにいた、ある日のことだった。やろうとしていることが上手くいかず、イライラが募っていた。そこに、あのセリフがあった。

朝食の最中だった。スーパーでパンの安売りがあり、大量に買い込んだためここのところ、毎朝がパンだったのだ。そこに昭伸が文句をつけて来た。

「ずっとパンばかりで、飽きたな」

「安売りだったのでつい、買い過ぎたのよ。もう少しでなくなるから、我慢して」

「安売りだから、って大量に買い込む。芸がないことおびただしいな。だからダメなんだよ、お前は。そこに何の考えもない。まぁ女なんて、みんなそういうものなのかも知れないが、な。合理的な判断なんか、できやしない」

本来ならここで反論し、更に暴言を吐かせて録音しておけばよかった。が、何もできなかった。冷静に対処する余裕などありはしなかった。食べ終わり、出勤して行く夫の背中をぼんやりと見送るだけだった。

ダムが決壊する、という表現がある。最後の一言がこれまでに比べて、格段にヒドい中身だったというわけでは決してない。ただこれまで、ダムに水が貯まるように積もりに積もって来たイライラがその一言で、あふれ出すのだ。まさに「決壊する」のだった。

奈津実は腹をくくった。離婚に有利になるような録音は結局、できなかったがもう構わない。もう自分は一瞬たりと、あんな男と一緒に過ごすことなんてできない。今日、家を出て行こう。二度とここへは戻っては来ない。

満里奈を幼稚園へ送り届けると、家に戻って準備を進めた。自分の持ち物はどうとでもなる。必要最小限のものだけを持ち出せばいい。後であれも持って来ればよかった、と思うこともあるだろうが我慢すれば何とかなる。離婚が成立した後に取りに来ることもできるだろう。

だが満里奈のものはそういうわけにはいかなかった。お気に入りのオモチャに、人形やぬいぐるみなどがいくつもあるのだ。ないと不機嫌になるだろう。おうちに帰りたい、とダダをこね出すに決まっている。だから満里奈のものだけは全て、持ち出さなければならなかった。

持ち出すものをまとめると、タクシーを呼んだ。運転手さんに手伝ってもらって荷物をトランクや後部座席に積み込み、自分は助手席に座って出発した。母の家に向かった。今夜からしばらくは、泊めてもらおう。他に行くアテも思いつかなかった。

母に事情を話し、荷物を置くと幼稚園へ満里奈を迎えに行った。「今夜からバァバの家に泊まろうね」告げると、大喜びした。バァバのことは大好きなのだ。もっとももう二度と家には帰らない、とは伝えなかったのだが。今も決定的なことは教えず、のらりくらりとごまかしているのが現状だけれども。

こうして家を飛び出したのだが、問題は満里奈の幼稚園だった。毎日、母の家から通うのはさすがに遠い。子供が登園前から疲れてしまう。

だが転園という選択肢もあり得なかった。『めぐみ幼稚園』は二歳から入園でき、しつけがしっかりしていて教育にいいと評判だったので、早くから通わせていた。家の近くで通園に便利だし、幼い頃から外に出して集団になじませるのはいいことだと判断した。もっともこれは昭伸も大いに賛成してのことだったという事実が、今となっては腹立たしいが。家の近くだったという利便性も、こうなってしまっては泣きどころに転じているのだけれども。既に園には友達がたくさんいるし、先生にもとても懐いている。別れる、なんてことはさせたくなかった、こちらの都合で。

そうしたら上手い具合に、父の買っていたマンションの一つが空いた。幼稚園に通うには絶好の場所だった。あの男の住む家に近づくことになってしまうが、こればかりは仕方がない。満里奈に友達と別れさせるような、寂しい想いだけはさせたくなかった。

「奈津実、あんた家を飛び出して来たんだって」話を聞きつけて、泰子伯母が飛んで来た。「離婚調停もこれからで、どうなるか分からないんでしょう。収入はどうするの」

収入のアテはない。正直に打ち明けた。何の準備もできていない段階で、我慢の限界が来て飛び出してしまったのだ。

「そう。じゃぁ、どう？　私そろそろ、今の検針員の仕事を辞めようかと思ってたところだったの。あんた、引き継いでやってみない。まだまだ子育てで忙しい時期が続くんだから。時間が自由に使える仕事の方がいいでしょ」

かくして伯母に連れられ、東電パワーグリッド大塚支社に赴いた。事情を話すと好意的に受け入れてもらえ、契約までトントン拍子に進んだ。一ヶ月、奈津実に一緒につき添って研修を終えると伯母は正式に引退した。

今の生活は、そうしたあれこれの果てにある。離婚調停は今後、どうなるか分からない。母に打ち明けた通りである。ただ今の暮らしに、奈津実は満足していた。早く決心してあんな男と別れてよかった。後悔は、どこにもなかった。

9

「あっ、いけない！」そろそろお酒の時間も終わりにし、布団を敷こうか、という頃合いだった。その前に明日の準備をしようとしていて、気がついた。プリンターのバッテリーの、充電器を家に忘れて来てしまったのだ。

「どうするのよ」母が訊いて来た。「明日、早くここを出て家で充電してから仕事に出る。それしかないんじゃない」

「そうね。そうするしか、ないかな」

明日、回るコースを頭に浮かべた。朝、充電したくらいじゃ満杯にするのは時間的にとても無理だろう。すると電池残量が最低限の状態で、仕事に出ることになる。途中、公民館なんかがあるからちょくちょく、充電しながらの移動も不可能ではない。昼食もどこかの店で摂って、その間にコンセントを借りることもできなくはなかろう。夏休みで、満里奈を幼稚園に送り迎えすることはないのだ。時間は丸一日、たっぷり使える。そうでなくても自分はどうせ、周りより仕事が遅いんだし。

時計を見た。今からなら家に帰って、こちらに戻って来る時間はまだあった。充電器を取って来て、寝ている間に充電すれば明日は普通に仕事ができる。今夜だけ、慌ただしい思いをすればよいのだ。そうすれば仕事をいつも通りに切り上げ、ここに帰って来て満里奈との時間を満喫できる。

「止めときなさいよ」母は心配そうだった。「満里奈のことは心配しないで。私がちゃんと見てるから。だからあんたは明日、時間を掛けて仕事をすればいいじゃない」

「うん。でもやっぱり、行って来る。せっかくの夏休み。満里奈と過ごせる時間をなるべく大事にしたいの」

「そう。でも気をつけてね」

「ええ、分かった」

母の家を出た。足早に駅に向かった。お母さんも自転車を持っていてくれればよかったのに。そうすればもっと速く、駅に行けたのに。ついつい恨み節が出そうになったが、苦笑いして飲み込んだ。そもそも充電器を忘れて来た、自分が悪いのだ。

来た時とは違い、東急の東横線に乗り込んだ。東横線は渋谷で地下鉄の副都心線に乗り入れる。副都心線は池袋で同じ東京メトロの有楽町線に直通する。家の最寄り駅は東武東上線にあるが、有楽町線だって近くを通るのだ。この行き方が一番、速いと判断した。

駅を出ると雑踏を歩いた。今日の仕事の終わり、都営三田線の志村三丁目駅に自転車を停めて来たことが悔やまれた。明日の仕事を始めるにはそれが一番いいと思ったのだ。充電器さえ忘れて来なければ確かに、合理的な判断に違いなかった。だがこうなってしまっては、駅から家を往復するのに自転車が使えない辛さばかりが募る。まぁそれもこれも、自分が悪いのだが。

女は合理的な判断ができない。夫がかつて、口癖のように使っていた言葉が頭をよぎりそうになって、慌てて振り払った。あんな男のことなんか思い出して、わざわざ不快になる必要はない。それとも身体を怒りに満たした方が、よけいなことを考えなくてすんでかえっていいんだろうか。例えば自転車をあんなところに停めなきゃよかった、なんてブツブツ後悔するよりも。

東京二十三区も端の方である。駅前は商業施設が立ち、飲食店街もあってこの時刻でも人通りが多いがちょっと離れれば、とたんに静かになった。夜の住宅街、歩いている人の姿そのものをあまり見掛けない。この辺りに来ると家と家の間に、畑が点在したりする。街灯の間隔もまばらになり、光の差さない死角が増える。今夜は曇っていて、月も出ていないからなおさらだ。どこかで犬の吠える声が、空に向かって長く尾を引いた。

たまに高い足音が響くと逆に、ビクッと飛び上がりそうになってしまった。いけないいけない。やはりちょっと、神経過敏になっているんだろうか。あんな男のことをふと思い出してしまったのだ。気持ちがザワつくのはしょうがないだろう。怖い怖いと思っていると、ちょっとしたことに震え上がってしまうという。普段なら何でもないことに恐怖を覚えてしまうという。今の自分も、きっとそうなのだろう。幽霊の正体見たり枯れ尾花。

やっと、家の近くまでたどり着いた。何だかいつもより、ずっと長い時間が掛かったように感じた。だがもうここまで来れば大丈夫。あの生垣の角を曲がれば住んでいるマンションが見えて来る、という場所だった。

その時だった。

人の気配がした。

気のせいではない。誰かが今、自分を見ている。見つめている。

振り返った。何の動きもなかった。物陰に飛び込む人影も、何もなかった。

でも、間違いなかった。怖い怖いと思っていたため、ありもしない想像にさいなまれているわけではない。ここのところ監視されることが続き、敏感になっているのだ。誰かが今、自分を見ていた。間違いない。

生暖かい風が吹き抜けて行った。だが感じているのは、寒気だった。背筋を冷たいものが流れ落ちた。これも最近、何度も味わわされている感覚だった。

しまった。後悔した。こんな時刻に駅から家に向かうなら、ちょっと遠回りしてでも人気（ひとけ）のある道を選べばよかったのに。そうすればこんな目に遭うこともなかったのに。なのに遅いから、とまっすぐのルートで来てしまったのだ。おかげでこんな、寂しいところを通った。自分を窮地に追い込んだ。気をつけてね。送り出す時、母が心配して言ってくれたのに。

足がすくんだ。身体が硬直した。一歩も動けなかった。襲う側からすれば、これくらい簡単な獲物もいるまい。しまった、しまった。自責の念が頭を駆けめぐった。窮地。まさしく今、私は絶体絶命の崖っぷちにいる。

……違う！　頭を振って、打ち消した。そんな筈はない。だってどうやって、待ち伏せできたというのか。自分は本来なら、こんなところにいる筈はなかった。満里奈の夏休みで、母の家に泊まっていた。こんなところにいるのは、たまたま充電器を忘れて来てしまったからだ。

私がそんなバカなミスをするなんて、第三者がどうやって推察できるというの。それに忘れて来たからと言っても、取りに戻らないという選択肢もあり得た。明日の朝一にここに来て、充電をごまかしごまかし仕事に出るという手もあった。なのにそうはせず、今夜の内にここへ来た。どうして私がそういう行動をとると、相手は読めたというの。

そう。今のは違う。私を見ていた者があったのは間違いない。気配が告げていた。でもそれは、いつもの監視者ではない。きっと酔客でもいたのだろう。夜道を女が歩いていると、面白半分につけ回すような輩もいるという。今のはきっと、そういう類いに違いない。

遠くの家に灯りがついているのが見えた。まだまだ寝てはいない。そこまで遅い時刻ではない。起きている住民が大半なのだ。相手が危険な奴でも、大声を上げれば何とかなる。決して誰もいない荒野に、一人で取り残されているわけではないのだ。絶体絶命の崖っぷち。さっきはそう思ったがそれこそ、恐怖に駆られたせいの妄想に過ぎなかった。もし危険な相手であっても逃げられる。思うと、勇気が湧いた。足が一歩、踏み出せた。

ガサッ。音がした。びくりっ、と身体が震えた。だが今しがたまでの、弱気にとらわれた女ではない。頑張れば何とかなる。この窮地から逃げ出せる。意識すると力が湧いた。やってやる。気力がみなぎった。

「誰っ!?」大声を出した。心臓が波打った。「そこに誰かいるのっ」

声を発したことで身体もどこか軽くなったようだった。動ける。もう硬直などしていない。この場を立ち去れる。思い至ると更に、気分も楽になった。

「誰かいるのなら、出て来なさいよっ」

すぐ脇の生垣の中からも、灯りが外に漏れ出した。ここの住民もまだ寝てはいなかったのだ。外の物音を聞きつけて、不審に思っているのだ。何かあったのか。耳を澄ましてくれている。まだ警察に通報するまでの段階ではなかろうが、これは大事だと判断すればそれなりの対処はしてくれるだろう。ここにも一人、私の味方がいる。気づくと心がスーッと軽くなった。

踵を返した。歩き出した。

走ってはいけない。自分に言い聞かせた。走れば逃げた、と思われるだろう。相手を調子づかせるだけだろう。弱みを見せるわけにはいかない。せっかく今、果敢に声を発したのだ。このまま、保たなければならない。ついつい走り出しそうになる自分を、必死で戒めた。足早、程度で抑えるよう努めた。

生垣の角を回り込んだ。後をついて来る気配はなかった。

ホッとした。やはりさっきのは、酔客か何かだったのだろう。女をからかってやろうと思って、面白半分に後を尾行けたのだ。ところが強気に反撃され、腰が砕けた。

誰かいるのなら出て来なさい、などと叱責され慌てて逃げ出した。きっとそうなのに違いない。

ふと違う可能性が頭に浮かんだ。再び背筋に寒気が走った。やはりさっきのは襲撃者だった。それもあり得る、と気づいたのだ。

もし相手がここで待ち伏せしていたのではなく、母の家からずっと尾行けていたのだとしたら、どうか。こちらの動向を把握するため、母の家まで張られていた。そうしたら私が出て来たので、尾行した。どうやら自分の家に戻るらしい。何か忘れ物でもしたのだろう。ずっと見ていれば、予測はつけられる筈だ。そうしてこんな、暗がりに来てしまったものだから襲撃にちょうどいいと腹を固めた。襲う腹づもりになった。その可能性だって、否定できないではないか。

ずっと尾行されていた。自分は気づかずにいた。あり得る、と悟った。何となれば自分は、忘れ物を取りに戻ることだけで頭が一杯になってしまっていた。他のことにはあまり注意が向いていなかった。今から行って戻れば、間に合う。そんなことばかり考えていたのだ。電車の中でも、隣の車両からこっそり覗かれてでもいれば気づくことはなかったに違いない。

駅との往復にも自転車は一切、使ってはいない。常に歩きだった。尾行には都合がよかったことだろう。そう。今夜の私は、尾行けている人間からすれば理想的な行動ばかりとっていたのだ。

人気のない地点にまで達して、ようやく気がついた。自分は危険なところにいる、と思い至った。そうしてやっと、神経が過敏になったのだ。監視者がいる、と知った。実際には母の家から、ずっとついて来ていたにもかかわらず。

あり得る。背後にいるのはやはり、危険な襲撃者なのか。

ついつい小走りになった。走るな、と自分を抑える余裕はもうなかった。背後にいるのが危険な存在なら、逃げるしかないのだ。弱みを見せるな、も何もない。

目の前にはもう、自分のマンションがあった。見上げると灯りのついている窓がちらほら見受けられた。ここでさっきのように大声を上げれば、窓の灯りは増えるだろう。それは自分の味方が増えるのに等しい。思うと少し、パニックが遠ざかって行った。大丈夫だ、何とかなる。自分に言い聞かせた。

マンションの角を足早に曲がり込んだ。

とたんに眼の前に、人影があった。立ち止まることもできず奈津実は、その胸元に飛び込んでいた。同時に大きな掌が、奈津実の口を覆った。

10

「それは、いつ頃のことですかね」ついつい、勢い込んでいた。穂積は電話に向かって身を乗り出している、己れの姿を心の片隅で自覚していた。「衛生作業服を一人で、買いに来た客があったというのは」

「さぁ、いつだったかなぁ」受話器からはトボケた声が返って来た。「もう、何年も前のことですよ。ちょっと覚えてませんなぁ」

衛生作業服のメーカーから、卸している小売店のリストをもらい虱潰し（しらみつぶし）に掛けている最中だった。一つだけ大型の専門店ではなく、個人商店らしき店名があるのに気がついたのだ。おまけに場所は、茨城県の南部。これはあり得る、と踏んで掛けたのだが案の定だった。確かに何年か前、一着だけ買いに来た客があったという。

「以前は近所に大きな惣菜屋さんがあって、一度に何着も買ってもらってたんですが。別の場所に移転してしまわれましてなぁ」店主は言った。「それ以来、とんと売れないまま商品は棚ざらしになっとったんです。そしたら何年か前、ふらりと現われた客が一着だけ買って行って。それで覚えとるんですよ。こんな売れ方をすることもあるんだなぁ、と思いましたので」

「どんな男でした」正確には男、と店主は言明してはいない。だがこいつは男に違いない、と穂積は既に〝見立て〟ていた。今更その前提の部分から、言い直す気にはなれない。「歳は。背格好は」

「さぁ、確か若い男性だったと記憶していますがねぇ。だからこんな客がこんなものを買うんだなぁ、と印象に残っとるわけでして。ただそれ以上は、ちょっと」

「帽子は冠ってましたか、ね」〝見立て〟の通りだ。僅かな満足感があった。が、まだまだだ。「持ち物は。鞄か何か、持ってませんでしたか」

「帽子。さぁてねぇ、どうだったでしょう。鞄も、どうだったか」

そうしていつ頃のことだったかと尋ね、冒頭の返答になったのだった。何年も前のことだから、ちょっと覚えていない、と。確かにそれはそうだろう。

「三年前」穂積は指摘して言った。「そちらの近所で小学生の女児が誘拐される事件があったでしょう。結局、今に至っても行方不明のままになっている」誘拐された現場は茨城県の南部だった。だからこそこの住所を見て、穂積はピンと来たのだ。

「あぁ、よく覚えてますよ。あれで一時、ここぃら辺は大騒ぎだったですからなぁ。誘拐された子供の家族と、縁戚の方が隣に住んでおられましてね。本当にお気の毒で。顔も見ちゃいられませんでした」

「その、衛生作業服を一人で買いに来たというのはもしかしたら、あの事件から間もない頃じゃありませんでしたか」

「はぁ」一瞬、ポカンとした間が空いた。続いて、息急き切ったような声が受話器に飛び込んで来た。「あぁ、そうだそうだ。そうですよ。あの事件の後、マスコミ関係の人が大勢やって来て周りは大変だったんです。こんな田舎、普段は顔見知り以外を見ることは滅多にありませんからな。そこに他所者が押し掛けて、大騒ぎでした」

だが騒動も、長くは続かなかった。誘拐された女児がなかなか見つからない。捜査が進展しない、となると世間の注目は見る間に引いてしまう。噂好きの関心を集める事件は他にも多発しているのだ。マスコミの取材もそちらへ移る。一時、他所者で埋め尽くされた町も元通り、静かに戻ったそうだった。顔見知りばかりの、いつもの平穏へ。

「そしたらその客がやって来た。あぁまだ知らない人と会うこともあるんだな、と思ったから妙に覚えてます」

「電話じゃ何だ」〝見立て〟は的を射ているらしい。少なからず興奮を覚えながら、穂積は言った。「一度、お目に掛かってお話を伺いたい。どうでしょう」

「そりゃ、まぁ。暇な店番をしている毎日だからこちらに来て頂けるんなら、お会いできないことはありませんけどね。でも何も覚えちゃいませんよ。今、言ったことくらいで。とにかく何年も、あ、三年前とハッキリしたのか。とにかくそんなに時間も経ってるし。話せることなんか、何も」

それでも構わない。とにかく一度お会いしたい、と畳み掛けて了承を取りつけた。

具体的に得られる追及材料はまずなかろう。覚悟はある。本人も言っている通り、三年も前のことなのだ。ホームセンターなんかと違って、店内に監視カメラなどもあるまい。またもしあったとしてもそんな昔の映像、とっくに消してしまっていよう。

だが意味がある。確信していた。恐らく十中八九、こいつが犯人。俺の〝見立て〟はやはり、間違ってはいなかったのだ。そして当人に、この店主は会っている。記憶が曖昧でも構わない。犯人に会ったことのある人物と、話をしてみることが無意味であるわけがなかった。何がしかの感触が摑める筈だった。そうしている内にどこかで、網に引っ掛かってくれる。犯人逮捕は結局、小さな感触の積み重ねから得られるものなのだ。

衛生作業服を売っている店も閉店の時間となり、電話を掛ける先もなくなった。今日はもうできることはない。判断すると、穂積は署を出た。呼び止める者は誰もいなかった。俺はもうとうに、捜査班ではそういう扱いになっているのだ。

終電までにはまだ時間がある。戸田奈津実の家に行ってみることにした。仕事を早く切り上げた時はちょくちょく、やっていることだった。危険を承知で自分の蒔いた種である。万全を期すべく周囲を警戒する。自分もできるだけ資するのは、当たり前と割り切っていた。

まずは戸田女史の住む地域を担当する、交番に赴いた。駅から行くと丁度、中間地点あたりに位置するので都合もいい。中を覗くと、既に顔見知りになっている巡査がいた。話が早いのでこれまた、都合がいい。

「やぁ、どうも」こちらを認めると、頭を下げて来た。「いつも、ご苦労様です」

「どうだい。例の家は」

「二時間くらい前になりますか、ね。パトロールで回って来ました。でもどうやら、留守のようだったんですよ。まだ寝るには早い時刻だったのに、灯りもついてませんで。どこか、出掛けてるんでしょうか、ね」

小さな子供がいるのだ。夜に遠出するとはあまり思えない。「あ」と思いついた。「幼稚園の夏休み、か。もうそういう季節なのかも知れないな」

巡査もポンと手を叩いた。「あ、そうか。そいつですよ。うちのガキも夏休みに入る、って言ってましてね。一日中、家にいるから鬱陶しい。昼飯の準備も面倒だ、って女房もボヤいてましたし。まぁうちのは小学生なんで、幼稚園とはまた事情もちょっと違うのかも知れませんけども」

幼稚園の夏休み期間が小学校とどれだけ違うのか。穂積にも分からない。子供は二人とも娘で、とうに成人して家を出ているが子育ては全般的に、女房に任せっ放しにして来た。授業参観だって行った覚えはないし、それを言うなら娘の学校に足を運んだこと自体なかったのではないか。だから過去を振り返ってみても、どうだったのか知りもしない。だがまぁ幼稚園と小学校、夏休み期間は概ね同じくらいなものだろう。

母親のところに行っているのかも知れないな。彼女の家庭環境を思い出して、推察した。子供が夏休みでも検針員の仕事は休めない。その間、幼い子を一人で家に置いておくわけにはいかない。川崎の方に母親が一人で住んでいる、と言っていたからそちらに泊まっていることは大いにあり得た。すると今から行ってみても、無人である可能性は高い。

「だがまぁ、ちょっと覗いてみるよ」巡査に言った。「せっかくここまで来たんだ。見るだけ見て来よう。この時刻でもまだ留守だったら、他所に泊まりに行っていると見てまず間違いはあるまい。そうしたら君達も今夜、あそこを重点的に回らなくて済む。別なところをパトロールする余裕も増える」

「いやぁ、恐縮です。そこまでお気遣い頂いて」

俺の独断で彼女を危険に晒し、彼らの仕事も増やしてしまっているのだ。これくらいの気遣いは当然だろう、の思いがあった。勿論、口に出して言うわけにはいかなかったが。

手を振って、交番を出た。

戸田奈津実の自宅マンションまで来てみると、やはり窓の中は暗かった。これは読み通り、母親の家に行っているということだろう。

今夜はもうあそこはパトロールしなくていい。恐らくは夏休みの間中、ずっと。交番に伝えて、帰宅しようと判断した。踵を返そうとした、その時だった。

「誰っ!?」声がした。ちょっと距離があるが、間違いない。戸田女史の声だった。

「そこに誰かいるのっ」

どういうことだ。戸惑った。戸田女史は近くにいるのか。母親の家に行ってはいなかったのか。しかし何故、こんな時刻に外にいる。子供はどうした。そしてどこに向かって、誰何(すいか)しているのだ。

声のした方に向かおうとした。マンションの建物の、反対側だ。回り込まなければならない。

「誰かいるのなら、出て来なさいよっ」

更に声が発された。切羽詰まっているようだった。これは只事ではない。急いで事態を確かめなければならない。

と、足音が聞こえた。女の靴のものであることは直ぐに分かった。戸田女史か。こっちへ歩いて来ているのか。どうやらかなり、早足になっているようだが。穂積もそちらへ向かった。

建物の、あちらの角から回り込んで来ようとしているらしかった。穂積もそちらへ向かった。

マンションの反対側に出ようとした時だった。胸元に人影が飛び込んで来た。こちらも先方も急ぎ足で、立ち止まる余裕は到底なかった。穂積は咄嗟に、両手を出して人影を受け止めた。

顔を見る余裕もなかった。が、一瞬で分かった。戸田女史だ。何かから逃げようとして、こちらへ早足で来たのだ。

悲鳴を上げようとしたので慌てて口を掌で覆った。こんなところで大声を出されては、面倒になる。

「私ですよ」声を封じられたため戸田女史はもがこうとした。こちらの手を振り解こうとするので、声を掛けた。できるだけ穏やかな声になるよう、努めた。「警察の穂積です」

「穂積、さん」抵抗しようとしていた力が抜けた。ぽかん、と見上げて来た。「こんなところに、どうして」

「交番の警官だけに任せっ放しにはできない。犯人が貴女の周りをつけ狙ったりしていないか、ちょくちょく様子を見に来てたんです。今夜もそうでした。そしたら窓の灯りが消えているし、留守のようなので帰ろうとした。そこに、貴女の声が聞こえまして」

「そう。そうなんです」彼女は言った。胸に飛び込んだ相手が穂積と知って、ホッとしたのも束の間。声に動揺が戻っていた。「誰かが私を監視していたんです。駅からこちらへ直行しようとして、暗がりに差し掛かったところで気配を感じたので私、怖くなって」

わざと大声を上げて、監視者を牽制しようとしたそうだった。逆に相手を刺激してしまう恐れもあるが、まぁ妥当な対応だと評価してもいいだろう。無人の山の中などならいざ知らず、ここには周囲に人の目がある。家の中にいるとは言え、まだ寝ている人は少ない。周りの注目を引きつけてやれば、襲撃者を怯ませる効果の方が期待できた。やはりこの女史、勇気がある。普通なら恐れ戦（おのの）いて、声を出すことすらままならない女性の方が大半だろう。

「私も貴女の様子を窺うため、ここに来ていた」穂積は指摘して言った。「敏感な貴女だ。近くにいた私の気配を察して、監視者と勘違いしてしまったということはありませんか」

貴方はどの方面からここへ来たのか。質問されたので、説明した。交番を経由して来たのだと知って、女史は首を振った。「それじゃ、違います。私は地下鉄からここへ直行しようとしたので、あっちを歩いてた。ちょっと暗がりになっているところがあるでしょう。そこで、背後からの人の気配に気づいたんです。だから位置的に、貴方の、ではあり得ません」

本当に監視者がいたのか。貴女の気のせいではないのか、などと大前提に疑義を呈しても、絶対にそうだと突っ撥ねられるだけに決まっている。堂々巡りになるだけで時間の無駄だ。「では」ここは、合わせることにした。「ちょっと行ってみますか。もうとっくに逃亡してしまっているだけだろうけども。とにかく貴女が人の気配を感じたという、その地点まで」

と、穂積も感じた。錯覚ではない。確かにこちらに、注意を向けている人間がいる。こちとらプロなのだ。人の気配を察するのには長けている。

さっ、と視線を振り向けた。マンションの反対側の角だった。瞬間、死角に消えたものがあった。人の頭だ。さっきまでこちらを見ていて、気づかれたと悟って身を引っ込めたのだ。

「待てっ」駆け出した。人影のあったマンションの角まで来た。既にそこには誰もいなかった、当然。

更に建物を回り込んだ。だが最早、人影は消え失せていた。とうに走り去ってしまっていた。

追い続けることもできないではない。が、体力が続かない。若い頃は鍛えていたので、かなりの距離でも走ることができた。自信があった。しかし定年、間近の今となっては息が切れてしまう。どうせもう消え失せている筈だし、逃げるルートはいくらでも考えられる。追うだけ無駄だ、と判断した。体力の衰えのせいではない、と自分に言い訳した。犯人との距離がこれだけあったのだ。若い頃だって捕まえ切れちゃいないさ。胸の中で繰り返した。

「穂積さん」そこに、戸田女史も走り寄って来た。「誰かいたんですね、やっぱり」

「えぇ」息が荒れているのを察されないよう、努めて答えた。一息、ついてから続けた。「貴女の言った通りでした。我々の方を見ている人影があった」

頭の影が引っ込んだ位置を思い浮かべた。建物の、この辺りだったと思い出した。「この高さだったな」手で指し示した。「ここの位置に、頭が覗いていた。私が気づいたと悟って、引っ込んだ」

「ここ、ですか」戸田女史は不思議そうだった。「こんなに低い位置」

「そう。だから犯人は、小柄な体格だと予想されますな。頭がこの高さなんですから」

「でも、屈んでいたとは予想できませんの。そうしたら大柄な身体でも、頭の位置がずっと低くなることはあるでしょう」

指摘について ちょっと考えを巡らせ、首を振って否定した。「確かにこっそり覗いていたんだ。頭をちょっと突き出していた筈だし、真っ直ぐ立っている位置よりは若干、低くなってはいたでしょう。でも屈んでいたとは思えないな。こちらが気づいたら直ぐに逃げ出さなければならない、と分かっていた筈ですし。事実、素早く走り去った。大きく腰を屈めていたりなんかしたら、とてもそんな芸当はできなかった筈だ」

「でも、小柄だなんて、そんな」

犯人の体格について妙に、気にしている。まるで犯人は大柄であって欲しいかのようだ。これも着目しておくべき点だな。穂積は心の中で、メモした。彼女と別れたら手帳に記しておこう。忘れないように、と自分に言い聞かせた。

「そうそう」話題を換えた。「貴女そもそも、どちらにいらっしゃってたんです。留守にされていたようだが。どこからこんな時刻に、家に戻ってらっしゃったんです」

「あぁ」

説明してくれた。やはり推察通り、戸田女史は子供と一緒に母親の家に泊まりに行っているそうだった。だが、忘れ物をしてしまった。明日の仕事に差し支（つか）えるため、取りに戻って来たということだった。

「お願いします」拝むような仕種をされた。「もう犯人は逃げてしまったのでしょうし、危険はないんでしょうけど。でもやっぱり、怖いんです。あんなことがあったばかりなんですもの。一人でいるのは、やっぱり怖い。忘れ物を取りに行っている間、お願いですから側にいていただけませんか」

「あぁ。そりゃ、構いませんよ」

やはり女性だな。妙なところに感心しながら、頷いた。犯人は逃げたんだろうけど、やっぱり怖いだなんて。戸田女史だって普通に恐怖心を覚える、普通の女性なんじゃないか。時おり男勝りの言動を見せるせいで、彼女が女らしいところを示すと逆に印象に残ってしまう。

一緒にマンションに入った。二階に上がった。自宅ドアの鍵を開け、戸田女史は中に入って行った。穂積は外の廊下で待つことにした。

玄関の沓脱ぎのところで、ガサガサと紙の擦れる音がした。まずはドアポストに突っ込まれ、三和土(たたき)に落ちた手紙やチラシの類いを整理しているのだろう。

穂積は素早く懐から手帳を取り出した。監視者は小柄な体格らしい。指摘すると納得のいかない素振りを見せた、戸田女史のことをメモした。己れの記憶力に信頼が措けない。できるだけ早くメモっておかねばならない自分に、苦笑した。と――

「きゃあぁぁーっ」

ドアの内側から悲鳴が聞こえた。穂積は慌てて手帳を懐に突っ込むと、中に飛び込んだ。

立ち尽くしている女史の姿があった。他には誰もいない。中に潜んでいた不審者があった、ということではないらしい。切羽詰まった危険があるわけではない。分かって少々、ホッとした。

ではいったい何があったのか。

戸田女史は言葉を発することもできないようだった。ただ立ち尽くし、全身を震わせていた。右手の人差し指が、廊下の床を指していた。

何があったのか。直ぐに分かった。床には取り落とした手紙やチラシの類いが散乱していた。整理しようとして不審なものに気づき、恐怖に駆られて落としてしまったのだ。

女史が指差しているのは一枚の紙片だった。新聞から切り抜かれたらしき活字が貼りつけられ、文章が綴られていた。文字の大きさから判断して、本文ではなく見出しなどから選んで切り抜いた活字だろう。使い古されたやり方ではある。だが同時に追及が難しい手でもある、と認めざるを得ない。

「お前は逃げられない」と記されていた。

11

寝不足だった。

昨夜、自宅に忘れ物を取りに行って監視者の存在に気づいた。幸い、穂積警部補が近くにいてくれたので一緒にマンションに入った。そこでドアポストに突っ込んであった、不審なメッセージを見つけたのだ。

ただちに署に連絡が入れられた。パトカーを回してくれるよう、頼んでいた。穂積警部補は警官を待っている間、玄関やその周辺の写真を撮って回った。さらに室内に足を踏み入れ、中に誰もいないことを確認してくれた。

「ドアの鍵は確かに掛かっていましたね」念を押されたので、頷いた。「今、見てみましたが窓の施錠も全てちゃんとしているようだ。大丈夫。犯人は中に足を踏み入れてはいないようです。外の廊下からドアポストにあの紙切れを突っ込んで、すぐに立ち去ったんでしょう」

今のうちに忘れ物をちゃんと取っておくといい、とアドヴァイスされた。これから少々、お時間をいただくことになる。お疲れだろうから待っている間、中でちょっと休んでおられるといい、と。

　やがて警官がやって来た。あれこれと時間を取られた。これで警部補がいなければ、交番で最初から事情を訊かれ解放されるのはずっと遅くになっていただろう。「俺が一緒にいたから、だいたいの事情はつかんでいる。お疲れだろうから今夜のところは、早く帰してあげるがいい」警部補が警官に言った。母の家まではパトカーで送ってくれた。

「どうしたの」電話で遅くなる旨は伝えてあった。家に着くと母が心配そうに訊いて来たが、答える気力はもはや残ってはいなかった。

「明日、説明する」言って、布団にもぐり込んだ。でも胸がドクンドクンと強く打ち続けた。身体は疲れているのに気持ちがたかぶって、なかなか眠気が訪れてはくれなかった。結局、空がしらじら明るくなり掛ける頃になってようやく、ウトウトすることができた。

　寝不足だった。

だが、仕事をサボるわけにはいかない。どうしても、となれば周りの検針員仲間が助けてくれる仕組みもあるが、できるだけ頼みたくはなかった。そもそもは家に充電器を忘れた、自分が悪いのだ。それさえなければ、寝不足にもなってはいないのだ。

　今日も暑かった。こういう時は体調に、普段以上に気をつけなければならない。ひんぱんに水を飲んだ。塩アメを口に放り込んだ。

「あぁ、しまった」思わず言葉が出た。疲れの溜まった身体が、さらに重くなってしまったように感じられた。「このスポンジで、足りるかしら」

中華料理店だった。ここのお店、換気扇の排気口のすぐ横にメーターがあるのだ。脂っこい炒め物などをいつも、作っている店である。メーターに油を含んだ空気が直接、吹きつけられる。毎回、真っ黒に汚れてしまっているのだった。今日のルートにここが含まれてるのは分かっているのだから、最初からスポンジを追加して持って来ればよかったのに。すっかり忘れていた。

高い位置や、身体の入らない狭いすき間に設置されたメーターなどを見るために、伸縮する棒の先に鏡のついた検針ミラーを使う。これはハンディ・ターミナルなどと違って、会社から貸与されたものではない。自分で購入するのだった。ネット通販なんかで売っている。奈津実の場合は伯母からもらったものを、そのまま使っていた。

このミラーの背面に、両面テープでスポンジの切れ端を貼りつけてある。これも長年、検針員をやっている中で先人の編み出した知恵だった。メーターの覆いが曇っていたりした場合、まずは伸ばした棒の先のスポンジでぬぐうのだ。そうしてくるりとミラーをひっくり返し、数字を読み取ればいい。

だがこうまで汚れていると、小さなスポンジ一つでは難しそうだった。ヘタな拭き方をすると油がくっつき、汚れが広がる結果にしかならなそうだ。

近くに百円ショップはなかったかしら。思い出そうとした。あればスポンジを買って来て、取り替えながら拭けばいい。ウェットティッシュを買って来て巻きつけた方が、うまくいくかも知れない。

「やぁ、検針員さん。すみませんねぇ」スマホを取り出そうとしていると、中から店長さんが出て来た。「うちの電気メーター、読み取りにくくって。第一、何でこんな換気扇の横につけたんでしょうなぁ。別にこっちがお願いしたわけでも何でもねぇのに。これじゃすぐ汚れちまうのは当たり前だよ。検針員さんが苦労するだけ、って誰にも分かっただろうになぁ」

「あぁ、いえ。いいんですよ。私がスポンジの替えを忘れて来ただけですので。この辺に百円ショップなかったかしら、って検索しようとしてたところだったんです」

「いやぁ、そんなの買って来ることないですよ。ちょっと待っててね」

店長さんは店に戻ると、丸椅子を抱えて出て来た。手にはおしぼりがあった。メーターの下に椅子を置くと、ひょいと身軽に上に乗った。おしぼりでメーターを強くぬぐった。

「よぉし。読めるようになったぞ。検針員さん、読み上げましょうか。あんたはその数字を、機械に打ち込めばいい」

「あ、いえ。ご親切はありがたいんですけど、数字は自分で読まなくては」

人を疑っているわけではない。だがもし人に読んでもらって、それが間違っていれば。責任問題にもなりかねない。だから数字だけは自分の目で見る必要があった。

「そうかぃ。まぁ規則か何かあるんだろうなぁ。大変だねぇ、そういうお仕事も」

何だよ。俺が親切で読んでやろうってのに、疑ってるのかよ。人によっては激昂される展開だって考えられた。気のいい店長さんでよかった、と感謝した。

入れ替わりに椅子に上がった。ところが寝不足の上に、疲れが溜まっていたせいだろうか。暑さで参っていたこともあったのだろう。軽い目まいを覚えた。椅子の上で足がふらついた。

「おっとっと。危ねぇよ、検針員さん。大丈夫かぃ」

下で丸椅子を押さえてくれた。くるり、と軽い力で簡単に回転してしまう椅子である。乗っていてヘタに体勢を崩したら、転倒することもあり得た。ケガをするところだった。本当にありがたかった。

「あぁ、すみません。ちょっとバランスを崩しちゃって。もう数字、読めました。本当に助かりました」

椅子から降りながら、思い至った。せっかくおしぼりでぬぐって、メーターを読めるようにしてくれたのだ。ならば椅子などに上がらず、ミラーで数字を読めばよかったではないか。思いつけなかった自分を反省、だった。ムリして椅子なんかに上がったおかげで、店長さんを心配させることになってしまった。

「この暑さだものねぇ。そりゃ、疲れも溜まるやね。あぁ、そうだ。お昼はもう食べた？　え、まだ。それじゃぁよかったらうちの冷やし中華、喰ってかねぇかぃ。中は冷房が効いてて涼しいし。水ものんびり飲むといい」

「あ、いえ。そういうわけには」

「いいじゃねぇか。こんな時刻、客足ももう引いちまってんだし。こんな汚ねぇメーター読ませてるおわびだ、おごるよ」

「あ、い、いえ」

「うちの冷やし中華、美味(うめ)ぇよ。具もあれこれ載ってて栄養たっぷり。次の仕事に掛かるパワーもつく、ってモンだ」

「あ、い、いえ。じゃぁお言葉に甘えて、いただいて行きます。ただおごってもらうのは、ちょっと」

「いいじゃねぇか。メーターいつもこんなに汚しちまってる、罪ほろぼしだ」

「こちらは電気を買っていただいている、お客様なんですから。おごってもらうわけにはいかないんです。ご親切は本当にありがたいんですけど」

「そうかぃ。あれこれ規則があって大変なんだねぇ。まぁいいや、とにかく入って。食べてってよ。パワーつけて、次の仕事もがんばってよ」

本当に親切な店長さんだった。こういう人に出会うこともある。この仕事をやって得られる、小さな心の糧だった。

自慢の冷やし中華は本当に美味しかった。ぺろりと一皿、あっという間に平らげてしまった。美味しい。心から言うと店長さんも、嬉しそうに笑った。心の触れ合い、っていいものだなぁ。力が湧いて来た。おかげでその後の仕事は、スムーズに終わらせることができた。心なしか暑さも和らいだように感じられた。

コンビニのイートインで冷たいものを飲みながら、ハンディ・ターミナルから今日のデータを基幹システムに転送した。支社から「はいOKです」の電話が掛かって来、今日の仕事は終了した。

だがまだ帰れない。コンビニを出ると再び自転車にまたがった。西高島平署へ行った。

コンビニを出る際、穂積警部補に電話を入れておいたので話は早かった。署の受付で名乗ると、すぐに中に通してくれた。先日、初めて会った時も案内された会議室だった。警部補はドアのところで待っててくれていた。

「いやぁ、戸田さん。すみませんね。仕事帰りで、お疲れでしょうに」

「いえ。それより昨夜、おかげさまで早く帰してもらえたんですもの」

その代わり明日の仕事が終わったら、署に立ち寄ってくださいと頼まれていた。話さなければならないことがあるから、と。襲われるかも知れないところだったのだ。ヘタをすれば被害者になっていたかも知れない。協力するのは、当然だった。そもそもここへ話を持ち込んだのは、他ならぬ自分でもあるし。それにちょっと、確認したいこともあった。

長机を挟んで向かい合わせに座った。冷たい麦茶が紙コップに入って出ていた。

「さて、と。まずは昨夜の、あれからの報告です」書類やメモをいくつかめくりながら、警部補が切り出した。「貴女を帰した後、警官らと現場の周辺をそれなりに当たってみました。結論だけ先に言うと、見つかったものは何もなし。明るくなってからもう一度、やってみましたが結果は同じ。犯人の遺留品らしきものは見つかりませんでした。足跡もなし。あの辺は全て舗装されてますからな。それに普段から大勢が歩き回っている場所だ。もし足跡があったとしてもそれが犯人のものだとは、とても限定はできない。ま、最初から期待はしていませんでしたが、ね」

「マンションの廊下も、ということですね」

警部補は頷いた。「足跡も遺留品も見つかりませんでした。まぁあそこも昼間は何人もが歩いている、と状況は同じですし、な。エントランスに監視カメラがありましたが、怪しいものは何も写ってはいませんでした」

「あのマンション、裏側の柵をちょっと乗り越えれば一階の廊下に入れますものね」奈津実は指摘して言った。「そこから侵入されれば、監視カメラに写らずにすみますものね」

「犯人も恐らく、そうしたんでしょう」もう一度、頷いた。「つまり犯人はあのマンションの構造をよく知っていたことになる。既に何度も現地を訪れて、偵察していたと見るべきでしょうな」

重いため息が喉をついた。うつむけた目の前に、写真が差し出された。新聞の活字を貼りつけて作られた、例の脅迫文を写したものだった。顔を上げて訊いた。「こちらは、何かありましたか」

今度は警部補は首を振った。「一応、指紋を確認してみましたが検出されませんでした。こいつを作る時からポストに突っ込むまで、犯人はずっと手袋を忘れなかったってことでしょう。用心深い奴だ。ミスをしでかしてるかも、なんてあまり期待は掛けてませんでしたが。まぁ、案の定でした。今、活字を一枚一枚、剝がして裏の指紋も確認してるところですが。こっちも期待しない方が無難だ、と私も思いますね」

もう一度、ため息が出た。

「どうしましょうか」尋ねられた。「昨夜の状況から推察するに、恐らく犯人は貴女をお母さんの家から尾行して来たわけではない。単にこのメッセージを突っ込みに来て、帰ろうとしたところに偶然、貴女も戻って来た。そこでちょっと様子を窺ってみることにした。私にも気づかれたので逃げ出した。そういうことだったろうと思いますが」

母親の家から尾行けられたわけではない。つまりあちらの家はまだ、犯人にバレていないのかも知れない。にもかかわらずあちらにも、警官のパトロールを重点的にさせますか、と問うているのだった。あっちもバレている可能性だってあるのだから、万全を期すなら向こうにも監視の目を措いた方がいいのは間違いない。

「怖い」奈津実は答えて言った。「こんなことまでされて、本当に怖いんです。取り越し苦労になってしまうかも知れませんができれば、母の家の方にも警戒をつけてもらえませんか」

分かりました、と警部補は請け合った。ただちょっと時間が掛かるかも、と断られた。多摩川を渡って川崎市内に入ると神奈川県なので、管轄する警察が違う。都内であれば警視庁だから話も早いし何かと融通が利くが、神奈川県警になるとそうはいかない。事情を説明し、協力を取りつけるまで手間が掛かるかも知れないというのだった。

「仕方がありません」奈津実は答えた。「お手数かけますがあちらの方にも、重点的にパトロールしてくれるようにお願いしてみてください」

まだ一ヶ月以上、あっちに留まるのだ。敵の手がいつ、向こうの方にも伸びて来ないとも限らない。

「それで」警部補の声に顔を上げた。「何か心当たりはありませんか、この文章に。『お前は逃げられない』なんて。こんな思わせぶりな文言に」

「心当たり、って」呆気にとられた。言葉が一瞬、途切れた。「だって、つまりそういうことじゃありませんの。私がやっぱり、あの現場で何かを見てしまった。犯人としてはだから、『お前は逃げられない』と脅しを掛けて来た。そういうことじゃありませんの」

「いったい、何を見たんです」

「それも何度も、言ってるじゃありませんか。分からない、って。何かを見た覚えはないんです。おかしなことに気づいていたらとっくに、こちらに通報してます。でも何も気づかなかった。まさかあそこで、あんな恐ろしいことが起こってたなんて。あの時は想像もしてはいませんでした」

「だが犯人はそう思ってはいない」警部補は指摘して言った。「なぜなんでしょうね」

「分かりません」答えるしかなかった。無言で返されたので、声を荒らげた。ついつい感情がむき出しになっていた。「分かるわけないでしょう、私に。こっちが教えてもらいたいくらいですよ」

「妙に思えてならないんです」警部補は言った。静かな声が逆に、不気味さを秘めていた。「犯人はなぜ、こんなことをするのか。こんな芝居じみたことまでして、貴女を追い詰めようとするのか。何かを見られてしまって口封じしたいのなら、脅迫文など必要ない筈です。マンションの構造を熟知するまで、周囲を探っているんだ。さっさと貴女を手に掛けて……失礼！」さすがに言い過ぎた、と反省したようだった。しばし口をつぐんで、続けた。「とにかくこんな面倒なマネは要らなかった筈だ。どうにもフに落ちないんですよ、私としても」

「分かりません」机に両肘を突き、手の甲にひたいを載せた。小さく首を振った。

「分かるわけがありません、私に」

「そうですか。まぁいいでしょう」立ち上がる音がした。顔をうつむけているため、音が聞こえるだけだった。考えごとをするように、室内をゆっくりと歩き出した。

「白状しましょう。実は私は昨夜まで、半信半疑だったんです。本当に監視者なんているのか。神経過敏になった貴女の、考え過ぎなのではないか。勝手に恐怖心を膨らませて、想像の産物を作り出してしまっているだけなのではないか。その可能性も否定できないとは思っていたんです、失礼ながら」

顔を上げた。「じゃぁ昨日のおかげで、そうじゃないと分かっていただけたわけですね」皮肉な笑みが浮かんでいるのが自分でもよく分かった。

「その通り。失礼ながら、白状します」立ち止まった。視線がこちらへ向けられた。目と目が合った。「監視者はいた。私も目撃した。だがまだ一度きりだ。貴女はもう何度も、その気配を感じている。だから、伺います」一息、ついて続けた。「同じ気配を、あの日あの現場でも感じませんでしたか」

あっ、と声が出そうになった。慌てて飲み込んだ。「そうですね」考えてから、続けた。「感じたとしても、おかしくはありませんものね。犯人はあの時、あそこにいたんですもの」

「まぁ、事件の際は貴女をじっと監視していたわけではないから。状況が違うのかも知れないが」

「そうですね」三たび、顔をうつむけた。「ごめんなさい。何も思い出せない。あの時、何かを感じたのか。覚えてません。少なくとも、何か印象に残った覚えはありません」

「そうですか。まぁいいでしょう」歩み寄って来た。屈み込むようにして、声を掛けてくれた。「昨日、あんなことがあったばかりだ。お疲れでしょう。もう帰っていただいてよろしいですよ。こちらとしても引き続き、捜査に努めます。貴女の周囲の警戒も。常に近くにはおります。だから何か思い出したことがあったら、いつでもご連絡ください」

署の外までついて来て、送り出してくれた。自転車を漕いで走り去りながら、奈津実はハッと思い出した。確認したいことがあったのだ。でも動転して、忘れてしまっていた。

それに気になることもあった。警部補にはもう一つだけ、私に訊きたいことがありそうだったのに。なのになぜ、質問しなかったのかしら。最後の身体をいたわるような言葉は、本当に本心からだったのだろうか。

12

興味深いものだな。諏訪部武貞は、思わずにはいられなかった。電気メーターの検針員という仕事、調べれば調べるほど知らなかったことが出て来る。世間は広い。街中でちょくちょく見掛けているような職種でも、中身をちょっと調べると意外なことだらけなのだ。知っているようで、知らない。世の中そういうものだ。だからこそ面白いのだ。

〝ゲーム〟の最中でも感じることがある。今は知らないターゲットばかり狙っているが昔、知人の家に侵入していた頃は特にそうだった。

例えば女友達の家にこっそり、入り込んだ時。美人でしっかり者と周りでは見られていたのに実態は結構、雑だった。室内は整理整頓とは真逆の有様だった。汚れ物が床に放り出されたままだったし、洗濯が済んだ服もソファに雑然と積みっ放しになっていた。洗面所の掃除も行き届いているとはとても言える状態ではなかった。台所には食べ掛けのコンビニ弁当がぽんと放り出されていた。

部屋の隅に雑誌が積み上げられていたので、いくつか捲っていると間に万札が挟まっているのを見つけた。隠していたのではない。そもそも一人暮らしなのに、隠す必要なんてない。ただ何かの弾みに、札をポンと雑誌の山の上に置いたのだろう。例えば宅配便でも来てチャイムが鳴ったため、札を放り出して戸口に出た、とか。そのまま放置した。そうして上にまた雑誌を載せたため、見えなくなった。本人も忘れてしまっている。そういうことなのだろう。

見当をつけて雑誌の山を、下まで調べてみた。最終的に三万円が手に入った。期待してもいなかった分、有難い収穫だった。

何事にもしっかりしていて一種、近づき難いような美女。周りはそう思っているが実際には、違うことを自分だけは知っている。快感だった。〝ゲーム〟の醍醐味は、こんなところにもあった。知人ではないがテレビにもよく出ていて、理路整然と話すのが評判の著名な評論家の家に侵入したところ、ＳＭ道具が山と見つかったこともある。

ともあれ知らないことを、知る。それだけで楽しい。そもそも侵入する前、ターゲットの家をじっくりと調べるワクワク感も同じく通底するものがあるのかも知れない。

検針員のことを調べるに当たっては、まず取っ掛かりとして都立中央図書館に行った。文献的資料に当たろうとしたわけではない。ここには調べものでちょくちょく来るのだがある時、ふっと外を見て検針員が自転車で通り掛かるのを目にした覚えがあったのだ。

その前にネットで事前調査してみようと思ったのだが、大した情報は得られなかった。「検針員の募集」なんて電力会社のページがあれば、仕事の中身の詳細が調べられるだろうと期待したのだが。これはというページにヒットしなかったため直接、会って話を聞いてみようと考えたのだった。

電気メーターの検針は一月に一度である。自分の家にも毎月、検針票が突っ込まれているからそれは知っている。一月分の使用量を読み取るのだから基本的に毎月、同じくらいの日に来るのだろう。あの時、図書館前で見掛けたのは、この日。だから一月後のこの日にまた近くに来る筈だ、と見当をつけた。さすがに自分の家を担当している検針員に、話し掛ける気にはならない。妙なことを根掘り葉掘り訊かれた、なんて記憶に残ってしまっては危険過ぎる。

図書館は有栖川宮記念公園の中にあり、張り込んでいるには都合がいい。待っていると案の定、検針員が現われたので行動を開始した。公園前のマンションに入って行ったため一拍、空けて後に続いた。

「やぁ、いつもご苦労様です」このマンションはエントランスを入った右手に、住民用の集合ポストがある。郵便配達人などはわざわざ、各ドアまで行かずともここに郵便物を放り込んでおけばいい仕組みだ。マンションの玄関はオートロックになっているため、中まで入るには手間が掛かる。きっと検針員もここに検針票を入れるだろうと踏んだのだが、読み通りだった。住民の振りをして話し掛けた。「この暑いのに、外回りは大変ですね」

「ええ。熱中症にだけは気をつけるようにしてますけど」検針員は答えて言った。ピンクの可愛らしい制服姿だが、顔の皺からすれば五十はとうに超えていよう。この歳で暑い中を歩き回るのは確かに、熱中症の危険と隣り合わせに違いあるまい。「それに実はちょっと、横着もしちゃってて。本当なら検針票は、各ドアのポストに入れるのが礼儀なんですけど。ここはスマートメーターだし、『ま、いいか』なんて横着してこうして集合ポストの方に」

「いえいえ、ここで別に構いませんよ」現在、電気メーターが最新式のものに切り替えられつつあることは何かのニュースで見るか聞くかして知っていた。「ここはオートロックですからね。余計な手間を掛けて中まで入って、ドアポストに入れてくれなくても大丈夫ですよ。こうして僕らが降りて来て、何かのついでに持って上がればいいだけの話なんですから」

「そう言って頂けると、有難いです」

「それにしてもここのところ、本当に暑い。会社からここまで来るだけで大変でしょう。おまけに他にも、あちこち回らなきゃならないんだろうし」

「いえ。それがちょっと、違うんです」

検針員というのは東電パワーグリッドの各支社と、一人一人が契約して仕事を請け負っている個人事業主のようなもの、というのだった。だから毎日、出社することはない。自宅からその日の担当エリアに直行し、仕事を終えたら直帰できるという。東電の子会社か何かに所属している社員なのだろう、と思っていたから諏訪部にとっても意外だった。

「へぇぇ。そうなんだ」

「私が契約している先は、東電パワーグリッドの銀座支社になります。でも出社するのは月に三回。後は担当エリアと自宅との往復なので、まだ楽ですね。毎日、出社が必要となったらもっと時間が掛かってると思いますけど」

「それでも大変だ。一日、何件くらい回るんですか」

「だいたい四百から五百件といったところでしょうか」

「五百⁉　それは凄い」

「でもまぁ、都心部はこのように集合住宅とかが多いから、まだ楽ですよ。一つのところでバーッと件数が稼げますし。これが一戸建てばかりの郊外になると、もっと大変だと思います。特に田舎なんかに行ったら、もっとね。家と家が離れてますから行き来するだけで、時間が掛かっちゃう」

数字を読んで機械に打ち込む昔ながらのメーターではなく、スマートメーターに切り替わりつつあるのも仕事を楽にはさせてくれている、と検針員は語った。ただしそれは契約を継続できるか否かの、リスクと背中合わせでもある。何となれば仕事が楽になれば、昔ほどの労力は必要なくなる。人手も要らない。結果、次の契約更新を会社が受け入れてくれない、ということが起こる。個人契約の身分であるが故の、弱みだった。要らなくなれば、切られる。検針員は基本的に、人減らしの潮流の中にいるのだ。

それで、か。思い至った。電力会社のウェブ・ページに検針員を募集しているものでもないか、と探してみたが詳しい内容を書き込んだものは見当たらなかった。作られたのも時期的に古いものばかりだった。基本的に削減の方向にあるのなら、それも当然だったのだろう。「募集」と謳いながらあまり熱心に働き掛けているように思えるページはなかったのだ。お陰でこうして、手間を掛けさせられる羽目となった。

ただ、手間を掛けただけの甲斐はあったと諏訪部は感じていた。貴重な情報が手に入った。彼女らは毎日、出社するわけではない。となれば会社の前で張り込んでいても、意味はないわけだ。するとあの日から丁度一ヶ月後ころ、と日を定めて笠木家の近くに張り込むしかないということか。

「でも一日、五百件となると合理的に回らないと無理ですね」確認するために、尋ねた。「検針員さんは毎月、ほぼ同じ日に同じところを回るわけでしょう。時間も大体、同じ頃になっちゃいますか」

「そうですね。自分なりに担当地域を、なるべく効率的に回るように工夫しますので。同じところを回るのも大体、同じくらいの時間帯になっちゃいますね」

ならばあの事件と同じくらいの時刻に、張っていればいいということになる。

「実は」質問を具体的な方に切り替えた。笠木家の住所を思い浮かべて、訊いた。「僕の友人が電気メーターのことで、ちょっと相談したいことがあるというんですよ。彼の住所、板橋区なんだけど。どこの支社に問い合わせればいいのかな」

「えぇと。板橋区だと大塚支社の管轄になりますね。その下に、板橋事業所も。でも細かいご相談事でしたら、カスタマーセンターがありますよ。それから契約関係でしたら別の子会社の、東電エナジーパートナーというところもありますし。パワーグリッドよりもそちらにご連絡された方がいいんじゃないかしら。お電話番号、お伝えしときましょうか」

「あ、い、いえ」カスタマーセンターなんてどうでもいい。それより大塚支社に板橋事業所、ね。胸の中でメモした。これこそが欲しかった情報に他ならない。「インターネットで調べときますよ。ご親切に、どうも」

「あ、それより」こうして話しながらも検針員の手が止まることはない。腰にぶら提げた小型プリンターから検針票を次々と打ち出しては、ポストに突っ込んで行く。手際のよさには感心させられるくらいだった。「お客様、お部屋は何号室ですか。まだポスティングしてなかったら打ち出して、今お渡しできますけども」

「あ、いえ。いいんですよ」切り上げ時のようだった。こうしてさり気なく、話し掛けて必要な情報を仕入れるのは仕事柄お手の物だが。さすがにあまり引き延ばすと、不自然になってしまう。もっともこの検針員と会うことは二度とないだろうから多少、不審に思われたとて不都合はなかろうが。余計な記憶はなるべく残さないに越したことはない。「これからちょっと、出掛けるところでしたので。帰って来た時に、検針票は持って上がります。だから、突っ込んどいて下さい」

「は、はぁ」

「話が面白くってつい、時間を取らせてしまいました。仕事中なのに済みません。それじゃ、これで」

これから出掛けるところなら何故、検針員を相手にこんなところで長々と立ち話なんかしていたのか。不自然に思われたろうがさっさと立ち去ることで、印象に残るリスクを最小限に抑えた。マンションを出ると足早に歩き去った。

その足で板橋区にやって来た。笠木家の近所だった。あそこは丘の上、地元で言う〝ヒルズ〟にあるがさすがに上がることまではしない。何日か後には当の検針員を張り込まなければならないのだ。何度も近所をウロウロして、近隣の住民に目撃されるリスクは避けたい。

〝ヒルズ〟に対して地元で呼ばれる〝下界〟には、古い都営アパートが立ち並んでいる。間もなく取り壊して建て直されるらしく、住民の転出が始まっていた。窓にカーテンもなく、見るからに無人と化している部屋がいくつも見受けられた。

見当をつけて、棟の一つに入った。最近、転出した住民が多く急速に空き部屋だらけになっているらしき棟だった。一月前の古いチラシが突っ込まれたままで、一杯になっている郵便受けを探した。いくつかあったため中の物を、持って来た紙袋に詰め込んだ。

素早くその場を離れて、近くの公園に行った。広い公園なので都合がいい。この辺りには土地勘があるので、あそこなら丁度いいと分かっていたのだ。公園の反対側、遊具のある辺りでは子供達が遊んで歓声を上げていた。ベンチに腰を下ろし、紙袋の中身を空けた。

探していたのは検針票だった。引越しと電気会社への手続きのタイミングが合わず、検針票を突っ込まれたままになっている家があるかも知れないと踏んだのだ。

一回目では上手く見つからなかったため、チラシ類の山は公園のゴミ箱に捨てて再び都営アパートに戻った。同じく転出が始まったばかりの棟の、一杯になっている郵便受けの中身を持って来た。二回、三回と繰り返して四回目で漸く、ほぼ一月前の検針票を手に入れた。他は全てゴミ箱に捨てて、その場を離れた。

少々、不審に映る行動だったろうが公園で遊んでいるのは子供ばかりである。見守っている大人の姿もちらほらあるが全員、スマホの画面に視線は釘付けである。こちらに注意を払っている者は誰もなかった。変な奴がいたなと記憶に留めた者が仮にいたとしても、残されているのはゴミ箱の古いチラシの山だけである。手袋をしていたから万が一にも、指紋が残った筈はない。

駅前まで戻り、公衆電話ボックスに入った。スマホで電話番号を調べておいた、東電パワーグリッドの大塚支社に掛けた。

「あぁ、済みません。一月ほど前まで板橋の都営アパートに住んでいて、引越した者なんですけどね」検針票に書いてある住所と名前を読み上げて、続けた。「部屋に残したままのガラクタをちょっと整理する用があって、久しぶりに戻って来たんですよ。そしたら郵便受けに検針票が突っ込まれてて。確か、引越し手続きは済ませたと思ってたんだけどな。勘違いでしたっけ。そしたら検針員さんに余計な手間を掛けさせたことになっちゃったかな、って申し訳なくって」

「えーと、は、はぁ。取り敢えずまずはお客様番号を頂けますか」

読み上げた。この番号、欲しさにあれだけ古いチラシと格闘する面倒を掛けたのだ。〝ヒルズ〟と〝下界〟、立地は違ってもこれだけの近所である。検針員は同じ人間が担当している可能性が高かろう、と踏んだのだった。

「えーと。引越しのお手続きは確かに済まされてますね。ただ日付が、検針日よりも後になっているようで」

「やっぱりそうか。それで。支払いはちゃんと、されてますよね」

「えーと。お客様は自動引き落としの契約をして下さってますので、大丈夫です。口座の通帳を見て頂ければ、ちゃんと引き落とされた記録が残っていると思います」

「分かりました。そちらに金銭的なご迷惑を掛けることはなかったと知って、ホッとしました」

「いえいえ。そこまでお気遣い、頂かなくても」

「でも僕が手続きをモタモタしたお陰で、検針員さんには無駄な労力を払わせてしまったことになる。本当に申し訳ないな」

「いえいえ。そこまでお気遣い頂くことはありません。検針員だって、仕事の内なんですし」

「実は一度、ドアのところでバッタリ会ってお話ししたこともあるんですよ。とっても感じのいい人だったなぁ。何て方でしたっけ」

「は」

「お名前は」

「は、あ、いえ。検針員個人の名前は、ちょっと」

ポロリと漏らしてくれないか、と期待したのだが無理だったようだ。最近では個人情報の取り扱いにうるさい。会社としても敏感になっているのだろう。まぁ仕方がない。あっさり諦めた。最初からダメ元、の積もりではあったのだ。

「そうですか。電話ではまぁ、そうですよね」さらりと引き下がった。しつこくやれば不審がられる。こういうのは無理だと悟れば、さっさと身を引くのがコツだ。これまでの経験でよく分かっている。「それじゃまぁ、そちらの方から検針員さんによろしくお伝え下さい。僕が済まながっていた、と。気持ちが伝わらないままだと思うと、どうにも落ち着かなくって」

「は、はぁ。どうもご親切に。色々とお気遣い頂いて、有難うございます」

電話を切った。ボックスの中で改めて、検針票をしげしげと眺めた。今時、公衆電話を使う奴なんて滅多にいない。だから中に長く留まっていても、早く替われなんて急かす奴もいない。

上手く運べば、と賭けに出たがあいにく検針員の名前は手に入らなかった。だがまぁこんなものだろう。最初からさして、期待は掛けていなかったのだ。

それより重要なのは、検針票の日付だった。やはり、あの事件を起こしたのと同日だった。〝ヒルズ〟と〝下界〟の違いはあっても、これだけの近所なのだ。同じ検針員が同じ日に回っていた。それが確認できただけで、大きい。

おまけに次の検針予定日も記されていた。この日に張り込めば必ず現われる、と教えてくれているようなものだ。こいつが特定できたのも、大きい。

逃げられないぞ。諏訪部は思わず、満面の笑みを浮かべていた。お前はもう、俺の手の内も同然だ。

13

「えーっ、とぉ」間延びした声が室内に、妙に長々と響いた。一々、指先を舐めてペーパーをめくる。お爺さん特有の所作も、こちらのイライラを募らせるばかりだった。「ご主人は今も直接、貴女に会って話したい意向は変わっていないようなんですよ。会わずに話してもラチが明かない。納得がいかない、と言ってて」

「ですから」奈津実は応えて言った。この調停委員は融通が利かない。人によって「当たり外れ」がある、と聞いていたのだが見事に「外れ」クジの方を引いてしまったらしい。ため息をつきそうになるのを、何とかこらえた。「何度も申し上げている通り私は、あの人に会う気は全くありません。上から見下ろされて高圧的な物言いをされたり、殴られてケガをしたあの時の記憶が蘇るんです。思い出すと震えてしまう。とても冷静な話し合いなんてできる自信はありません」

「えーっとぉ、そこなんですがね」一々、ペーパーをめくる。そんなの見なくても覚えていてよ、と突っ込みたくなってしまう。「高圧的な言い方をした覚えなんてない、とも主張してるんですよねぇ。それに手を上げたことがあるのは認めるけども、ついカッとしてしまっただけで。自分は人よりちょっと力が強いから、痛い思いをさせたかも知れないが別に大ケガを負わせたわけでもない。そんな叩き方はしていない、と」

「頬がこんなに腫れて一週間、人前にも出られなかったんですよ。二、三日は歯もグラついてたし。それで大ケガをさせるような叩き方じゃなかった、っていうんですか」

「私はただ、ご主人の陳述を忠実に再現しとるだけですよ。こうしたことはどちらの視点に立つかで、同じ状況でも言い分が違って来るものなんでして。ですからご主人はこういう言い方をされてますよ、と伝えているだけでして」

「あんな大ケガをさせておいても大したことじゃない。殴ったんじゃなくてちょっと叩いたに過ぎない、なんて言いくるめてしまおうとする男なんです」声を荒らげそうになるのを、何とか飲み込んだ。感情的になったら負けだ。こちらが得することは何もない。ヘタをすると冷静に子育てする能力もないと受け取られてしまいかねないから、とアドヴァイスを受けていた。何とか自分を抑えるしかなかった。「だからあれだけ命令口調で物を言っていても、そんな言い方はしていないという表現になるんです。そういう男なんです」

「まぁまぁまぁ」女性の方の調停委員が、口を挟んだ。こちらの方はお爺ちゃんに比べて、ずっと話が通じそうだ。歳も自分より一回り上、くらいだろうし。同性だしより親身になってくれるのでは、と期待が持てた。「『相手方』が殴った力が、どれだけ強かったのか。貴女がどれだけのケガをされたのか今となっては、客観的な証明のしようがありません。残念でしょうがそこは、お認めにならなければ。ひどいケガだった。いやそうじゃない、で相反する主張を繰り返しても、堂々巡りになるだけです。話し合いが一つも先に進みません」

あの時、医者に行っていればよかった。ちゃんとカルテを作っておいてもらえばよかった、とつくづく後悔させられた。ケガについて恥ずかしがらず、夫に殴られたと正直に打ち明けていればよかったのだ。そうすれば今になって、こうまで苦労させられることはなかった。高圧的な物言いだって、ちゃんと証拠として録音してあれば……

離婚調停の二回目だった。慣れない申立てに戸惑ったのと、日取りになかなか調整がつかず第一回調停期日まで時間が掛かった。おかげでこんなに遅くなってしまった。

離婚調停はこうして取り決めた日に裁判所に出頭し、申立てを行った当人（この場合は奈津実。正式には「申立人」という）と相手（同じく昭伸。「相手方」）とが交互に調停委員（同じく「家事調停委員」）の前に出て、自己主張をし合う。

「私はこんなヒドい目に遭わされた。だから別れてこれだけの慰謝料をもらいたい」

「いや、自分はそんなことはしていない。だから慰謝料なんて払わないしそもそも、離婚する気だってない」

言い分を互いにぶつけ合って落とし所へと持っていくのだ。両者が納得できる条件で折り合えば、調停成立。正式に離婚へと進む。

不成立に終わり、それでも片方が復縁を拒否すれば裁判になる。公開の法廷で、証人も呼ばれて審理が行われる。

それがイヤなら調停の段階で、何とか折り合える条件を探らなければならない。調停委員は男女二人ずつのペアで、弁護士だったり裁判所の元職員だったり、有識者だったり。こちらから「この人がいい」と選ぶことはできず、「外れ」が当たってしまうと目も当てられない展開になることも。まぁ今回は女性の方が「当たり」のようだからプラマイゼロ、といったところなのだろうか。二人とも「外れ」だったら話は始終、一つところに停滞したままだったに違いない。

そもそも一回目からしてそうだった。初日は裁判官も立ち会い、まずは手続きの説明がなされる。その場合は原則、申立人も相手方も同席して並んで座る。

でも奈津実はイヤだった。あんな男、顔も見たくないし側にいられるだけで我慢がならなかった。本当なら同じ建物内にいるのも虫唾が走る。別々の日に呼び出してもらいたいくらいだった。

だから数分間の説明の間だけでも同席するのはごめんで、何とかして欲しいと強く願い出ていた。事前に意向を伝えてあれば配慮してもらえる筈、と聞いていた。

ところが実際に調停室に入ろうとすると、既に室内にいる大きな男の背中が見えた。見間違いようもない。昭伸だった。慌ててドアを閉め、案内して来たお爺ちゃん調停委員に抗議した。「説明も別々にして欲しい、ってお願いしてあったじゃないですか」

「えーっ、とぉ」この時からそうだったのだ。何かと言うと一々、指先に唾をつけながら書類をめくる。「あれ、本当だ。要望が出されてましたね。でもまぁ、もうセッティングしてしまったんだし。たった数分のことだから、ちょっと我慢してもらえればすむことじゃないですか。これから改めて別々にやることになると、裁判官にも手間取らせることになっちゃうし」

「イヤです。前もって意向は伝えてあったんですから、ちゃんとしてください」

そこに女性の委員が出て来て、取りなしてくれたのだった。「確かに要望がなされていたようですね。こちらのミスです。そこまでご意向が強いのであれば、配慮いたしましょう。もう一度、控え室にお戻りいただいて結構です」

控え室には相談に乗ってもらっている、コンサルタントの岩上香穂子さんが待っていた。戻って来たこちらを見て少々、驚いていた。事情を説明すると、「困りましたねぇ」と腕を組んだ。「確かに事前に言ってあったのに、失念していたのは裁判所側のミスです。でもできれば、我慢していただきたかったですね。あまりに頑なところを見せると、印象も悪くなってしまうんですよ。結果が悪い方に向く恐れが、否定できなくなります」

「だって。あんな男と同じ空気を吸うのもイヤなんですもの」

「まぁ物の見ようにもよりますか、ね。こちらの意思がそれだけ固い。二人での暮らしに戻るなんて不可能、と印象づけることにはなったかも」

ともあれそんなわけで、第一回調停から幸先はよくなかった。一度、会って話し合いたい。いや、絶対に会いたくない。最初の主張の段階からすれ違うばかりで時間切れとなり、第二回の日取りを決めるだけで終わった。その調整もなかなかつかず、間がこんなに空いてしまった。

一回目であれだけ、こちらは会って話したくないと主張したのだ。なのに今回に至っても、「ご主人は会いたがってる」なんて水を向けて来る。本当にこのお爺ちゃん、人の話を聞いているんだろうか。こんな人が調停委員で話がつくことがあるのだろうか、と不信を抱かずにはいられなかった。こんな人、替えてください。裁判所に申し出たいのが何よりの本音だった。

「脅された。脅してない、の水掛け論になっても仕方がありません」だから話を先に進めたければ、女性の方を頼るしかなさそうだった。「そこで私どもとしても『とにかく会いたくない』と申立人が言っている以上、このままでは調停が不成立になってしまいますよ、と相手方を説得してみたんです。すると公開の裁判の場で決めることになりますがいいんですか、と。そうしたら何とか、このまま進めてもいいと納得してくれて」

折れたのではないか。せっかく女性の方がうまく説得して、あいつにそこまで飲ませたというのに。またぞろ冒頭から「会いたがってる」なんて持ち出すとはどういうことか。このお爺さん、調停を進める気なんか最初からないのではないか。疑りたくなるくらいだった。

「それで」お爺さんに悪態の一つもついてやりたいのをぐっとこらえて、奈津実は訊いた。「あの人、離婚そのものについては何と言っているんです」

「えーっ、とぉ」指先ペロペロ。書類パラパラ。「ご主人が言うには『自分は妻から言われるようなことはしていない。だから別れる理由などない』と」

「まぁ、相手方の主張はそういうわけです」女性の方が割り込んでくれた。自分としてはあんな男と籍を入れてしまったこと自体に、腹が立ってしょうがないのだ。だからお爺ちゃんの「ご主人」という言い方にも実は、イライラを覚えていた。「相手方」と距離をおいた表現をしてくれる方がありがたかった、ずっと。「私どもとしてはここまでの経緯を見る限り、中立人の意思は明らかですよと説得してみたんですが」

「聞き入れませんか」

「妻の言い分はおかしい。別れなければならない理由がない、の一点張りで」

「私だけじゃない。父の尊厳まで侮辱されたんですよ」

末期ガンと宣告された父を見舞いに行こうとすると、「どうせ長いことない人のためにムダな労力を割くより、これからの人間のことを重視した方が合理的だ」と言われた。父を見殺しにしろと言われたようで深く傷ついた、ということについては既に述べてあった。中立書の付属書類にも具体的に書いておいた。

中立書本体に書ける情報はわずかなので、付属書類にこれまでの経緯について、分かりやすく書いておくのが肝心なんですよ。岩上さんから事前にアドヴァイスを受けていた。ただしダラダラ書いてしまうと、逆効果。裁判所だって読む気が失せてしまいますから。要領よく、かつ簡潔に。大切な部分がちゃんと伝わるように書くのがコツなんです。教わりながら何度も書き直した。だから中立てに時間が掛かり、ここまで遅くなってしまったという面もある。

「人を貶めるようなことばかり。あれは言葉の暴力ですよ」ついつい、感情的な言い方になってしまっていた。「私の言い分がおかしい、というのならその感覚が最初から間違っているんです」

「その一件については、私どもとしても持ち出してみました。そうしたら『その時はちょっとイライラが募っていたので、余計なことを言ったかも知れない。ただそんなに傷ついたのならその場で言い返してくれたらよかった。そうしたらこちらだって言い過ぎたことに気がついて、謝っていたろう』と」

謝る、だって。どの口が言っているのか。金輪際、人に向かって心から謝罪したことなんてないくせに。

「あんまりヒドいことを言われたので、返す言葉も失ってしまったんです」奈津実は言った。「呆然とするしかなかった。そうしたらそんな私を放って、あの人はさっさと出社して行きました」

「確かにそうした言動には、問題があるように思われますね」

「それに私が殴られたのも後日、このことを蒸し返したからなんです。『どうせもうすぐ亡くなるお父さんなんて放っとけ、って言った。血も涙も凍りついた冷血漢』って口論の中でなじったらいきなり、頬を張られた。やっぱり言い過ぎた、って自覚はあったんですよ。直接そこを突かれたので、頭に血が上ったんでしょう。だから『言い返してくれたら気づいて謝っていた』なんて絶対に嘘。最初から分かっていたんです」

「そうした言動の一つ一つに、中立人は心身ともに傷つけられた。別れる以外の選択肢はない、と意思を固めている。そんな風に相手方に伝えてみますが、よいですね」

「お願いします」

「えーっ、とぉ。それではそろそろ、時間」

控え室に戻るべく立ち上がろうとして、一つ思いついた。薄く笑って、女性調停委員につけ加えた。「それでもあの人がごにょごにょ言うようでしたら、さっきの脅しを繰り返してやってください。このままだと不成立になって裁判の場に移ることになりますよ、って。このことが公けになるのがあの人にとって、何より避けたいことの筈ですから。折れて来るんじゃないかしら、またきっと」

調停委員も薄く笑い返してくれた。「分かりました」

そう。あいつは離婚調停中なんてこと、外では絶対に内緒にしている筈なのだ。家庭の維持を大切に思っているわけではない。別れたくないと主張している真意は、「バツイチ」なんてレッテルを貼られたくないだけなのだ。世間体。あいつにとって大事なのは、単にそれだけ。

だからこのことは、会社でも誰にも打ち明けていないに違いない。営業マンとして外回りが多く、時間の自由が利くのをいいことにその合間に、こっそり裁判所まで足を運んでいる。だからこそ日取りの調整にこうも毎回、手間取るのだ。もっとも奈津実だって仕事と満里奈の幼稚園があり、裁判所に行く時間がなかなか確保できないのも確かだが。今回は夏休みなので比較的、余裕を持って来ることができた。普段だったらこうはいかない。

「どうでした」

控え室に戻ると、岩上さんが訊いて来た。離婚調停の場に同席できるのは原則、弁護士だけだ。裁判所の許可がなければコンサルタントであっても、こうして控え室で待っていなければならない。もっともこう毎回、つき添ってくれるのは奈津実としてもありがたかった。心強かった。金銭的な理由から判断して、弁護士まで雇う余裕はなかったのだから、なおさら。

「相変わらずの押し問答ですよ」状況を説明した。「会う、会わない。別れる、別れない。また前にも言った通り、お爺ちゃん調停委員がブレーキになってて。この人、実は調停の妨害に来てるんじゃないかって思っちゃう」

「いるんですよねぇ、そういう人」岩上さんも軽く笑って合わせてくれた。「この人、本当に調停委員なの。その辺から連れて来た素人なんじゃないの、って」

「まぁ女性の方が話が分かるので、まだ助かりますけどね。このままじゃ堂々巡りになるだけだ。公開の裁判になりますよ、とあの人を脅して『会って話さなくてもいい』と譲歩を引き出してくれたらしくって」

「相手方がこのことを公けにしたがらない。貴女の説明の通りなら『別れる別れない』の方も折れて来る可能性は高いと思います」岩上さんが言った。「そうすると次の話し合いはいよいよ、離婚の条件。親権はどちらが得るか。養育費や慰謝料は」

「親権は女親の方が取るケースが多いんでしょう」

「まぁそうですね。司法統計によるとこれまで、離婚調停・審判で離婚に至った夫婦の間で親権者がどちらになったかを見るとほぼ一割が夫、九割が妻となっています。特に今回の場合は、娘さんも小さいし。子供が幼ければ幼いほど、女親が主導権を持って子育てするのが現実的と裁判所だって見ます。だから親権は貴女の方に認められる可能性は高かろうと、私も思いますけど」

「そもそもあいつに、自分が主導権を持って子育てする気なんか最初からありませんよ。せいぜいが仕事が休みの日にちょっと、一緒に遊んでやるくらいで。一日中、寄り添って子供の成長を見守るなんてやるわけがない。これまでだってずっとそうでした」

「相手方は一流商社に勤めるサラリーマンで、仕事が忙しく残業も多い。とても幼い子供を育てるのに時間を割く余裕はなかろう、と裁判所も見ると思いますし」

「時間があったって子育てなんかしませんよ。そういう男です。だからあいつに親権を与えるなんて、あり得ない」

岩上さんが軽くため息をついた。相手方が本当にちゃんと子育てする気などないのか、どうか。客観的に証明するのにはまた時間が掛かってしまう。だからここは、裁判所が現実的な判断から貴女に親権を認めるだろうと踏めるだけでよいのではないですか。感情的に走っていても話は前に進まない。もっと建設的な打ち合わせをしましようよ、と責められているようなため息だった。

全くだ。反省した。これじゃお爺ちゃん調停委員と変わらない。偉そうに非難などできやしない。「すみません」奈津実は小さく頭を下げた。「あの男のことを思い浮かべるだけで、つい」

「それで」岩上さんが先へ進めた。「親権は恐らく、貴女の方に認められるでしょう。そこで、次の争点は養育費、と」

「養育費って基準が定められているんでしたよね」

「ええ、参考に使われる算定表があります」

東京と大阪の裁判官による共同研究の結果、作成された算定表があった。子供が何人で、それぞれ何歳か。養育費を払う側（義務者）と受け取る側（権利者）の年収はそれぞれどのくらいか。細かく分類して「貴方のケースならここからこの間の額が順当ではないか」と示している表だった。

「貴女のケースだとこの辺りに該当します、という風に示されます。この数値から大きく離れる額は、現実的ではないよと暗に説得されます。実際、大半はその範囲内で決まると見て差しつかえないと思います」

奈津実も事前に、岩上さんから見せられていた。昭伸の年収はさすがに知っている。すると自分の収入と照らし合わせると、表の上では「月四〜六万円」に該当することが分かった。たったそれだけ!? 思わず言葉を失ったくらいだった。

もっともそれは奈津実が検針員として、ある程度の収入を得ているせいでもあった。だが個人契約を交わしている身分で、立場も不安定である。スマートメーターも普及しつつあるし、いつこの職を失わないとも限らない。だから仮に、年収がゼロになったとして改めて表を見てみた。今度は「八〜十万円」になった。前よりはよくなったとはいえ、十分な額とはとても感じられない。

「みなさん、この表を見て『こんなに低いの』と驚かれるのが大半ですね」岩上さんが言っていた。「でもこれが現実なんですよ。十中八九、この程度になると覚悟しておいた方がいいと思います」

前にも説明は受けていた。だから既に、さして期待はしていない自分がいた。「養育費がこれくらいしかもらえないんなら」奈津実は言った。「せめて慰謝料を、どっさりもらわなきゃ」

「ただ貴女の場合、受けた精神的苦痛を客観的に証明できません」岩上さんが指摘して言った。「相手方がそんなことはしていない。自分は夫婦関係の破綻に責任はない、との主張を曲げなかった場合、調停が長引く恐れがありますね」

これが相手が浮気していたのであれば、話は簡単だった。相手方の非は明らかなのだから。その点を最大限に突いて、精神的苦痛を受けた、と堂々と主張ができる。

しかしこちらのケースには適用できない。証拠の残っていない暴力と、同じく証明できない高圧的な物言いでは係争に耐えられないかも、と岩上さんは言っているのだった。返す返すもあの時、医者に行っていれば。ちゃんとカルテを作ってもらっていればと痛感するばかりだった。

「なぁにこれも、さっきの脅しを利用するまでですよ」奈津実は言った。半分は自分を鼓舞するためでもあった。「いつまでも調停が成り立たないんだったら裁判を起こすしかない。ことが公けになるのよ、とあいつを脅せばいいんです」

話が長引くよりも手っ取り早い手切れ金として、相手方が慰謝料を飲むケースも多いと岩上さんから聞いていた。昭伸の性格からすればそれもあり得るのではないかと奈津実は見ていた。それとも逆に、意地になって頑として承知しないか。確かにその可能性もあるか、と認めざるを得なかった。要は金額ではない。あいつのプライドの問題なのだ。そしてあの男は、そういう面で妙に意固地になるところがある。

「そこで考えておくべきなのが、駆け引きです」岩上さんが言った。「こちらが何を差し出してやるか、です。例えば子供の面会交流の条件。こちらの希望よりも頻繁に会わせることを認めてあげる代わりに、慰謝料の額を引き上げさせる、とか」

「イヤです」奈津実は言い切った。これだけは譲れなかった。「満里奈をあいつなんかには会わせない。面会交流なんてさせません。もってのほか、です」

「で、でも。子供との面会交流を一切させない、なんて現実的ではないですよ。調停委員からも説得されます。相手方から『子供に会わせろ』と言って来ているのに貴女が断固、拒否したとすれば『ここは折れた方がいいですよ』と説得されますよ。『子供の精神的幸福』を考えた場合、男親と断絶という選択肢は現実的ではない、と」

「子供の幸せを考えているからこそ、だわ。あんな男と接することが将来、子供の成長にいいとはとても思えない。まだ幼いからずっと会わせずにいれば、いずれ父親がいたことも忘れてしまうでしょう。それがあの子にとって、何よりの『精神的幸福』だわ」

岩上さんが再び、ため息をついた。今度のは前より、ずっと重たげだった。「頑なな態度は、控えた方が。悪い印象を与えてこちらに有利なことは何もありませんよ」

「で、でも」

そこで、呼び出しがあった。昭伸と調停委員との話し合いが終わり、再び奈津実が調停室に戻る番となったのだ。

「えーっ、とぉ」またもお爺ちゃんの、ペロペロ、パラパラ。「ご主人が言うには自分に非は一切ない。貴女の勝手な言い分に何一つ納得がいかないのに、どうして一方的に別れさせられねばならないのか。このような話の運び方は全く理解ができない、と」

「例の、裁判になりますよ、との脅迫は」お爺ちゃんを相手にしていてもしょうがない。既に見切っていた。最初から女性の方としか話すつもりはなかった。「あいつに、してみていただけましたか」

「えぇ」女性調停委員は頷いた。やっぱりこっちは頼りになる。「申立人の堅固な意思をかんがみるに、調停不成立となれば裁判に訴えて来る可能性が高い。本人も明言しています。今の状況を見る限り離婚を拒否し続けても、元の生活に戻れるとはあまり思えない。もう少し冷静に現状を見つめ直してみられたら、と説得してみました」

「それで、どうでした」

「どうしても納得がいかない、とブツブツこぼしておられましたけどね。かなり、動揺しているんじゃないかしら。こういうのは時間を掛けると、相手の頑なさが和らぐケースも往々にしてあるんですよ。次回にはもしかして、話がスムーズに動くこともあるのかも知れません」

時間を掛けて相手の熱が冷めるのを待つのはどうか、という戦略だった。確かにこのままではどうしようもない。今回はいったん物別れ、とするしかなさそうだった。

頑なさが和らぐ。調停委員の言葉が妙に重く胸に残った。頑なな態度は控えた方が。岩上さんの言葉と重なって、ずんと強く響いた。私も時間が経ったら、考え方も変わるのだろうか。満里奈をあいつに会わせてもいい、と折れることがあるんだろうか。今は想像もつかない自分がいた。

第三回の日程を調整して、その日は終わった。またもなかなか折り合いがつかず、ずっと先の日取りとなった。

14

朝から気が重かった。今日は仕事に行きたくない。本音だった。

雨が降っているから、ばかりではない。もちろん雨だって、イヤだなとは思う。検針員にとって、暑さの次くらいにランクインする天敵だ。それと、風。二つが合わさる台風になると、会社から今日は中止と指示が来ることもある。向こうとしてもこちらを危険にさらすわけにはいかないからだ。

だから雨がイヤなのも間違いない。ブ厚い雨ガッパを着ていると、汗が蒸発しないため不快さはぐんと増す。検針票その他を濡らすわけにはいかないから、百円ショップで買える程度の雨具では話にならないのだ。どんなに暑くてもしっかりしたカッパを着なければならない。

でも雨のせいだけではなかった。今日はあそこに行かなきゃならない。気が重いのも、当たり前だった。

「私たちは恐いから、って近づかなきゃいいだけの話なんだけど。仕事となったらそうはいかないわよねぇ」

「戸田さん、気をつけるのよ」

『めぐみ幼稚園』の園庭で、ママ友たちから掛けられた言葉が頭をぐるぐる回った。貴女また仕事で、あの辺に行かなきゃいけないんでしょう？　そう、その通り。今日はあの事件からちょうど一ヶ月。現場となった家に、検針に行かなければならない日なのだ。

「あぁいう事件って案外、近所の人が犯人だったりするでしょ。身近な人だったり、親戚だったり。それに犯人っていったん事件を起こした後、また現場に戻ることも多い、っていうじゃない。だから気をつけるのよ。あの近所に行く時は絶対、気を緩めちゃダメよ」

　ことさらに注意を喚起する言葉も思い出された。実際に犯人があそこに戻って来ている、とはあまり思わない。警察がこれだけ周辺の聞き込み捜査に回っているのだ。犯人だって安易に近づくようなことはしないだろう。奈津実が相談したおかげで、自分の周りを重点的にパトロールしてくれていることもあるし。現実的に危険があるとは、さして思えない。

それでも気味が悪いのは仕方なかった。人が一人、殺された場所なのだ。しかも自分はその時、すぐ近くにいた。犯行は自分のすぐ間近で行われていた。ゾッとしない筈がない。誰だってそうだろう。

行きたくなかった。が、行かないわけにはいかなかった。仕事となったらそうはいかないわよねぇ。本当にその通りなのだ。

いつものように〝ヒルズ〟の下の、スーパーに自転車を停めた。奈津実にとってのここの〝駐輪場〟だった。階段を使って〝ヒルズ〟に上がった。

ここの高台はどこから上がるにしても、坂も階段もけっこうキツい。上に着くといつも息が切れる。汗がしたたった。ブ厚い雨ガッパのせいで、特にそうだった。心臓が強く打った。

でもそれは、運動のせいばかりではなかったかも。いよいよ一ヶ月ぶりにあそこに近づく。恐怖が息を荒くさせ、発汗を促している面も多分にあった。

大丈夫よ。自分に言い聞かせた。犯人はここに戻ってなんていない。警察が捜査しているさなかに、戻って来る筈がない。言い聞かせながら各戸を回った。メーターの数字を読み、ハンディ・ターミナルに打ち込んだ。プリントアウトされた検針票を濡らさないように注意しながら、ポストに突っ込んでいった。

仕事に集中しよう。そうすれば余計な恐さはぬぐい去られる。そもそもが根拠もない恐怖なのだ。実際にはある筈もないものに怯えているだけなのだ。だから仕事に打ち込むことで忘れてしまえばいい。それが大人の、合理的な対応というものではないか。

合理的、の言葉が浮かんでちょっとカチンと来た。女はもともと非合理的。昭伸が好んで使っていたフレーズだった。そう、こんなことでビクビクしていたらまさに、あいつの言った通りになるじゃないの。犯人なんかいない。いるわけがない。バカなことを考えている暇があったら、仕事をちゃんとこなす。そうしてこそ初めて、あいつを見返してやることができるんだ。

それでも各戸を回り、いよいよあの家に近づくにつれて不安が募るのを抑えようがなかった。犯人なんかいない？　本当にそうだろうか。だって我が家にあのメッセージが放り込まれた夜、穂積警部補は言っていたではないか。マンションの角からこちらを窺っていた人影は、小柄だった、って。監視者は、小柄。まさか、そんな……!?

恐くても避けるわけにはいかない。ついに笠木家に来てしまった。ここのメーターは裏の勝手口にある。大きな表門の前を左手に行った、路地の奥だ。

路地をこわごわ、覗き込んだ。もちろん誰もいない。人影なんかあるわけがない。それでも恐る恐る、足を踏み入れた。どうしても腰が引けるような歩き方になった。

塀の小さな引き戸に手を掛けた。これを開けるとすぐ先に、笠木邸の勝手口がある。メーターはその上方にある。検針ミラーを使うまでの高さではない。ちょっと見上げれば数字が読める位置だ。これまで何度も通ったからよく分かっている。でもこれまで、こんなに震えながら検針したことなんてない。

「すみません、検針です」中に声を掛けた。誰もいないのは分かっている。それでもこれは礼儀だった。お客様の敷地に入り込む、最低限のマナーだった。

誰もいないのは分かっている。そもそもここは留守がちの家だった。今ではそれが、もっとだろう。だってもうここには、夫人はいない……あぁもう、余計なことは考えるな、ってのに。「中に入ります。失礼します」

引き戸を開けた。目を閉じてしまいそうになった。でも閉じてしまったら、今度は開けるのが恐くなる。もし目の前に、誰かいたら。パッと目を開けたら、そこに犯人が立っていたら。だから薄目になって行動した。バカげていると我ながら思うが、どうしてもそうなってしまっていた。

勝手口に歩み寄った。カッパのフードを叩く雨の音が、急にやんだ。軒下に入ったのだ。ここには雨垂れは落ちて来ない。

タオルで雨ガッパの上衣の裾をぬぐい、腰に提げたハンディ・ターミナルとプリンターを外に引き出した。ここなら濡らすことはない。検針票を打ち出して、ポスティングできる。電気メーターを見上げて数字を読もうとした。

と、音がした。カッパのフードを叩く音がなくなった分、逆に周りがよく聞こえるようになったのだ。音がする。足音？　でもこの家は、留守の筈じゃ。

目の前の勝手口が開いた。

「ひっ」思わず悲鳴を上げそうになった。必死に飲み込んだ。いやそれより実際には、恐怖のあまり声を出すこともできなかった、のかも。

「あぁ、何だ」中から顔をのぞかせたのは、白髪の男性だった。疲れ切った風に見えた。「電気の検針員さんだったのか」

「旦那、さん」ようやく、思い至った。この家のご主人だ。運送会社を一代で築き上げた、有名な社長さんだ。今も経営の第一線で働いている、と聞いていたけれど。今日は、家にいたのだろう。別にそんなに不自然なわけじゃない。「ご在宅だったのですね。失礼しました。一応、中に声を掛けて入ることにしているのですが」

たとえちょっとした検針でも、自分がいない時は敷地内に入らないで。お客さんの中には、要望する人もいる。でもここの奥さんはそうではなかった。うちは留守にしていることが多いから勝手に中に入って、検針していただいて構いませんよ。最初に挨拶した時、親切に言ってくれた。

だがその話題を持ち出していいのか、どうか。分からなかった。目の前の人は当の奥さんを殺された、張本人なのだ。どんな話の持って行き方であっても辛いことには変わりはあるまい。こちらもどういう顔をしていれば、いいものやら。

「こっちの方から声が聞こえたんで、出て来たんだ」笠木氏は言った。憔悴しきった表情だった。ヒゲも何日も剃っていないように見えた。「ここのところ、仕事が手につかなくてね。会社に行く気がしなくって。貴女もご存じでしょう。ここで何が起こったか。でも何が起こったかは分かっても、どうしてそんなことになったのか、は見当もつかない。何で私の妻が、あんな目に遭わなければならなかったのか。わけが分からない。そんな中で、仕事なんかできますか。できるわけがない。そうでしょう」

「は、はぁ」何と応えていいか分からなかった。奥さんを何者かに殺された今、会社に行く気になれない。当然だと感じた。家にいるのは不自然どころか、当たり前のことだったのだ。「本当にお気の毒だと思います。あ、あの」

「自分がこんなになるなんて思いもしなかった。仕事人間で他のことには一切、頭も回らなかった私が。まさか仕事が手につかなくなるなんて、ねぇ」

「は、はぁ」

「でもそれも当然ですよ。考えてもみてください。何が何だか分からない。ある日、警察から会社に電話が掛かって来たと思ったら妻が殺された、という。あんた何を言っているんだ、と思いましたよ。信じられるわけがない。俺をからかっているのに違いない、ってね。でも本当だった。本当に妻は殺されていた。わけが分からない。いったいどういうことなのか。そんな時、仕事なんてできるわけがない。そうでしょう」

「は、はぁ。あ、あの」

「あ、あぁ。たいへん申し訳ない。貴女は仕事中でしたね。それなのにこんな爺ぃのグチなんかに、つき合わせてしまった。本当にすまない」

「え、いいえ。いいんです。本当に、お気の毒で」

笠木氏がふっ、と薄笑いを浮かべた。現実が信じられない。俺は悪い夢に振り回されているのに違いない。そんな思いが、笑みを呼んでしまうのだろうか。背後を振り返った。庭木が雨に打たれていた。雑草が伸び掛けていた。

「時々、娘が来て家のことをしてくれています。私の身の回りのことも。でも、とても行き届かなくて。庭も放ったらかしだ。それもしょうがないですよ。娘にだって家族がある。小さい子供もね。それにあの娘だって被害者だ。大切な母親を殺された。なのに日頃の家事に、専念できるわけがない」

今にも泣き崩れるのではないか、と思えた。「本当にお気の毒です」繰り返すしかなかった。他に言葉を思いつかなかった。そんなものが本当にあるのだろうか、と思えた。「あ、あの」

「あ、あぁ。たいへん申し訳ない。仕事中なのにつき合わせてしまった。本当にすまない。すまなかった」

プリントアウトした検針票を受け取り、家の中に戻って行った。あの人、本当に大丈夫だろうか。心配になった。でもできることなんてない。しょせん第三者の自分に、できることなんか。

笠木邸を離れて、次の家に向かった。ご主人の表情が頭から離れなかった。奥さんを亡くした旦那さんはたいてい、ヒドく落ち込むと聞く。家の中のどこに何があるかも分からず、生活の一つ一つに戸惑う。そうして気がつくのだ。自分がどれだけ妻に頼りきっていたのか。どれだけ大切な人を亡くしたのか、を。憔悴しきって半分、死人のようになる人も多いという。また立ち直るのにも時間が掛かるのだとか。中には、立ち直れないままの人も。

その点、女は逆だとも聞く。うっとうしい夫がいなくなり、未亡人は生き生きと変わるという。積極的に外に出て行って、残りの生活をエンジョイする。

自分を振り返ってみてもそうだろうな、と思う。実際には離婚調停中だが、そうでなかったらあんな男、早く死んでくれたらいいと天に願っていたことだろう。本当に死んでくれたら飛び上がって喜んだろう。落ち込むなんて、あり得ない。

あいつだってそうに違いない、と思った。私のことなんか何とも思っていない。単に家族持ち、という世間体のために一緒に住んでいただけだ。死んだって悲しみなんてしない。せいぜいが生活がちょっと不便になったなと感じるくらいだろう。世間の同情が薄れればさっさと新しい女と一緒になるだろう。

笠木氏の表情が再び浮かんだ。一代で会社を立ち上げ、育て上げた人物だけあってちょっと気難しい、と近所の評判を耳にしていた。夫人は社交的だがご主人は、ちょっと近寄りがたいような雰囲気がある、と。こういう仕事をしていると世間の噂がいつの間にか聞こえて来るものだ。なるほど大社長なんだろうな、そうなんだもの。と奈津実も思っていた。

ところがさっき、見た人はイメージとはかけ離れていた。弱り果てた哀れな老人に過ぎなかった。以前は世間が言うような、ちょっとおっかないくらいの人だったのかも知れない。でも今回の事件で打ちひしがれて、あぁなってしまった。妻に先立たれた普通の人のように。しかも彼の場合、奥さんは殺されたのだ。病死だって落ち込むのだから、ショックは比べ物にもならないのに違いない。

はっ、と我に返った。カッパのフードを叩く雨音が耳に蘇った。

あれこれと思いを巡らせながら既に、いくつかのメーターを読みデータを転送していた。半ば、無意識の内に。打ち間違いはなかっただろうな。ちょっと不安になった。ミラーを使うと特に、2と5なんてよく読み間違うのだ。デジタル表示の数字だと、なおさら。

打ち込んだ数字が現実的にあり得ないようなものだったら、「これで大丈夫か」とハンディ・ターミナルが注意を促してくれる。でもそれほど不自然ではない場合、そのままデータを受け入れて料金を弾き出す。数字の上方の桁が間違っていれば、データとしても不自然になるだろう。だが下位の数字を間違えた程度では、そうはならない。誤ったままのデータが登録されてしまう。

誤針があると過剰な料金を請求してしまうなど、お客さんに迷惑を掛けることになる。それだけでなくミスが続けば、こちらの査定にも跳ね返る。ヘタをすればギャラにペナルティを科されてしまうことも。その前に何より、プロとしてミスをしたというプライドが傷つく。

その時、スマホに着信音があった。電話ではない、メールだった。きっとお母さんだろう。ただ、ここではスマホが見れない。雨で濡らして操作もできない。

誤針はしてませんように。祈りつつ、歩き出そうとした。この次は老健センターだ。あそこなら検針しながら、濡れずにメールを見ることができる。

そこで、人影に気がついた。道の向こうに突っ立って、こちらを見ていた。雨だし光の加減で顔までは見えないが、ひょろりと伸びた背格好はよく分かった。

監視者ではない。そうではない。それにあの男は、小柄でも何でもない。そうであったらあんな見方はしない。

それでも気味が悪かった。慌てて足早にその場を立ち去った。老健センターに急いだ。幸いのっぽの男は、追って来るようなことはしなかった。

センターの電気メーターは駐車場にある。駐車場は一階で頭上には屋根のように、二階の床がかぶさっている。だからここなら雨に濡れることはないのだ。

メーターの数字をまずは打ち込んで、検針票をプリントアウトした。それからスマホを取り出し、メールを見てみた。

やはり母親からだった。今夜はハンバーグを作るので、帰りに材料を買って来て欲しいという内容だった。この雨だから買い物に出たくないのだろう。家で満里奈と一緒に『アンパンマン』のDVDでも見ながら、のんびり過ごしているのに違いない。了解、と返信した。母親のは古いガラケーなので、凝ったスタンプを送っても見ることができない。「りょ」などと書いても通じない。

「やぁ、検針員さん」声がしたので、驚いて振り返った。頭にさっきののっぽの人影があったので、心臓がどきりと鳴った。やはり彼、こっそりついて来たのか。だが顔を見て、胸を撫でおろした。ここのスタッフの一人だった。「いつも、お疲れ様です」

会釈を返しながら、検針票を手渡した。そこで思い至った。笠木家のご夫人、そもそもはここでのカルチャースクールを主宰していて、忘れ物を取りに家に戻ったところを殺されたのだ。そういう意味ではここも、あの事件と関係のあるところだった。

「実はさっき、笠木さんのお宅も回って来たんですよ」

話題を振るとスタッフも、あぁと頷いた。「本当にイヤな事件でしたからねぇ。ご夫人は直前まで、ここにおられたわけですし。あの時もし、忘れ物さえ取りに戻られてなかったら」

「それで笠木さんのお宅で検針していたら、中からご主人が出て来られたんです。仕事が手につかなくて、ここのところずっと家におられるんですって」

疲れきったような感じでしたよ、と振ると再びあぁと頷いた。「それも当然でしょうねぇ。本当にお気の毒に。前はあのご主人、ちょっと怖いような感じもあったんですよ。こっちが近づくのをちょっとためらうような、大物経済人のオーラというか。でもあんな事件が起こってしまっては、ねぇ。奥さんを殺されたりなんかしたらやっぱり、そうなってしまいますよ。本当にお気の毒に」

さっき、歩きながら思ったのと全く同じ感想だった。

「ここもある意味、事件と無関係というわけではないですからねぇ」スタッフが話題を換えた。「まだ時々、マスコミの取材も来ますよ。熱心なことですよねぇ。現につい今しがたも、一人」

はっと思い至った。取材に来たマスコミ。さっきのがそうじゃないのか。「もしかしてその方、ひょろりと背の高い男の人じゃありませんでした」

「あ、あぁ。そうですよ。検針員さんも何か訊かれましたか」

「いえ。そうじゃないんですけど」

気がつくと道の向こうから、じっとこちらを見つめていたのだと教えた。「へぇぇ」スタッフは不思議そうだった。「貴女に話し掛けようかどうしようか、迷っていたんですかね」

「あまり、そんな風には感じられなかったんですけど。でもちょっと距離があったので。ハッキリそうだ、とも言えませんけどねぇ」

「前にも何度か、話を聞かせてくれと来たことがある記者さんなんですよ。でもこちらは何も知りませんものねぇ。単に笠木夫人が殺される直前まで、ここにいたっていうだけで。だから何もお話しできることはない、って何度も断ったんですけど」

けっこう押しの強い男で、それでも何かないかと質問して来たというのだった。知らない、と繰り返してもしつこかった。つきまとわれているようで正直、うとましく感じるくらいだった、と。

確かにそれくらい強引な記者なら、さっきの態度はちょっと解せなかった。検針員は定期的に同じところを回っている。何か見なかったか、と質問して来てもおかしくはないように思えた。距離はあったとしても「ちょっとすみません」とまずは声を掛け、早足で歩み寄って来ればいいのだ。それがためらわれる程の遠さではなかった。

ためらう、そう。まさに今、思えばそんな感じだったのだ。彼はこちらを見て迷っていた。しかし、何を。弱腰の男ならいざ知らず、強引な記者なら取材で声を掛けるのをためらったりはしないだろう。何人たりともまずは、話し掛けてみるのが彼らの仕事だろう。

「あぁそうだ」スタッフがポンと手を叩いた。「彼の名刺が残ってますよ。取材に来るたび、置いていくんで。まだ受付にある筈ですよ。見てみますか」

えぇぜひ、と頷いた。駐車場を出、足早に老健センターの玄関に飛び込んだ。こちらは雨ガッパを着ているからいいが、スタッフは傘を持っていないのだ。単にゴミを外に出すため、駐車場に来ていただけだった。

「あぁ、これだこれだ。はい、どうぞ」

受付に置かれたままになっていた名刺を、スタッフが持って来てくれた。「読日新聞　社会部記者　山藤尚也」とそこにはあった。

15

「あぁ、穂積さん」足立祐成特捜班長から声を掛けられた。向こうは階級は警部だが、刑事のキャリアとしてはこちらがずっと先輩だ。言葉遣いにも気遣いが感じられた。扱い難いだろうな、俺みたいな存在は。穂積は胸の中で、苦笑した。「あの件はその後、どうなってますかね」

特捜班長から呼ばれたのでは無視はできない。〝自席〟から立ち上がり、班長の席に歩み寄った。一応、例のクリヤーブックも持参した。既に四冊目になっていた。追加された資料の大半は、衛生作業服の関連だった。

「メッセージに使われた、切り抜かれた活字からもやはり指紋は出ませんでした」班長席の脇に立って、報告した。「剝がして、裏まで調べてもらったんですけどね」

「遺留物はあれだけ、だったよね」自分の前の席に座るよう促された。

頷きながら、従った。本心では座ってしまうと長引くので、立ったままでいたかったのだが。クリヤーブックを目の前の机に置いた。「マンション玄関の監視カメラにも、怪しい人物は写ってませんでした。周辺の聞き込みから上がって来た目撃証言もなし。犯人に繋がるような材料はゼロ、ということです、今のところ」今後もあまり期待はできない、というニュアンスを言外に漂わせた。

電気メーターの検針員、戸田奈津実が殺害現場で何かを目撃してしまい、怪しい影につき纏われている件については既に報告済みだった。奈津実がここに相談に来た時点で、報せてあった。捜査本部に全てを黙っているわけにはいかない、いくら穂積でも。こちらの方面からもし、何か大きな進展があった場合「何でこんな大事なことを今まで隠していたんだ」と叱責されてしまう。それだけの不祥事を起こしては捜査班から外されてしまうだろう、いくら穂積であっても。

だから戸田女史の家に犯人からメッセージが届けられ、不審な人影を穂積が目撃したあの件についても報告はスムーズにいった。あれだけのことが起こればさすがに隠し果せはしない。そしてその時になって初めて、最初から打ち明けていたのではやはり譴責されていたろう。そうではなく最低限の報告はしておいたお陰で、あの件が起こっても波風は立たなかった。ただ起こったことを淡々と報せるだけだった。

「マル対（＝対象者。この場合は監視対象者の奈津実を指す）周辺の警戒態勢にも抜かりはないな」

これにも頷いた。「彼女は検針員ですから仕事で動き回る範囲が広い。場所と時間帯は分かっているので各交番に当番態勢を採らせ、パトロールを強化させています。メッセージの件があってからは、特に」

「分かるよ」足立班長は頷き返した。穂積とは反りが合わないこの班長が、こんな風に応じてくれるのは珍しかった。「マル対が誰かにつけ狙われている、と言って来た時にはこちらとしても、半信半疑だった。だが先日の件があってからは、被害妄想ではないとはっきりしたからな」

「仰る通りです」穂積は言った。「ただ単にあの紙切れが入っていただけだったら私としても、疑いを残していたかも知れません。メッセージすらも自作自演かも知れない、と。しかし私はあの場で、怪しい人影を目撃した。監視者は確かにいた。こればかりは間違いありません」

最初に相談を受けたという縁もあり、戸田女史の件に関しては穂積の担当に自動的になっていた。有難かった。お陰で自分の〝見立て〟に従って、自由裁量で動ける。密かに危険な賭けにも出られる。

「穂積さんがパトロールを交番任せにしてしまうことなく、自分も時おり覗きに行っていたお陰で監視者も目撃できた」班長は言った。「マル対の狂言ではないとはっきりさせることができた。もし疑っているままだったらこちらとしても、あまり本腰を入れなかったかも知れない。結果マル対が襲われるなどの最悪の事態を招き、責任問題に発展していたかも知れない。貴方の熱心さの賜物だ。その点に関しては素直に、感謝してますよ」

「いえいえ、そんな」

どうした風の吹き回しだろうな。訝った。この班長がここまで、俺を持ち上げるようなことを口にするなんて。何か裏があるのでは。まさか俺が危険な罠を仕掛けていることを、うっすら察しつつあるんじゃなかろうか。疑心を覚えずにはいられなかった。

「しかし、どういうことだろうなぁ」軽い口調に転じた。「いったいマル対は、何を見てしまったんだろう。犯人からつけ狙われるような、何を」

「分かりません」率直に答えるしかなかった。「マル対も未だに、『何を見たのか分からない』と言っていますし」

「犯人の意図も分からない。もし何かを目撃されたのならこんな風につき纏うことなく――表現は悪いが――マル対が余計な証言をしてしまう前にさっさと手に掛けてしまえばいい筈じゃないか。なのにそうはせず、ただ監視している。下手をすれば警戒しているこちらの網に、飛び込んでしまうかも知れないのに、ね。かなり危険な行為なわけじゃないか。何故そんなことをするんだろう」

「私もそこは不思議には思っています」自分も同じことを戸田女史に向かって、口に出しさえしたな。思い出しながら、続けた。「周囲を監視するだけじゃない。こんな脅迫文を置いて行くような、芝居がかった真似までしている。班長の仰る通り犯人からすれば、危険なだけの筈なのに。私の〝見立て〟る犯人像にもそぐわない」

「さすがは〝見立て屋の穂積〟だ」薄く笑った。「既に朧げな犯人像も、浮かびつつあるってわけか」

「えぇ、まぁ」ついつい調子に乗って、私の〝見立て〟なんて表現をつけ加えてしまった。お陰で余計なことにも言及しなければならなくなった。しくったな。後悔したがここは、合わせるしかなかった。「ただ今も言ったように、犯人の行動がその〝見立て〟にそぐわない。こいつはかなり慎重な奴だと私は睨んでいるんです。なのに何故、こんな真似を」

「犯人はマル対に何を見られたのか、自分でも分かっていない。だからそこのところを探っている、という仮説はどうだろう」

「私も今のところ、それくらいしか思いつけません」

検針員は客の敷地に足を踏み入れる時、中に声を掛けることにしている、という。もしその時、現場に犯人がいたとしたら文字通り飛び上がった筈だろう。何かを見られてしまったかも、と思い込んだとしても不思議はない。

だが何を見られてしまったのか、は分からない。幸い、検針員も警察に対して決定的な証言はしていない模様だし。もしかしたら致命的なことは見られてはいないのか。安全かどうか見極めるまで、監視している。

自分を危険に晒すようなことは目撃されていない、と判明すればわざわざ戸田女史を殺すこともない。殺人となればまたリスクも大きいし。その判断材料を得るべく今のところ女史の周囲を調べている、というのが現在、私も思いつける唯一の説明なんです、と穂積は班長の説に追随した。

今一つ納得し難い点があるのは確かだが、ともつけ加えた。先ほど余計な一言を口にしたお陰で、あれこれと説を開陳しなければならない。そうしないと信憑性が薄れてしまう。調子に乗った報いだな、と自分を戒めた。

　あれだけ、イザとなったら迷うことなく行動に移す犯人である。マル害（被害者＝笠木夫人）がふいに帰ってきた時、家の中に隠れて遣り過ごすのも不可能ではなかった筈なのに。リスクを冒さずさっさと手に掛けた。そういう奴だ。だから検針員に見られたかも、と思ったらそちらにもその場で襲い掛かっていたとしてもおかしくはない。

　まぁ検針員の場合、咄嗟のことで距離もあったし手を出すことはできなかった。その場は見逃すしかなかった。敷地の外で殺すとなるとかなりのリスクを伴う。そこで危険の度合いを見極めるべく、今は監視している。まだしっくり来ないところは残るものの、確かに他の仮説は思いつけない、と穂積は述べた。衛生作業服を着ていたため動きが鈍くならざるを得なかった、云々への言及は今のところ、伝えるのは避けておいた。

「ならばあのメッセージはどうだ」穂積の口上を聞き終わると、班長は尋ねた。「『お前は逃げられない』なんて。思わせぶりなことを書いて残す意味が、どこにある」

「さぁそこも、戸惑っているところなんですが」これも合わせるしかなかった。今日の班長、いったいどうしたんだろう。ここまで互いに胸襟を開いて、意見をぶつけ合おうとしたことなどあったっけ。不思議でならなかった。ある意味、不気味ですらあった。「マル対を動揺させ、揺さぶっているんでしょうか、ね。そうして何らかの行動を促し、本当に何かを目撃したのかどうか見極めようとしているのか。この説明にも今一つ、納得できないでいるのですが。他にいい仮説が浮かびませんで」

「まぁ、そうだな」「それは仕方がない」班長は椅子の中で一つ、伸びをした。「まだ分からないことだらけだ。それは仕方がない」一息、ついて続けた。「ただマル対が犯人から監視されている。そこのところだけは間違いない。もし襲撃され被害でも出したら、大変なことになる。だから任せたよ、穂積さん。マル対の警護と周辺の監視。こいつだけは責任を持って務めてくれ」

「はい。分かりました」

「もし人員が入用だったらいつでも言ってくれ。どうせ捜査は今のところ、目新しい証言も出て来ず停滞気味だし。何人かはそちらに回せる余裕もあると思う」

「お言葉、有難うございます。今のところはまだ、自分一人で何とか務められると思いますが。もし手に余るようになったら、お願いします」

「分かった。頼むぞ」

〝自席〟に戻り、クリヤーブックを机に置きながら思った。こいつを開くことはなかったな。何をどう説明していいかの戸惑いはあったものの、特に穿った中身のない遣り取りに過ぎなかった、と言える。もっとも今、思えばこいつを開いたって中にあるのは衛生作業服についての資料ばかりだ。今の段階で明かせるものなどなかったな、と思い至った。

しかしいったい、どういうことだろう。あの班長が俺なんかに、率直に意見を求めて来るなんて。何の思惑があったんだろう。

人員が入用だったらいつでも言ってくれ。最後の言葉が引っ掛かった。こちらを単独行動に走らせず、要員をつけて何をやっているのか探ろうというのだろうか。戸田女史のセンが今後、有望かもと踏んで重点的に推し進めようとでもいうのだろうか。そのためには複数の人間で、捜査に当たった方がいいとの判断か。

いや。それよりありそうなのはやはり、俺の危険な賭けを薄々察している可能性だった。賭けが裏目に出て破滅してしまう前に、監視をつけて動きを制限する。いかにもあの班長のやりそうなこと、と思えた。

冗談じゃない。監視なんぞつけられて堪るか。動きを制御なんかされて堪るものか。これは俺のネタだ。手柄を独り占めしよう、なんて根性は毛頭ないが、俺は自由に動いてこそ本領を発揮する。〝一匹オオカミ〟と呼ばれる所以だ。群れの中なんかに閉じ込められたのでは、できる捜査もできなくなってしまう。

これは急がなきゃならないな。腹を固めた。モタモタしていたら何かと口実をつけられて、〝お目付役〟をつけられてしまい兼ねない。独自の仕掛けが筒抜けになるばかりか、行動を縛られてしまう。その前に何か、手を打っておかなければ。

では、何ができる。今の俺に、打てる手に何がある。抱えて班長席まで往復したばかりのクリヤーブックを、開いた。中の資料を捲ったり、ノートに思いついたことを書き殴ったりしながら案を練った。


なかなかいいアイディアが浮かばなかった。部屋の中に閉じ籠っていては駄目なのかも知れない。ちょっと外の空気を吸って、気分転換でもしなければ。

ふと見ると班長も席を外していた。今の内だ。穂積も〝自席〟を立った。

一階に降り、玄関から出ようとすると「あっ」と声がした。振り返ると、知った顔があった。毎朝新聞の横尾修二(よこおしゅうじ)記者だった。社会部に長く、事件の取材を長年、やっているため穂積と会う機会も何度もあったのだ。

「あぁ、丁度よかった」早足で歩み寄って来た。「お会いしたかったんですよ」

「俺は別に、あんたに話なんかないぞ」わざと無下に聞こえるように言った。「ご承知の通りここんところ、捜査にさしたる進展なんてないんだから」

「いや、まぁまぁまぁ。とにかくこんなところじゃ、話も何だ。ちょっと外に出ませんか」

「話すことなんかない、って言ってるだろ。ただまぁ俺も、ちょっと出掛けるところだったんだがな」

「何かの捜査ですか」

「そうだが目立った進展はない、って言っただろ」

「駅まで行かれますか。そんなら丁度いい。そこまで歩きながら、お話ししましょう」

「だから話すことなんかないんだ、って」

本来なら駅から電車に乗って、遠出する気などなかった。近場の喫茶店にでも入ってコーヒーを飲み、気分転換したいだけだった。だが店なんかに入ってしまうと強引に相席される。したくもない話につき合わされる。

そこで駅まで歩くことにした。目的地が決まっていればつき合うのもそこまでだし、まさか電車の中までついて来はしないだろう。

どうです、と煙草を差し出して来たが掌を向けて断った。こいつにネタをやる気はない。顔見知りではあっても読日新聞の、山藤記者ほどの信頼は措いてない。煙草、一本とは言え見返りをもらう気はなかった。その辺のルールは自分の中にしっかりとあった。

「ちょっとした噂を耳にしたんですがね」並んで歩きながら、話し掛けて来た。「実はあの事件に、目撃者がいるらしい、って話」

「ほぅ」素知らぬ振りを装いながら実は内心、ちょっと高揚していた。期待したよりスムーズに進んでいるみたいだな、というのが実感だった。もう少しモタついても仕方あるまい、と思っていたのだ。「そんなの、どこで聞いたのかね」

「いやそりゃ、どこで、という程のモンじゃないんですけどね。私らも仲間内で、情報交換するじゃないですか。そんな中で漏れ聞いた話なんですよ」

「噂なんてのは無責任なものだからな」わざと突っ撥ねるように言った。「事実とは程遠いような中身でも、話題として蔓延（はびこ）ることはよくある」

「間違っている、と仰るわけですか。目撃者なんていやしない、と」

「俺は何も言ってないよ。噂なんてのは無責任なものだ、という一般論を述べたに過ぎない」

「ねぇ、穂積さん。お願いしますよ」阿（おもね）るような薄ら笑いを浮かべた。記者が情報源に向かって、よく見せる類いの表情だった。「目撃者がいるのか、いないのか。そこのとこだけでも教えてもらえませんか。もしいないんだったらそんな噂に振り回されず、ここと狙った取材に絞り込める。でも本当にいるのかも知れないとなったら、そっちにも労力を割かざるを得ない」

「無駄足も覚悟で取材するのが、あんたらの仕事なんじゃないのかね。その点では我々の捜査も、似たようなものだが」

「教えてはもらえませんか」

「もし、本当に目撃者がいたとしたらそりゃ一大事だろう。我々だって慎重に対処せざるを得ない。マスコミ相手に軽々に漏らせるような話なのか、どうか。考えてみたら分かるんじゃないのか」

「だって穂積さん、それを一部の記者にリークしたのは、貴方なのでは」

立ち止まった。険しい視線を横尾記者に向けた。「そんな評判まで立っているのか」

「いや、ま、まぁ」今度は謙るような笑みに転じていた。「あくまで噂ですよ、噂。貴方も仰ったように、何とも無責任な」

「しかし噂ではあっても、そんなのが言い触らされてるとしたら捨て置くわけにはいかんな。貴重な捜査情報を軽々しく漏らすような刑事、なんて評判が立ったら。捜本（捜査本部）から追い出されてしまい兼ねん」一息、ついてから続けた。冗談めかした笑みを浮かべた。「もっとも俺は普段から、特捜班長からは目をつけられてるからな。そんな評判が立たなくたって、捜本から追い出される事態はいつでもあり得るけどな」

先程の、特捜班長との遣り取りを思い出した。少なくともあれが裏のないものだったと仮定する限り、自分がいつでも捜本を追い出される刑事とは程遠く思えた。いったい班長、何を考えている。疑心暗鬼が再び、募った。やはり、俺の動きを警戒しているんだろうか。

「いや、ま、まぁ」

恐縮した体(てい)の横尾記者に、我に返った。俺と班長の仲が上手く行っていないのは彼らだって知っていよう。素直に冗談として聞き流せる内容ではないことも、分かっているのだ。

「ま、そういうことだ」丁度、駅に着いていた。「今のところ、捜査情報を軽々に漏らすわけにはいかん。そんな段階には程遠い。悪く思わんでくれ」

「あ、ちょ、ちょっと、穂積さん」

最後の足掻きに出ようとする横尾記者を置き去りにして、自動改札を抜けた。運行状況の表示を見上げ、次の列車の出るホームに上がった。記者もここまではついて来ないようだった。

ホームで時間を潰し、そろそろいいだろうと見計らって再び階下に降りた。さすがにもう、記者の姿は周辺にはないようだった。とっくに立ち去ったのだろう。

「あの、もし」駅員に話し掛けた。「列車に乗ろうとして、忘れ物をして来たことに気がついた。いったん外に出て、また戻って来たいんだが」ICカードの、いったん改札の中に入ったデータを消去してもらった。

ぶらぶらと署の方へ戻りながら、携帯電話を懐から取り出した。読日新聞の山藤記者に掛けた。

「はい」

「毎朝新聞の記者から直撃を受けたぞ」今いいか、と尋ねて構わないとの返答だったため直ぐに切り出した。「事件に目撃者がいるらしい、と記者仲間で噂が立ってるらしいじゃないか」

「そりゃ私だけ、他とは違う動きをしてますモンで、ね」恐縮したような声が返って来た。ひょろり、と背の伸びた山藤記者の姿が脳裡に浮かんだ。あの長身で恐縮すると妙な調子だろうな。想像すると、可笑しかった。「頂いたネタを元に、取材を進めてる。中には勘繰る仲間もいますよ。あいつ何やってる、って。そんなんで噂が膨らんじゃってるんじゃないですか」

「動きは慎重にしてくれ、とお願いしといた筈だが」

「そりゃできる限り、慎重にはやってます。でも今、言ったように私だけ動きが違って来るのはしょうがないんで。中には勘づく奴も出て来ますよ。新しい情報がなかなか出て来ず皆、焦ってることもありますし。そうなると周りの記者仲間の動きに目を凝らす。こいつばかりは不可抗力と思ってもらわなきゃ。絶対に情報を遮断する、なんて無理ですよ」

まさに狙った通りの効果だった。仕掛けた網は着実に、思った通りの動きに繋がっているらしい、今のところ。ついつい北叟笑みが浮かびそうになった。満足感が胸を満たした。

そう言えば昨日、事件発生から丁度一ヶ月が経過した。検針員は毎月、同じ日のほぼ同じ時刻に同じところを回る。山藤記者も昨日、まず確実に事件現場を訪れた筈だ、と思い至った。戸田女史の顔を拝みに行ったに違いない。

「情報を漏らしたのは俺らしい、という噂まで立っているようじゃないか」内心とは裏腹に、怒ったような響きを声に込めた。「そんなのが広まったら俺の立つ瀬がなくなるんだがな」

「私が穂積さんに食い込んでるのは、記者仲間も周知のことなんでして」怒りを示したことで更に恐縮の度合いが増したようだった。ちょっと気の毒にも感じたが、仕方がない。演技は最後まで続けるしかない。「その私が独自の取材をしているんで、勘繰った奴がいるんでしょう。山藤が何かを教えてもらったとしたら、それは穂積さんからに違いない、ってね」

「とにかく動きは慎重の上にも慎重に、お願いするぞ」苛立っている演技を続けた。

「あんたまさか東電に直接、取材を掛けたりはしてないだろうな」

「滅相もない」即座に打ち消した。信用してよかろう、と感じた。「そんな無茶はしませんよ。私だって穂積さんに迷惑を掛ける気は毛頭ないんですから。ただそんなわけで、私だけ独自の動きをしてるのは周りからも見えてしまいますんで。勘繰る奴も出て来る、ってことです。どんなに慎重にやっててもこんなのは、どこかから漏れちまうものなんでして」

「まぁ、そうかも知れないな」諦めを滲ませた口調に転じた。「俺もそこまで読んだ上で、あんたに話すか話さないかの判断をするべきだった。そこは俺にも責任がある。認めるしかないな」

「何とか悪い方に行かないよう、私としても気をつけときます。穂積さんに迷惑が掛かる、みたいなことだけはないように。ネタを授けた判断は間違ってなかった、って最後には思ってもらえる結果になるよう、心します」

あんた昨日、戸田女史の顔を実際に拝んだろう。指摘してやりたい衝動を、何とか抑え込んだ。「まぁあんた一人が心しても、結果がどうなるかは誰にも分からないが、な」本心とは真逆に、責める口調で言った。ちょっと苛め過ぎかな。反省も少々、胸にはあった。

「あまりいたぶらないで下さいよ～、穂積さん」情けないような声が戻って来た。

「まぁまぁ、分かった。とにかく念を押しとくが、慎重の上にも慎重に、な。お願いしとくぞ」

「はい。分かりました」

よしよし、いいぞ。通話を切りながら再び、北叟笑みが浮かんで来るのを抑えることができなかった。罠は狙った通りに進行中のようだ。後は犯人が、上手く網に引っ掛かって来るのを期待するだけだ。

ひょろりと背の高い山藤記者の姿がもう一度、脳裡に浮かんだ。道具として利用しているのみならず、ちょっとからかって苛め過ぎたことを済まなく感じた。もっとも本心を、当人に打ち明けることだけは永遠にあり得ないが。

あののっぽが恐縮して縮こまっている、ってか。済まなくは思うが可笑しくてならないのを、どうすることもできなかった。

16

間日(まび)だった。検針員の仕事は一月に十九日間、と決まっている。基本、土日祝日は休みで残る平日に間日を差し挟むことで、一月の稼働日が十九日になるように調整する。そういう意味では比較的、休みも多くシングルマザーとして働くには理想的な職種だった。仕事のある日は母に任せっ放しになっている満里奈と、せっかくだから一日ゆっくり過ごしたい本音はあった。

でも今日も、実家に娘を預けて外出した。孫が可愛くて仕方のない母は、別に不平はなさそうだった。今日の用事が奈津実にとっていかに大切か、彼女も知っていたからという面もあるだろう。

「私はこの件に関しては経験がありませんからね」母は言ってくれた。「だからろくな助言もできない。行って来なさい行って来なさい。信頼できる人にじっくり相談するのは、とてもいいことだと思うよ。後で決して、後悔しないように」

池袋駅で『めぐみ幼稚園』の満里奈の担任、鴻池先生と待ち合わせた。

「ちょっと行ったところに、美味しいフランス料理屋があるんですよ」時間通りに待ち合わせ場所に現われると、先生は言った。「夜は結構なお値段になるけど、ランチだととってもリーズナブル。そこに行ってみません」

先生は本当にこういういいお店をよく知っている。指摘すると、「独り身になって長いですからね」と笑った。「おかげで美味しいお店回りなんてできる、時間も自由に作れるようになって」

「じゃぁ私ももうすぐ、そういうご身分になれるかしら」

「そうそう。あとちょっとの辛抱ですよ」

無邪気に笑い合った。実際には満里奈がいるから、離婚が成立したからと言ってそうそう自由な時間が作れるようになるとは思えない。でも今、そんなことを言ったところで仕方がない。

駅からサンシャイン60に向かって、ちょっと行った先を右に折れたところだった。小ぢんまりした民家のような店構えだった。ビルの一階を木造建築の入り口風に改装して、ちょっと西欧的な感じに映るように装飾を施していた。

「わぁステキ」店内に足を踏み入れてついつい、感想を漏らした。「何だかヨーロッパの友達の家に、遊びに来たような雰囲気」

「ねっ、親しみが持てる感じでしょう」

ランチセットは二種類。メインは魚か肉を選べるようになっていた。先生は魚、奈津実は肉を注文した。「最近、食欲が旺盛で」自虐的に笑った。「仕事がない日でも、がっつり食べちゃう」

「それだけ普段のお仕事が、体力を使うってことでしょう」

「でも幼稚園の先生だって体力を使うんじゃないですか。子供の相手ってホント、疲れるでしょ」

「まぁねぇ。私はもうこの仕事、長いから慣れちゃってますけど。始めた頃はホント、一日が終わるとクタクタでしたよ。家に帰るとお布団に倒れ込んでた」

「そうでしょうねぇ」自分も今の仕事を始めて早、半年あまり。まだまだ慣れないが始めの頃に比べれば、だいぶマシにはなって来た。最初の一ヶ月くらいは本当に、クタクタになっていたものだ。

前菜が運ばれて来た。スモークサーモンとベビーリーフのグリーンサラダをフォークで口に運んだ。「美味しい！」ビネガーを利かせたドレッシングとサーモンの香りが口の中、一杯に広がった。

「これもここの名物なんですよ。鶏レバーのムース。パンに載せて召し上がれ」

「うわっ、これも美味しい。あぁ～幸せぇ」

小さな子供づれではなかなかこんな店には入ることができない。せいぜいが行けてファミリーレストランくらいだ。母親がいてくれるおかげの、たまの贅沢だった。

「それで」カボチャの冷製スープを一口、飲んでから鴻池先生は切り出した。「調停の二回目、どうでした」

「あぁ、そうそう」慌てて口の中のものを飲み下した。「あんまり美味しくて肝心なこと、すっかり忘れてました。イヤなこと思い出したくもない、って本音もあったのかしら」

「例の、お爺ちゃん調停委員？」

「そうそう。まさに図星、ですよ」

鴻池先生も実は、バツイチだった。奈津実からすればこの件の先輩であり、貴重な相談相手だった。これまでも様々なアドヴァイスをもらっていた。離婚・面会交流コンサルタントの岩上さんを紹介してくれたのも先生だった。私もずいぶん、お世話になった人なんですよ。だから離婚調停を進めるに当たっては、あの人に相談してみるといいんじゃないかしら。どうしていいのか五里霧中だった奈津実にとっては、天から差した光にも等しかった。そして実際、岩上さんにはとても助けてもらった。今も心の拠りどころとなってもらっている。

だから離婚調停が始まってもそのつど、先生にも報告しアドヴァイスを受けていた。経験者に相談に乗ってもらい、話をしているだけで気持ちがとても楽になる。奈津実にとっては鴻池先生も岩上さん同様、ありがたいカウンセラーだった。今日、先生に会いに行くと言うと母が快く送り出してくれたのも、このためだった。

「相変わらず間延びして、ズレたことばかり言って」例のお爺ちゃん調停委員についても調停初日の直後、先生には打ち明けていた。このためイヤなことがあったと明かしたらすぐ、あの人のことじゃないかと先生も察したらしい。「本当にこの人、調停を成立させる気があるのかしら、って思うくらい」

「調停委員って当たり外れがある、っていいますものねぇ。私の時は二人ともしっかりした人で、話が早くてとても助かったんだけど。『外れ』が当たると苦労する、って聞きますもんね」

「そうそう。ホント、ヒドくって。今回も頭から『ご主人は今も会って話したがってる』って、これですよ。こっちは会う気はない、って何度も言ってるのに。最初から蒸し返してどうするの!? って。信じらんないですよ、もう」

何があったか、具体的に打ち明けた。あんまりピント外れなことを言われた場面では先生も、思わず「まぁ」と苦笑していた。「それは確かに、ヒドいですね」

「でしょう。もう、やんなっちゃう」

賛同してくれるとこちらも嬉しい。胸のつかえが下りる心地がする。そう、聞いてもらえるだけでいいのだ。話をするだけで気分が楽になる。また前を向いて頑張ってみよう、という気力が湧く。

「よく我慢したわ、戸田さん」先生が微笑みながら言った。既にメインの肉と魚料理がそれぞれの前に出ていた。「私だったらカッと来て大声、出してたかも」

「私もその寸前でしたよ。何とか抑えるのに、苦労しましたよ」

肉料理は牛ホホ肉の赤ワイン煮込みだった。とても柔らかく仕上げられていて、口の中に入れるとじゅっと肉汁があふれ出た。同時に赤ワインソースの香りが鼻に抜けた。何とも言えない快感だった。話の楽しさも料理の最高の調味料になってくれていた。

「感情的になるとこちらに不利だ、って岩上さんからもクギを刺されてましたからね。何とかお爺ちゃんの攻撃を耐え忍びました」

笑い合った。先生の注文した魚料理はスズキのポワレで、あれはあれで美味しそうだった。今度また、ここに来てみようかな。次に先生に会うのももう一度ここで、というのもいいかも知れない。

メイン料理を食べ終え、デザートとコーヒーが供された。先日の離婚調停の報告も、終わりに差し掛かっていた。

「結局、ちょっと時間を措いて向こうの熱が冷めるのを待つのがよかろう、ってことになりました。三回目の日程を調整して、その日はお開きになりました」

「それで」先生が切り出した。実はここからが、最も肝心な話だ。話しづらい中身にも踏み込むことになる。だからここまでの、和やかな雰囲気もあったのだ。前半に笑いでもないとこの話題で、腹を割って話し合えなくなってしまう。「どうするおつもりです、その、満里奈ちゃんと相手方との面会交流は」

この件では岩上さんと意見が食い違っている。そのことについても既に、先生には知らせてあった。だから先生も、気を遣ってくれているのだ。

「私はイヤなんですよ」正直に打ち明けた。「あんな奴と満里奈が会っている。想像するだけで、背筋がゾッとする」

「でも、現実的ではない。岩上さんからも指摘されたんでしょう」

頷いた。コーヒーが急に苦く感じられた。「面会交流、一切拒否なんてなかなか考えられない。調停委員からも説得される、と言われましたね」

「離婚条件で折り合う意味でも、ね」

これも頷くしかなかった。「養育費はだいたいの基準があるからせいぜい、慰謝料の方をたっぷりもらうしかない。その駆け引きの意味でも面会交流をどうするかは重要だと言われました。どこまでこちらが向こうの条件に乗ってやるか。早い内から考えておいた方がいい、って」

「会いたがるかしら、相手方の方も」

「そう、思います。さすがに娘は可愛いらしくって、あいつも満里奈のことは大事にしていた。面倒な子育てはイヤがってたけど、一緒に遊んであげたりはしてました。はたから見ていても楽しそうだった。だから面会は最大限、求めて来るでしょう。できる限り会いたい、と言って来るでしょう」

「確かにお父さんが幼稚園に迎えに来た時、満里奈ちゃんが嬉しそうに走り寄るのを私も見た覚えがあります。お父さんも優しく微笑んでいた。あの様子を思い出しても、可愛がっていたことは間違いなさそうですね」

昭伸には何度か、幼稚園に満里奈を迎えに行ってもらったことがあった。特に父が亡くなった後、残した財産の整理などで母の手伝いをしなければならなかった時など。今日は仕事上、時間の自由が利くのなら代わりに満里奈を迎えに行ってと頼むこともあったのだ。その間に私は、お母さんを手伝いに行って来るから、と。そんなの俺に頼まなくても、空いた時間にできることなんじゃないのか。不平を並べながらも迎えに行っていた。だからその際、先生も昭伸を見たことがあるのだ。

「私にはぶつぶつ言いながら迎えに行っていたくせに」奈津実は言った。「満里奈が走って来たら喜んでたわけでしょう。自分だって満更でもなかったくせに。それなら私に憎まれ口なんか、叩かなくたってよかったわけじゃない」ついつい不満を漏らしていた。

「まぁまぁ」なだめられた。「私は子供がいないので、その意味では経験からのアドヴァイスはできませんけど。でもこうして見る限り、相手方が最大限の面会交流を求めて来るのはまず間違いない。そうなると離婚の条件をこちらの有利に持って行くには、面会交流をどこまで認めるかが駆け引きの材料になる。岩上さんの言う通りだと私も思いますね」

「だって、イヤなんですもん」子供じみて聞こえるだろうとは我ながら思う。でも、本音だった。この先生になら素の自分をさらけ出すことができた。「あいつが満里奈に会っている図なんて。想像もしたくない」

重いため息をつかれた。岩上さんの反応も同じだったな、と思い出した。でもしょうがない。正真正銘の本音なのだ。

「お父さんが実際にはどんな人なのか、私は知りません」先生が言った。「でもお迎えに来ていたあの様子を思い出す限り、満里奈ちゃんが懐いていたのも間違いのないところだと思います」

「そうですね」認めるしかなかった。「あの男は満里奈の前では本性を隠してた。ただの優しい父親だった。だから懐いてたのは間違いありません。そこは、その通りです」

幼稚園の帰り道、「そっちじゃない」とダダをこねる満里奈の姿も思い出した。いくら、満里奈とママが帰るのはこっちよ、と説得しようとしても「そっちじゃない。私、元のおうちに帰りたい」と言い張る。なだめるのに苦労させられた。

満里奈にとっての「元のおうち」は当然、昭伸とセットになっているのだろうと思われた。昭伸は確かに満里奈には優しかった。あの子もあいつに懐いてはいた。「どうして私、パパと会えないの」と尋ねられたこともある。これも答えるのに苦労させられた。

思い出すと胸がふさがる。悪いことをしているのはこちらでは、との思いがつい募る。私のワガママで満里奈に寂しい思いを強いてしまっているのでは、と。

「確かにあいつはあの子には、優しく接してました」罪悪感を振り払うように、言った。「でもそれはあいつの本当の姿じゃない。まだ満里奈が幼くて可愛いだけだからいいけど、成長して生意気なんか言うようになったらきっと、本性を現わす筈だわ。女を、いえ自分以外の全てを見下すような、あの態度を。結局は満里奈に私と同じような思いを味わわせてしまう。やっぱりダメですよ。あんな男に会わせるわけには、いかない」

自分がイヤな思いをするのは仕方がない。あんな男を選んでしまったのは自分自身なのだから。失敗の償い、として受け入れるしかない。

でも満里奈には罪はないのだ。たまたま自分と、あんな男との間に生まれて来てしまっただけなのだ。なのに自分と同じ思いを味わわせるわけにはいかない。義務感に近かった。あんな奴に接して、男全体を不信の目で見るようになったらあの子にとっても不幸だろう。そうだ、やっぱり会わせるわけにはいかない。

「お父さんが実際にはどんな人なのか、私は知りません」先生はくり返した。「満里奈ちゃんに対して、今は本性を隠しているけどいずれ露わにするのか、どうか。そこのところも分かりません。でも一つだけ言えることは、大切なのは満里奈ちゃんの幸せ、という一点です。離婚条件を有利にするための駆け引き、という観点も確かに大切でしょうけど何より考えなければならないのは、そちらに絞られるでしょう」

「そうですね」認めるしかなかった。「父親がいなくなったことを満里奈がどう感じるのか。大事なのは、そこですね」

夏休み前に幼稚園で、満里奈が瑠衣ちゃんを突き飛ばして泣かせてしまったことを思い出した。一番、仲がいいお友達の筈なのに。音楽のお遊戯の時間、楽器を取ったの取らないのでケンカになり、突き飛ばしてしまったのだという。

精神的に不安定になっているせいなのだろうか。あの時も、いぶかった。父親がある日、突然いなくなった。これまでとは違う家で暮らすようになった。環境の急激な変化が敏感な子供の心に、影響を及ぼしてしまったのだろうか。確かにあの時、鴻池先生も瑠衣ちゃんママも「よくある子供のケンカですよ」と取りなしてくれたけれど。これまでは満里奈がお友達に手を出す、なんて一度もなかったことなのだ。そう言えばあの日も帰り道、満里奈は「元のおうちに帰りたい」とダダをこねていた。

「分からなくなっちゃった」テーブルに肘を突き、両手で頭を抱えた。「私の本音では、絶対に会わせたくない。それは変わりません。でも満里奈がどう感じるのか。あの子の気持ちにどんな影響を与えるのか、と言われると分からなくなる。どうすればいいのか、見当もつかない」

「ゆっくり、考えてみればいいですよ。幸い、次の三回目までまた日が空くんでしょう。それだけ考える余裕が与えられたんだと思って。どうするのが満里奈ちゃんにとって、一番いいのか。ゆっくり、考えてみるといいと思います」

「そうですね」ため息をついた。どれだけ考えても結論が出るのか、どうか。いい答えが見つかるとはあまり思えなかった、今は。

「こちらが強硬な姿勢を見せたことで相手方も、少しは考えを改めるかも知れませんよ」先生は言った。慰めようとして言ってくれているのだろうけども、本当にそうなるとは思えなかった。そんな昭伸の姿、想像もできなかった。「ちょっと距離を措くことで冷静になれる、っていうじゃないですか。籍は抜いたけど交流は続けることで、いい関係を保っているという元夫婦も結構いらっしゃるみたいですよ。確か岩上さん自身も、そうだ、って聞いているし。もしかしたら戸田さんも、そんな風に上手くいってくれるのかも」

岩上さんもバツイチで、その経験を生かして今の仕事をしている、とは奈津実も聞いて知っていた。離婚後の交流はとても大切だ、というのが持論で、相談者にもできるだけその方向でアドヴァイスする、とも。

でも奈津実の場合、そんな風に上手くいってくれるとはとても思えなかった。距離と時間を措いて互いに冷静になり、いい関係を保っている自分達の姿など想像もつかなかった。だって昭伸は、違うのだ。そんな風に自分を振り返ることができる男なんかではない。だって、だってあいつは――

監視者は小柄だった。

自宅マンションに不審なメッセージが放り込まれた、あの夜。穂積警部補が見たという証言が、脳裡に浮かび上がった。監視者は小柄。監視者は小柄……そんなバカな!? 言葉が頭の中をぐるぐる回った。わけが分からない。いったい、どういうこと?

「まぁ今の段階では面会、一切拒否という姿勢を見せるのも一つの手かも知れませんね」先生の言葉に、はっと我に返った。冗談めかした口調に転じていた。重い雰囲気を払拭するために、あえてそんな風に言ってくれているのだろう。「最初に強硬な姿勢を見せておけば、相手だってどこまで譲歩できるのか探ろうとする。案外、こちらに有利な落としどころに持って行きやすくなるかも。今の段階では強気に出ておくというのは、駆け引きとしていい手なのかも知れませんよ」

心遣いがありがたかった。「ありがとう」心から言った。

「戸田さん、ガンバ。焦ることはありませんからね。まだ時間があるんだし。ゆっくり考えて、これが一番いいという答えを導き出すといいですよ。迷うのは当たり前。絶対的な正解なんてないんですからね。ただ満里奈ちゃんの幸せが一番、大事ということだけは忘れないで。そうしていればきっと、いい結果が待っていると信じてます」

「ありがとう」他に言葉はあり得なかった。「本当にありがとう、先生」

お勘定を払うところで、一悶着があった。

料金を計算した伝票は、奈津実から見てテーブルの右側に置いてあった。だから機を見てサッと手に取り、レジに持って行けばいいと思っていたのだ。さすがにこれだけ相談に乗ってもらって、料金はワリカンというわけにはいかない。

ところがウッカリしていたが、鴻池先生は左利きだったのだ。奈津実が取るより一瞬、早く手が伸びて来た。伝票を先に取られそうになった。

「いけません」遮った。「これだけ親身になって、相談に乗ってもらったのに。ここは、私が払います」

「いいんですよ。お友達どうし、一緒にランチを楽しんだ、ってだけじゃないですか。ここは、ワリカンでいきましょう」

「ダメです。アドヴァイスをもらったり励ましてもらったり。こっちが一方的にお世話になってばっかりなんですから」

「私はただ、経験に沿ってお話をしただけですよ。岩上さんと違って、プロでもないんですし。こんなことでご馳走になるわけにはいかないわ」

「ダメです。絶対に、ダメです」

結局、この店はワリカンにして次の喫茶店で、二人でスイーツを楽しむことにした。そっちは、奈津実が払うということで落ち着いた。

そう言えば、と思い出した。この間、秋野さんとファミレスに行った時も同じように、どっちが払うの払わないので悶着になったではないか。あの時も奈津実がプリンターのロール紙を忘れて来てしまい、予備を借りるためにファミレスで落ち合ったのだった。

私って何かミスをするたび、こうして誰かに甘えてどちらが払うかでモメる運命なのかしら。自嘲とともに罪悪感が胸に募った。

だからダメなんだよ、お前は。昭伸の言葉が胸に浮かびそうになった。慌てて振り払った。

17

「もう、まただわ」思わず、言葉に出た。例の、口だけは調子のいいマンションの管理人、今日も管理人室にいない。「しょうがないなぁ、本当に」

また鏑木さんに開けてもらおう。エントランスドアのインタフォンに歩み寄った。まだまだ残暑が厳しい。タオルで汗をぬぐってから、一〇五を押した。

考えてみたら私、管理人さんに逆に感謝しなきゃならないのかもね。おかげでこうして毎月、戸田さんに会えるんだもの。寂しい独り暮らしの老婦人。一月に一度、自分に会えるのを楽しみに待ってくれている。品のいいあの笑顔が脳裡に浮かんだ。

が、出ない。インタフォンに反応がない。おかしいな。もう一度、押してみたがやはり同じだった。

トイレにでも入っているのかも知れない。しばらく待ってみた。間を空けて押してみたがやっぱり、反応はなかった。

出かけているのだろうか。あり得ることだった。何か入用のものでもあって、ちょっと買い物に出ているのか。それとも体調を悪くして、病院にでも行っているのか。鏑木さんは歩くのが少し不自由っぽくはあるものの、身体はそんなに悪くはなさそうだった。時おり掃除の手伝いにでも来てくれる人がいれば充分で、身の回りのことは基本的に自分でできるようだった。だからちょっとした用ができれば、一人でさっさと出かけて行ったとしても不思議でも何でもない。

それでも、気になった。自分は鏑木さんのことはほとんど何も知らない。月のスケジュールだって分からない。もしかしたら定期的に、出かける用のある日なのかも知れない。

でも自分だって基本的には毎月、同じ日にここに来るのだ。これまでこのマンションに管理人さんのいたためしはなく、いつも鏑木さんに開けてもらっていた。そしていつも、インタフォンを押すとすぐに反応があった。こんな風に誰も出ないのは初めてだった。

もう一度、一〇五を押してみて反応がないのを確かめてから、踵を返した。まずは集合ポストを覗いて見た。

新聞はなかった。突っ込まれたまま頭をのぞかせているチラシ類はあったが、それだけだった。

鏑木さんは毎日、新聞を取っている。聞いて、知っていた。この歳になるとやることとなんて一日、何もなくて。楽しみと言えば毎日の新聞を読むこととあとは、ぼんやりテレビを眺めるくらいですよ。寂しそうに微笑んでいた。だから毎日、新聞を配達してもらってることは知っている。なくなっているということは今朝、取りに来ているわけだ。つまり無事ということだ。チラシのたぐいはその後、突っ込まれたものなのだろう。

新聞がなくなっているから、無事。自分を安心させようとした。きっと今日、インタフォンに反応しないのは何かの用ができたからなのよ。朝、自分で新聞を取りに来てるんだもの。つまりは大丈夫、ってこと。きっとちょっとした用ができて、外出しているだけなのよ。

でも、本当にそうだろうか。今はもうそろそろ、お昼になろうという時刻。一方、新聞が配達されるのは早朝だ。その間、何時間もの開きがある。お年寄りは朝が早い人が多いからきっと、配達されたら間もなく取りに来るだろう。一日やることがなくて新聞を読むのが楽しみ、って言っていたから、きっとそうするだろう。

朝、新聞を取りに来てそれから今まで、数時間。その間に何が起きたとしても不思議ではない。もちろん、ちょっと出かける用ができた、ということもあり得る。でも逆に、急に具合が悪くなったということだって……

鏑木さんは毎月、私に会うのを楽しみにしていた。うぬぼれではない。本人が言っていた。社交辞令の面もなきにしもあらず、だろうが全くの世辞というわけでもなかろう。何よりあの表情が、はっきりと示していた。

今日、私が来ることを鏑木さんは知っている。それが何時ころか、ということも分かっている。ならばちょっとした用ができたとしても、それまで外出するのは控えるのではないだろうか。私と会ったあと、一息ついてから出かけるようにするのではないだろうか。ここまで来るとうぬぼれ以外の何物でもないのかも知れない。でも鏑木さんならそうする筈だ、と思えてならなかった。

マンションの建物を出た。むっと暑さが襲い来たが、気にしている余裕はなかった。

自分がいつも、オートロックを開けてもらって一階の廊下を通り、鏑木さんと会うのはあの辺り。だから反対側だとこの辺りと見当をつけた。一〇五号室のベランダはここに違いないと目星をつけた。

ベランダにはエアコンの室外機があった。動いていた。だからと言って室内にいるとは限らない。ちょっとした外出ならつけたまま出かけた方が、かえって節電になる。熱中症にならないようにエアコンは上手に使った方がいい。先月、そんな会話を交わしたのを思い出した。適温にして長時間つけてた方が結果的には電気代の節約になるんですよ、なんてアドヴァイスを偉そうにした。

ベランダに面した掃き出し窓は閉じられ、カーテンが降りていた。これも節電対策の一つだろう。強い日光が室内に差し込んだらせっかくのエアコンも、効きが悪くなってしまう。それでもカーテンの一部に隙間があり、電灯がついているのが見えていた。あそこからなら中を覗けるかも知れない。

検針ミラーを取り出し、伸縮棒を最大限に伸ばした。ミラーをベランダの手すりの隙間に突っ込み、掃き出し窓に近づけた。こういうのなら仕事柄、お手の物だ。まだ半年のキャリアながら経験上、最適な角度にミラーを向け、最適な位置にかざすことができる。本当ならこんな使い方、やってはいけないことだろう。でも今はそんなこと、言ってはいられない。

部屋の中の一部が、覗けた。だがちょっと遠い。中に何があるのか、までは分からない。

今度は単眼鏡を取り出した。双眼鏡ではない。片手に検針ミラー、片手に単眼鏡で遠くのメーターも読むことができるのだ。いずれも検針員の必須アイテムだった。ミラーを再び手すりの間に突っ込み、最適な角度に向けると単眼鏡を目に当てた。最適な照準に合わせるのもこれまた、お手の物だった。

今度は中がよく見えた。奥に、人の足のようなものが映った。向きからして、うつ伏せだ。つまり、人が倒れている。

「大変」血がサッと引いた。悪い予感が当たった。慌ててミラーを戻し、単眼鏡とともに手にしたまま表へ走った。「鏑木さんが、鏑木さんがっ」

ちょうどそこに、お巡りさんが自転車に乗ってやって来た。奈津実の周囲を警戒するため、担当エリアを重点的にパトロールしてくれているお巡りさんだった。先日も会ったから、顔を知っている。

「やぁ、検針員さん」

親しげに話し掛けようとして来たのを遮った。慌てていたため息が荒く、咄嗟にちゃんとした言葉が出て来ない。それでも何とか、言った。「人が、人が倒れているみたいなんですっ」

事情を知ると、お巡りさんはマンションに駆け込んだ。

「で、でもダメなんです」後を追いながら、背中に声を掛けた。「そこ、管理人さんが」

　無人だと分かったお巡りさんは、管理人室のドアノブに手を掛けてみた。幸い鍵が掛かっていなかったようで、簡単に開いた。どこまで不用心な管理人なのか。ただ今回ばかりはそれが、役に立ったみたいだけれど。

　お巡りさんはサッと室内を調べていた。合鍵か、管理人の携帯番号を書いた紙でもないかと探していたが、さすがに見つからないようだった。

「おっと、これは」壁に貼られた紙に、電話番号が記されていた。「どうやら、ここのオーナーの番号らしいな」

　デスクにあった固定電話の受話器を持ち上げた。番号を押すと相手はすぐに出た。

「管理人の携帯番号なり、連絡先を教えていただけませんか」まず名乗り、それから事情を説明してから言った。番号を書き取り、掛け直した。これも相手がすぐ出たようなので、同じく事情を告げた。どうやらおたくのマンションで、住民が倒れているみたいなんです。

「間もなく戻って来るようです」受話器を置いて、奈津実を向いた。「幸い、この近くにいたみたいで。飛んで戻る、と言っていました」

　言葉通り、管理人は飛ぶようにして戻って来た。「いやぁ、面目ありません」荒い呼吸をくり返しながら、苦笑を浮かべた。「ちょっと、小用ができて。どうしても外出しなければなりませんで」

　だが奈津実は、鼻ヒゲについている白い物を見逃さなかった。あれは、コーヒーに入れるクリームか何かではないか。つまりはそこの喫茶店で、サボっていたということだろう。電話をもらって飲み終える暇もなく、慌てて料金を払い店を飛び出して来たのだろう。いつも油を売っているのは、おおかたその同じ店なのに違いない。

　でも指摘はしなかった。それどころではない。

「心配になって私、裏に回り込んでミラーで覗いて見たんです」代わりに説明して、言った。「そしたら倒れている人の足のようなものが見えて。見間違えであればいいんですけども」

「とにかく、行ってみましょう。間違いだったらそれでいいが、そうでなかったら大変なことになる」

　お巡りさんに促されて管理人は合鍵を取り出し、一〇五号室に向かった。いったん、ドアのところのインタフォンを押してから鍵を開けた。「鏑木さん、おられませんか。管理人ですが、ちょっと失礼しますよ……あぁっ！」

　ドアを開け、室内を覗いて見ると案の定だった。鏑木さんが奥の和室で、うつ伏せに倒れていた。

「まだ息はあるようだ」立ち尽くす管理人を押しのけるようにして、お巡りさんが室内に飛び込んだ。倒れている鏑木さんに駆け寄り、様子を見て、言った。「亡くなっているわけではない。急げば何とかなりそうだ」

直ちに一一九番通報がなされ、救急車が呼ばれた。身寄りのない老人である。救急車には管理人が同乗することになった。

「私がついて行きたいけど、これから後も仕事がありますので」奈津実は言った。ついて行きたい、というのは本心だった。「まずはそっちを終わらせなければなりません」

「それは大丈夫ですよ」お巡りさんが言った。「私も立場上、これから病院に行って来ます。報告書にも記録を残さなければなりませんので」

「あの。できれば経過は教えてもらえませんか。やっぱり気になりますので」

「あぁそれも、大丈夫ですよ」奈津実の携帯番号をメモりながら、お巡りさんは言った。「病院に着いたらすぐ、一報を入れます」

逆に報告書の作成に協力してくれるよう頼まれた。

「仕事が終わった後だったら、いくらでも」奈津実は頷いて、答えた。「子供は母が見てくれてますので。仕事が終わりさえすれば、時間はとれます」

「では、そういうことで」

救急車とお巡りさんを見送って、奈津実は自転車のところに戻った。フーッと深いため息が出た。強い日差しはそのままだったが、暑さを感じている余裕はまだなかった。鏑木さん、無事だったらいいけど。思わず天に祈った。

「ちょっと、本当にちょっと、外出していただけなんです」救急隊員が駆けつけ、鏑木さんをストレッチャーに乗せて車まで運んでいる間。最後まで言い訳がましくしていた、管理人の醜態が思い出された。自分がサボっていたせいで発見が手遅れになり、万が一のことになったら。責任問題になりかねない我が身の立場に、思い至ったのだろう。「本当にちょっとの間のことだったのに。なのに、あぁまさか、こんなことになるなんて」

この人いつも、管理人室にいたためしがなかったんですよ。もし、もしも鏑木さんに万が一のことがあったら洗いざらいブチまけてやろう、と奈津実は胸に決めた。管理人としての責任問題をちゃんと表ざたにしてやろう。マンションの住民からだってきっと、同じ証言が出ることだろうし。入りびたっていたであろう喫茶店の店員も、こちらの言葉を裏づけてくれる筈だ。

待てよ、と思い直した。

もし管理人がいつも部屋にいたのならそもそも、奈津実が鏑木さんに出会うこともなかった。一〇五号室のインタフォンを押すこともなく、異変に気づくこともなかった。つまり倒れている鏑木さんを見つけることができたのは逆に、回り回って管理人のズボラさ故と見ることもできる。もちろんそれは、発見が遅すぎることなく鏑木さんが助かったら、としての話だが。

本当に無事でありますように。奈津実はもう一度、心の中で手を合わせた。

「大丈夫でした」お巡りさんから電話があった。「発見が早かったのが幸いしたようです。もう、意識も取り戻されてます」

ホーッ、と長い息をついた。胸をなで下ろした。よかった、本当によかった。

汗をぬぐった。着信があった時、もしや、との悪い予感が胸に湧いたものの。今やその冷や汗は、普通の暑さ故のものに換わっていた。そう、今日ようやく暑さを実感する余裕を取り戻したのだ。

「仕事を終えたら私も病院に行ってみます」奈津実は言った。「鏑木さんにそう、お伝えください」

通話を切ってから、思い至った。ずっとこのことばかり気になって、心ここにあらずのまま仕事をしていたのだ。気もそぞろのままメーターの数字を読んでいた。読み間違いなんてしてないだろうな。今度はそちらを、天に祈らなければならなかった。

「本当にありがとう、戸田さん」病室を訪ねると、鏑木さんが言った。顔色はまだ悪いものの、声には力強さが戻っていた。「いい話し相手をしてくれてただけじゃなく、命の恩人にまでなってくれたなんて」

「よかったです」手を取って、握りしめた。上半身を起こそうとしたので、ぁダメですよ、と押しとどめた。まだ、安静にしとかなきゃ。「何とかお役に立てて、本当によかった」

「朝から何だか身体が重いなぁって感じていたの。そしたらふぅって意識が遠くなって。そこから何も覚えてない。気がついたらここにいたわ」

脳梗塞だったらしかった。周りに誰かいれば、身体の片側が麻痺したようになったり、言葉が不明瞭になったりと明らかな異常が現われるため、気づいてもらえやすい。でも独り暮らしではムリだ。意識を失っても誰にも見つけてもらえず、手遅れになる。対処が遅れれば重い後遺症が残ったり、悪くすれば命を落とすことも。幸い鏑木さんは発症してから時間がさして経っていなかったため、その心配はなさそうだった。後遺症もなく退院できるでしょう、とお医者さんも請け合っているようだった。

「独居老人、ってホントに無力ね」鏑木さんは言った。「気を失って倒れたって誰にも気づいてもらえない。そのまま命を落とすだけよ。孤独死、って言葉をしみじみ思ったわ。私もそうなる寸前だった。助かったのは戸田さんがいてくれたおかげ」

鏑木さんは数年前に息子さんを亡くしたらしかった。旦那さんにはとうに先立たれていて、独居は長かったのだが一人息子の急死で、何もかもがイヤになった。息子さんの奥さんとも折り合いが悪く葬式以来、会っていない。既にアカの他人と同じだった。人づき合いがおっくうになり、部屋に閉じこもる毎日に陥った。

「そうだったんですか」

「でも今日のおかげで、思い知ったわ。やっぱり人間、殻の中に閉じこもるのはダメね。一人だとイザという時、何もできない。自分の命を守ることだって。だからこれから、できるだけ表に出て行くようにするわ。他の人とも積極的に交わるように、心がける」

「その意気ですよ」思わず身を乗り出した。鏑木さんの両手を握る掌に、ついつい力がこもった。「鏑木さんまだ、こんなにお元気なんですもの。部屋に閉じこもってるのなんてもったいないわ。周りの多くの人と交わってれば毎日の楽しみも増えるし、イザという時も安心です」

「戸田さんに救ってもらった命だものね。大切にしなきゃ。生まれ変わらせてもらったと思って、これからは生き方を変えてみます」ただ、と笑ってつけ加えた。「ただ毎月、この日だけは家にいるようにするわ。戸田さんが来る日なんですものね。これからも変わらずこんなお婆ちゃんの相手してね。お願いします」

もちろんです、と答えてから同じく薄く笑った。「でもこれからは、管理人さんもさすがに留守にすることはなくなるかも。今回のことで本当に懲りてたみたいですから」

「いたっていいじゃない。私の部屋の番号、押してよ。管理人さんだって事情が分かってるんだし。貴女を止めたりなんか、するわけがないわ」

ええ、そうします。何だか先月も同じような話をしたな、と思い出しながら奈津実は答えた。「鏑木さんお大事に」と手を振って、病室を後にした。

病院から出て、自転車にまたがった。これから交番に行かなければならない。お巡りさんの報告書作成に、協力しなければ。今日もちょっと遅くなる、と既にスマホで母親には告げてあった。

この仕事をやっていてよかった。自転車を走らせながら、心から思った。人一人を救う役に立てたのだ。これ以上の充実感があるだろうか。人の生活の一部に立ち入る仕事だからこそ、なし得たことだろう。

警察に相談しておいてよかった、とも思った。おかげで周りを重点的にパトロールしていてくれ、すぐに助けを求めることができた。今日の好結果につながった。鏑木さんが倒れている。室内を覗いて知った時点で、一一〇番通報はしただろうがあんな風に行き合ったのに比べれば、はるかに時間が掛かっていたろう。遅れたせいで命を落とす事態にまではなっていなかったにしても、何らかの後遺症が残ってしまった、という可能性だったらあり得る。

そう、やっぱりよかったのだ。警察に相談してあったおかげで、今日の結果に至ることができたのだ。考え得る限り、最上の結末に。もっともこのことを、鏑木さんに話すことはあり得ないだろうが。そもそもなぜ相談なんかしたのか、から説明しなくてはならなくなってしまう。

身体は暑さを感じながら、胸には清々しさが広がっていた。自転車を走らせるおかげで風が吹き抜け、汗を吹き飛ばしてくれた。気持ちよかった。

やがて道の先に、交番が見えて来た。

18

ずっと聞こえていた。しかもそれが、どんどん近づいて来た。音量は大きくなる一方だった。

正確には向こうから近づいて来ているわけではない。逆だ。こっちから寄って行っているのだった。だって向こうは動けないのだから。家の敷地から、出ることはできないのだから。それでも、こちらから近寄らないわけにはいかない。

あぁ、今日もだ。最初に聞こえて、思った。胸がふさがった。今日も外にいる。庭に出されている。できれば家の中に閉じ込めておいてくれれば、と願ってたのに。

でもイヤだけど仕方がない。避けて通るわけにはいかない。ある意味、検針員にとって最大の天敵に等しい存在。飼い犬。

もちろんそれは、こちらからの一方的な感情に過ぎない。犬の立場に立てば、気持ちはよく分かる。向こうからすればこちらは、怪しくて仕方がないだろう。

だって月に一度、やって来て家の周りをウロウロするのだから。一軒一軒、回っているのだから。しかもそれが、徐々に自分の家にも近づいて来る。ヘンな機械を操作して、ジーッなんて音を立てながら紙を打ち出している。それを郵便受けに突っ込んだりなんかしている。怪しい存在、以外の何物でもない。

そんな奴が少しずつ、じわりじわりと自分の家に近づいて来るのだ。犬からすれば、吠えるのは当然だろう。あっ、あいつだ。今日も来た。また怪しい音を立てながら、うちに寄ろうとしている。うちにもあのヘンな紙を突っ込みにやって来る。

えぇい帰れ。うちには近づくな。ご主人様、またあいつですよ。あいつがまた来ましたよ。声を限りに吠えるのも、犬からすれば当たり前の行動だろう。

でもこちらにすれば、気持ちは分かります、ではすまない。だってやっぱり、怖い。いくらつながれていると言ったって、紐の限界までこちらに迫って来るのだ。家によってはリードがかなり長く、ギリギリまで近づけるところだってある。そんなところで声を限りに吠えられれば、それは怖い。メーターの数字を冷静に読む、どころではない。

とうとう問題の家に着いてしまった。犬の吠え声は最大限に大きくなっていた。

ここの門はアコーディオン・シャッターで、背丈も低く外から庭を覗くことができる。あぁやっぱり、だった。最悪の状況だった。

飼われているのは柴犬である。比較的、小柄な種類なので室内で飼うことだってできる。屋内に閉じ込めてあれば問題ない。いくら吠えられたって、平気で庭に入れる。

でも外にいてはダメだ。いくらつながれているとは言っても、かなりの範囲を動くことができる。おまけに今日のつなぎ方は、最悪だった。

首輪のリードを杭か何か、一ヶ所につないでいるのならまだ、いい。犬はそこを中心にした円の中でしか動くことはできない。

だがこの家には、もう一つのつなぎ方があった。杭を二本、遠く離して地面に打ち間に水平に綱を張る。そのロープ伝いに、自由に動けるようにリードがつけてあるのだ。これだと犬の行動範囲は、格段に広くなる。

逆にこちらの立ち入れる範囲は、限りなく狭くなる。おまけにこの家は裏門がなく、メーターの近くに行くには表門から庭を横切るしかない。

「大丈夫よ、うちのワンちゃんは」以前、ここの奥さんは言っていた。「とってもいい子ちゃんで、大人しいんだから。外にいたって、怖がることなんてないですよ」

「だって」本来、お客さんに反論することなんてない。でもこうしたケースだけは別だった。「だってそんなに、吠えてるじゃないですか」

「初めて見る相手だから、警戒してるだけですよ。すぐに慣れますって。本当にお利口なワンちゃんなんですもの」

「とにかく私が庭にいる間、押さえておいてください。絶対に放さないでください。お願いしますよ」

　お客さんに犬を押さえておいてもらって素早く庭に入り、メーターに駆け寄った。数字をハンディ・ターミナルに打ち込み、検針票をプリントアウトした。

　でもそれを、目の前のお客さんに手渡すことができない。だってその腕の中には、こちらに食いつきそうな勢いで吠えている柴犬がいるのだ。

「こ、ここに入れておきますね」門のところまで戻り、門柱にある郵便受けに突っ込んだ。「お手数ですが私がお庭から出たあと、ここから持って行ってください」

「分かったわよ。もう。本当に怖がり屋さんねぇ」

　奈津実が敷地から出、シャッターを閉めたためお客さんは犬を放した。郵便受けに歩み寄って来て、検針票を取り出した。

「あの、お願いがあります」シャッター越しに奈津実は言った。「私が毎月、ここに検針に来るのはこの日と決まってますので。その日だけはワンちゃんは、家の中に入れておいていただけませんか」

「うちでは基本的に、昼間は外に出すようにしているの」無情な答えが返って来た。「雨の日は別だけど。だってワンちゃんだって、せっかくのお天気の日に家の中に閉じ込められてたんじゃ、かわいそうでしょう。やっぱり開放感が違いますからね。お日様に当たるのは健康にいいし、運動するのだって。それから私達が外出している時も、やっぱり基本は外ね。だってそうしないと、番犬の意味がないでしょう」

自分がここに来るのは、時刻的にもだいたいこの頃と決まっている。だからその時間帯だけは家の中に入れておいてと頼みたかった。が、さすがにそれはやり過ぎというものだろう。お客さんにそこまで細かいお願いをするのは、やっぱり非常識の範囲に入ってしまうだろう。

「分かりました」本音を押し殺して、言った。「それじゃここに来た時は、門のインタフォンを押します。ですからその時は外に出て来ていただいて、ワンちゃんを押さえておいてください。お手数ですが、お願いします」

「分かったわよ。本当に怖がり屋さんねぇ。でもきっと、大丈夫だと思うわ。うちの子はとってもお利口さんですからね。次に貴女が来た時にはもう顔を覚えてるわよ。

こんなに吠えたりなんかしないわよ。だからきっと、私がわざわざ出て来ることなんて要らないと思うわ。一人で簡単にメーターが読めるようになってる筈よ」

あれから早、半年以上が経つ。いまだにここの犬は、奈津実が近づく気配を感じただけで吠え始める。顔を見たとたん襲い掛からんばかりに、牙をむく。

奈津実は門に近づき、インタフォンを押した。家の中でチャイムの鳴る音が、ここまで聞こえた。

が、反応がない。イヤな予感がした。まさか、外出してるんじゃ。

自分達が外出している時は、犬は外に出すとお客さんは言っていた。そうしないと番犬の意味がない、と。ということはやはり、今はこの家は留守？

それではメーターは読めない。あのつなぎ方では犬は、庭の大部分を動き回ることができる。避けてメーターの近くに行くなんて、とてもムリだ。

もう。今日は検針の日だって分かってるんだからせめて、つなぎ方くらい考えてよ。せめて一本の杭につないでよ。そうしたら犬の行動半径はぐっと狭くなる。怖いのを何とかこらえて、メーターの方に行けなくもない。吠え声を耳から閉め出して、数字を読むことだって。

でもあのつなぎ方ではムリだ。数字を読むどころかメーターまでもたどり着けない。

仕方なくベルトポーチからメモ帳を取り出した。「検針に来てみたのですがワンちゃんがいたので中に入れませんでした。後であらためて来てみます」と書き入れた。「お帰りになったらもしよかったら、この番号にご一報くださいませんでしょうか」と携帯番号も書き加えた。

自分の留守の間は一歩たりと、家の敷地内には入らないで。お客さんによっては、言う人もいる。インタフォンを押してみて、自分が反応した時だけ中に入るようにしてちょうだい。やはり自分の知らない間にアカの他人が庭に足を踏み入れるのは、生理的にイヤだという人もいるのだ。そういう場合は仕方がない。来てみて留守だったら同じようなメモ書きを残し、いったん立ち去るだけである。他を回ってまた戻って来る。

何だか最近、この説明を誰か他人にしたことがあったような気がした。あぁそうだ、と思い出した。穂積警部補だ。検針員の仕事について説明している時、こんな細部にまで話題が広がったのだ。

「でもあのお客様は、そういう方じゃありませんでした」笠木夫人についても話したのを思い出した。『私は留守にしていることが多いから、いようがいまいが勝手に塀の中に入って、メーターを見てもらって構いませんよ』っておっしゃってくださって」そこから、本当に感じのいい人だったという印象についての話につながったのだ。

あんないい人が殺されたなんて。連想が広がり、心が沈んだ。何てこの世は理不尽なのかしら。

「はい」心が全く別な方へ飛んでいたので、インタフォンから反応があった時には驚いた。何だ、留守じゃなかったんだ。「あぁ、検針員さん」カメラの映像ですぐ分かったらしい。こういう時、制服の効果は最大限に発揮されるのだ。

「はい、私です」カメラにはっきり写るよう、少し顔を離した。留守じゃなかったんならもっと早く出てよ、もう。メモもすっかり書き終えちゃったじゃないの。内心の不満が表情に出ないよう、気をつけた。「いつもすみません。ワンちゃんが外に出ているので。メーターを読む間だけ、押さえておいていただけませんか」

「今、ちょっと手が離せないのよ。私が出て行かなくたって、ササッと入ってメーター読めないの？」

「ムリです、このつなぎ方だったら。ワンちゃんを避けてお庭を横切ることは、とてもできません」

「もう、しょうがないわねぇ。いつも言ってるけど、大丈夫だって。うちの子、とっても大人しいんだもの」

だってさっきからずっと、こんな大きな声で吠えてるじゃないの。

「とってもお利口さんなんだから。貴女のことも、とっくに覚えてるわよ」

だってさっきからずっと、こんな大きな声で吠えてるじゃないの。

「もう懐いてるに違いないわ。喜んでジャレてるだけよ。だから、大丈夫だから。遠慮せずに入って」

だってさっきからずっと、こんな大きな声で吠えてるじゃないの!?　おまけにあの牙のむき方ときたら、どうよ。どう見ても今にも、こちらに食いつきそうじゃないの。

「懐いてるような吠え方じゃないです」お客さんの言葉に逆らうのは本意ではない。でも言い返すしかなかった。そうしないといつまでも、こんなところで堂々巡りだ。

「怖いんです。本当にお願いします。どうか、ワンちゃんを押さえてて」

「もう、しょうがないわねぇ。とにかく今も言ったように、ちょっと手が離せないのよ。それじゃ少し待ってもらえる」

用を済ますのに十五分くらいは掛かるそうだった。それなら近所を先に回って、戻って来ればいい。十五分後に帰って来てまたインタフォンを押します、と告げていったんその場を離れた。

戻って来てインタフォンを押すと、今度はサッサと中から出て来てくれた。もう、しょうがないわねぇ。ブツブツ言いながら、ワンちゃんを押さえてくれた。

「ほぅら、どうしたの。そんなに吠えて。あぁ分かった。あのお姉ちゃんが好きなんでしょ。ジャレつきたいんでしょ。でもダメなのよ。あのお姉ちゃん、犬が嫌いらしくって。どうしてこんなに可愛い子が、好きになれないのかしらねぇ。ママにも分からないわ。でもしょうがないわよ。人には好き嫌いがあるんですからね。ワンちゃんが嫌い、って人も中にはいるの。でも大丈夫よ。その分、ママがうぅんと可愛がってあげますから、ねぇ」

好きなことを言っている。勝手に言わせておいて、奈津実はメーターの設置場所に直行した。素早く数字を読んで、検針票をプリントアウトした。庭に戻って来た。

犬は目を大きく見開き、牙をむき出して吠え続けている。まるで半狂乱だ。お客さんが抱きしめる力をちょっとでも緩めれば、振りほどいてこちらへ飛んで来そうだ。

奈津実は急いで庭を横切った。

いつもそうして検針票は、門柱の郵便受けに入れておく。奈津実が外に出てシャッターを閉めてから、お客さんは犬を放し門に歩み寄る。

なのにお客さんは立ち上がった。いつもの段取りを忘れてしまったのか。庭を横切る奈津実から直接、検針票を受け取ろうとした。手を伸ばした。

拘束から放たれた犬は、ダッと駆け出した。奈津実に食いつこうとした。

キャーッと悲鳴を上げて奈津実も駆け出した。はしたない、も何もない。お客さんの前だろうと関係ない。門に向けて一目散、走った。検針票を手渡す、どころではない。放り出して、走った。

それでも犬と人間では駆ける速度が違う。どれだけ全速力で走っても逃げ切れるものではない。

食いつかれる。半ば、諦めた。今にもズボンの裾かどこかに、嚙みつかれるに違いない。弾みで自分は転倒する。今にもそうなるに違いない、とほとんど諦めた。

だが何とかギリギリ、逃げ切れたようだった。犬がリードで制限された、動き回れる範囲の外にかろうじて飛び出ていた。引き倒されることなく門にたどり着いた。両手を門柱に突き、荒い息を吐いた。心臓は激しく波打っており、呼吸がなかなか元に戻ってはくれなかった。

ようやく振り向く余裕を得た。

犬は四つ脚を踏ん張り、リードを目一杯に引っ張った状態でこちらに向けて吠え続けていた。牙はいまだ、こちらを食いちぎろうというようにむき出しになっていた。

「あらまぁ、どうしたのかしらねぇ、今日は」お客さんは庭に放り投げられた検針票を拾い、不思議そうに犬を見ていた。「特別に機嫌でも悪いのかしら」

特別に、も何もいつだってこんなに吠えているじゃないですかっ!?

もちろん、反論なんかできるわけもない。そんな心のゆとりもない。

検針票を放り出したりなんかしてすみませんでした、も言う余力はなかった。そもそもそちらが犬を放したから悪いんだ。ヘタをしたらこちらだって、ケガさせられていたかも知れないんですよ。

「失礼します」とだけ何とか言って、奈津実はその場を立ち去った。

このエリアなら、こう。ここならこんな風に見て回る。既に各戸を回るルートは、身体に染み込みつつある。放っておいても自然に、いつものように身体が動く。

例えばここの門はちょっと建て付けが悪い、なんてことも身体が覚えている。開ける時はここのところをちょっと持ち上げてやるとスムーズにいく、などといったノウハウが叩き込まれている。無意識の内にちゃんと、そこの部分を持ち上げて門を開けたりしているのだ。不思議なものではある、我ながら。

だから今日のように変則的に、他を先に回ったりすると戸惑った。既に見ているメーターをもう一度、覗きに行きそうになって慌てて意識的に止めなければならなかった。あれ、どこまで回ってたんだっけ。ここはもう見たんだっけ、と考え直さなければならなかった。身体が覚えてくれるとルーティン・ワークでは便利だが、逆に融通が利かなくて困ることもあるのだ。

おかげでいつものエリアを回るのに、妙に時間を食ってしまった。犬に嚙みつかれそうになったトラブルもあり、ぐったりと疲れていた。ようやく自転車を停めてある、〝駐輪場〟に戻って来た。暑い。おまけに走らされたものだから、よけいに汗を搔いている。

まずは水を補給しなきゃ。熱中症になってしまう。自転車の荷籠に固定したプラスチック・ケース。中には氷をぎっしり詰めた大型の水筒が収めてある。背中のバックパックに入れたペットボトルは、とうに空になっていた。とにかく冷たい水が飲みたい。自転車に歩み寄った。

と、背筋を汗が流れ落ちた。暑さのせいではない。寒気が背中を襲ったのだ。素早く振り向いた。物陰に飛び込む人の姿が、かろうじて視界の隅に映った。

小柄。小柄。監視者は、小柄……

穂積警部補の言葉が頭の中をぐるぐる回った。

本当にその通りだった。残像として残った人影は確かに、大柄とはとても言えないものだったのだ。本当に監視者は、小柄だった。

呆然と立ちすくんだ。頭の中が空っぽになり、何も考えられなかった。

ハッと気がついた。いつまでもこんなところで立ち尽くしてはいられない。それに背筋を悪寒が襲ったとはいえ、喉は渇いているのだ。強い日差しに照りつけられたままじっとしていては、本当に熱中症になってしまう。

視線を自転車に戻した。荷籠を見て、思わず息を飲んだ。ヒッ、と悲鳴が喉の奥から漏れた。

荷籠に固定したプラスチック・ケースに、例の紙片が貼りつけられていたのだ。

「お前は逃げられない」

19

「もう、いやぁねぇ」母、辰子が言った。「イヤなことばっかり続いて。おかげであんたが帰って来るの毎日、遅くなってしまうじゃない」

夜だった。三人で食事した後、満里奈をお風呂に入れて寝かしつけいつものナイトキャップの時間になっていた。

父が亡くなり、母が一人暮らしになってもう、二年。夜の独り酒にもすっかり慣れて来たらしかった。酒量が以前よりぐんと増していた。

満里奈の夏休みの間、ずっとこちらで寝起きしていた奈津実も、毎晩つき合うのが日課となっていた。でも最後までつき合いきれない日も何度かあった。明日も仕事で早いから、先に休むわよ。まだ缶チューハイを手にしている母を残して、先に寝室に引き上げた夜も、何度か。

「イヤなことばかり、ってわけじゃないじゃない」反論した。「こないだのは、逆。人助けになったんだから」

鏑木さんを助けた日の話だった。あの時も仕事の後、病院に行ったりしたためここへ帰るのは遅くなったのだ。

「あぁ、そういうこともあったわねぇ。でもあれだって、結局は警察ざたでしょ。普段の生活で警察に接することなんて、あまりないのが普通なんですからね。なのにあんたは最近、警官に会ってばかり。やっぱり尋常じゃない、ってことよ。ぶっそうな毎日を過ごしてる、ってことよ」

昼間、仕事の最中にあのメッセージを〝置き手紙〟されたため、直ちに警察に連絡を入れた。お巡りさんが飛んで来て、紙片の貼られた自転車とその周囲の写真を何枚も撮った。穂積警部補も追って駆けつける、とのことだった。

だがいつまでも待ってはいられない。次の仕事に回らねばならない。

「困りましたねぇ、どうしましょうか」お巡りさんが戸惑いながら言った。「この自転車に犯人は触れている。もしかしたら何らかのミスをして、指紋を残している可能性もゼロではない。だから一応、それを確認しなきゃならんのです。この自転車は証拠のようなものなんですよ。だから今、乗って行ってもらうわけには」

「でも自転車がないと残りの担当区域はとても回れません。今日中に終わらせなきゃならないエリアは、決まっているんです」

「あぁ、そうだ」お巡りさんがポン、と手を打った。「区の、レンタサイクルのシステムがある。私自身は使ったことがないのでよく分かりませんが、スマホがあれば簡単に会員登録して利用できる筈ですよ。確かすぐそこの公園にもポートがあって、借り出すことができたんじゃなかったかな。それを、利用してみられては」

指紋その他の検出を済ませた奈津実の自転車は、西高島平署に運んでおく。だから仕事が終わったら、そこに取りに来ればいいということだった。どうせ今日の模様を報告するため、穂積警部補には会わなければならない。いずれにせよ署には行かなければならないのだから、手間はそんなに変わらないのでは、とお巡りさんは言うのだった。確かにそれしかなさそうだった。

言われた公園に行ってみるとなるほど、レンタサイクルが並んでいた。専用のポートに固定されていて、そのままでは借り出すことはできなかった。説明書があったため読んで、手続きした。

まずは会員登録しなければならない。スマホで会員登録のページへ行き、必要事項を入力して「登録する」を選択。支払い方法として自分のクレジットカードも指定しなければならないが、これで完了だった。

続いて会員のページに行って、利用予約をする。登録したばかりのＩＤとパスワードを打ち込んでログインし、今いる駐輪場と自転車を選択した。折り返しメールが来るとそこにはパスコードが記されていた。

自転車の操作パネルにパスコードを入力すると、電子錠が開いた。これで利用可能である。使い終われば元通りに戻す。使用時間から料金が算出され、クレジットから引き落とされるという仕組みだった。

「何だ案外、簡単だわ」

借り出した自転車にまたがり、走り出した。そうでなくともここまでに、かなり時間を食っている。早くしないと仕事の後に警察署に寄ったりしていたら、母の家に帰る頃には辺りは暗くなってしまいそうだった。自転車を飛ばした。

急いだおかげで全ての用を済ませ、夕食の時間ギリギリにここに戻って来ることができた。満里奈を無事、寝かせてから今はこうしてお酒を酌み交わしている、というわけだ。

「もうすぐ、夏休みも終わりなんでしょ」母が言った。「どうするの。やっぱりあっちの家に、戻るの」

「しょうがないじゃない。ここから満里奈を毎日、あそこの幼稚園まで通わすことはできないわ」

「でもねぇ。あっちに戻ったらまた二人だけの暮らしでしょう。何かあったら、って心配で心配で。特に夜は、ねぇ」

「それは確かに、私だって怖いわ。でもしょうがないじゃない。まぁおかげで警察が、重点的に回ってくれてるし。夜もちょくちょく覗きに来てくれるそうだから。ここは信頼するしかないんじゃない」

「こっちの方も見張ってくれてるんでしょ」

「そうしてくれる、って言ってたわ」

ことん、と母は缶チューハイをテーブルに置いた。はーっ、と長い息をついた。

「本当にもう、腹が立つ」吐き捨てるように、言った。アルコールが回って来て、感情がストレートに出るようになっているらしかった。「何もかも、あの男が悪いのよ。おかげで毎日がこんなぶっそうに。警察ざたになるような、異常な毎日を送らなきゃならないなんて」

「えぇ」

「あんな男と結婚さえしなきゃ」

「もう、それは言わないで、って」

「えぇ、だけど。グチを言いたくもなるじゃない。最初からイヤな感じはしたのよ。

初めて紹介された時から物腰が、何だか高飛車な感じがした。あの時、思ったことをもっとハッキリあんたに言っときゃよかったねぇ。ちゃんと反対しときゃよかった。そしたら、こんなことには。私達がこんなイヤな思い、することは」

もう、言わないで。遮りたかった。でも止められるものではない、ということもよく分かっていた。母の気持ち、こっちだって同感なのだ。あんな男と結婚さえしなきゃ。自分だって何度、思ったか知れやしない。

ただあいつと結婚していなければ、満里奈を授かることだってなかった。考えると、不思議な感じがする。満里奈は宝物だ。かけがえのない我が子だ。別な男と一緒になっていれば、それはそれで別な子が産まれ可愛がっていたのだろうか。想像もつかない。満里奈、以外の子を抱いている自分の姿なんて思い浮かばない。あの子が全てだ。お母さんだって同じ気持ちだろう。

だからこんな話題を打ち切るためにも、言ってやることはできた。あいつと結婚してなけりゃ満里奈だっていないのよ、と。

でも、口にする気にはなれなかった。あいつのおかげ、なんて言葉は意識したくもなかった。口に出すのなんて、もっての外。

母に強く反論できないのにはもう一つ、理由があった。打ち明けていないことも、言わなければならなくなる恐れがあるためだ。話の流れによっては、告げなければならなくなる展開だってあり得るだろう。自分だって呑んでいる。ほんのり、酔いが回りつつある。言ってはいけないことをつい、ポロリと漏らしてしまうことだってやりかねない。

笠木夫人が殺された事件。あの現場にちょうど、自分も行っていたこと。仕事の一環でたまたま、すぐ近くまで近づいていたことは母には打ち明けていなかった。そして現場で何かを見てしまったらしい、と警察に相談したことも。

何より心配するだろうからだ。そんなことを教えれば心配の度は、今とはダン違いに高まってしまう。夏休みが終わってあっちの家に帰る、なんてことも絶対に許してはくれまい。何が何でもここから幼稚園に通え、と譲らないに決まっている。

ただ、誰かにつけ狙われている、ということを全て隠すこともできない。いくら何でも分かってしまうだろうからだ。様子を見ていれば何だか変だ、ということくらい分かってしまうだろう。

現に、今日。そして先日。脅迫めいた〝置き手紙〟をされた。警察が飛んで来て周囲を調べられた。事情聴取を受け、おかげでここへ帰って来るのが遅くなった。つけ狙われている、ということは事前に打ち明けていたから、あんなことがあっても説明はスムーズにいったのだ。またあいつよ。とうとうここまでエスカレートしたみたいなのよ。監視者の存在については打ち明けてあったからこそ、母も素直に飲み込んだのだ。やっぱりあの男か。やりかねないとは思ったわよ。そもそも最初に会った時から、イヤな感じがしたんだから……

そう。あいつ、つまり昭伸。こんなことをしでかしているのはあの男に違いない、と母は信じ込んでいる。

それは実は、奈津実にとっても同じだった。誰かが自分につきまとっている。物陰から密かに監視されている。こんなことをするのはあいつに決まっている、と思っていた。いかにもあの男のやりそうなことだからだ。

ある日いきなり、家に帰って来ると妻子の姿が消えていた。あいつの視点からすると、そうなるだろう。こちらはガマンにガマンを重ね、とうとう〝ダムが決壊〟して家出をするに至ったのだがあの男の感覚からすれば、何の前触れもなく妻が異常な行動をとった、ということになろう。前段階として積み重なって来たものがあった、なんて想像もつくまい。自分に非があるなんて考え、脳裡に浮かびもしない。そういう男だ。

ある日、会社から帰って来たら妻子がいなくなっていた。子供のオモチャなどもなくなっており、代わりに置き手紙があった。「貴方との生活にはもう耐えられない。満里奈を連れて出て行きます。正式な離婚の手続きは、追ってとるつもりでいます。とにかく探さないでください」

妻の乱心。昭伸から見ればそうなる。「探さないでください」も何もない。いったいどういうことだ!? ただちにこちらの携帯に掛けた……筈だ。

そうするだろうとは分かっていた。だからスマホの電源はあらかじめ、切っておいた。すると今度は母の家の電話が鳴った。そうするだろうということも最初から予想がついていた。

「はい。あぁ、昭伸さん」ここに逃げ込んですぐ、母とは打ち合わせをしておいた。だから母は冷静だった。取り決めた通りの返答に終始してくれた。「ええ、奈津実のことでしょう。話には聞いてます。いえ。ここにいるとかいないとか、その質問にお答えすることはできません。ただ、奈津実は思うところがあってその家を出た。もう戻る気はないらしい。私に言えるのは、それだけです」

ここに押し掛けるかな、という懸念はあった。そうしたら少し、面倒なことになる。母だってあいつと面と向かったら、電話ほど冷静な対応はできないだろう。どちらかが感情的になって、大騒ぎに発展してしまうこともあり得る。マンションの周りの住人にも迷惑を掛けてしまう。

だが、杞憂だった。昭伸がここに押し掛けて来ることはなかった。なりふり構わず妻を連れ戻しに来る。そんなみっともない姿を義母に見られたくない心理も働いたのかも知れない。何より世間体をまず考える。いかにもあいつらしいことだ。

しばらくしてスマホの電源を入れてみると、昭伸からショート・メールが何本か入っていた。「お前は何を考えてるんだ」「とにかくこのままではいけない。一度、会って話をしよう」などという内容だった。これも予想の通りだった。上から目線はアリだが、罵倒するような書き込みはしない。静かなものだった。激昂してもそれを証拠には残さない。あとあと、面倒なことになりかねないと分かっているのだ。全ては自分の損得で考える。これまたいかにもあいつらしい、と言えた。

罵ったり脅したりといったメールが来ることはない。それでもうっとうしいので電器屋に行き、別なスマホに換えた。番号も変えた。

新しい電話番号はあいつに伝わりそうにない相手だけに限って、告げた。これであいつに知られている連絡先は、母の家の電話だけになった。これだけは仕方がない。

父の残した別なマンションに移り、満里奈の登園を再開した。前の家に近づくことになるが、これも仕方がなかった。幼稚園を替わることなんて考えられないし、母の家から通うのはあまりに遠過ぎた。伯母から今の仕事を紹介してもらい、現在に至る。

もう少し何らかのアクションはあるだろう、とは覚悟していた。絶対に見つからないように逃げおおせたわけではないのだ。生活の行動範囲は、以前とあまりにも近い。何よりどうしても行かざるを得ない、満里奈の幼稚園がある。接触しようと思えばいくらでもできる。だからどこかで待ち伏せされ、強引に腕でもつかまれて詰問される、なんてことはあり得るかなと覚悟していた。

が、なかった。拍子抜けするくらい、こちらに対する働き掛けはなかった。母の家には以後も、何度か電話があったがそれっきりだった。パタッと止んで以降、掛かって来ることもなくなった。電話以外の手段で接触を試みるようなこともなかった。言うまでもなく、待ち伏せだって。

不気味な静けさだった。何かして来るに違いない、と構えているのに何もないまま、日々が過ぎた。平穏な毎日が続いた。最初はアタフタしていた検針の仕事も、少しずつ慣れ始め何とかこなしていけるようになった。あんな男がいない。満里奈と二人きりで静かに暮らせる。新しい生活のありがたさを噛みしめた。このままずっと過ごせればいい、と心から願った。

だがやはり、そうは問屋が卸さなかった。ふと気づくと周囲に、監視者の影を感じるようになった。来た。いつかは来ると思っていたがやっぱり、現実になった時は絶望を禁じ得なかった。あいつは依然あのままの男だったのだ。

しばらく何もせずにいたのは、策を練っていたのだろう。ヘタなことをすれば自分の命取りになりかねない、と用心していたのだろう。これまで気づかずにいたがやはり、恐らくあいつはこちらの周囲を慎重に観察していたのだ。どこに住んでいるのか。何の仕事をしているのか。情勢を十分に把握した上で、行動に出たのだろう。

　あからさまなストーカー行為はしない。そんなことをすれば自分に不利になる、と分かりきっているからだ。会社にもバレ、ヘタをすればクビが飛びかねない。離婚だってあっという間に成立してしまう。それも、奈津実に有利なばかりの条件で。

　分かりきっているのにバカなことはしない。脅しのメールを送りつけたり、待ち伏せして怒鳴ったりといった行動は一切とらない。相手を打ち負かすためにはひたすら冷静に、慎重に行動する。昭伸はそんな男だ。

　だから満を持して、行動に出たのだろう。十分な情報を得た上で、作戦を次の段階に進めたのだろう。わざと自分の影をちらつかせ始めた。私に恐怖を与える。心理的に動揺させ、破滅的な言動を誘う。その計画に移ったのだろう。

　それとも私が単に気づかなかっただけ。その可能性もあるかとは思っていた。新しい生活が始まり、仕事にも慣れず精神的に余裕がなかった。その日その日を過ごすのに精一杯だった。だから昭伸があからさまに監視していてもこれまでは気づかなかった、ということもあり得ると思ったのだ。

　それが新しい生活にも慣れ、仕事もコツがつかめて来た。余裕が生まれた。何より検針員として、背後の気配にも敏感になった。つまり昭伸は計画の第二段階に移ったのでも何でもない。前と同じことをしているだけなのだが単に、私が気づけるようになった、というだけのことなのかも知れない。

ともあれ監視者は、昭伸。確信があった。

ではそんなあいつに対して、どう対処するか。警察に相談してみるか。別居中の夫にストーカーされている、という相談だったら警察だって無下にはできまい。

ただあからさまな脅しがあるわけでも何でもないのだ。単に物陰から見張られている、というだけなのだ。もっと危険なケースは警察には、いくらでも持ち込まれているだろう。命を狙われかねない、というようなストーカーの相談もいくらでもあることだろう。

「あいつだって危険なんです」主張することはできる。「元フットボーラーで体力もある。力任せに襲われたらひとたまりもない。現に私は以前、殴られたこともあります。本気でやれば素手でだって、簡単に人殺しくらいできる」

だがそれは私の主張に過ぎない。身体が大きく力が強いことは客観的に認められるだろうが、危険かどうかは証明できない。私が言っているだけに過ぎないのだ。おまけに周囲を監視されている、という主張だって。私以外の誰も、見たことはない。被害妄想なんじゃないんですか、と警察が受け取ることだってありそうに思えた。

考えれば考える程、警察は本気で取り組んでくれないのでは、と危惧(きぐ)された。もっと危険性の窺われるケースはいくらでもあるのだ。もちろん無下に追い返されるようなことはないだろうが結局、話を聞いてもらってそれだけ。後回しにされればいい方で何も対応されず、放ったらかしに終わるのではと思えてならなかった。

そこで、悪魔のささやきがあった。

検針員の仕事で回るお客さんの家がある日、事件の現場になった。殺人事件が起こっていた時、私は偶然その近くにいた。そこまでは嘘ではない。事実に他ならない。ただそこから、ちょっと話を膨らます。どうやらその現場で私は、何かを見てしまったらしい。以降、何者かにつけ狙われているようなのだ、と警察に主張してみるのだ。

犯人逮捕の好機かも知れないのである。本気で取り組んでくれるだろう。少なくとも夫にストーカーされているらしい、なんて相談よりは、ずっと。

実際、相談してみると効果はてきめんだった。仕事で回る先を重点的にパトロールしてくれ、夜もちょくちょく家の近くまで様子を見に来てくれるようになった。

警戒の目が複数になったのだ。おまけに警護のプロである。いくら昭伸だってボロを出すに違いない。いつかは張られている警察の網に、飛び込んでしまうことだろう。

穂積警部補は言っていた。怪しい人物を見つけたらその場で捕らえることはせず、泳がせてそれが何者か突き止める方に力を尽くす、と。そうなれば程なく、監視者が犯人ではなく夫であったと分かってしまう。

構わない。そうなったら謝ればいいだけのことだからだ。えっ、そうだったんですか。あんな事件があったものだから私は、てっきり。えぇ夫とは離婚調停中ですがまさか、こんなことをするとは思ってもみませんでした。警察の皆さんにご迷惑を掛けてしまいました。本当に申し訳ありません……

女のカン違い。警察だって本気で怒りはすまい。そうして事実だけが残る。昭伸はこんなことをするような男だった、と。何と言っても警察が証明してくれるのだ。離婚調停において、奈津実にとってこの上なく有利に働いてくれる筈だった。満里奈との面会交流なんて、もっての外。

あんないい人が殺された事件。自分のために利用するのに後ろめたさはあった。事件の真相はもちろん、解明されて欲しい。私のせいで捜査がかく乱され、犯人を取り逃がしてしまうことになるようでは本意ではなかった。もしそうなりそうな気配が窺えたら直ちに制止するつもりだった。もっとも具体的に、どうやって止めさせればいいか案はなかったのは確かだけれど。

でもどうやら今のところ、そうはならなそうだった。私の件に従事してくれる刑事は穂積さんだけ。あとはパトロールの警官ばかりだ。捜査本部の刑事さんは変わらず、これまでの捜査を継続しているらしい。これなら私のせいで、犯人を取り逃がすなんてことは心配しなくてもよさそうだった。

　嘘で人を動かしている後ろ暗さはあった。でも、今の生活を守るためなのだ。満里奈。そして母。女三人で、平穏に暮らす。そのためだったらできることは何でもする覚悟だった。多少の後ろめたさくらい、何でもない。心の奥に包み込んでやる。

　なのに、疑念が生じた。

　プリンターのバッテリー充電器を家に忘れ、夜に取りに戻った。監視者の存在を察知し、震え上がった。何とか勇気を振り絞り、わざと声を上げて駆け出した。

　そこに穂積警部補がいた。監視されていたと告げるとマンションの陰に、人影を見つけた。追ったがすかさず、監視者は姿を消した。

　そこで、警部補は言ったのだ。監視者は小柄だった、と。顔の覗いていた位置から見て、小柄な体格だったのは間違いない、と。

　監視者は小柄？　あり得なかった。

　だって昭伸は身体が大きい。元フットボーラーで、がっちりした体格なのだ。誰であっても彼と面と向かえば、「立派なお身体ですね」と感想を漏らすだろう。叩かれ、吹っ飛ばされた私がその力の程も誰よりよく知っている。

　なのに監視者は小柄だった、という。監視者は小柄。監視者は小柄……そんなバカな!?

それじゃあれは、昭伸じゃなかった、っていうの？　誰か別な人間が、私を監視していた、ってことなのか。

もし本当にそうだとすれば、考えられるのは一つしかない。他に見張られる覚えなんてないからだ。私を監視していたのは本当に、あの事件の犯人だった……そんな、そんな。

そして今日、だった。自転車にあのメッセージが残されていた。あの夜、穂積警部補と家に入って見つけたのと同じ〝置き手紙〟だった。

でも今日の問題は、そこではない。メッセージを見つける直前だった。停めておいた自転車に歩み寄ろうとして、視線を感じた。素早く振り向いた。物陰に飛び込む人の姿がかろうじて、残像として残った。

その人影は確かに、小柄だったのだ。穂積警部補の言葉は嘘ではなかった。奈津実、自身がこの目で確認した。

監視者は確かに小柄だった。昭伸とは似ても似つかない体格の持ち主だったのだ。

自転車は証拠品として取り調べると言われたため、公園でレンタサイクルを借りた。次の担当エリアに向かう際、実はちょっと別なこともした。公衆電話を見つけたため、昭伸の会社に掛けてみたのである。

「あの、南雲（なぐも）物産の酒匂（さかわ）と申します」昭伸の部署に回してもらい、名乗った。彼の受け持つ取引先の一つで、女性の担当者の名前を覚えていたのだ。「いつもお世話になっております。あの、戸田主任はおられますでしょうか」

「あぁ、南雲物産の酒匂さん。いつもお世話になっております」昭伸の部下を名乗る女性が出て、答えた。「大変、申し訳ありません。戸田は今日、朝からずっと会議に出ているんですよ。緊急のご用でしょうか。それでしたら、呼んで参ることも可能ですが」

「い、いえ」動揺が声に出ないよう、押さえるのに最大限の努力が必要だった。「と、特に急ぐような用事ではないんです。分かりました。また、掛け直してみますので」

「酒匂さんからお電話があった旨、伝えておきますね」

「い、いえ。大丈夫です。本当に大した用じゃありませんので。またこちらから掛け直します。急ぎでもありませんので、また、後日にでも」

電話を切るとその場に座り込みそうになった。昭伸は会社にいた。朝から会議に出ずっぱり、ということだった。外回りの合間に奈津実を監視し、脅しのメッセージを残すようなことは物理的に不可能だったのだ。つまりやはり、あれは昭伸ではなかった。

へたり込みそうになるのを何とか、踏みとどまった。こんなところで座り込んではいられない。仕事に回らなければならない。終われば、西高島平署に行く用も残っている。

何とか自転車にまたがり直し、走り始めた。頭の中では同じ言葉が、ぐるぐる回っていた。気をつけないと、何かにぶつかったり事故を起こしてしまいかねない。

監視者は昭伸ではなかった。本当に犯人のしていることだった。警察を動かすために嘘をついたつもりが、実は真実を語っていたのだ、我知らず。

私は〝オオカミ少年〟？　妙な連想まで浮かんだ。「オオカミが来たぞ、オオカミが来たぞ」世間を騒がそうと嘘ばかりついていた少年は本当にオオカミが来た時、誰にも信じてもらえなかった。

だから嘘をつくな、という教訓である。嘘をついていたら本当になってしまうぞ、という話ではない、本来。

それでも〝オオカミ少年〟の言葉が頭から離れてくれなかった。嘘をついていたらそれが現実になった。にっちもさっちも行かない窮地に放り出された、という意味では確かに同じではあろう。

もう一つ、頭の中をぐるぐる回り続ける疑問があった。

あの事件の犯人が、私をつけ狙っている。監視している。理由は一つしか考えられない。私が本当にあの現場で、何かを目撃してしまった。犯人を破滅に追い込みかねない、何かを。

でも、それが何なのか。自分では分からない。何か奇妙なものを目にした覚えはない。穂積警部補に告げた言葉で、ここに嘘はないのだ。あの時、何か変だなと感じたことは全くない。

にもかかわらず犯人は私を監視している。それはやはり、何かを目撃してしまったからだ。自分では気づいていない、何かを。

いったいどういうことなの。疑問が脳内を渦巻き、めまいがしてしまいそうだった。思わず吐き気を覚えた。恐怖が胸一杯に広がっていた。

私はいったい、あそこで何を見てしまったというの⁉

20

「どうです」デスクの轟木が〝自席〟に歩み寄って来た。「そろそろ、リストの分は掛け終わりましたか」

「あぁ、まぁな」穂積は頷いて、椅子の中で一つ伸びをした。尋ね返した。「お前の方は、どうだ」

「私の方もほぼ、終わりです。後は、ＤＶＤを送って寄越さない店にいかに催促するか、ですね」

「俺もそんなところだよ」

衛生作業服を販売している店舗に、轟木と手分けして電話を入れていた。資料の整理とチャート図の作成が主な仕事の彼だが、ここのところ捜査の進展がなくチャート図の書き換えの用もなくなっていた。そこでこちらの作業を手伝ってもらうことになったのだ。

「成程、それはいいところに目をつけたのかも知れんな」犯人は遺留物を残さないため予め、現場に入る前に衛生服を身につけていたのではないか。頃合いかと見て〝見立て〟を打ち明けると、足立特捜班長はあっさりと同意した。「ここのところ、聞き込みからも目立った進展はないし。別の方面から攻めてみるいい機会なのかも知れん」

最近、特捜班長の態度が妙に馴れ馴れしい。穂積の意見をあまりに素直に受け入れ過ぎる。訝ってはいるが〝見立て〟に率直に賛意を示され、嬉しさを覚えなくもなかった。〝一匹オオカミ〟でい続けるのもこれはこれで、辛いものだ。歳を食って、寂しがりの傾向が出つつあるのかも知れないぞ。穂積は内心、自嘲した。

「おぃ」と班長は轟木を向いた。「ここんとこ、お前だってやることがなくて手持ち無沙汰だろう。今の話は聞いていたろう。どうだ。穂積さんを少し、手伝っちゃぁくれまいか」

　こうして轟木と作業を共にすることになった。同じ内容の電話ばかり繰り返して正直、飽きが来ていたため援軍が現われてくれたのは純粋に有難かった。

　作業服メーカーからもらった、製品を卸している東京近郊の店のリストをコピーし手分けして電話を入れた。担い手が倍になったため効率はぐんとよくなり、既にリストの全てに掛け終わろうかという段階に達していた。

　衛生作業服を一人で買って行った客がいたら、店舗内で撮影されたその人物の映像をＤＶＤにダビングし送って欲しい。素直に了解し送って来てくれた店もあるが逆にその後、何の音沙汰もないところだって、ある。向こうからすれば何のメリットもないのだ。無益な作業に過ぎない。面倒がって何の対応もしない店があるのも、仕方のないところではあった。

　だがこちらからすればしょうがない、では済まない。「その後、あれはどうなってますかね」催促の電話を入れなければならない。今やその段階に来た、と轟木と話し合っているのだった。

「しかし、どうでしょうなぁ」轟木は言った。「あまり督促めいた電話を掛けても、向こうは気分を害すだけでしょうし。少し、間を空けた方が先方の印象もよくなるのかも」

「都内の店舗だったら多少、嫌がられても構わんさ」穂積は言った。「脅しと受け止められても構わない。それくらいのプレッシャーを掛けても、な」

「またまた」轟木は苦笑した。「確かにそうでしょうが、別にそこまで」

「ま、それくらいの心積もりでいていいんじゃないか、ってことさ」

警視庁の管轄は東京都内である。だから都内の店舗であれば、何かのトラブルがあった際にはこちらの手を煩わせることになる。つまり我々に嫌われたくはない筈、という論法だった。多少、脅しめいた言葉を吐いたとしても向こうも表立って反抗はできまい。警視庁とはいい関係を保っておきたい筈、だからである。

ただ逆に、都外の店だったら何かあっても、お世話になるのは当地の県警である。極論を言えば警視庁に嫌われたって構わない。こちらもあまり強く出るわけにはいくまい、という選別だった。確かに道理ではあるが轟木の漏らしたように、別にそこまで、というのも常識的な感覚ではある。

「それともう一つ、気になることが」轟木が指摘して言った。「実際には一人で買って帰った客がいたとしても、作業が面倒なので『いなかった』と答えている店もあり得る。もしそうであってもこちらには見分けようがない。そうでしょう」

やはりこいつは鋭い。改めて認めるしかなかった。実際、仰る通りなのだ。

「その点に関しちゃこっちは、手も足も出ないさ」頷いて、賛意を示した。「先方の良心に頼るしかない。面倒だから、と嘘をつかれてもこっちには分かりっこない」

本当か？　レジのデータを全て開示して証明してみろ、と店に迫ることも不可能ではない。だがそこまで来るともう、やり過ぎと言うしかなかろう。店側には何のメリットもないのに、捜査協力をお願いしているだけなのだ。戦前ならいざ知らず、今の警察が高飛車に出ては世間の反発を買う。おまけにそこまでやったからと言って、何らかの進展があるとも限らないのだ。むしろダメ元は覚悟で、やっていることなのである。

「ダメ元。まさにそうだな」口にも出した。「あちこちに網を広げてみて、犯人の引っ掛かって来るのを期待する。これだけやったからと言って、無駄足に終わってしまう可能性の方が高い。そういうものだからな」

「ま、捜査なんてそんなもの、ってのがお定まりなんでして」轟木も一つ、伸びをした。腕時計を見て、続けた。「催促の電話を掛けるにしても、ちょっと不都合な時刻になっちまいましたな。今日はもう、こっちのセンは打ち上げ、ってところですかな」それで、と話題を換えた。「それで、どうなんです。あっちの、つけ狙われているご婦人の方は」

「あぁ。あっちも何の進展もなしだよ。脅迫状が二枚に増えた。ただ、それだけのことさ」

に飛んで行った。

戸田女史のところに二枚目の脅迫状が来た。警官からの報せを受けて穂積は、現場に飛んで行った。

だが戸田女史は仕事の続きがあるとかで、既に姿を消していた。現場には一応、証拠品である自転車を確保している巡査がいる切りだった。

やがて鑑識がやって来て指紋の採取を試みた。が、案の定だった。自転車に残されていたのは戸田女史の指紋ばかりだった。先日も家に脅迫状が残されていた際、採取したため彼女の指紋は既に登録されていたのだ。

女史は仕事が終わったら西高島平署に来てくれるという。そこで自転車も署へ運ばせた。一枚目と同じく新聞の活字を貼り合わせて文章を綴った脅迫状も、鑑識に持ち帰らせた。最初から諦めていたがやはり、そこからも指紋は検出されなかった。

周辺に聞き込みに当たってみたがこれもやはり、何ら目撃証言は得られなかった。進展はなし。ただ脅迫状が二枚に増えただけ。轟木に言ったことは、事実そのものに過ぎない。

やがて署に戸田女史がやって来たため、穂積が話を聞いた。いつもと同じ小会議室だった。

「喉が渇いていたので、まずは水を飲もうと自転車に歩み寄ったんです」彼女は言った。「そうしたらいつもの気配がして。さっと振り向いたら、物陰に飛び込む人影が見えました。それで改めて自転車を見ると、あのメッセージが荷籠のケースに貼りつけてあったんです」

「物陰に飛び込む人影が見えた、と」穂積は繰り返した。「これまでも何度か、あったことですよね。今回に限って、何か気づかれるようなことはなかったですか」

躊躇った、一瞬。見逃すような穂積ではない。何かを言いたそうな素振りを示したが結局、戸田女史は小さく首を振った。「いいえ、何も」

「人影はいつもと同じだった、と」ノートにさり気なくチェック・マークをつけながら、確認した。例によって間があったぞ、と示すための印だった。

「さっと消え去る姿が見えただけです。どんな服装だったかも分かりません」

「身体つきは」

またも躊躇った、一瞬。やはり、だ。穂積は内心、北叟笑んだ。「いえ」とまたも小さく首を振った。「とにかくいつもの通り、あっという間のことでしたので。人影が見えたというだけで、背格好なんてとても分かりません」

小柄だったんじゃないのかい。心の中で問い掛けた。俺があの夜、あんたの自宅マンション前で見掛けたのと、同様に。聞いてあんたが戸惑ったように、監視者の身体つきは小柄だった。自分でも今回、確かに見たからそんな風な反応を示しているんじゃないのかい。

勿論、口に出して迫りはしない。「そうですか。まぁいいでしょう」穂積は目の前のノートをペンで突いた。イラついている態度を、敢えて示した。「では今のところ、分かっているのは犯人が二枚目の脅迫状を置いて行ったということだけだ。指紋も出ないし、具体的な目撃証言もなし。犯人の目的も何も分からない。今のところは以上、ということですな」

立ち上がった。お引き取り頂いて結構ですよ。無愛想に戸田女史を送り出した、敢えて、わざと。

前回もそうだったな、と思い出した。前にここに来てもらった時もついつい、切り込みそうになった。貴女なぜそこまで、監視者の身体つきにこだわるんです。ちょいと突ついて、反応を見てみたい衝動に駆られた。

だがやり過ぎだ、と判断して止めにしておいた。今回も同じだった。まだその時期ではない。

「しかし、どういうことでしょうなぁ」轟木の言葉に、我に返った。「犯人は現場の目撃者である、そのマル対（対象者）を監視している。そこまでは分からんでもないです。だが何故わざわざ、そんな芝居がかった真似までしなきゃならんのでしょう。周りに目撃されるかも知れん危険を冒してまで、そんな脅迫状を置いて行くなんて」

「犯人はマル対に何を見られてしまったのか、自分でも分かっていない」何故、犯人はマル対の監視のみに終始しているのか。以前、足立班長が持ち出した疑問点にも同じように答えたな、と思い出しながら穂積は言った。「だからそいつを探ろうとしている。マル対を心理的に動揺させてまで。監視しているぞ、とプレッシャーを与えているのも脅迫状の件も、その一環なのだという解釈はどうだろうか」

「まぁ確かに、それくらいしか思いつけませんなぁ、今のところ」

「そういうことだ」

班長は何を考えている。轟木に尋ねて、確認してみたい衝動がふと湧いた。最近、いつになく馴れ馴れしく俺に話し掛けて、捜査の進展具合を確かめようとするんだ。俺の意見にも素直に耳を傾けて、これ見よがしに賛同して見せたりする。これまで、ついぞなかったことなのに。班長、何を考えているのか知らないか。お前、何かそう言えば、と感じるようなことに思い当たらないか。

だが、そいつはマズい、と抑え込んだ。こいつが班長の犬とは言わない。だが逆に俺とも、そこまで心が通じ合っているわけでもないのだ。余計なことを言ってそいつが、向こうに伝わってしまわないとも限らない。危ない危ない。危険な橋は基本的に、避けるべきだ。

推察はあった。班長、俺がかなりヤバい賭けに出ていると察しているのではなかろうか。だからあれこれと探りを入れているのではないだろうか。俺の捜査に賛同する振りをして、助っ人として監視役でも付けるために。

そうか。そういう意味では衛生服の電話を手伝ってくれている、轟木だって監視役を担わされているのかも知れないぞ。確かに手伝ってやれ、なんて命じたのは班長自身だったし、な。

「マル対の警護態勢はどうです」その轟木が訊いて来た。「私は基本的に資料の整理が任務ですんで、外を歩き回る助太刀はあまりできない。ただ穂積さん一人で荷が重過ぎるんなら、班長に進言して人員を増やしてもらいましょうか」

はっ、とした。以前、班長からも同じように水を向けられたことがあったな、と思い出したのだ。もし人員が入用だったらいつでも言ってくれ。どうせ捜査は停滞気味だし、何人かはそちらに回せる余裕もあると思う……

冷や汗が背中に浮いた。やはりこいつ、班長の意を汲んで動いていると見た方がいい。轟木を相手に余計なことを訊くのは、避けて正解だった。

「いや」と首を振った。「今のところまだ、大丈夫だと思う。もし俺の手には余ると思えたら、自分で班長にお願いするよ」

危ない危ない。この特捜本部に芯から心を許せる奴など一人もいない、目の前の轟木を含めて。まぁそいつは俺自身が、自分をそんな立場に追い遣った結果なのだが。

ぼちぼち捜査員が聞き込みから帰って来始めたため、親しい奴を何人か捕まえて進捗状況はどんな感じか聞き出した。そいつも一段落したので、捜査本部を出た。例によって呼び止める者など誰もいなかった。

戸田女史は依然、娘の幼稚園は夏休みのままだ。その間、母親のマンションに一緒に住んでいる。だから女史の家に警戒に行ってみても意味がない。分かっているので寄り道はせず直帰した。

自宅マンションの前まで来ると、ひょろりと背の高い人影があった。読日新聞の山藤記者だった。

最近、毎晩のようにこうして俺の帰りを待っている。目撃者がいるとリークした情報が、噂として記者仲間に広がってしまった。済まながっている面が、一つ。それともう一つは何より、取材がなかなか上手く進んでいないという面が大きかろう。

「ご苦労様だが今夜も、何もないぞ」わざとぶっきら棒に対処した。

「そんなつれなくしないで下さいよ〜、穂積さん」恐縮して高い背を、殊更に縮ませた。「妙な噂が立ってしまったことについては重々、お詫びしますので」

「どれだけあんたが慎重に行動しても一人だけ違った動きをしていれば、目立ってしまう。確かにその通りだよ。だから軽々にあんたに漏らしてしまった、俺が甘かった。罪があるのは、こっちの方だよ」

「そんなことありません、って。重大な情報を教えて下さったことに、感謝してますよ、心から」

これだけの情報、一人に漏らせば周りにも広まってしまうことは最初から織り込み済みだ。こいつには悪いが分かった上で、利用させてもらっただけだ。逆にこっちの方が済まない気持ちになるのだが、本心を知られるわけにはいかない。つれない仕種を続けた。

「それで、どうなんだ」無下にしている振りのまま、最も訊きたいことに切り込んだ、さり気なく。「噂ってのはどれくらい、蔓延してしまってる。記者仲間の誰もが、知らん者はないくらいに広がってしまってるかな」

「さぁ、そこはどうでしょう。それとなく私に話を振って、探りを入れて来た奴は何人かいましたけども。どれだけ広まっているか、となると私にも、ちょっと」

「あんたら、俺以外にも夜討ち朝駆けカマしてるだろ。その中の誰かが他の刑事仲間に、こんな噂を聞いたんですが、なんて話を振ったりしないだろうな」

リスクだった。こんな噂が蔓延すれば、他に話を振って裏を取ろうとする記者が現われないとも限らない。刑事仲間に知られれば直ぐに察しはつけられる。漏らしたとすれば穂積に違いない、と。班長も知るところになり俺は行動を大きく制限される。それどころか特捜本部そのものから外される、十中八九。

「そいつはない、と思いますよ。まだあくまで噂に過ぎないわけですし。そんなことをしたら皆さんの口が堅くなるだけ、ってことは記者なら誰もが分かってるんですし」

「毎朝新聞の横尾は俺に直接、ぶつけて来たぞ」

「そいつは恐らく、漏らしたとしたらリーク元は穂積さんだろうと踏んでカマを掛けてみたんでしょう。反応を見たかっただけだと思いますよ」

「その後、横尾の動きはどうだ」

「別に特段、目撃者探しの方に力を入れているようには見えませんけどねぇ。カマを掛けてみたけど穂積さんがあっさり躱したんで、こっちのセンは薄いかと見ているんじゃないですか」

よしよし。理想通りに進行中、ということのようだぞ。してやったり、の北叟笑みが顔に浮かばないよう、最大限の努力が必要だった。つれない態度を無理やり演じたまま、山藤に別れを告げた。

「このままあの噂は外れだった、の評判が広がるのを期待して待つだけだな。お休み」

「えぇ、お休みなさい。私も噂が勝手に一人歩きしないよう最大限、気をつけますので。何か進展があったら是非、いの一番にお知らせ下さい」

踵を返して背中で手を振った。マンションの建物に入り、自宅の階までエレベーターで上がった。

「お帰りなさい」解錠してドアを開けると、妻の浅子が玄関まで出て来た。別にわざわざ出迎えなくていい。いつも言っているのだがよほど帰りが遅くない限り、彼女はこうして玄関に出て来る。「お風呂、早くに入っちゃったのよ。もう冷めちゃったかも。温め直しましょうか」

「いや」靴を脱ぎながら、首を振った。「この暑さだ。ぬる風呂の方がむしろ有難いな。温め直す必要はないよ」

「直ぐに入りますか」

「あぁ」

脱衣所で上着を脱ぐ際、左手の先がコツンと内ポケットに入っているものに当たった。小さく苦笑した。お守りだった。浅子が近所の神社で毎年、買って来るのだ。袋の中を見たことはあまりないが、ちょっと分厚い木製で、蛙の絵が描いてあった。「無事に帰って来れますように、ってお守りらしいのよ」最初に購入して来た時、浅子が説明して言っていた。「危険なお仕事ですものね。それでも絶対、最後にはちゃんと家に帰って来れますように。これをいつも、肌身離さず持っていて下さいな」迷信など下らない、と笑い飛ばすことはできた。が、有難く受け取った。お守りでもいいからすがりたい、という妻の気持ちが痛い程よく伝わったからだ。せっかくこちらの身を案じてくれているのに、無下にすることはない。以降、このお守りは常に上着の内ポケットに収まっている。

浅子に言った通り、この暑さだとぬるい湯の方が心地よかった。のんびりと浸かっていると身体に溜まった疲れが、解れ落ちて行くようだった。

風呂から上がって居間に行くと、テーブルの上にビールと簡単なつまみが出ていた。脱衣所で脱ぎ捨てたスーツはきちんとハンガーに掛けられ、形を整えられていた。いつもこうなのだ、浅子は。何も言わなくともこちらの望みを知って、合わせて動いてくれる。風呂上がりの冷えたビールはやっぱり、缶より瓶に限る。

「一日、お疲れ様」

互いのグラスに注ぎ合い、杯を交わした。喉を流れ落ちて行くビールが何とも言えない快感だった。ふーっ、と長く息を吐いた。

「さっき早く風呂に入った、って話だったが」サキイカを噛み千切り、飲み下してから話し掛けた。「今日は早く帰って来たのか」

「香帆里がここのとこ、精神的に不安定になっててね」浅子が言った。香帆里は長女の方だ。結婚し既に子供も生まれている。だから穂積もあの娘の家に行けば、お祖父ちゃんと呼ばれる立場なわけだ。「子育てで、悩んでて。お陰で夫婦で口論も絶えないみたい。誰かが側にいないと不安で堪まらないくせに、行ってあげるとこちらにあれこれ不平をぶつけて来る。私もどうしていいか分かんなくって。たまには一人で放ってやるのもいいかなと思って、早く帰って来ちゃった」

「そうか」

子育ての悩みなど、相談されても何も分からない。的確なアドヴァイスなどできるわけもない。浅子に全面的に任せるしかなかった。

「砂央里の方はどうだ」次女について、の話題に換えた。彼女の方は結婚はまだだが、仕事の都合で仙台に赴任している。お陰でこの家に住むのは今や、穂積と浅子の二人切りというわけだ。

「あっちはあっちで仕事の悩みが絶えないみたい。異動で行ったはいいけど、上司と合わないらしくって、ね。時々、メールを寄越すんだけど不満がたらたら綴られてる。会いに行ってやりたいけど、ちょっと距離がありますからねぇ。心配は心配なんだけど」

「そうか」

どこの家庭も順風満帆、なんてことは滅多にないということらしい。もっともこの程度、問題アリとするのはまだ贅沢なのかも知れないが。どこの家庭にもこれくらいの波風、あって当たり前なのかも知れないが。常日頃、事件と接してばかりいる自分からすれば尚更、思わずにはいられない。

子育ての悩み、か。気がつくと戸田女史のことを考えている、自分がいた。彼女が何故、夫と離婚調停という立場にまでなったのか原因は知らない。だが夫婦の仲というものは、ちょっとした擦れ違いから修復不能に陥ってしまうというのもよくあることなのだろう。香帆里も今、夫婦間の口論が絶えないという話を聞かされたばかりだし。こんなことから最悪の事態に転がり落ちて行くのも、ないと言い切ることは誰にもできまい。

そう。事件の端緒はいつもの日常の、ちょっとした綻びから生じるものなのだ。些細な問題、などと軽く見ていては危ないのかも知れない。

「何を考えてるの」浅子に訊かれて、我に返った。

彼女と事件の話をしたことは一度とてない。家庭に持ち込むことではない、と思っているからだ。浅子も今はどういう事件を担当しているの、などと尋ねて来たことは一度もない。

だが今、戸田奈津実の心理状態について訊いてみたいという衝動がふと湧いた。女性として、こんな状況になったら何を思うのか。どうしてこんな行動を採ろうという心理になり得るのか、純粋に尋ねてみたいと考えている自分がいた。

慌てて振り払った。「あぁ、いや」首を振った。「別に。ただボーッとしていただけさ」グラスを突き出し、浅子から新たなビールを注いでもらった。

21

「みなさん、本当にいつもお疲れ様です」満座の中で立ち上がった、宮乙邦支社長が言った。「毎日、暑い中を走り回ってくださって。熱中症の危険にもめいめい、注意されて。まだまだ残暑が厳しい日々ですが、今日はそのご苦労に対してささやかな宴席を設けました。つらい夏を一時的に頭から振り払って、パーッといきましょう。明日からまた、頑張っていただく力を得る意味でも。今日は無礼講です。存分に楽しんでくだされば幸いです。乾杯！」

池袋の居酒屋で個室を借り切っていた。東京電力パワーグリッド大塚支社の、検針員を集めての暑気払いだった。支社長だけでなく奈津実らを直接、担当するグループマネージャーやその配下の職員達も参加していた。

支社ではちょくちょく、こうして検針員を集めた懇親会がある。親睦を深め、翌日からの仕事の活力を生むために欠かせない場と会社側も捉えているようだった。特に宮支社長はこうした場の設定に熱心で、自ら奈津実らに酒を注いで回ったりしていた。「みなさんのおかげで会社は回っている。こうして現場の声を直接、聞ける席というのは欠かすわけにはいかないと私は思っています」と、ことあるごとに語っていた。綺麗ごとではない。本心からの言葉であることは眼を見れば分かった。

検針員は基本的に孤独な仕事だ。だからこういう席を設けてくれるのは奈津実としてもありがたかった。同じ仕事をしている仲間どうし、たまに会えると話も盛り上がるし先輩からちょっとしたアドヴァイスをもらえるメリットもある。昔はこんなこともあったのよ、なんて話を聞けるだけで楽しい。

「ささ、戸田さん。どうぞ一つ」板橋区と北区を担当している嵯峨尾俊郎マネージャーが歩み寄って来て、ビールを勧めた。グループマネージャーにはもう一人、豊島区と文京区を担当する迫間伊織さんがいた。「先日は、お手柄だったそうで。屋内で倒れているご老人を発見されたそうじゃないですか」

「あぁ、私も聞きましたよ」数人分、離れたところに座ってオバチャン達にもみくちゃにされていた宮支社長も、こちらを向いて言った。「戸田さんが早く発見してくれて、病院に運べたおかげで大事に至らなかった、とか。表彰状ものじゃないですか。警察も感謝状を贈る予定だ、と聞きましたよ」

「何よぅ、支社長」とたんに隣に座る検針員から、突っ込まれていた。「今は私達の相手する時間じゃないの。なのにそれを放り出して、戸田さんばっかり」

「そりゃぁ私達の中じゃ」すぐに他の検針員も、乗って来た。「戸田さんはダントツで、若いものねぇ」

「あ、い、いいえ。そういうわけでは」

「おまけに綺麗だし」

「そりゃ支社長が放っておけないのも、しょうがないわよねぇ」

「私達オバチャンなんか素通りして、あっちの方に行ってしまうのも」

あっ、という間に支社長〝包囲網〟ができ上がっていた。

「そ、そういう意味ではありません、って。ただ先日、戸田さんがお手柄だったというのは事実なわけで。ですからせっかくその話題が出たものだから私としても一言、触れておこうと」

「分かってるわよぅ」一人が支社長の背中を、どんと叩いた。「ちょっとからかってるだけじゃない」

「それともその焦り方、実は図星だった、ってことかしら」

「やっぱり本心では私達の相手なんかするより、若くて綺麗な戸田さんの方に行きたくて仕方ない、って」

「で、ですから、そんなことはありません、って。私にとってみなさんは、誰もが大切な存在なのに変わりはありません」

「じゃぁ訊くけど、支社長。若くて綺麗な女性とオバチャンと、どちらか好きな方を選べって言われたら、どうする」

「あ、い、いえ。今は、その。そんなような質問は」

ギャハハハハ、と大声で笑った。「だから冗談だ、って。冗談」再び支社長の背中をどんと叩いた。「さぁさぁ呑みましょう。行って行って。一気に、グーッ、っと」

本当にみなさん、元気だ。身一つで働いている底力がある。もっともそうでなければ連日の炎天下、外を歩き回っての仕事なんてできるものではない。私もいつか、これくらいのたくましさを得ることができるんだろうか、と奈津実は思った。

「それにしても、戸田さん」いつの間にか大先輩、秋野さんが側に来ていた。仕事の途中でロール紙が足りないことに気づき、ファミレスで待ち合わせて貸してもらった、あの人だ。「本当にお手柄だったそうじゃない」

「たまたまだったんですよ。オートロックのマンションなんですが管理人さんがいつも留守で、代わりに開けてもらってたお客さんなんです。でもその日はインタフォンに反応がなくて。お留守かなと思ったんですけど考えれば考えるほど悪い予感がして。それで、ベランダの方に回って様子を見てみたんです」

状況を説明した。検針ミラーと単眼鏡が上手く使えてよかったですよ、と言うと周りはドッと受けた。

「本当に町の隅々まで、歩き回るのが私達の仕事なんですものねぇ」秋野さんが言った。「だからちょっとした異変にも気づきやすい。あれっ、ちょっと変だな、って。それで倒れている人を見つけた、って話。この仕事をしていれば結構、聞くわよ」

いつも待っててくれるお爺さんが、今日はいない。よく見るとドアが少し開いている。近づくと中から変な臭いがした。ハエも飛んでいた。これはいけない、とドアを開けてみたらお爺さんが倒れていたという事件も以前、都内のどこかであったそうだった。確かに自分のケースとよく似ているな、と奈津実も感じた。もっともこちらの場合では死後、何日か経っていたということだったが。鏑木さんはそんな最悪の結果にならなくてよかった、と改めて思った。

「知らず知らずの内にみなさん、社会貢献もされてるんですよ」グループマネージャーの嵯峨尾さんが言った。「ちょっとした異変に気づいて、当局に通報してくれる。普段、町を細かく歩き回っているみなさんだからこそできることです。そのためだけに新たに人を雇って、パトロールさせるとなると大変な費用になってしまいますからね。町の治安にも自然に一役、買ってくれているんですよ」

いかがわしいことをやろうという人間は、人の目がないからこそするのだ。誰かが町を歩いていれば、悪いことをしようという気もなかなか起こらない。不審者だって検針員の姿を見れば、逃げてしまう。

「ははぁ」奈津実は吐息を漏らした。「そんなこともあるんですかねぇ」

「横浜の方では検針員に、警察見回り隊をお願いしているようなケースもあると聞きました。仕事をしている間、警察から渡された腕章をして歩き回ってもらう。それだけでもずいぶん効果があるそうですよ」

「そうそう。だから私達、ボランティアを頼まれたり、ってケースもよくあるのよ」秋野さんが言った。「老人ホームや、幼稚園を巡回したり。町を歩いて回る仕事って、知らず知らずの内にいろんな面で社会の役に立ってたりするのよ。行政から頼まれて、空き家の実態調査やったり」

「今後どうなるのか、も分からないんですものねぇ」一人が脇から茶々を入れて来た。「次の契約、支社長が更新してくれないかも知れない。そしたら失職ですものねえ、私達。だから常日頃からそうして、社会と接しとかないと。次の仕事も、探しとかないと」

「そうそう」更に乗って、煽る手合いも現われる。「だからあんた今も、夕方からパートもやってるんでしょ」ベテランであれば昼過ぎには仕事を終えることができる。夕方から別のパートの仕事にも出られる道理だった。個人契約の身分、だからこそできることだ。

「しょうがないじゃない。ここんとこスマートメーターが増えて、手取りは減る一方なんだもの」支社長の方を向いて、ことさらに声を飛ばした。「ねぇ、支社長」

「あ、え、えぇ。その点につきましては、こちらといたしましても大変、申し訳なく」

「冗談よ、冗談」またも背中をどやされていた。人のいい支社長はこういう席では、格好の〝イジられキャラ〟にされてしまう。もっともこれは、互いに信頼関係があるからこそできることだろう。「貴方のせいじゃない、ってみんな分かってるわよ。スマートメーターに置き換えられるのだって、時代の流れなんですものね」

「お手柄、ってばかりじゃないんですよ」話が少し重苦しくなって来たので奈津実は、話題を換えることにした。「こないだなんて、犬に食いつかれそうになって」

こちらがメーターを読んでいる間、家の人に飼い犬を押さえてもらっていたのだが検針票を受け取ろうと、立ち上がってしまった。解放された犬から追い掛けられあわや、となった時の話だった。

「あぁ、分かる分かる」とたんに全員、食いついて来た。犬は検針員の天敵。誰にだって似たような体験はあるのだ。「私にだってあったわよう。犬に吠えられて、噛みつかれそうになったことが」

「だから昔は私、そんな家に行く日はエサを持ってってたわよ。エサを与えてやれば犬はそっちに行く。何度もやってればこっちに懐いてもくれるし、ね」

飼い主からすれば可愛い犬である。検針員にだってすぐに懐くと思っている。でも実際にはそんなの、レアケース。何百に一例あるかないか、だ。滅多に懐いてくれるものではない。だからエサ作戦など涙ぐましいことまでしていた、というのだった。

「でもそんなの、嫌がる飼い主がいるのよねぇ」

「そうそう。うちのワンちゃんに勝手にエサなんか与えないで、って」

「そんなこんなで、エサを持って行くのはご法度になっちゃったのよ、ねぇ」

更に極端なエピソードを持ち出す者もいた。「私の先輩なんか一時、スタンガン持ってってたなんて人もいたわよ」

「スタンガン、ってあれ？　電気がビビビ、って流れる奴」

「そうそう。それでワンちゃん、気絶させてからゆっくりとメーター読んでたんだって」

どっ、と笑い声が上がった。「わぁ、ヒドぉい」だが声からあまり同情心は感じられない。むしろ「ザマぁ見ろ」のニュアンスが濃い。それくらい、みんな犬には苦労させられているのだ。

「でもね。あれの扱い、ってけっこう難しいんですって。ちゃんと当ててスイッチ押さないと電気が上手く流れない。中途半端に流れちゃうとバチッと刺激だけで、気絶してくれない」

「それじゃ、何。ますますワンちゃんを怒らせちゃった、とか」

「そうそう。逆に興奮させちゃったんだって。それでこりゃダメだ、ってスタンガンは止めたって言ってたわ」

再び、どっと笑い声が弾けた。

「失敗と言えば、こないだ私は、あれよ。お客さんちの物を、壊しちゃった」これもよくある失敗談だった。メーターを読むのに集中していてふと腕などが物に当たり、落としてしまったなんて話は枚挙にいとまがない。「白雪姫の、七人の小人の人形だったのよ。その内の一つを、落として壊しちゃった。そしたらお客さん『七人そろってなきゃ意味がないんだから全部、買い戻せ』って」

「なぁに、それ。ヒドいわねぇ」

人形の値段がいくらなのか知らないが、これなどはまだマシな方なのかも知れない。時には車を傷つけた、なんてケースもあるという。こうなると弁償額もハンパではない。おまけに最初からあった傷なのに、「お前がつけた」なんて因縁をつけられることも。自分じゃない、いやお前だで押し問答になっても、客観的証明は難しい。

だから検針員はめいめい、こうした場合に備えて任意保険に入っている。個人契約の立場である以上トラブルになっても、誰も助けてはくれない。必要経費である。

「私の場合は、あれは、そう。風が強い日だったのよ。そこのメーター、ボックスの中にあるのよね。フタを開けて中を覗かなきゃならない。そしたらビュー、って突風が吹いて急に開いて。ちょうつがいが壊れて外れちゃった」

「それ、しょうがないじゃない。風くらいで壊れるようなボックス、つけとく方が悪いのよ」

「それにしても最近の設備って、ケチってるものが多いと思わない」

「思う思う。昔に比べてすごくチャチになったわよねぇ」

「メーターボックスだって昔は鉄製だったのに、今はアルミだったり」

「そうそう。ホントホント」

彼女らによると、新しいマンションの方が安普請が多い傾向にあるとのことだった。居住スペースは見栄えよく整えるけど、それ以外には極力お金を掛けない。特に設備関係にはなるべく、安い素材を使っている。だから新しい家やマンションほど、逆に注意した方がいいのだという。

ははぁなるほどなぁ、と奈津実は思う。以前を知っている先輩達からこうした話を聞くのは、楽しみでありまたいい参考にもなるのだ。

「今のハンディ・ターミナルはホント、よくできてるわよねぇ」

これもよく出て来る話題だった。

「今のは四代目ですモンね。機械が新しくなると最初は、扱い方に慣れてなくて苦労するけど。でもホント、小さいのに性能がよくなった」

「昔のは、大きくって重くって」

「そうそう。大きいと言えばプリンターもバッテリーも」

「それでいて画面は小さいんですものねぇ。老眼で数字、見るの苦労したわ」

「そうなんですね」何度か聞いた覚えのある話だったが、奈津実は合わせて言った。

「私は今のしか知らないから、その苦労が分からないです」

「昔のハンディだと、無線で基幹システムと直結なんてとてもできなかったのよ。だから一日の仕事が終わると支社か事務所にいったん上がって、コンピュータにつないでデータを転送しなきゃならなかった」

「今みたいに現場から直帰、なんてできなかったんですね」

「だからお昼も遅めになって来ると私達がボチボチ、支社に集まり出して、ね」秋野さんが言った。「オバチャンであふれちゃう。あれはあれで、楽しかったわよね。あぁ今日は疲れたぁ、なんて言い合いながら。仲間内でワイワイしゃべるのは一つのストレス解消だった。あれで疲れが少し吹っ飛んでたところはあったんじゃないのかしら」

今は家から現場に直行、直帰だから基本的には、仲間の検針員に会うことはない。事務所と電話のやりとりはあっても一日、独りきりである。時間の自由が利いて楽な部分はあるが逆に、味気ないのかも知れないなという気がした。だからこそ年に何回か、こういう懇親の席を設けてくれるのはありがたい。

「そう言えば」酒の席だから話題が脈絡もなくあちこちに飛ぶ。これもいつものことだった。「あそこの公団住宅。いよいよ建て替えが始まるみたいよ」

「住民の立ち退きが始まってるの」

「そうそう。更地にして全面的に建て直すみたい。すっごい大工事になるわ。何年かは掛かるでしょうね」

「あそこ、住民が多かったからね」

「そうそう。だから私、一日あそこだけで終わったりしてたのよ。楽で、よかったのになぁ」

大きな公営住宅だとそこだけで五百世帯くらいいたりする。検針員が一日で回るのは四〜五百件が一般的だから、それだけで一日分の仕事が終わってしまう勘定だ。楽だった、というのはまぎれもない本音だろう。

「でもそしたら貴女、担当エリアを換えてもらうことになるじゃない」

「そうなの。またエリアの再編。みなさんには迷惑かけるわね〜。もちろん、マネージャーさんには、もっと」

団地が壊され、一時的にせよ住民がゼロになれば当然、そこでの仕事はなくなる。支社としては各検針員の収入がなるべく平等になるように担当地区を割り振るため、住民がいなくなった地域があればエリアの再編をしなければならない。そうでなくともスマートメーターが増え、単価が安くなる一方なのでここのところ、エリア再編はしょっちゅうである。そのつど割り振りを決めるマネージャーが大変、というのはその通りなのだった。

「いえいえ」迫間マネージャーが手を振った。「みなさんの苦労に比べれば、私らのなんか。何てことありませんよ」

担当エリアが変わるとそれまでとは違う地区を回ることになる。慣れないところを回るのは検針員にとっても、最初は戸惑うことが多々あるのも事実だった。あの家の門は固い。あそこのお客は気難しい、なんて引き継ぎ一々できるものではない。自分でやって覚えるしかないのだ。まだまだ半人前の奈津実からすれば、なおさら。

「いいこと言うわね、迫間さ〜ん」

「それに比べて支社長は、どうよ、戸田さんに色目、使ってばっかり」

「あ、い、いえ。そんなことは、一切」

「きっとその内、私達の契約はみんな切っちゃって戸田さんみたいな若い人ばかりと交わすつもりなんじゃない」

「そんなことはありません、って。私達にとってみなさんは、全員」

ギャハハハハ、と笑い声が轟いた。「だから冗談だ、って」支社長の背中がまたも、どんと鳴った。

「あ、そう言えば、戸田さん」いつの間にか、側に来ていた女性職員が言った。いくぶん、声がひそめられていた。「報告しとかなきゃ、って思ってた。実はこないだ、ヘンな電話があったんですよ」

立ち退きが始まった都営アパートの元住民、と名乗ったそうだった。後片付けに戻って来たのだが、郵便受けに検針票が突っ込まれていた。引越し手続きは済ませていたつもりだったが、もしかしてまだだったろうかという問い合わせだった。

「お客様番号を聞いてみると、確かに手続きは済んでました。ただ検針日より後だったので、検針票が郵便受けに入っていたわけです。そんな風に説明すると、とても済まなそうにして。検針員さんに無駄な労力を掛けさせて申し訳ないことをした、としきりにおっしゃるんです」

「はぁ」妙に気遣い過ぎるお客様だったということなのだろうか。だが次の言葉で、そのレベルではなかったと知った。

「それで、検針員さんは何て名前でしたっけ、なんてお尋ねになるんですよ。もちろん、どんな用件であれみなさまのお名前を外に漏らすようなことはしませんよ。でもねぇ。私もちょっと気味悪くなって。まぁ、それはお答えできませんと断るとそのお客様も、あっさりと引き下がってはくれましたけど。何だか妙に、気になって」

私の名前を尋ねて来た人がいた。まさか、犯人。客を装って、私の個人情報を探り出そうとしたのだろうか。その電話も、情報収集の一環だったのだろうか。

でもそれは、今月頭のことだったという。私はそのずっと前から、尾行け回されているのだ。以前は昭伸の仕業と思い込んでいたが、今は違うと分かっている。つまり監視者は、犯人。すると時期的に矛盾してしまう。その電話というのはやはり、何の関係もない無害なものに過ぎなかったのだろうか。

混乱した。わけが分からなくなった。これまでの酔いがスーッと覚めていくようだった。

楽しそうに騒いでいる先輩方の声が、どこか遠くから聞こえて来るように感じられた。


遅くなった。

元気なオバちゃん達が呑み物やつまみを延々、注文しキリがなくなったのだ。そろそろお開きにしましょう。宮支社長を始め、誰もが言い出しづらい雰囲気があった。おかげでダラダラ、宴席は長引くことになった。

奈津実は東急東横線を降り、家路を急いだ。満里奈の夏休みは明日までだ。だから母の家に泊まるのも、今夜でおしまいになる。ちょうどいい日に宴会を設けてくれたものだ、と心の中で感謝した。

いったん覚めるようなことはあったものの、延々続いたため結局かなり、お酒をいただいてしまった。酔いが回り、足元が少しふらついた。お母さん、もう寝てるだろうか。起きてたら小言の一つも言われるかも知れない。それとももっとつき合え、とナイトキャップの相手を強要されるだろうか。何と言っても一応、最後の夜なのだ。

駅の周りはタワーマンションが立ち並び、近代的な街並みになっているがこの辺りまで来れば、昔ながらの古い住宅街が残っている。こんな時刻、他に歩いている人影も見当たらない。街灯の照らす明かりが薄闇の中に、ぽつりぽつりと浮かび上がって見えた。ずっと遠くから駅周辺のざわめきが、風に乗ってかすかに届いた。それ以外は聞こえるのは、自分自身の足音だけだった。

……いや、違う。

気がついた。他にももう一つ、足音がある。奈津実と歩調が一緒なため、重なって分からなかったのだ。誰か一人、後ろからついて来る人がいる。

歩調が一緒。偶然なのだろうか。もしかしたらわざと、足音を消すためにやっているのではなかろうか。奈津実を尾行するために。格好のところへ追い込んで、スキを見て襲うために。

歩きながら背筋を冷や汗が流れ落ちた。

小柄。小柄。監視者は、小柄……

またもあの言葉が頭を渦巻いた。ずっと私をつけ狙っていたのは、身体の大柄な昭伸ではなかった。監視者は夫ではなく、真犯人。実は私はいつ、命を狙われてもおかしくない状況にあった。

心臓がドキドキ鳴った。あまりに激しく打つため、喉から飛び出て来そうだった。

大丈夫よ。自分に言い聞かせた。あの時と同じ。ほら、プリンターのバッテリーを忘れて自宅に取りに戻った、あの夜と。今みたいに周りに通行者はいなかったが、家の中で住民はまだ起きていた。大声を出せば不審に思って、出て来てくれる筈だった。荒野の真っただ中にいるわけではない、決して。

「誰かいるの」だからあの時、声を発した。勇気を振り絞って、相手をけん制しようとした。「誰かいるのなら、出て来なさいよ」

だがあの時は、つけ狙っているのは昭伸と信じていた。乱暴されるかも、とは恐れたがまさか、命の危険があるとまでは思ってもいなかった。おかげで相手を威嚇しようなんて無謀もできたのだ。

でも今は分かっている。監視者は犯人。人一人、手に掛けることくらい何とも思わないような相手なのだ。危険度が違う、昭伸なんかとは。敵は正真正銘、殺人者なのだ。

さっき、女性職員から聞かされた話も蘇った。客を名乗る電話があって、私の名前を聞き出そうとした、という。時期的に犯人だった筈はない、とも思ったが不気味であることに違いはない。おかげで更に、不安が募った。

声が出なかった。喉がカラカラに渇いていた。このままじゃいけない。本当に私は、追い詰められてしまう。

大丈夫よ。もう一度、言い聞かせた。ここは無人の荒野じゃない。家の中とはいえ、他の人の目がある。こんなところで襲って来ることはあり得ない。

それとも背後から腕を回して、私の口を塞いでしまうか。そうされれば大声を出せない。助けを呼ぶことができない。睡眠薬でも嗅がされて眠らされれば、私は無力だ。犯人のいいようにされてしまう。ドラマか何かでそんなようなシーンを見たことを思い出した。

幸い、まだ距離があった。すぐ背後まで迫って来ているわけではなかった。気配で分かる。だがモタモタしていたら、駆け寄られてしまうかも知れない。反撃するなら、今の内なのだ。

ぽっ、と灯りが差した。ある民家の軒先だった。人が通ると反応して、灯りがつく仕組みになっているのだ。

灯りのおかげでわずかな勇気が湧いた。つ、と立ち止まった。家の門にはインタフきる。

ォンがある。犯人が素早く駆け寄って来たら、あれを押して中へ助けを呼ぶことがで

振り返った。

だが人影はなかった。背後には無人の住宅街が広がっているだけだった。電柱など

の物陰に身を隠しているわけでもなさそうだった。

錯覚だったのか。それとも私の仕種から振り向くつもりだと察して、犯人はとっさ

に手近な横道にでも飛び込んだのか。

錯覚だったのなら、いい。単に恐怖に駆られただけだったのなら気を取り直して、

母の家に直行すればいい。

いや違う、と打ち消した。さっき確かに足音は、二つあった。私の歩調に合わせて

ついて来ていた。間違いない。

背筋をまたも、冷たいものが流れ落ちた。

動けなかった。

この場所であれば、いい。灯りもあるし、インタフォンも押せる。イザとなった時

の対処ができる。

でもこの先は、どうだ。こんな理想的な場所が、またあるとも限らない。インタフ

ォンのある一軒家。この先にもあったっけ。思い出そうとした。が、できなかった。

子供の頃にも住んでいた界隈だが、最近ではすっかり建物も変わってしまっているのだ。

そうだ、と思い至った。向こうの角に古いマンションがある。あそこならオートロックじゃないし、イザとなればエントランスに駆け込むことができる。犯人だってまさか、中まで追い掛けて来はしまい。

早足で歩き出した。自分の足音が高く響いた。

耳を澄ました。どうだ。やっぱりまた、ついて来ているか。私の歩調に合わせて、追って来ている者はいないか。

早足で歩きながら耳を澄ました。でもよく分からなかった。それより急ぐことの方が、肝心だった。早くあのマンションへ。着いたらその先、また上手く逃げ込めるようなところを思い出して、進めばいい。

走って追い掛けては来ない。それは分かった。駆ける足音が響けばさすがに、耳に届く。背中の気配も感じる。だから走って来てはいない。今はそれだけで充分だった。

と、右手の路地から灯りが差した。自転車だった。乗って現われたのは、お巡りさんだった。

あぁ、よかった。その場にへたり込みそうになった。何とかガマンして、足を踏み締めた。「あの、すみません」声を掛けた。

「はい」ブレーキを掛けた。「あぁ、何だ。失礼ですが、戸田さんですよね」

自宅マンションと同様、母の家の周辺も近くの交番が重点的にパトロールしてくれているのだ。だから奈津実の顔も写真で周知されていたのだった。更にホッとしてまたも足元からくずおれそうになった。嘘を言って警察に相談したが、しておいてよかったと心から思った。嘘の筈が本当になってしまったのだから、なおさらだ。

「あの、実は」事情を説明した。

「あぁ」お巡りさんは懐中電灯を取り出し、周りを照らしてみた。「今は誰もいないようですね。それは犯人かも知れないし、そうでないかも知れない。夜道で若い女性が歩いていると面白半分に、後を尾行けてみるような不届き者もいますから。いずれにしてももう安心です。私が家まで、お送りしましょう」

「ありがとうございます。助かります」

自転車を押して歩くお巡りさんの横を、並んで母の家に向かった。

まだ足元がふらついたが、先ほどの震えが残っているせいだった。酔いはとっくに覚めてしまっていた。考えてみればそれは今日、二度目のことではないか。

22

満里奈の夏休みが終わった。奈津実は娘を連れ、幼稚園に向かった。一ヶ月以上ぶりの、ごぶさただった。

昨日は母の家から久しぶりに、我が家に戻って来た。本当に大丈夫なの。ずっとここで一緒に住んでもいいんだよ。母は、名残惜しさを隠さなかった。何度も帰るなと止められた。ここから毎日、あの幼稚園まで通うのはムリよ。説得するのが大変だった。

「満里奈はどう」娘を説き伏せるのが難しいと悟ったのだろう。〝攻撃の矛先〟を孫の方へ向けた。最後の昼食を、三人で摂っている最中だった。「ここでバァバと一緒に暮らした方が、楽しくなぁい」

「んーとねんーとね。うん。満里奈、バァバと一緒がいい」

そんな風に尋ねられれば、子供が同意するのは当然だろう。幼稚園に通う距離や時間がどうの、なんて考えるわけもない。〝卑怯な作戦〟と言うべきだった。

「だからもう、そんな風に混ぜ返すのは止めて、って。満里奈だって混乱しちゃう。夏休みが終わったら向こうに戻る。最初から決めていたことでしょう」

母を納得させるのが一苦労だった。食事を終えて、何とか向こうの家を出て来た。本当に納得してくれたかどうか、は心もとない。きっと本心からはしてくれていない。

『めぐみ幼稚園』の塀のところに自転車を停めた。チャイルドシートから満里奈を下ろしていると、門の前に鴻池先生の姿が見えた。久しぶりに登園する子供達を、外で出迎えてくれているのだ。

「先生、お早うございます」奈津実が頭を下げると先生も返してくれた。

「満里奈ちゃん、お早う。夏休み、元気でいたかな」

「あっ、先生！」

ところが門の奥に、友達の姿を認めてしまった。一番の仲良しの、葉月瑠衣ちゃんだった。「あっ、瑠衣ちゃんだ。瑠衣ちゃ〜ん」

とたんに先生も放ったらかしで、走り寄って行った。例の、音楽の時間に楽器を取ったの取らないのでケンカになった、お友達である。あの時はちょっとしたトラブルになったが本来は、いつも一緒の仲良しなのだ。

本当はまず登園したら、先生に「お早うございます」と挨拶しなければならない。仲良しと遊んだりするのはそれが終わってからだ。『めぐみ幼稚園』はしつけが厳しく、その辺もちゃんとしていた。つまり今、満里奈は明らかなルール違反をしたことになる。

「まぁまぁ。いいですよ、戸田さん」鴻池先生は苦笑いして手を振った。「久しぶりにお友達に会ったんですもの。嬉しくってつい、というのは子供なら仕方のないことですわ」

「すみません、先生」

「いいです、って。今日は特別。後で、それとなくチクリと注意しておきますよ」

「本当にすみません。明日からは、ちゃんとさせますので」

「大丈夫ですよ。今日、しっかり注意しておいたら満里奈ちゃんも分かってくれます。とってもお利口な子ですもの。一度、言えばちゃんと」

「それじゃ、よろしくお願いします」

「えぇ。お仕事、行ってらっしゃい」

何度も頭を下げてその場を辞した。幼稚園の敷地の角まで来て、自転車にまたがった。塀の向こうにそびえる木々の枝から、強い日差しが漏れる。今日も暑くなりそうだった。

幼稚園から自転車を回して、担当エリアに着いた。今日は比較的、繁華街に近い一帯だ。こういうところは手間が掛かるわりには、大して実入りにならない場合が多い。効率的になるべく多くのお客さんを回るのが、なかなか難しい。

ここでの〝駐輪場〟は大型家具店の駐車場だ。何気ない顔で停めて、歩き出そうとした。最近ここはガスを使った自家発電システムを導入したため、うちのお客ではなくなった。そのわずかなリベンジの意味も込めて、今も自転車はここに停めることにしている。

「おやっ、戸田さんじゃないですか」声を掛けられた。振り向くと、〝集金員〟の牧野達旨さんだった。「今日はこの辺が担当ですか。暑い中、お疲れ様です」

「あぁ、どうも」会釈した。「牧野さんこそ、お疲れ様」

「そこに、ちょっとややこしいお客がいましてね」通りを挟んだ向かいのビルを、指差した。「すぐに料金を滞納される。もう、いつものことなんです」

「そうですか。大変ですね」

電気料金を滞納するお客さんというのは、珍しいわけでは決してない。口座引き落としの契約なのに残高が不足していたり、振込票をポスティングしていてもいつまでも振り込まなかったり。だがよくあることだからと言って、会社が放っておいていいというわけにもいかない。未納の客にちゃんと払ってくださいと督促するのが、牧野さんのような集金員だった。奈津実ら検針員と同じく、社員ではなく各々が支社と委託契約を交わした、個人事業主のような立場である。

こういう仕事は言うまでもなく、女性よりは男性向きだ。女だったら舐められてしまう。押しが強い男の人でなければなかなか、お客だって言うことを聞いてくれない。体格がよく、立っているだけで威圧感を与えられるような人だったら、最適。そう、例えば昭伸のような、と連想しそうになって急いで打ち消した。何で今、あんな奴のことをわざわざ思い出さなきゃならないの。

牧野さんだってがっちりした身体つきだから、この仕事に向いているのは間違いなかった。むしろそのせいで、ややこしいお客がいれば優先的に割り振られている感もなきにしもあらず、だった。

逆にお客さんのプライヴェートの場にも足を踏み入れて、メーターを読む検針員の仕事は圧倒的に女性向きだ。男が勝手に自分ちの庭なんかに入り込んで来たら、イヤだという人は多かろう。マンションの廊下を身体の大きな男がウロウロしている、なんてことになったらどうしても警戒してしまうだろう。制服を着ていなかったら不審者として通報されてしまうかも知れない。

その点、女性ならさして警戒はされない。貴女だったら勝手に入っていいわよ、と言ってくれるお客さんだって多い。そうあの、殺された笠木さんだって、とまたも連想が飛びそうになって慌てて振り払った。

男と女。それぞれに向き不向きがあり仕事を棲み分けている。集金員と検針員、どちらも個人事業主という立場もあって親近感を覚えていた。仕事の中身が重なる部分も多々あるから、なおさらだった。

「督促はしても」牧野さんに尋ねた。「その場でお金を払ってもらうわけではないんでしょう」

「それは今は原則、しないことになってます。口座の残高が足りない人には入金しといてくださいとお願いし、振り込みの場合は間違いなくやっといてくださいねと念を押して、帰ります」

「でもそれじゃ、その場ではそうしますと同意しても実際にはなかなかやってくれないかも」

「そういうのがよくいるんですよ。いわば常習犯ですね。これから行く『ややこしいお客』というのもそんな一人なんでして。こうして行くの、もう毎回ですよ」

この日までに支払わないと電気を止めなければならない、と宣告して何とか払うように仕向ける。それでも支払いがない場合は仕方がない。料金サービスグループの社員が出向して、本当に止めてしまう。

やはり男性向けの仕事だ、と改めて思った。電気を止めるぞ、と半ば脅すような話なわけでそれだけでも、女性ではなかなか強く出られまい。ましてや実際に止めてしまうのだからそれこそ、自分だったらまずその場にはいられまいと感じられた。何のマネだ手前ぇ!?　お客に逆ギレでもされれば、一目散に逃げ出すしかあるまい。

「私もこの辺、ちょっと苦手なんですよ」奈津実は言った。「繁華街が近いので、商売されてるビルが多くって」

「そういうとこって変圧器、入れてるケース多いですもんね」

「そうそう。そういうことなんです」

　各フロアに飲食店などが入っているビルのような場合。各テナントごとに電力会社と個々に契約し、電気を引いている場合もあるがビル全体で、一括して契約しているというケースも多かった。

　電力会社は高圧の電気をビルに繋ぐ。ビルのオーナーは変圧器を設置し、そこで一般的な百Vに電圧を下げて各テナントに送電するというやり方だった。高圧で契約した方が料金が割安で、変圧器や各テナントのメーターなど最初の設備投資は要っても最終的にはその方が有利、という算盤(そろばん)である。各テナントがどういう料金設定でオーナーに払うかもそちらの契約次第で、割高で徴収すればそれだけ儲けも出よう。テナント契約がどうなっているかまではこちらのあずかり知るところではなく、たとえ悪質なことをしていようと告発する権利はない。

「そういうところ、変圧器とメーターってたいてい変なところにあるんですよねぇ」奈津実は言った。「屋上とか、地下駐車場の奥とか。そんなところまで行ってメーター読んでも、件数的には一件なんですからね。割に合わないですよ」

「呑み屋街のビルなんかだと、メーターの手前に酔っ払いが横になって寝てて。それをまたいで読まなきゃならなかった、なんて話も聞いたことがありますよ」

「そうそう。いずれにしても私達からしたら、ありありがたくない環境というのは正直なところです」

「ま、色々ありますよね。とにかくお互い、頑張りましょう。危険なことだけはないように、お気をつけて」

「牧野さんもお気をつけて」

別れて、自分は自分のお客を回った。暗い路地の奥のメーターを見たり。管理人に屋上の鍵を開けてもらって、変圧器の横まで行ったり。本当にこういうところの検針は、面倒なケースが多いのだ。

そうして、とあるビルにたどり着いた。最初から警戒していたところだった。細長い建物で敷地としてはそう大したことはないが、各階にいかがわしげな会社の事務所が詰め込まれている。「コンサルタント」だとか「各種調査専門請負」だとか郵便受けに書かれてはいるが、実際には何の仕事をしているのか分かったものではない。

管理人がまた、油断がならなかった。こういうビルにある意味、ふさわしい男と思えた。だらしない格好でいつもテレビを見ながら、タバコをスパスパ吹かしている。

髪はボサボサで、鼻の下と顎には放ったらかしの無精ヒゲ。メガネを掛けているがその奥で眼はどんよりと曇っており、もしかしたらヘンな薬でもやっているんじゃないかと思えるくらいだった。本当はまだ若いんだろうけどそんな風なので、年齢不詳だった。

「やぁ、いらっしゃい」奈津実を見ると、ニヤッと笑った。その表情がまた、ガマンできなかった。歯が一本、抜けたままである。奥にチラチラと覗く舌が何とも汚らしかった。「あんたが来たってことはもう、前から一ヶ月も経ったのか。早いモンだね」

管理人室の窓が一杯に開いた。中からタバコの煙がもわっと外まで漂い来た。これもまた、ここに来る時の不快の一つだった。

「いつもお世話になります。あの、変圧器室の鍵、お願いします」

「いつも言ってるけど廊下、暗いからね。色んなものが置いてあって危ないし。だから俺もついてってあげる、ってのに」

ニヤリ、とイヤラしく口元を歪めた。背筋がぞくりとするほど気持ちが悪かった。

「いえ、結構です。一人で行けますので」

「ここのオーナー、ケチだから設備に金、掛けなくってさ。どうも配線の具合が悪いらしくって廊下の電気、ついたり消えたりしてるんだ。だからホント、危ないのに」

「いえ」もう一度、首を振った、強く。頑として否定しておかないと、いつまでもしつこい。「一人で行けます。大丈夫です。さぁ、鍵を」

ホント、危ないのになぁ。ブツブツ言いながらやっと、鍵を取り出してくれた。管理人室の窓から手が差し伸ばされる。鍵を受け取ろうとすると、こちらの指に触れそうになった。明らかにわざと、の動作だった。

サッと相手の指をかわし、鍵だけを上手く受け取った。そのまま踵を返し、足早に階段に向かった。

ここの変圧器室は地下一階にある。人の居室はなく、他にもビル全体の何やかやを調整する設備が並んでいる。管理人も言った通り、廊下は薄暗かった。電灯がついたり消えたりしていて、足元もよく見えなかった。あちこちに物が雑然と置いてあり、歩きにくかった。何かが腐ったような臭いが、ぷんと鼻を突いた。

こんなところにあんな奴と二人きりで、来てたまるか。本音だった。何をされるか分かったものではない。どれだけ危ないからついて行くと言い張っても、断固として拒否するだけだった。一番、危ないのはあんたでしょ。できるなら言い放ってやりたかった。

鍵を開けて変圧器室に入った。灯りのスイッチを入れると、すぐに後ろ手にドアを閉めた。同時に鍵も掛けた。こちらがメーターを読んでいるスキを狙って、あの管理人が入って来ないとも限らない。こんな狭いところに押し入られては、大した抵抗もできるわけがない。これが、できる最低限の防御策だった。

鍵を掛けて少なからず安心し、メーターに歩み寄ろうとした。その時だった。外からごとん、と音が聞こえた。ドアのすぐ外のようだった。

何？　やっぱりあいつが、入って来ようとしているの。

ドアの鍵はここにある。手に持っている。

偽物ではない。現に今、これで開けたのだから。あいつがもう一つ、持っているのでない限り室内に入っては来れない。

いや、それとも合鍵があるのだろうか。ビル内のどのドアだろうと、開けることができるような鍵が。そうしたらやっぱり、あいつはここに入って来れるってこと!?

恐怖にすくみ上った。頭の中が真っ白になった。今にも目の前のドアが開く。あのイヤラしい顔がすき間から覗く。おぞましい光景が脳裡に浮かんだ。

でも自分には何もできない。袋のネズミ。ここに追い込まれたらあいつにされるがままだ。余計な想像が頭に浮かびそうになって、振り払った。

立ち尽くしていた。目の前のドアを見つめ続けた。何もできない。できることなど、何もない。とうとう自分は、あいつの餌食になってしまった。何とか避けようと思っていたことが、現実になってしまった。

立ち尽くしていた。どれだけ時間が経ったのか、分からない。腕時計はしているが、ここに入った時の時刻は確認していなかった。だからどれだけこうしていたのか、分からない。

それでも襲うつもりなら、もうとっくに入って来ている筈だ。ためらう理由なんてない。誰も邪魔する者なんてない。ここまで来たらもう、あいつは何でも好きにできる筈なのだ。

なのに入って来ない。つまりあいつは襲うつもりでも何でもない、ということなのだ。今のは単に外の何かが、倒れるか何かした物音。おかげで私が勝手に膨らませた、恐怖の妄想に過ぎない。いけないいけない。最近、これが多過ぎる。

一昨日の夜だってそうだった。懇親会が終わって母の家に帰ろうとすると、後ろからついて来る足音に気がついた。尾行者。監視者。まさか、あの犯人がここまで。震え上がった。

幸いそこにお巡りさんが通り掛かってくれた。母の家まで送ってくれた。

あれが犯人の仕業だったのかどうか、は今となっては分からない。でも誰かがついて来ていたのは間違いない。足音は確かに、二つ聞こえたのだ。私の歩調と一緒だから、重なって最初は分からなかったのだ。だからこそ逆に、警戒した。尾行されているのでは、と疑ったのだった。

あれが本当に犯人だったのか、は分からない。女性が一人で歩いていたのでからかい半分に、ついて来ていただけの酔客だったのかも知れない。それともたまたま歩調が私と一緒だっただけの、単なる通行人だったというのもあり得る。むしろその可能性が一番、高いと見るべきだろう。

それでも震え上がった。神経が過敏になっている。精神的に不安定になっている。仕方がないだろう。あまりに色んなことがあった。監視者につけ狙われているのは事実なのだ。命の危険は確実にあるのだ。それにあの懇親会の席で、客を名乗って私の名前を尋ねて来た男がいたと教えられもした。神経が過敏、くらいでちょうどいい。油断をしたらそれこそ、命取りになる。

まだドアは開かない。やっぱり今のは単なる、ちょっとした物音だったのだ。

身体の力が抜けた。全身の硬直が解けた。ほーっと長く息を吐いた。

奈津実は改めてメーターに歩み寄った。数字を読んでハンディ・ターミナルに打ち込んだ。プリンターから検針票が打ち出された。あとはこれをあの管理人に手渡して、帰るだけ。こんな気持ち悪いところからはサッサとおさらばだ。

ドアの鍵を開けた。次いでノブを回して、開こうとした。

が、開かない。ドアはビクとも動かない。鍵は開けたのに。現に今、ガチャリと解錠の音が響いたばかりなのに。

閉じ込められた。悟った。

さっきの音はやはり、あの管理人だったのだ。何らかの物をドアの外に置いて、奈津実をここに閉じ込めたのだ。今はちょっと、何か用があるのだろう。だからそれを済ませて、後で思う存分やれるように。満足いくまで好きなことができるように、それまで奈津実をここに留め置こうというのだろう。

「開けて」ドアを両手で叩いた。叫んだ。管理人、当人にも聞こえてしまう。構わなかった。どうせあいつは、用が済んだらここに来るつもりなのだ。閉じ込められたと悟った私が叫ぶってことくらい、最初から織り込み済み。だから構わなかった。それより万が一の希望にすがって、助けを呼ぶだけだった。もしかしたら管理人以外の誰かも近くにいて、聞きつけてくれるかも知れないではないか。「誰か来て。助けて。お願いっ」

何の反応もない。ドアはビクともしない。助けに来てくれる人も、誰もいない。

それとも、それとも。さらに悪い可能性が頭に浮かんだ。これが犯人の仕業だったらどうしよう。ずっと私を監視していて、このビルに入って行ったのを目撃した。管理人が寝ているのを見て、手に掛けるチャンスだと思い定めた。

まずは階下に降りてドアの前に何かを置き、私を閉じ込める。そうして管理人室に戻り、あの男を殺す。余計な邪魔が入らないように。

後はどうとでもできる。私がどれだけ抵抗しようと、ゆっくり始末することができる。

考えれば考えるほど、そうではないかという気がして来た。今、犯人は管理人を手に掛けている。次いで、こちらに戻って来ようとしているのだ。閉じ込めたのが管理人だろうと、でもやっぱり、私には何もできない。閉じ込めたのが管理人だろうと、犯人だろうと。できることが何もないのに変わりはない。

奈津実はその場に座り込んだ。いずれにしても、もうダメだ。絶望が胸を満たした。と——

「戸田さんっ」ドアの外から声がした。トントン、とノックの音も響いた。「戸田さん。そこにいるんじゃないのか、おいっ」

「牧野さん」立ち上がった。一転、希望で胸が膨れ上がった。「そう。ここにいるの。閉じ込められちゃったの。助けて。お願い」

「分かった。もう大丈夫だ」がさがさと音がした「ちょっと待って、よし」

ドアが開いた。牧野さんの顔がのぞいた。ホッとして再び、その場に座り込みそうになった。

「こいつが何かの弾みで、倒れてしまったらしい」モップを持ち上げて見せた。長い柄がついていた。「それがちょうどそこのところに引っ掛かって、ドアが開かなくなってしまったんだ」

「いやぁ、すみませんねぇ」牧野さんの背後にはあの管理人もいた。頭を掻きながら薄笑いを浮かべていた。抜けた歯の間からは相変わらず、舌がチロチロのぞいていた。「横んなってテレビ見てたら、うつらうつらしちゃって。あんたがなかなか戻って来ない、ってことが分からなかった」

「とにかく、気づいてよかった。さぁ早く、出よう」気づいて、の前に「俺が」の言葉、早く出よう、の前に「こんなところを」と言いそうになって慌てて飲み込んだ風だった。

管理人に検針票と鍵とを渡してビルから出た。外は暑かったがこの夏、初めて屋外で清々しさを覚えた。

「例のややこしい客、相変わらずでね」一緒に歩きながら、牧野さんは言った。「あぁだこうだ言い訳するばかりで、ラチが明かない。とにかく早く払ってもらわなければ電気を止めなきゃならなくなりますよ、と半ば脅して、帰って来た。そうしてあの家具店のところに戻ったら、まだ貴女の自転車があるじゃないか。俺、あの客のところでかなり時間を食った筈なのに。それでおかしいと思ってあのビルに行ってみたんだ。何かあったとしたら一番あそこが怪しい、ってことは俺もよく分かっていたんでね」

管理人室をのぞいてみると、テレビに顔を向けたまま寝息を立てていた。窓を外から開けて声を掛け、目覚めさせた。

「検針員がさっき、ここに来たんじゃないですか」

「あぁ、そうだな。確かにさっきここに来た。もう帰ったのかな。俺、寝てて気づかなかったのかも」

「帰ったのなら変圧器室の鍵と、何より検針票が残されている筈です」

「あぁ、そうだな。でもないようだ。じゃぁまだ下にいるのかな。いったい、何を手間どってるのか」

やはりここだった。確信した牧野さんは、管理人に断る間も惜しんで階段に急いだ。地下一階に駆け下りた。薄暗い廊下を進んで変圧器室の前に来ると、モップが倒れてドアに支(つか)えていた。やっぱりだ。中に声を掛けてノックしてみたら果たして、奈津実の反応があったということだった。

「あの管理人に閉じ込められたのか、と思ったんです」奈津実は正直に打ち明けた。

「何か、イタズラでもしようとして。もしそうだとしても私、何もできない。思ったらついつい、パニクっちゃって」

「いや、分かるよ。またあの管理人、本当に得体が知れないからな。いかにもそんなこと、やりそうだし。とにかく俺が早く気づいてよかった。大事に至らなくて、よかった」

先に気づいたのが管理人で、彼が助けに来てくれていたとしたら、どうだったろう。こちらはパニックに陥っていた。彼に襲われる、と震え上がっていた。そこに当人が現われたら、恐怖が倍増していただけだったに違いない。せっかく助けに来てくれたのに、金切り声で悲鳴を上げてしまっていたかも。そう、確かに。気づいてくれたのが牧野さんで、本当によかったのだ。

「ありがとうございました」家具店の〝駐輪場〟まで来た。心から感謝して、頭を下げた。「おかげさまで、助かりました。貴方が来てくれなかったら、どうなっていたか」

「まぁ、危ないことと隣り合わせの仕事でもあるからね。何とかお互い、気をつけましょうね。それじゃ、また」

もう一度、深く頭を下げて牧野さんと別れた。自転車にまたがり、次のエリアへと向かった。

23

本当に興味深いものだな。ここのところ諏訪部武貞は、実感してばかりだった。検針員という仕事は興味深い。へぇこんなことが、と感じることがしょっちゅうある。

連日、戸田奈津実の後を尾行け回して。

単に電気メーターの数字を読んで、手元の機械に打ち込む。プリンターで打ち出された検針票を、ドアのポストなりに突っ込む。言ってしまえばそれだけの作業である。何の変化もない仕事のように思える。なのに観察していると毎日、実は様々なバリエーションに満ち満ちているのだ。

例えばこんなことがあった。とあるマンションに戸田奈津実が入って行ったため、外で見張っていた。ここは集合ポストもあるが、彼女は基本的に各戸のドアポストに検針票を入れて回る。これまでの観察でよく分かっていた。だからこれだけ大きなマンションだと、回り終わって出て来るまでには結構な時間が掛かるだろうと踏んだ。腰を据えて待つ積もりだった。

そう言えば、と思い出した。検針員がどんな仕事をしているのか。調べる取っ掛かりに、と都立中央図書館の近くで別な検針員を待ち伏せした。マンションの集合ポストに突っ込んでいるところに行き合わせた振りをして、住民を装って話し掛けた。

もし彼女が奈津実のように、各戸のドアポストに律儀に検針票を入れていたらあんな風に話し掛けるのは無理だったわけだ。横着な検針員でよかった、と感謝すべきだったな。思うと、可笑しかった。

と、奈津実がマンションから出て来た。もっと時間が掛かる筈だと見ていたから、た。

不思議だった。それも、焦った風である。慌てたように建物の裏手に駆け込んで行っ

追うのは危険だ。判断した。深追いはしない方がいい。

何があったのか、は分からない。このまま彼女がどこかへ消えてしまう、という展開だってあり得る。そうなったら以後の尾行は不可能だ。今日は諦めて帰るしかない。

それでも、だった。深追いは禁物だ。要らぬことをして破滅を招くよりも、じっくりと構えて対処した方がいい。これまでの経験から得た、自分のルールだった。

ちょっと前には彼女の自転車に、超小型のGPS発信機を仕掛けたこともあった。これならば尾行はずっと楽になる。無理して接近し、気づかれる危険を冒すこともない。たとえ見失ったとしても大丈夫だ。彼女が今日、どことどこのエリアを回ったのかGPSの追跡記録を見れば一目瞭然である。

だがこれも危ない、と判断して止めることにした。勿論、一日中つけっ放しにはしない。朝、どこかの時点で隙を見て発信機を取りつけ、夕方には外す。それでもやはり危険だと見なした。警察が彼女の周辺を重点的にパトロールしているのだ。彼女が一つのエリアに到着し、各戸を回っている間だからと自転車に近づいていて、警邏中のお巡りに見つかってしまわないとも限らない。だから便利なのは百も承知で、泣く

泣くGPS作戦は断念した。このように用心にも用心を重ねる。それが俺、諏訪部武貞のやり方なのだ。これだけ〝ゲーム〟を続けて来ても誰にも見つかっていないのは、そのお陰でもある。

マンション裏手に走って行った奈津実がこのまま、消えてしまうこともあり得る。覚悟はあったが幸い、彼女は直ぐに戻って来た。「鏑木さんが、鏑木さんがっ」

そこにパトロール中のお巡りが通り掛かった。危ない危ない。諏訪部は慌てて更に物陰に身を隠した。警察が彼女の周辺を警戒しているため、常に周囲に気を配っておく必要がある。ほぅれ見ろ。やっぱりさっき、奈津実についてマンション裏手まで行かなくてよかったではないか。行っていたら今頃、あの警官と鉢合わせしていたかも知れない。

奈津実は警官を呼び止めた。何かを話して、共にマンションに入って行った。奥に引っ込んだため、話の中身までは聞けなかった。

やがてもう一人の男も駆けつけた。同じくマンションに入って行った。どうやら管理人のようだ。どこかで油を売っているところを、呼び戻されでもしたのだろう。

更に観察を続けていると、救急車がやって来た。ストレッチャーがマンションに運び込まれ、間もなく誰かを乗せて出て来た。管理人も同乗し、救急車はサイレンを鳴らして走り去って行った。奈津実は警官と共に、心配そうに見送っていた。

ここからはストレッチャーに乗せられたのがどんな人物か、は見えなかった。ただ大まかな察しはつく。つまりは病人だったのだろう。部屋の中で倒れているのを奈津実が見つけた。幸い――諏訪部にとってはそうではないが――付近をお巡りが通り掛かったため助けを求めた。油を売っていた管理人も呼び戻され、消防署に通報が行った。要するにそういうことだったのだろう。

成程な。納得がいった。毎月、同じところを回っている仕事である。それも一軒一軒、つぶさに歩き回る。町の細かいところまで見ている。だからちょっとした異変があると、直ぐに気づく。あれ、変だな。いつもと違うぞ。そうして倒れている老人を見つけたりする。検針員ならでは、のことなのだろう。

社会貢献ばかりではなかった。先日は面白い光景にも出会った。

その日は朝から、奈津実の様子がおかしかった。何だか気が進まない内心が見え見えだった。これだけ毎日、観察していると相手の気持ちまで読めるようになる。経験の賜物、だった。

尾行を続ける内、更に足取りが重くなったのが感じ取れた。何かが遠くから聞こえていた。犬の鳴き声だった。

ははぁ、と得心がいった。あれのせいだ。要は奈津実は、犬が怖いのだ。現にその家に近づけば近づく程、足取りは重くなっていった。

門柱のインタフォンで中の人間と話していた。中身はここまで聞こえはしない。まして や犬が、あんなに吠えているのだ。

門はアコーディオン・シャッターなのでこれだけ距離があっても、庭をちょっと覗くことができた。牙を剝き出しにして吠えている、犬の姿が辛うじて映った。吹き出しそうになった。小さ目の柴犬ではないか。なのに奈津実はあれだけ怯え切っている。まぁ分からないでもなかった。あぁまで敵意を剝き出しにして吠えられれば、気持ちのいいものではなかろう。冷静にメーターを読む、どころではなかろうと察しはついた。

奈津実はいったん、その家を離れた。どういうことだろう。今日はあの家のメーターは諦めるのか。たかが犬がいる、くらいのことで。

奇妙に思いながらも一画をついて回って、やっと分かった。奈津実は再びあの家に戻ったのだ。またもインタフォンで中と話すと、今度は飼い主が家から出て来て犬を押さえ込んだ。要はさっきは飼い主に手が離せない用があり、その間に別の家を回って来たということなのだろう。

客が犬を押さえている隙に、奈津実は素早く庭に入ってメーターを読んだ。検針票を打ち出して戻って来た。ところがそれを受け取ろうと、飼い主は犬を放して立ち上がってしまったのだ。

解放された犬は奈津実を追い掛けた。「キャーッ」検針票を放り出して、奈津実は逃げ出した。幸い、リードが伸び切って犬は食い止められ、彼女が噛みつかれることはなかった。

見ていて、可笑しくて堪らなかった。思わず声を出して笑ってしまうところだった。腸が捩れた。腹筋が痛かった。抑えるのに、最大限の努力が必要だった。ただこれだけなら笑い話で終わろうが、笑ってばかりもいられないような出来事もあった。その日の奈津実の担当エリアは、繁華街に近かった。住宅街ではない。色んなテナントが入り込んでいるような、雑居ビルが多かった。

中の一つに、奈津実は入って行った。この時も、気の進まないのは明らかだった。ドアの入り口のところで管理人と話しているのが辛うじて見える。成程、と察しがついた。見るからに不潔で、風采の上がらない管理人なのだ。ある意味、このビルを擬人化したような男、と言えた。

奈津実は管理人から鍵のようなものを受け取ると、ビルの奥に消えて行った。ところがなかなか帰って来ない。いったい何があったのだろう。訝った。こういうビルというのは検針に手間取る何かがあるのか。それとも不慮の事故でも起こったのか。不審に思って待っていると、やがて一人の男が現われた。先程、奈津実が大型家具店の駐車場に自転車を停めた時、親し気に話し掛けていた男だった。大塚支社に勤める職員か何かなのだろう。

　男は管理人と何か言葉を交わすと、ビルの奥に飛び込んで行った。管理人も後について行った。

　奈津実は男と並んで現われた。疲れ果てた風だった。ビルから出て、自転車を停めておいたところに向かった。

　あまり近づくのは危険だ。分かっている。それでも好奇心が勝った。二人の会話の聞こえるギリギリまで、距離を詰めた。

「……変圧器室の前に来てみると、モップが倒れてドアに支えていた」男の声が聞こえた。「中に声を掛けてノックしてみたらやっぱり、貴女の声が返って来た」

「あの管理人に閉じ込められたのか、と思ったんです」奈津実が答えて言った。「何かイタズラでもしようとして……」

「いや、分かるよ。あの管理人、本当に得体が知れないからな。とにかく俺が早く気づいてよかった」

　要は機械室に入ってメーターを読んでいたら、ドアの外でモップが倒れて支えになり、閉じ込められたということのようだった。奈津実は管理人が襲おうとしているのかと思い込み、パニックに陥ってしまったらしい。

　いやはや本当に大変な仕事だ。改めて、思った。倒れている病人を助けたと思ったら、今度は飼い犬に追い掛けられたり機械室に閉じ込められてしまったり。客の個人領域にギリギリまで入り込まなければならない、検針員だからこそということなのだろう。

機械室に閉じ込められたと知った時は一瞬、しまったなとも思った。奈津実を襲う、絶好のチャンスだったわけではないか。管理人は寝ている。誰も邪魔する者はいない。諏訪部は奈津実を好きに料理することができた。

だがよく考えてみれば、実際はそうではない。なかなか奈津実は戻って来ない。何をしているのか、外からでは知りようがなかったのだ。閉じ込められたのかも、と推察することはできても、微かな可能性に賭けて冒険に出るわけにはいかない。リスクが高過ぎる。それにあの管理人が寝込んでしまっている、ということも外からでは窺い知ることはできなかった。

おまけに現実には同僚のあの男が、何かが起こったと察して駆けつけて来た。もし諏訪部が中に入り込んでいれば、鉢合わせは免れなかった。あのビルの奥がどんな構造になっているかは知らないが、どうせ行き止まりだろう。逃げ道はどこにもなかった。

反撃に出る。不可能とは言わない。だが所詮、自分は在り来りの身体つきだ。格闘技を習ったわけでもない。女を相手に不意を突くのならいいが、あんな体格のいい男と向き合えば太刀打ちはできまい。組み伏せられ、警察に突き出されるのがオチだったに決まっている。〝ゲーム〟ではないから特殊警棒も、サバイバルナイフも持ってはいない。万が一、警官に職務質問を受け持ち物の検査をされた時に備えての、用心だった。

武器を持たなければあんな男と相対して、勝ち目はない。自分を弁えておくというのは大切だ。馬鹿な真似をしてむざむざ、破滅の道を辿らないよう律する。これもまた用心の一つだった。いずれにせよ奈津実の後を追って、ビルに入ったりしていたら自分は破滅だった。

用心と言えば、こんなこともある。警察だけではない。奈津実の周辺には他にも、見張っている目が複数あるのだ。そいつにも気を配りつつ、女の監視を続けなければならない。

〝フォールト〟に終わったあの最後の〝ゲーム〟から丁度、一ヶ月後だった。現場を目撃したという検針員の顔を確認するべく、笠木家の近くで張っていた。すると、知った男が通り掛かったのだ。慌てて物陰に隠れた。

読日新聞の山藤記者だった。ひょろりと伸びた背が特徴で、遠くからでも直ぐに分かる。やはり、か。納得した。噂の通りだった。あの事件には実は目撃者がいるらしい。業界で密かに囁かれ始めている。発信源はどうも山藤らしい、というのも聞きつけた。

「どういうことですか」さり気なく、他の記者に尋ねてみた。「あの事件に目撃者がいたなんて。山藤さんどこからそんな情報、仕入れて来たんですかね」

「あいつは警察の担当、長いからな」記者は答えて、言った。「長年、事件の取材してるから何人もの刑事と顔馴染みになってる。懐に深く入り込んでる相手も多い、って話だ。仕入れたとすれば大方、そんな中の一人から、だろう」

「しかしそれが本当だとしたら、刑事は漏らしたりしますかね。いくら親しい記者だからと言ったたって、そんな大事な捜査情報」

「そいつは分からんよ。ついうっかり、ポロリと口を滑らせちまったのかも知れんし。何らかの思惑があって、敢えて流したのかも分からん」

「捜査本部の方針があって敢えて流したのなら、複数のルートから漏れる筈でしょう。でも今んとこ、そんな様子は窺えない」

「まぁな。じゃぁやっぱり、うっかりポロリの方なのかな」

「で、どうなんです。山藤さんとそんな仲になっている刑事で、特捜本部にいる人ってのは。誰なんですか」

「そんなの、俺が知るわけないだろう。教えてもらいたけりゃ山藤に直接、尋ねてみたらどうだ」

知ってるな、と分かった。だが知っていても明かしはしない。なるべく胸の中に仕舞っておいて、いざという時の武器にする。そう、情報は記者にとっての武器なのだ。たとえ親しい間柄でも腹の内はなかなか明かさない。〝本能〟のようなもの、と言えた。ちなみにこの時の相手は、毎朝新聞の記者で名を横尾といった。

「そんなの、本人に訊いたところで教えてくれるわけないじゃないですか〜」

「まぁ、そういうことだな」

当たったな、既に。これも、分かった。横尾は山藤に漏らしたとすればどの刑事か察しをつけて、とうにぶつかってみたのに違いない。が、ケンもホロロに追い返された。刑事は何の言質も与えてはくれなかった。要はそういうことだったのだろうと想像はついた。

当の刑事に直接、当たってみたが何ら進展はなかった。が、これも横尾にとっては織り込み済みだったのだろう。取材なんてそんなものだ。そこで横尾が何らかの感触を得たのか、は分からない。ともあれ彼は彼で、独自の取材を続けている。中身は何か、周りに漏らすことはないものの。これまた記者の〝本能〟に他ならない。

その後、あちこちにそれとなく振ってみて当の刑事の名前が穂積、ということを突き止めた。かなりの変わり者で刑事仲間からも距離を措かれており、孤立して捜査をするのが常だ、ということも。

そうか、と察しをつけた。〝一匹オオカミ〟ならば情報を記者に漏らしたのも、捜査本部の方針に則って、ではない可能性が高い。独自の判断でやったことだろう。彼なりの思惑が込められているのに違いない。つまりはうっかりポロリ、なんかではあり得ない。

厄介な野郎だ。認めるしかなかった。最大限の警戒をせざるを得ない。障害が次々、増えて行く。

今後、奈津実の周りには山藤だけではなく、他の記者もうろつくようになって来るだろう。情報はいったん漏れると拡散が速い。業界内で遍く知れ渡るのも時間の問題、と見た方がいい。周囲に張りつく目が増える。つまりはこっちが警戒しなければならない度合いも、ということだ。

モタモタしていたら監視の目が増える。こんな風にじっくり、観察していられる余裕もなくなるに違いない。

ただ、慌ててもいけない。焦っては失敗を招くばかりだ。情報も可能な限り、収集しておく必要がある。

戸田奈津実がビルの中に閉じ込められる事件があった日の、夜。彼女の家の前に行ってみた。久しぶりだった。娘が夏休みの間は母親の家に泊まっており、ここは無人のため来てもあまり意味がなかったのだ。まぁいないならいないで、やることはあるのだが。例えば家の周辺をじっくり探って、居住地の情報を集めておく、とか。

これまでも既に何度も来ているため、勝手はよく分かっていた。それを言うなら彼女の実家だって。彼女の主な立ち寄り先は全て頭に入っている。目を瞑ってもその光景を、はっきり思い描くことができるくらいだ。

ここや奈津実の行動範囲は、警官が重点的にパトロールしている。だから今にも、やってくるかも知れない。が大丈夫だった。周囲のことは知り尽くしている。いざという時はどこに隠れればいいか。どうこの場を切り抜ければいいか、全て頭に入っている。あらゆる突発事に対処できる。

奈津実の家の窓には、未だ明かりが灯されていた。子供はそろそろ寝入る時刻だ。だが彼女は、まだ。娘を寝かしつけた後、もう少し起きている。大人の時間を一人、味わっているのだろう。生活パターンもとっくに頭の中だ。

時間はもうさして残されてはいない。しかし一方、穂積のことも調べておかなければならない。彼が捜査情報を山藤に漏らしたのは、何故なのか。どんな思惑がそこにあるのか。知った上で行動に出なければならない。

二人ばかりではない。他にも調べなければならないことが、諏訪部にはいくらでもある。あれこれと神経を張り巡らせる先ばかり。まぁ仕方がない、と諦めるしかなかった。

それに俺はこういうのが、実は決して嫌いではない。自認があった。危険の最中に万難を排して、情報収集に当たる。結構、お気に入りの行為なのだ。おまけに俺はそういうことに、長けている。自惚れではない。だからこそ生き馬の目を抜くようなこの業界で、生き抜いても来れたのだ。もっともだからと言って、常に油断は禁物だけれど。そういう風に周囲を冷静に見詰められるのも、自分の強みだと見ていた。自信があった。俺はこれをやり遂げられる。分かっていた。

戸田奈津実の家の窓を見上げながら、諏訪部は思った。胸の中で語り掛けた。そう、お前の運命は決まっている。俺からは逃げられないのだ、絶対に。

24

朝から小雨が降っていた。雨というより小さな霧が空気中に漂っているような感じだが、防水対策は変わらない。検針票を濡らすわけにはいかないのだ。しっかりと雨ガッパを着込んで、奈津実は担当エリアを回った。こんなものを着ていると汗が蒸発せず、蒸し暑くて仕方がないが他にどうしようもなかった。

気も重かった。この先の家、イヤなのだ。庭が荒れ放題で、草がぼうぼうに生えている。ツタのような植物があちこちに絡みつき、かき分けてもなかなか先に進めない。なのにメーターは、その奥にあるのだ。裏口もないため、回り込むこともできない。

着いてみると、やっぱり、だった。庭はこちらの背丈よりも高く伸びた草で一面、覆われていた。

先月も、先々月もこうだった。むしろ時間が経った分、更に伸びているかも知れない。少なくとも見た目には、先月よりもっとヒドくなっているように映った。

「ここのお客、ちょっと用心なのよ」引き継ぎで一ヶ月、一緒に回っていた時に泰子伯母が言っていた。「今は季節がらこんな風に、草も伸びてないけど。夏になると大変なの。放ったらかしだからもう、ぼうぼう。メーターのところまで行くのが一苦労なのよ」

伯母の言った通りだった。夏が近づくと草がみるみる伸び始め、あっという間に密林さながらになった。一生懸命かき分けても、通り道がなかなかできない。インディ・ジョーンズにでもなったような気分だった。おまけに草を刈る道具もない。ここ一軒のためにわざわざ、ナタを持って来る気にもなれない。その前にそんなもの、家にはない。

ため息をついて、庭に足を踏み入れた。一応「検針です。これから中に入ります」と声を掛けて敷地に入ったが、聞いている者がいるのかどうかも分からなかった。留守なのか、在宅なのか。いつもよく分からないような家なのだ。庭に面した縁側は掃き出し窓がぴったりと閉じていて、いつもカーテンが引かれている。

そうでなくても難儀するのに、今日は雨ガッパを着ていたので最悪だった。草をかき分けて進もうとすると、袖や裾に引っ掛かる。無理に引っ張ると裂けてしまいそうだった。だから慎重に、引っ掛かりから外す。おかげでよけいに手間が掛かった。いつもより更に時間を要した。

メーターのところにたどり着いた時には大きく息をついていた。汗が額を流れ落ち、目に入ってしまみた。何とか数字を読んでハンディ・ターミナルに打ち込んだ。プリントアウトした検針票を、濡れないように雨ガッパの内側のポケットに突っ込んだ。

またあのジャングルを抜けなければならない。いったん通って来たのだから往路よりはまだマシだろうが、それでも人の通り道と言える程のものはできてない。もう一度、かき分けかき分け戻るだけだった。

こんなに苦労しても、同じ一件だ。つくづく集合住宅はどんなに楽かと思ってしまう。まぁマンションだってオートロックがあったり、それなりの苦労はあるけれど。いくら何でも探検ごっこまですることはない。

ただし来た時より楽なのは、肉体的なものだけでもなかった。気分的なものもあった。後は戻ってこの検針票を、門のポストに突っ込むだけ。苦行ももうすぐ終わりだ、と思えば気分は軽くなった。

と、奈津実は立ち止まった。

高く伸びた草に阻まれたのではない。何と言ってももうすぐ通り抜ける、という位置にまで来ているのだ。

背筋を冷たいものが流れ落ちて行く。このところしょっちゅう、味わわされている感覚だった。人の視線。誰かが今、私を見ている。間違いない。

まさか、犯人。それはあり得ないだろう。塀に囲まれた民家の庭に自分はいるのだ。どうやって監視する。塀の外で張り込んでいる、ということは可能性としてはあるにしても、現に見ることはできまい。

いや、本当にそうだろうか。思い至ると、更に恐怖が増した。

犯人が既にこっそり、敷地の中に足を踏み入れていたとしたら、どうか。家人は留守だと見抜き、私を襲う絶好のチャンスと踏んだ。中に入り込んでしまえばどうとでもできる。逆に私には、どうにもならない。こんなところで襲われれば何の抵抗もできない。

そんなことはない、と打ち消した。叫ぶことができる。ここは一つの家の庭だが、周りにだって民家は立ち並んでいるのだ。山の中の一軒家ではないのだ。留守の家もあるにしても、在宅中の住民だってそれなりの数はいるだろう。悲鳴を上げれば、聞きつけてくれる人はきっといる。

そう、これまでと同じ。私にはまだ、抵抗のすべがある。悲鳴を上げれば誰かが聞いてくれる。ビルの地下の変圧器室に閉じ込められた時とは、わけが違うのだ。異変を感じた人がきっと助けてくれる。その前に大声を上げれば、犯人の方が逃げてしまうだろう。

イザとなれば叫べばいい。思うと、心に余裕が戻っていた。どうすべきか、と迷うゆとりもできていた。今、私は悲鳴を上げるべきなのか。私を監視しているのは本当に、犯人なのか。

辺りを見回した。伸びた草で視界が利かないが、それでもジャ、ン、グ、ルの真ん中よりはずっといろんなものが見えた。

「ひぃっ」

思わず声を漏らしていた。

庭に面した家の縁側。引かれたカーテンが微かに開いて、そこから人の眼が覗いていたのだ。私を見ていたのは、あれだったのだ。視線が交錯した、一瞬。

「あぁ、ごめんなさい」縁側の掃き出し窓が開いた。中から顔を出したのは、老婦人だった。この家の住人だった。「庭を横切る人影が見えたので。ちょっと怖くなって、様子を見てたのよ」

「すみません」このご婦人とは二度目にここに来た時に、会っている。最初に伯母と来た時には留守だったのだが、二回目は家にいたので挨拶をしたのだ。今度、こちらを担当することになった者です……。以降、こうして面と向かうことはなかったものの。全く知らない仲、というわけではなかった。「一応、お庭に入る時に『検針です』とはお断りしたんですけど」

「私もう、すっかり耳が遠くなっちゃってるので、ね。外から声を掛けてもらっても、なかなか聞こえないのよ。それよりも、ね。私が『あれ？』って思ったのは、その服。でも、そうよね。今日は、こんな天気ですものね」

雨ガッパのことだった。普段はこんなものを着ていないから、いつものピンクの制服姿である。でも今日は上にカッパを羽織っているため、その色が見えなかったというわけだった。

「ピンクの服が庭を横切ったら、『あぁ検針員さんだな』ってすぐに分かるのよ。夏が終わったら水色になるけど、それも見慣れてますからね。でも今日はどっちでもなかった。だから『あれっ。まさか変な人でも入り込んだんじゃ』って思っちゃったのよ」

制服の効果、というものを改めて思い知らされた。可愛らしい色合いだから、周りからもさして警戒はされない。あぁ検針員さんだな、とすぐに分かってもらえる。ただし逆に見えないと、不審がられてしまう道理だった。

「怖がらせてしまったみたいですね」奈津実は雨ガッパの内側から、検針票を取り出した。「本当に申し訳ありません」実際には震え上がった度合いからすれば、間違いなく自分の方が上だったろうけども。

「いえいえ。こんな天気ですもの。カッパを着ている方が当たり前ですよね。逆に雨の中、本当にご苦労様」

検針票を受け取ったが、視線は庭に向けたままだった。寂しそうに微笑んだ。

「それに申し訳ないのは、こちらの方ですよ。こんな風にお庭を荒れ放題にしちゃって。服の色が見えにくくなったのは、そのせいもあるんだわ。メーターを読みに行くのも、大変でしょう」

「いえいえ」本当にそうなんです、と頷きそうになるのを抑えた。本心を隠して、大きく手を振った。「それにお庭のお手入れだって、大変ですものね」

「夫も亡くなって長いし、私もこんな身体でしょう。草刈りなんかする体力もないし。その前にやる気がなかなか、ね。今となってはこういう庭のあるような家、住まなきゃよかった、って思いますよ。独り暮らしじゃ使う部屋だって限られてますでしょ。こんな広い家、今となっては、全然」

荒れ放題の庭を見るのは精神的にキツい。だから昼間もこうして、カーテンを引いたままにしているのだと語った。家の中が暗くなるが、仕方がない。どうせ外を見たって伸びた草で、空も大して見えはしないのだ。

お子さんはどうしているんだろう。旦那さんは早くに亡くしたということだったがお子さんが時々、訪ねて来て家や庭を見るというようなことはないのだろうか。思ったがもちろん、口に出して尋ねることはしなかった。そこまで他人のプライヴァシーに踏み入る権利は、こちらにはない。また事情を知ったところで、自分にできることなどほとんどない。

鏑木さんのことを思い出した。彼女もまた旦那さんを亡くし、息子さんも先に失ったことから何をする気力も湧かないのだと言っていた。お嫁さんとは上手くいかず交流もないまま。人づき合いがおっくうになり、部屋に閉じこもる毎日に陥ったのだ、と。

でも一人で殻に閉じこもっているとイザという時、何もできない。部屋で倒れても誰にも気づいてもらえない。せっかく助けてもらった命、これからは積極的に外に出て行くようにする、と鏑木さんは言ってくれた。

彼女のことを話してあげたい。衝動に駆られた。先日、私のお客さんにこんなことがあったんですよ。幸い、発見が早かったので助かったんですけども。だから貴女もできれば今の内から、積極的に外に出て人と交わる機会を持った方がいいですよ。でもそんなの大きなお世話、以外の何物でもあるまい。本当にそうですね、と素直に聞き入れてもらえるとも限らない。それに人にはそれぞれ、事情があるのだ。鏑木さんとだってあんなことがあったおかげで、逆に独り暮らしの背景まで打ち明けてもらえたが倒れたりなんかしなかったら、ずっと無難な会話を交わすだけの間柄だったことだろう。

「こんなお庭で本当に申し訳ないけど、これからもよろしくね、検針員さん。私も庭に貴女の姿が見えたら、こうしてカーテンを開けて挨拶するようにするわ」

「ええ。こちらこそ今後とも、よろしくお願いします。それじゃ、また」

頭を下げて、その場を辞した。

いっつも草ぼうぼうでイヤな家。悪印象しかなかったのが今や、好感を抱いている自分がいた。あの人も鏑木さん同様、寂しい毎日を送っているんだ。せめて月一回、私と接することで孤独を紛らわせることができるのなら、こんなに嬉しいことはないではないか。

はっ、と目が覚めた。背中が汗でぐっしょりと濡れていた。心臓が強く打っていた。

悪い夢を見ていたのだ。どこか、暗いところに閉じ込められている夢だった。先日の、変圧器室に閉じ込められた記憶がまだ生々しいせいだろう。今日も草が伸び放題の庭で、誰かの視線を感じ恐怖に駆られた。おかげで悪夢が呼び覚まされてしまったのだろう。

「助けて」夢の中で、暗闇にめがけて叫んだ。「ここにいるの。誰か、助けて」恐さのあまり駆け出そうとした。考えてみれば周りは闇で視界が利かないのだから、走れる筈はない。でも夢というのは本来、非合理なものだ。実際にはできないようなことでも、やっていたりする。空を飛ぶ夢なんてものも、しょっちゅう見る。だから本来は無理な筈だが、走り出そうとした。足を強く踏み出した。そこで宙を蹴って、目が覚めたのだ。

夢の中で助けを呼んだ。実際に声を出したりしていないだろうな、といぶかった。自分では分からないが、寝言はよく言う方だと母からも指摘されたことがある。

脇を見た。満里奈は静かに寝息を立てていた。薄明かりの中でよくは見えないが、それでも天使のように純真無垢な寝顔だった。

満里奈は寝つきがいい。いったん寝ると途中で起きることもなかなかない。育てるには本当に楽だった。

でもどれだけ寝つきのいい子だと言っても、隣で大声なんか上げられたらさすがに目が覚めてしまうだろう。びっくりして飛び起き、泣き出してしまうだろう。こんな風に大人しく寝ているということは、夢と同様に悲鳴を上げることはなかったんだろうと判断した。ホッと胸をなで下ろした。

ホッと安心はしたが、心臓はまだ高鳴っている。怖い夢を見たのだ。まだ恐怖の名残が胸にズンと沈んでいる。

奈津実は布団から抜け出した。

汗で下着が濡れていて、気持ちが悪い。着替えて、快適にしてから寝直そうと判断した。そうすれば寝つきもよくなるだろう。快眠が期せる。

立ち上がって洗面所に行った。

洗面所は寝室を出て廊下の、ちょうど真ん中あたりにある。入って左手のドアは、中は浴室だ。ここは脱衣所も兼ねている。だから洗濯機も置いてある。

灯りをつけ、洗面台に歩み寄った。鏡に映った自分の顔を見た。

うわっ、と声を上げそうになった。目の下が黒ずんでいる。寝不足を示していた。きっと悪夢のせいで、安眠ができていなかったのだ。どれくらいの間、夢を見ていたのかは知らないがきっと結構な長さだったのだろう。それとも暗い部屋に閉じ込められた夢以外にも、怖いものを立て続けに見ていたのかも知れない。

これじゃいけない。寝不足のままでは明日の仕事に差しつかえる。この後はぐっすりと休まなければ。汗で濡れた下着を替えて快適を期そうとした、自分の判断は正しかったのだと改めて思った。

新しい下着を取り出そうとタンスの方を向こうとした。その時だった。

洗面台の鏡に動きが映った。

ドアだった。洗面台はこの部屋に入って正面にあるので、鏡の前に立つと自分の真後ろにドアが映る。

洗面所兼脱衣所のこの部屋は、ドアは曇りガラスになっている。閉めて中で灯りをつけていれば、廊下からは人影がぼんやり映る。人がいて使用中だな、と外からも分かる仕組みだった。

そのドアが、すっ、と閉まった。

自然に閉まったのではない。誰かが外から閉めたのだ。

室内は灯りがついていて、廊下は消してあるからこちらからは暗く映る。それでも廊下に漏れ出る明かりで、人影が辛うじて見えた。閉まり掛けの曇りガラスに薄ぼんやりと映った。人影。だれかが廊下にいて、手を伸ばしてドアを閉めた。ラッチが穴にはまる、ガチャリ、という音がした。

ドアが閉まってしまうと、曇りガラスが室内の灯りを反射して廊下は真っ暗に見えてしまう。人がいるのかどうかも分からない。それでもかすかな足音が聞こえた。小走りに廊下を玄関に向かった。

次いで玄関ドアの開く音。閉まる音。もはやなるべく静かに行動しようという意図すらない。できるだけ早くこの場から立ち去ろうという考えしかない。音がしたって構わない。それよりも一刻も早く、この場から逃げ出すのが優先……

玄関ドアの閉まる、ガシャーンという音が大きく、長く響いた。侵入者は出て行った。たった今、この場から立ち去ったのだ。

あまりのことに声も出なかった。呆然と目の前の鏡を見つめていた。

閉められた曇りガラスのドア。もう、何の動きもない。映るのは立ち尽くす自分。そしていつもの室内の様子だけ。

それでも先ほどの映像が、何度も何度も頭をよぎった。動き出したドア。廊下に漏れる光で、人影が薄黒く映る。伸ばされた手。押されるように、ドアが閉まっていく。やがて完全に閉まり、ガチャリと音がする。

誰かいた。廊下に誰かいた。何者かがこの家に、侵入していたのだ。なぜ。なぜ？どうやって!?

満里奈ではない。あの子は寝ていた。いや、もしあの後、目が覚めたとしてもあんな行動はしない。私のいるこの部屋に入って来た筈なのだ。それか、起きたら隣にママがいないのでびっくりして、泣き出すか。いずれにせよあの、ドアを閉めたりなんかしない。するわけがない。

人影だって子供のものではなかった。ずっと大きなものだった。

それに満里奈だったら玄関から外に出たりもしない。夢遊病の気があって、フラフラと外にさまよい出るような人もいるとは聞くが、あの子は違う。そもそもぐっすりと寝つく方で、寝相も悪くない。無意識に起き出すなんて、あの子がしたことは一度だってないのだ。

そう。満里奈じゃない。私でもない。もう一人、この家にいたのだ。こちらが寝入っている間に、勝手に忍び込んだのだ。そうしたら偶然、こちらが起きて来たので別な部屋で息をひそめた。洗面所に入って行ったので今が逃げ出すチャンスと見て、行動に出た。廊下からこの部屋のドアを閉め、玄関へ走った。素早く逃げ出した。

殺されるところだった。

思い至った。

犯人からすれば寝ている相手くらい、楽なものもあるまい。ナイフを胸に突き立てるか。ロープで首を締めるか。いずれにせよこちらは何もできない。犯人にされるがままだ。

そう、殺される寸前だった。悪夢を見て飛び起きてなかったら、私は殺されていた。満里奈だって危なかったかも知れない。ぐっすり寝ているから危険はないと判断して、私だけを手に掛けて立ち去ってくれればまだいいけども。もし、何かの弾みで満里奈が目を覚まし、殺人現場を目撃してしまったとしたら。犯人の魔の手は満里奈にも伸びていた可能性が高い。

その場に座り込んだ。膝がガクガク震えて、とても立っていられるものではなかった。腰が完全に抜けていた。

犯人がこの家に侵入していた。私は殺されるところだった。もしかしたら、満里奈も……。はっきりと実感した。

恐怖が巨大なうねりとなって、腹の底から突き上がった。後から後から湧き出して、全身を満たした。

同時に奈津実は、声を限りの悲鳴を上げていた。喉から押し留めようもなく、ほとばしっていた。

25

寝不足だった。

昨夜は一睡もしていない。久しぶりの完徹だった。そろそろ寝ようか、というところに連絡が入ったのだ。警察、経由ではない。戸田女史から穂積のスマホに直接、着信があった。

「犯人が家に入り込んだんです」声が震えていた。妄想や誇張ではなく実際にあったことなのだ、と即座に分かった。子供の泣き声も通話に入り込んでいた。「寝ていたら、悪い夢を見て。それで洗面所に行って。汗で濡れた下着を替えようとしたら、そしたら、ドアが、鏡で」要領を得ない。動転していて、言葉もよく聞き取れない。こんな彼女は初めてだった。

「落ち着いて、落ち着いて下さい」押し留めた。「事情は改めて、詳しくお聞きします。まずは確認です。犯人はもう立ち去ったのですね。危険はもう、ないのですね」

「そう、そう思います。玄関が、ガチャン、って。大きな音を立てて。それで犯人は、もう音を立てることに気をつけてなくて」

玄関から飛び出て行った。ドアをそっと閉めるような余裕もなかった。その場から逃げ出すのが最優先だった、ということだろう。つまり消え失せた。もう危険はなかろう。未だ要領を得ないが、何とかそこまで飲み込んだ。

「分かりました」まだ何か言い募ろうとするのを、遮った。「これから直ちにそちらへ向かいます。既に危険はないとは思いますが、絶対に外には出ないで。家にじっとして、私らの到着を待っていて下さい。それからもし何かあったら、またこの番号に連絡を。お願いしますよ」

通話を切って、警察に掛け直した。事情を説明し、鑑識その他を回してくれるように頼んだ。恐らくまず最初に、地元の交番から警官が駆けつけることになろう。さすがにそいつに先んじるのは無理だろう。

気がつくと浅子が新しいワイシャツや靴下を、タンスから出して用意してくれていた。今の電話で緊急の用が発生した、と素早く察してくれたのだ。

「スーツは昨日と同じものでいいですか。ネクタイは」

「あぁ。ネクタイも同じでいいよ」ワイシャツに腕を通しながら、答えた。「別に今更、格好をつけなきゃならない相手でもない」

「そう。もうそろそろですか。タクシーを、呼んでも」

「あぁ。頼む」

長年、刑事の妻をやっているのだ。夜中に飛び出て行くのなんて、いつものことだ。さすがに最近は、あまりなくなっては来たが。慣れたものでさっさと動いてくれるのは、有難かった。スーツの上着に袖を通す時、例のお守りにまたもコツンと左手が当たった。

「行ってらっしゃい」

玄関まで見送りに出てくれた。

「あぁ有難う。行って来るよ」

外に出るとまだまだ夏の熱気が残っていた。むっと身体に纏わりついた。不快に顔を顰めながら階下に降りた。タクシーは既に来て待っていたため、乗り込んだ。晩酌も終わり、そろそろ布団に入ろうかというところだったのだ。さすがに車を運転するわけにはいかない。

戸田女史の自宅に着いてみると、既に制服警官が到着して現場を保存してくれていた。軽く右手を挙げて挨拶した。

「異常はないか」

「はい。ざっと近辺の様子を見ただけですが、どうやら犯人はもう逃走してしまったようです。この時刻ですし他に外で、人影も見当たりません」

「マンションの管理人とは話はしたか」

「いえ。もう寝ているようで灯りもついてませんし。起こすのは皆さんが来られてからでもいいだろう、と」

「まぁ、そうだな」前回もエントランスの監視カメラには、何も写ってはいなかった。一応、確認はするもののどうせ今回もそうだろうと穂積も思った。「分かった。俺が後で起こして、話は聞いてみるよ」

中からは子供の泣き声がしていた。寝つきのいい子だとは聞いていたがさすがに、夜中に人の出入りがあっては熟睡はできまい。

「失礼します」玄関を上がって奥へ進んだ。泣き声のしている部屋を覗いた。

「あぁ、穂積さん」中では戸田女史が、子供をしっかりと抱きかかえて座り込んでいた。布団が敷かれたままで、その上だった。「私がつい、悲鳴を上げてしまったんです。それでびっくりしてこの子が、起きてしまって。貴方にお電話した後、宥めていったんは落ち着かせたんですけど。お巡りさんが見えたんでまた、興奮しちゃって」

まぁ仕方がない。以前の夜とは違って子供がいたのでは、落ち着いて話もできない。今夜は犯人がいたと思われる部屋を鑑識に調べさせ、後は管理人その他、周辺の聞き込みをするくらいしかできそうになかった。

「電話でもお話ししましたが寝ていたら目が覚めて、洗面所に行ったんです」腕の中の子供を必死で宥めながら、戸田女史は言った。我々が到着したため心強くなったのかも知れない。落ち着きを取り戻したようだった。先程に比べればだいぶ、落ち着きを取り戻したようだった。「そしたら洗面所のドアが、すっ、と閉まって。廊下を走る足音と玄関が閉まる音がしました。私、怖くって。大声を出して、満里奈を起こしてしまったんです」

「玄関の鍵は。犯人はどうやって開けたんだろう」

「分かりません」

「もしかして貴女が、掛け忘れた、ってことは」

「そんなこと、あり得ません。最近では何度も、確認するようにしてますから。特に寝る前は、最後にもう一度」

まぁ、そうだろうな。勿論、可能性としてあり得ないということはなかろうがまぁ限りなくゼロに近かろう、と見るしかなかった。すると犯人は何らかの方法で鍵を開け、玄関から侵入したことになる。

念のため、廊下の先の居間に行ってみた。これから到着する鑑識の邪魔にならぬよう、現場をできるだけ乱さないように気をつけた。

居間にはベランダがあり、外に出られる。そこの鍵を確認しに行ったのだ。

入室した途端、気がついた。居間に連なるダイニングキッチンに、食事用の丸テーブルがある。その上に、例の紙が置いてあった。「お前は逃げられない」

寝不足だった。眠気が何重にもなって、襲い来た。

以前は徹夜くらい当たり前だった。何日も寝なくとも、平気で仕事ができた。それが刑事だと心得ていた。のんびりと我が家の布団で休むなんて贅沢、以外の何物でもない。

だがもう若くはない。久しぶりの完徹である上に、列車に揺られている。これでは睡魔に襲われるのも仕方がなかった。列車の揺れ以上に人間を眠気に誘うものなんて、穂積には想像もつかない。

常磐線の車中だった。茨城県に向かっていた。

例の、衛生作業服を個人客に販売した店舗。大型チェーンではなく個人営業の店を見つけたため、これは有望と目星をつけた。店主に電話してみると案の定、だった。恐らく十中八九、この客が犯人に違いない。

そこで店主と直接、会って話がしたいと約束を取りつけた。そいつがたまたま、今日だったのだ。本来なら戸田女史の件があるため、都内に残ってやることはいくらでもあった。だがこっちを最優先と見て、飛んで来た。犯人に実際に会った男と、話ができるのだ。無意味でないわけがない。

「状況を勘案するに、ここに侵入してから犯人の動いた範囲は極めて狭いと思われる」昨夜、鑑識が到着したので指示した。例のペーパーを指差して、続けた。「こいつを持ち込んで、マル対をビビらすために犯人は侵入した。ところがいざこの部屋に入ったら、偶然マル対は目を覚ましてしまった。犯人はここで息を潜めたに違いない。幸い、マル対は洗面室に入って行った。今がチャンスと見て紙を放り出し、犯人は廊下に出た。洗面室のドアをそっと閉め、マル対が声も出せないでいる内に玄関から逃げ出した」

つまり玄関から廊下を通って、この居間とを往復しただけだ。遺留物があるとしたらその間のどこかである可能性が高い。勿論、他の場所も一応、調べてはもらうけれども。まずはその範囲を重点的にやってくれ、と指図したのだった。

「それと、もう一つ」鑑識班の一部を、玄関の外に連れ出した。マンション一階の廊下に降り、手摺と外の駐車場とを指差した。「これは以前、ドアポストにペーパーが突っ込まれていた時のことだが。エントランスの監視カメラには、怪しいものは何も写ってはいなかった。まぁ今回も一応、確認はしてみるが、ね。つまり犯人はそこの駐車場から、手摺を乗り越えてここに侵入したものと思われる。廊下に入ってしまえば階段で、二階まで上がれるからな。エントランスのカメラなんか気にする必要はない、ってわけだ」

十中八九、今回も同じ方法で出入りしている。手摺を乗り越えて駐車場に降りる際、何らかのミスを犯している可能性は決して低くはない。遺留品が何か残されているかも、と期待してもいい筈だった。

特に重点的に調べて欲しい箇所を鑑識に指示すると、穂積は管理人の部屋に行った。起こして話を聞いたが、やっぱり、だった。寝ていて何も見ていないし、気づいたことも何もないという返事だった。監視カメラの映像も再生してもらったが案の定、怪しい人影も何も写ってはいなかった。

鑑識からの報告も覚悟していた通り、だった。玄関や室内からは戸田女史と子供のもの以外、指紋は見つからず。一階廊下の手摺からは複数の指紋が検出されたため、今日になって住人の指紋も取らせてもらい今頃、照合が進められている最中の筈だ。

だが室内からも見つからなかったのである。犯人は始終、手袋をしていたものと思われる。すると手摺を乗り越える際に、わざわざ外したとは考え辛い。まぁ難しいだろうな、と半ば諦めるしかなかった。それよりも明るくなってからの再捜索で、犯人が慌てて落として行ったものでも見つからないか、の方に期待があった。

穂積は静かに目を閉じた。目的地までまだ少しある。僅かな間でも寝て、体力回復を期すべきだろう。列車の揺れが心地よかった。あっという間に眠りに吸い込まれて行った。

「いやぁあの騒動は、今も思い出します」衛生作業服を個人客に売った、店主は遠くを見遣るようにして言った。名を柳沢侑（やなぎさわたすく）といい、白髪が頭にぽやぽや貼りついた六十絡みの男だった。店名もそのまま、『柳沢雑貨店』だった。「こんな田舎にマスコミの取材が、どっと押し掛けましたからな。テレビカメラも何台も来てたし。大勢がその辺りをウロウロして、とても商売どころじゃぁありませんでしたよ」もっとも、と苦笑してつけ加えた。「もっともそれ以前から、大した商売はできてませんでしたけどな。電話でも言ったように前は近くに大きな惣菜屋さんがあって、衛生服もダース単位で注文があったんですけど。他所に移られてしまって以来、服も棚ざらしみたいになっとったモンでして」

三年前、この近所で小学生の女児が誘拐される事件があった。下校途中、男から話し掛けられて車に乗り込む姿は目撃されている。が以降、女の子は行方不明のまま。マスコミ報道は一時、この事件のことで持ち切りになった。ニュース番組やワイドショーで同件が取り上げられない日は皆無と言ってよく、国中が騒然となった。

実は事件の捜査に当たった中に、穂積と旧知の茨城県警の刑事がいた。かつて合同捜査本部で一緒になったことがあり、以来のつき合いだったのだ。だから個人的にもこの事件については話に聞いていた。

「何の有力な証言も出て来んのだ」彼は愚痴を零していた。「少女が車に乗り込むところは目撃されているのに、じゃぁその車の色は、と訊いても曖昧になっちまう。『さぁ白だったかなぁ、グレイだったかなぁ』てな感じさ。おまけにその後『怪しい車を見た』という証言は寄せられるんだが、じゃぁ何が怪しかったのか。質すと『何となく』という答えしか返って来ない。おまけにここでも色は、と尋ねるとまたぞろ『さぁ白だったかなぁ、それともグレイか』だよ。全く話にならん」

一頻り愚痴った後、彼は続けた。「そんなので膠着状態さ。なかなか次の進展が窺えない。嫌な予感が捜本（捜査本部）に漂い始めたと思ったら、今度は窃盗事件と来やがった。普段は何もない、静かな田舎町なのにな。呪われてでもいるんじゃねぇか、って噂になる始末だよ」

「ほほう、窃盗」興味が湧いて、穂積は尋ねた。「それは、どんな」

「まぁ担当じゃないんで、詳しいことは聞いてないが、ね。誘拐事件の発生現場から歩いても行けるくらいの距離に、地元では有名な資産家の屋敷があるのさ。そこが空き巣にやられちまった。しかも、真っ昼間」

「空き巣、か。被害は金銭的なものだけだったのか」

頷いた。「家に置いてあった現金とか、そういった類いさ。貴金属の装飾品やかなり値の張る美術品なんてものもあったが、手はつけられてなかったらしい。売る時にアシがつくのを恐れて、なんだろうな。慎重な犯人、ということなんだろう」

特に興味深いのは、とつけ加えた。「その家、普段は昼間でも無人になることは滅多にないところだったそうなんだ。家の者が出掛けてても、通いのお手伝いなんてのが詰めてたり。ところがその日だけは、違ったらしくって」

元々が代々、土地持ちだったのだが所有する裏山から水が湧き、含まれる成分が肌にいいと評判になったという。大手化粧品メーカーと契約し、「○○清水」と名づけて製品化したところ大ヒット。ただの湧き水が大儲けの元になったのである。以来、水の湧いた記念日には家中総出で泉に集まり、神主を呼んで神事を執り行う決まりになっている、というのだった。

「知っていた、ということだな」穂積は言った。「犯人は知っていた。その日だけはその家は、全員が神事に出掛けてもぬけの殻になる、ということを」

もう一度、頷いた。「まぁ現場の近隣では誰もが知っていることだからな。だから当初は、近場の奴がやったんじゃないかと疑われた。だがどれだけ調べてみても、周辺で怪しい人物が浮かび上がって来ない。やはり他所の人間の仕業としか考えられない。そうなると犯人は、どこでこの情報を仕入れたのか。地元では有名な話でも、他所者が知る機会なんてなかなかない筈なんだからな。捜査班は戸惑ってる、って話だよ」

「ふぅん」

印象に残った。だから今回の事件が起こった時、穂積の頭にピンと来たのだ。

笠木家の悲劇が起こったのも、元は窃盗が発端だった。留守の筈だから忍び込んで、物色しているところに夫人が帰って来てしまった。仕方なく犯人は夫人を手に掛けた。状況から見てまず、間違いない。

茨城の事件との共通点は下調べを綿密に積んだ上での窃盗、という以外にもう一つ、ある。その前に近所で、世間を騒がす大事件が発生している、ということだ。茨城の場合は少女の誘拐。笠木家の事件ではストーカーの立て籠もり。いずれも国中の耳目を集める騒動となり、連日の報道はこの件で埋め尽くされた。

大事件と、それに続く窃盗。興味を持って穂積は、他にも似たようなケースがないか調べてみた。同じ警視庁管内なら話は早いが、県境を跨ぐと情報収集は途端に頓挫しがちになる。それでも主に人脈を頼りに集めてみた結果、この数年間に後二つ、似たような事件が発生していることが分かった。

一つは埼玉県内だった。火事で一家四人が死亡したのだが中の一人に、刃物による刺し傷が見つかった。犯人は殺人を犯した後、現場の証拠を消すために家に火をつけたのだ。残虐な手口に世間は騒然となり、報道はこれ一色に染められた。ところが誰も注目しなかったのだがこの二ヶ月後、近所で空き巣事件が発生していたのだ。

もう一つは神奈川県内。こちらは事件ではなく芸能人のスキャンダルだった。全国的に有名で大勢のファンを抱える人気歌手が、妻子ある身にも拘わらず愛人を抱えマンションまで購入していた。家にはろくに帰らず愛人のマンションの方に入り浸っていたということで、これまた芸能マスコミが現地にどっと押し寄せた。

すると近所で、殺人事件が発生した。聞くと笠木家の事件と類似しており、どうやら窃盗に入ったところに家人が帰って来たため、止むなく殺害に至ったようだった。

取り敢えず集め得たケースは今のところ、この四件。だが恐らく、他にもあるだろうと穂積は見ていた。そう、こいつは常習犯だ。誰にも気づかれなかっただけでこれまでずっと、同じような犯行を繰り返して来ているのに違いない。

世間の耳目を集める騒動と、それに引き続く窃盗事件。キーは情報収集にある、と穂積は睨んだ。

茨城の件がそうだったではないか。被害に遭った資産家の家は普段、昼間は留守になることはなかった。ただ一日、泉を祀る神事の日を除いて。地元では有名な話だったが部外者では、なかなか知り得るような情報ではない。では犯人はどうやって、このことを知ったのか。

笠木家の場合もそうだ。あちらは普段から昼間も留守がちだったが特にあの日、夫人は主宰するカルチャースクールの初日で家にいることはまず考えられなかった。茨城ほどとは言わないにしても、他所者がそうそう入手できる情報ではない。

部外者がやって来て土地の話を根掘り葉掘り訊いて回れば、地元では不審がられる。後に窃盗事件があれば誰もが、そう言えばこんな奴がいたぞ、と思い出す筈なのだ。なのにそんな証言は、どこからも寄せられていない。

記者だ、と穂積は見た。世間が注目する事件が起こると、マスコミがどっと押し寄せる。そこら中にカメラマンや記者が溢れ、周辺を取材して回る。

そんな中、ポロリと漏らす住民もいるだろう。「あそこ、大丈夫かしらねぇ。近所でこんな嫌な事件が起こっちゃって」

記者は食いつく。「え、どういうことですか」

「あそこの、お屋敷よ。湧き水で大儲けしたところなんで、記念日には家中総出でお祓いをするのよ。なのに、ねぇ。こんな事件が起こって世間が騒いでいる中で、神事なんかやっても不吉なだけじゃないかしら」

こうして貴重な情報が手に入る。漏らした方は取材の中で他愛のない話題として出したに過ぎず、覚えてなんかいない。かくして窃盗事件が発生しても、思い出すこともない。証言者として名乗り出るなんて、あるわけがない。

そういうことだったのに違いない、と〝見立て〟た。取材で大勢が集まる中、実は犯人は密かに窃盗に最適な家を物色している。さり気なく近所で、情報を収集して回る。そうして事件が収束し、世間の注目が離れた頃を見計らって窃盗に入るのだ。地元では事件ばっかり続いて不吉よねぇ、と噂になったとしても、広く世間の注目を集めることはない。マスコミ報道はとうに、他所に移ってしまっているのだ。実は他でも似たようなケースが起こっているなどと、結びつけて考える者なんかいない。

こいつは記者は記者でも、雑誌屋なのに違いない、ともアタリをつけた。新聞記者だと県警ごとに担当があるから、別な県で発生した事件を取材することはあまりない――まぁ大きな事件で人手が足りなければ、他所から応援に駆けつけることはあるが。なのにこいつは知り得た限りでも、四都県を跨いで取材に動いている。おまけに事件記者なら芸能スキャンダルはお門違いだが、雑誌屋にはそんなテリトリーはない。とにかく世間が注目する話題なら取材して記事にするのが、彼らなのだ。

　県を跨ぐのも恐らく故意に、なのだろうとも察しがついた。同じ県警内で似たようなケースが続けば、誰か気づく捜査員が出て来ないとも限らない。あれっ、そう言えば以前にも、同じようなことが起こっていたではないか、と。だが管轄を越えて事件を起こせば、途端に情報は遮断される。両者を関連づけて考える者など誰もいない。穂積が気づくことができたのもたまたま、茨城県警に親しい刑事がいたからこそ、だった。僥倖がなければ思い至ってなんかいない。逆に犯人にとってみれば、不幸だったことになるが。

　慎重な奴だ、それは間違いなかった。この『柳沢雑貨店』に衛生作業服があるのを知ったのも、少女誘拐事件の取材で周辺に話を聞いて回っている中で、だったのに違いない。前に窃盗事件を起こした際、服を傷めるか何かして買い直す必要に迫られていたのだろう。そこで事件の報道が一段落し、注目が引いた頃に再びこの地を訪れた。衛生服を購入してさっさと引き上げた。そういうことだったのだろう。

「誘拐事件もそうなのですが」穂積は柳沢に対して切り出した。「三年前、この辺ではもう一つの事件があったではありませんか。ほら、そこの資産家の家が空き巣に入られた」

「あぁ、そうでしたそうでした」柳沢はポン、と膝を打った。「嫌な事件ばっかり続くなぁ、って近所では噂しとったモンですよ」

「その、個人が衛生服を買って行ったというのは窃盗事件の前でしたか。後でしたか」

今度は柳沢はポカン、と口を開けた。戸惑ったまま、言った。「さ、さぁ。どうでしたかなぁ。何せ貴方から電話で指摘されるまで、衛生服が売れたのはあの誘拐事件の後だった、ってことすら忘れとったくらいですので。窃盗事件より前だったかどうかなんて、何とも、はぁ」

まぁ、そうだろうな。仕方がなかろう、と穂積も思った。個人的な意見としては恐らく前だろう、とは踏んでいるが。誘拐事件から窃盗事件と続いて、地元が再び不安に陥っている時に、敢えて購入などすまい。店主の印象に強く残ってしまう恐れが生じる。恐らく誘拐報道が一段落し、地元も落ち着きを取り戻し始めた時点で購入に訪れたのに違いない。そうして〝本命〟の、窃盗の方にいよいよ乗り出したのだ。だがまさか柳沢だって、衛生作業服と空き巣とを結びつけて考えなどしない。昔の帳簿を引っ張り出して調べれば日付は確認できるかも知れないが、そこまでする必要もなかろう、と判断した。

「服は」思いついて、質問を換えた。「売れた服はそれまで、どこに飾ってあったんでしょう」

「あぁ。こちらですよ」店の奥の、陳列ガラスを指し示した。「惣菜屋さんが他所に移って、そんな服の需要はなくなって。売れ残ったのがそこに、ずっと飾ってあったんです。まさに『棚ざらし』、そのままの感じでしたなぁ」

いったん、店の外に出てみた。通りから中をちょっと覗いたくらいでは、服が飾ってあったという陳列ガラスは見えないことが確認できた。つまりこいつは購入前にいったん、店内に入っている。恐らく取材の一環で入店し、柳沢から話を聞いている内に「あぁここに服が売られているな」と気づいたのだろう。その場はさり気なく立ち去り、熱り（ほとぼり）が冷めてから再び購入のために訪れた。要はそういうことだったのだろう。

「繰り返しますが誘拐事件が発生した直後、この辺り一帯には取材のマスコミが殺到していた」穂積は言った。「ここにも大勢、来られたことでしょうね」

「えぇ。そりゃぁ、もう」大きく頷いた。「言ったかも知れませんがうちのお隣が、誘拐された子供の家族と縁戚に当たるんですよ。なので入れ替わり立ち替わり、記者さんが来て尋ねて行かれました。被害者の女の子は隣にも遊びに来てたのではないか。貴方も見たことはありませんでしたか、って。でもねぇ。そりゃ遊びに来てたかも知れませんがそんなの、分かるわけありませんよ。被害者はあの時の女の子だ、なんて。お隣に来てる子供の顔を一々、見たりなんかしてませんからなぁ。ですから質問されても分かりません、と答えるだけでしたよ」それでも、と苦笑してつけ加えた。「それでも何度、『私には分からないですよ』と答えても記者さんって諦めないんですなぁ。またやって来て、『何か思い出したことはありませんでしたか』なんて。こっちぁほとほと、対応に困り果てましたよ」

「そうして取材に来た記者の中の、誰かだったんじゃないですか」核心に切り込んだ。「後にその、衛生作業服を買いに来た個人客、というのは」

再びポカン、と柳沢は口を開けた。「あの時の記者さん、ですか。服を買って行かれたのが」

今度は穂積が頷く番だった。「服がそこに陳列されていたとすると、外からちょっと覗いたくらいでは分からない。ここで衛生作業服が売られてる、なんてことは外部の人間には本来、知りようもないことだった筈なんです。そこでお尋ねするんですよ。もしかしてその客が服が売られていることを知ったのは、取材で一度ここを訪ねていたからなんじゃないのか、とね」

「は、はぁ。な、成程」柳沢は戸惑いを隠さなかった。「言われてみれば確かに、ありそうなことかも知れませんわなぁ。でもねぇ。さっきも言ったように事件の直後には、取材記者が入れ替わり立ち替わりここに押し掛けてましたので。一々、顔なんて覚えてられませんよ」

「逆に言うとその客が来た時」最早、確認だった。「あっこの前の記者さんだ、と貴方が気づくことはなかった」

「貴方に今、指摘されて『成程それはあり得ることかも知れない』とは思いましたけどねぇ。でもあの時、『この人、見覚えがある』なんて感じることはありませんでしたよ。またもしそうだったら、もっとはっきり覚えてる筈でしょう。貴方にもとうに、証言してますよ」

勿論、再訪の際には犯人は服装を変えるなど、気づかれないよう最大限の配慮はしていた筈だろう。それでも、だった。例えば読日新聞の山藤記者のように、ひょろりと背が高いなど強い印象を残す特徴があれば、柳沢だって気づいたかも知れない。あれっこの人、こないだ取材で来た人じゃなかったっけ、と。またそんな恐れがあれば犯人だって、わざわざ再訪してここで購入などすまい。

つまりこいつは中肉中背。目立たない背格好なのに違いない。直ぐに群衆に紛れて記憶に残らない。記者としては得難い特質ではあろう。さり気なく取材対象に近づき、話を盗み聞きする。仕事上、やり易い見た目なのだろう。

自分は目立たない、ということをこいつは自認している。そこが肝心の点だった。そうでなければここに戻って来たりなんかしない。自分で思い込んでいるだけ、というわけでもあるまい。実際にこいつは人目につかない風采なのだ。記者を続けて来た経験から重々、承知しているのだ。

「何度も確認して済みませんが」穂積は言った。「その客がどんな格好をしていたかも覚えていない。顔も、服装も。そうですね」

「貴方から電話を頂いて、改めて思い出そうとしてみたんですけどねぇ。でもやっぱり、記憶にないんですわ。単に若い男だった、というだけで。いや、年齢だって曖昧ですよ。顔も覚えてないんですから。ただ『衛生服が個人に売れることもあるんだなぁ』ということばかり妙に印象に残っとるだけでして」

「いや、それは無理もないと思いますよ」申し訳なさそうに頭を下げるので、穂積は慌てて遮った。覚えてなくて当たり前なのだ。こんなことで罪悪感を覚えてもらうことはない。「ただもし、何か思い出すことがあったら私に連絡を下さい。どんな些細なことでも構いません。よろしくお願いします」

最後に念を押して、『柳沢雑貨店』を辞した。

犯人は目立たない。二度、会っても柳沢は気づいてもいないのだ。人の記憶に残り難い見た目をしている。多分そうだと分かっただけで、大収穫だった。無駄足では決してない。

そう。やはり犯人と会ったことのある人間と話して、徒労に終わることはあり得ない。何らかの収穫がある。そういうものだ。

　ここまで足を伸ばしてよかった。充実感が胸を満たしていた。足早に常磐線の駅に戻った。

26

「あっ、シカがいるよ。シカだシカ。ほら～、瑠衣ちゃ～ん」

「あっホントだ。シカ、おっきぃ～」

「ツノが生えてるよ」

「スゴいねぇ～、満里奈ちゃん」

「うん。スゴ～い」

　土曜日。満里奈の大の仲良し、葉月瑠衣ちゃんとそのお母さんと一緒に、『こども動物園』に来ていた。ここは板橋区立の公園内にあり、入場も無料なのだがそれなりの種類の動物がいる。ポニーの体験乗馬もできる。一日、子供を遊ばせるにはなかなかお得な施設なのだった。アクセスもよく都営三田線の板橋区役所前駅から、歩いて来れる。

　実はここは『こども動物園』の本園で、同じ都営三田線の高島平駅の近くには、分園もあった。そちらには以前、満里奈と二人で行ったことがあった。分園でもポニーの体験乗馬ができ、それに乗りに行ったのだ。

「小さいお馬さんに乗ったんだよ」翌日、幼稚園で満里奈は瑠衣ちゃんに自慢したらしい。「小さい、って言ってもやっぱり大きいけど。ぽっくりぽっくり、ってそのお馬さんに乗って回ったんだよ」

「スッゴーい」瑠衣ちゃんは聞いて感激したという。「でもちょっと、怖そう」

「だいじょぶだよー。お兄ちゃんがお馬さんを引いて、連れてってくれるから」

「お兄ちゃんが連れてってくれるの。だったら、乗れるかな」

「乗れるって。今度、行こう行こう」

そんなわけで企画がスタートした。仲のいい二家族で行くことに、ためらいなどあるわけがない。奈津実としても大賛成である。

ただ高島平の分園は、奈津実の家からは自転車でもすぐだから行ったのだが葉月さんの家から見れば、そうでもない。そこでせっかくだから本園の方に行ってみよう、という話になったのだった。やはり分園よりは動物の種類も多いだろうし、と。

区役所前駅で待ち合わせ、近くのファミレスで昼食を共にした。仲良く手をつないでぶらぶら歩き、ここに着いたとたん子供らの興奮度はピークに達した。動物の姿を見るや檻に駆け寄り、「鳥がいるよ、鳥ーっ!」「あっ、こっちにはウサギだ。リスもいるよ。かわいい〜っ」と大騒ぎになったのだった。

子供たちが楽しそうにはしゃいでいるのを見ると、こちらだって嬉しい。日頃の疲れが吹っ飛んでしまう。

「ほらほら、そんなに走ると危ないわよ。転んじゃう」

「ウサギさんもビックリするでしょ。そんなに檻の近くで騒がないの」

子供のダッシュについて行けず、小走りで後を追いながら背中に向かってなだめるだけだった。それも耳に入っているのか、いないのか。ふと横を見ると葉月さんも満面の笑みを浮かべていた。眼と眼が合った。来てよかったですね。互いに表情で伝わった。

「ほら、あっちにはヤギさんがいるよ」

「あっ、ヒツジさんも。ねぇねぇ瑠衣。エサやりもできるんだって」

園内ではヤギとヒツジが放し飼いにされていた。触ってかわいがることができる。

実は瑠衣ちゃんは満里奈に比べて、ちょっと慎重なところがあるようだった。満里奈は積極的にヤギやヒツジを触りに行くのに、用心してなかなか近づこうとしないのだ。

「瑠衣ちゃ〜ん。ヒツジさんの毛、スッゴくふわふわ。気持ちいいよ〜」

満里奈がしきりに誘うのだが、尻込みして触ろうとしない。こんなところにも性格が現われるんだな。見ていて、おかしかった。いやむしろ、子供から見たら巨大にしか映らないだろうヤギやヒツジに、臆することなく近づいて行く満里奈の方が大胆に過ぎるのか。

「エサやりの時間、午後三時半からだって」葉月さんが子供達に言った。「だからそれまでの間、他を回って来ましょう。入り口のところにモルモットさんがいたでしょ。抱っこしてかわいがることができるんだってよ。あっちに行ってみない」

「行く行く」先に食いついたのはやっぱり、満里奈の方だった。「満里奈モロロット、抱っこしたい」

なるほど、と納得した。モルモットなら小さいから、瑠衣ちゃんだってさして怖がるまい。そうして動物に触るのに慣れさせて、ヤギやヒツジのレベルに進もうという手だろう。子供を導くのにもコツが要るのだ。何にでも積極的な満里奈が相手だと、あんまりそんな気苦労を要した覚えはないが。

「かわいい〜」

「毛がふっかふかだね」

「おとなしいね。いい子だね〜」

葉月さんの読み通りだった。瑠衣ちゃんはモルモットだと尻込みすることなく、膝に乗せて愛おしげに抱っこした。満里奈と並んで座り、背中を撫でてかわいがっていた。こぼれんばかりの笑みだった。言うまでもなく奈津実も葉月さんも、スマホを掲げて二人の写真を何枚も撮った。母の携帯にもLINEを入れてあるので、今夜はこれを送ってあげよう。ガラケーだって写真くらいは見ることができる。

モルモットの後はポニー乗り場へ行った。大きさから言えば段階的に、次はヤギかなと思ったがエサやりの時間はもっと後だったのだ。

ここでも手こずるかなと案じたが瑠衣ちゃんは、ちょっとためらっただけでポニーにまたがった。満里奈が先に乗って、勇ましそうに一周して来たためライバル心を燃やしたのかも知れない。お手本を見て大丈夫そうだという安心もあったのだろう。誇らしげにポニーにまたがる我が子の姿に、葉月さんの眼がちょっと潤んで見えた。

最後にヤギのところに戻った。エサはこちらが勝手にやることはできない。園が用意した野菜だけをあげることになっている。妙なものを食べさせられてお腹を壊さないように、という配慮だろう。ビニール袋も持ち込まないでください、と注意書きがあった。確かについつい落として、ヤギが食べてしまうというハプニングもあるかも知れない。

園の職員が手渡した野菜を、瑠衣ちゃんはおっかなびっくりヒツジの口元に近づけた。パッ、とヒツジは野菜を素早くくわえ取った。そのままムシャムシャと食べ始めた。

一瞬ポカン、とそれを見ていた瑠衣ちゃんは、次いでキャーッと弾けるように笑い始めた。「ヒツジさん、食べるの早〜い」

「早かったね〜、瑠衣ちゃん」

「早かった。スゴ〜い」

二人はキャッキャッとはしゃぎっ放しだった。親の方はと言えばスマホでずっと、撮影のしっ放しだった。


都営地下鉄の駅まで戻って来た。「イヤだイヤだ」満里奈がむずかった。「まだ帰らない。瑠衣ちゃんともっと遊ぶ」

こうなるだろう、と予測はついていた。だが、どうすることもできない。ここで別れる以外の選択肢はない。

「ゴメンナサイね、戸田さん」実は葉月さんから、事前に断られていたのだ。「できれば夕食まで、ご一緒したかったんですけど。でも今日は、夫が帰って来る日なんですよ。だからどうしても、夕食はそっちと」

葉月さんの旦那さんは単身赴任中らしかった。それが月に一度、土日の休みを使って帰って来る。久しぶりの家族団らんを楽しみにしている。そちらを優先しなければならないのは、当然だった。

「いいんですよ、葉月さん」奈津実は手を振った。葉月さんはこちらが離婚調停中なのを薄々、察しているらしい。ことさら気を遣ってくれているようで、かえって申し訳なかった。「いつまでもダラダラとつき合わせたんじゃ、こっちだって悪いし。動物園を出たらサラッと別れることにしましょう」

でも実際にはそうそう上手くはいかないだろうな、と察しはついていた。満里奈が寂しがる。その日が楽しければ楽しいほど、そうなるのだ。現に実際、予想の通りになった。

「そうだ。満里奈ちゃんもおうちにおいでよ」むずかる満里奈を見かねたように、瑠衣ちゃんが提案した。「パパが帰って来るんだよ。一緒にご飯、食べよう」

ハッ、と大人二人の息を飲む音が、同時に発された。しまった、子供の口を忘れていた。でも一度、出てしまった言葉はもう元には戻らない。

それがどれだけ残酷な一言なのか。子供には分からない。分かるわけがない。純粋に厚意から言っただけなのだ。なのにそれが相手を傷つけることもあるなんて。子供に想像なんかつくわけがない。

「パパがいい」満里奈は火がついたように泣き出した。「満里奈もパパがいい。パパに会いたい」

自分の言った一言で満里奈ちゃんを悲しませてしまった。何があったのかは理解できなくとも、それくらい子供にだって分かる。瑠衣ちゃんもわっと泣き出してしまった。

「ゴメンナサイ、瑠衣ちゃん」奈津実は満里奈を抱き上げた。何とかあやそうと、努めた。「瑠衣ちゃんは悪くないのよ。さぁ満里奈。もう泣かないで、ねっ。イオンに行って遊ぼう。いつものゲームをしよう。だから泣かないで。お願い」何だか自分の眼からも、涙がにじんで来た。

「ゴメンナサイね、戸田さん」葉月さんも瑠衣ちゃんを抱き上げてあやしていた。「さぁ、瑠衣。もう泣かないで。満里奈ちゃんに『サヨナラ』を言って、別れましょう」

「葉月さんが謝ることありません。悪いのはこっちなんだから」

「いえいえ。だって」

「いいんです。悪いのは、こっちなんです」

いくら泣かないで、と頼んでも子供が聞いてくれるわけもない。状況が状況である。遊び疲れて眠い、という一面もあるのかも知れない。

〝修羅場〟はなかなか収まらなかった。せっかくここまで、最高の一日だったのに。最後の最後で、台無しにしてしまった。罪悪感が胸を満たした。

ようやく満里奈の泣き声が〝下火〟になったので、葉月さんに頭を下げて素早くその場を離れた。ベビーカーに満里奈を乗せ、駅を後にした。東武東上線に乗るのなら、ここから大山駅まで歩けばいい。大した距離ではない。このまま都営三田線に乗ってしまうと、我が家からの距離は離れる一方になるのだ。途中、イオンに寄るにしても同じことである。

電車の中で寝るかも知れないな。ちょっと、期待した。遊んで疲れている上に、泣いたことで体力を消耗している筈だ。寝てしまうということはあり得る、と思った。でも満里奈は寝なかった。ベビーカーの中でずっと、鼻をグズグズ言わせながら起きていた。しょうがないな。東武練馬駅で降りた。

イオン板橋ショッピングセンターは駅の北口改札を出ると、すぐ目の前にある。入るとエレベーターで三階に上がった。ここに子供向けの室内遊園地、『モーリーファンタジー』があるのだ。

大好きな遊び場に来るとさすがに、満里奈の機嫌も戻ったようだった。お金をコインに交換して渡すと、お気に入りのゲーム機のところに走り寄って遊び始めた。画面に映るキャラクターの踊りに合わせてボタンを押すゲームで、タイミングが合っていれば高得点が出る。満里奈は本当にこの遊びが得意だ。奈津実でもとてもムリ、という点数をいとも簡単に叩き出す。

ゲームで遊んでいる姿が見える位置のベンチに、腰を下ろした。ほっと息をついた。今夜はここのショッピングセンターで夕食までいただいて、帰ろう。遊び疲れた上に満腹になれば、さすがに満里奈も寝つくだろう。今日のイヤな場面も忘れ去り、楽しい思い出だけが残ってくれるかも知れない。

見ていると満里奈の背中が、いつもより少し小さく映った。ゲームで遊んでいてもどこか、寂しげに見えた。友達の瑠衣ちゃんには優しいお父さんがいるのに、自分にはいない。子供なりに辛い思いを嚙み締めているのかも知れない。考えると、娘に対して心から申し訳なく感じた。ゴメンね。ゴメンね、満里奈。でも、どうしようもないのよ。こんなママをどうか、許してちょうだい。

涙がにじんで来た。うつむいて両手に顔をうずめ、はーっと長い息を吐いた。ぐすん、と鼻が鳴った。せっかく楽しい一日だったのに。最後は親子で泣くなんて、どうなっているのか。葉月さんに対しても本当にすまなく思った。

と、背筋をゾッと寒気が走った。

ここのところずっと、味わわされている悪寒だった。まただ。また今日も、誰かが私を見ている。見つめている。

先日、犯人に家に侵入された時の記憶が生々しく蘇った。夜、洗面所で鏡を前にしているとドアが勝手に閉まった。閉められたのだ、家に入り込んでいた犯人に。廊下を素早く立ち去る足音に続いて、玄関ドアが開け閉めされる音がガシャンと大きく響いた。

犯人がさっきまで家にいた。ヘタをすると殺されるところだった。私ばかりではなく、もしかしたら満里奈まで。思い至ってついつい、悲鳴を上げた。寝ていた満里奈を起こしてしまった。

自分は命を狙われている。改めて思い知った。私の生活は常に、殺される危険につきまとわれている。

考えると底知れぬ恐怖に包まれた。パニックに陥ってしまいそうだった。

だから何とか、頭から締め出そうと努めた。もちろん、用心は怠らない。いつも周囲に気をつけている。

それでもあまりに恐怖を直視すると、一歩も動けなくなる。普段の生活ができなくなる。だからなるだけ考えないようにして、平常心を保つよう気をつけた。そうして日常を過ごした。検針員の仕事もいつものようにこなした。できるだけ、楽しいことの方へ目を向けるよう心した。今日もその一環ではあった。

なのにそんな日であっても、やはり犯人は私を追って来る。見逃してはくれない。危険と背中合わせである現実から、私は逃れられない。運命を実感した。

顔を上げる勇気がなかった。視線を向ければ犯人と目が合ってしまうかも知れない。そんな恐ろしさに、耐えられる自信はなかった。こうしていればいずれ、立ち去ってくれるのではないか。いつも、監視した後は消えてくれるように。そう、このまじっとしていればいい。ここには周囲にいくらでも人の目があるのだ。よもやこんなところで、襲って来ることなんてあるまい。

いや、と思い及んだ。満里奈がいる。私と離れた場所で、一人で遊んでいる。まさかとは思うがゲーム機を離れて、興味を持った他の遊具のところへ行ってしまうかも知れない。幼い子供なのだ。思いついたままに行動してしまう。私の視線を外れ、犯人の見張る方へ行ってしまわないとも限らない。

慌てて顔を上げた。ホッと胸をなで下ろした。満里奈の方を見た。まだ例のゲーム機で、集中して遊んでいるところだった。

と、再び視線を感じた。強く。さっきより強くなっている。まさか。まさか犯人が、こっちへ歩み寄っている、ってこと？

視線の来る方へ顔を向けた。

ちょっと小太りな若い男だった。歳は二十代後半、といったところだろうか。髪は少し乱れていて、鼻の下と顎にも無精髭が生えている。黒縁の丸い眼鏡を掛けて、にこやかに微笑んでいる。こちらの心が和むような笑み、とはとてもいかないけれど。親しげな表情、ではあった。

似合っているとはとても言えないような、薄ピンク色のトレーナーとグレイの綿パン姿だった。それが、歩み寄って来る。まさか。まさかこの男が犯人、ってこと。それにしては悪意や、こちらに危害を加えようというような迫力は何も感じられないけれど。

「戸田さん、ですよね」近くまで歩み寄って来て、口を開いた。ことさらに親しげな笑みを浮かべた。奈津実は思わず、ひっと息を飲んでいた。「僕、いつも貴女のこと見てるんですよ」

返事ができない。何の対処もできない。ただ座り込んだまま、相手を見上げるだけ。何、この男？　気味が悪い。

どうやら犯人ではないらしい。危害を加えよう、というような人間でもないらしい。でも、気持ちが悪い。何、何この男……

「戸田さん、検針員さんでしょう。制服を着ていつも走り回ってる姿、見てるんだ。綺麗な人だなぁ、って思って。名札を見て、名前も分かった。でも自転車だから、サーッと走って行っちゃうでしょう。お話ししたいなぁと思っても、いつもできない。そしたら今日、ここで見かけて。これはお話ができるチャンスだな、と思って、僕」

視界の隅に警備員の姿が映った。奈津実がそちらに顔を向けると、警備員が気がついてくれた。こちらの表情から、察してくれたらしい。足早に歩み寄って来た。

「どうされましたか。大丈夫ですか」

「あぁ、大丈夫ですよ」男が先に答えてしまった。「僕達、お話ししてただけなんです」

「話なんかしてません」慌てて遮った。否定した。「この人が勝手に寄って来て、話し掛けられてたんです」

「ヒドいなぁ、戸田さん。僕達、お友達じゃないですか」

「友達なんかじゃありません。私、貴方のことなんか知りません」

「ちょっと、貴方」警備員が割り込んでくれた。「こちらの方がイヤがってるじゃないですか。止めてもらえませんか、ね」

「何だよ、あんた。友達と話すのが、何が悪い」

「貴方なんか友達じゃない、ってこちらがおっしゃってるじゃないですか」

「そんなことない、って。ねぇ、戸田さん」

すると警備員が男の腕を取った。「それ以上やると、ちょっとこっちへ来てもらいますよ」

「何だよ、あんた」男は腕を振りほどいた。「わけ分かんねぇ」ぶつぶつ言いながら、立ち去って行った。

「大丈夫でしたか」

警備員が訊いたので、頷いた。失礼とは思ったがまだ、座ったままだった。立ち上がる気力はとうに失っていた。「おかげさまで助かりました。知らない人なのに突然、話し掛けられて困ってたんです」

「時々いるんですよ、あぁいうの。勝手にこっちのこと、親しい間柄だと思い込んじゃう。エスカレートしたら、ストーカーにもなりかねないんじゃないかなぁ。危ないですよね。気の休まる暇もない世の中ですよねぇ、ホント」

男に対してあまりに無下にし過ぎただろうか。今さらながら、危惧した。

検針員の仕事で、走り回っている姿をいつも見ていると言っていた。つまり仕事で回るエリアの、どこかに住んでいるということなのだろう。お客さんの一人なのかも知れない。そうだとしたら、あんな風に無下にするべきではなかったのかも。

それよりも心配は、逆恨みされてしまうことだった。いつも回るエリアに住んでいる。また近くを通ることになる。そこで逆上したあの男が、襲って来ないとも限らない。ただでさえ人殺しの犯人に、狙われている身というのに。危険の可能性を増やすようなことは、するべきではなかったのかも知れない。

でも、とても心の余裕はなかった。先々の危険性など考えてはいられず、とにかく早く追い返して欲しいだけだった。もう、いい。やってしまったことをいつまでも、クヨクヨ考えたって仕方がない。

「本当に助かりました」何とか立ち上がる気力を取り戻した。警備員に頭を下げた。「ありがとうございました」

「さっきのがまた来るようなことがあったら、いつでも呼んでください。私が近くにいなくても、同僚が常に巡回してますから。それじゃ、また」

警備員の背中を見送った。視線を戻すと満里奈はまだ、ゲーム中だった。

27

「いやぁ、ご災難でしたなぁ。ここのところなかなか、落ち着く間もなかったのではないですか」

「いやぁ、ははは。全くです。皆様にもご心配をお掛けすることになって、心苦しい」

「いえいえ。しかしマスコミというのも、いい加減なものですなぁ。あれは秘書のやったことで、先生は関係ないということは火を見るより明らかではないですか。なのにいつまでも根も葉もないこと、書き立てて」

「まぁマスコミというのは、あぁいうものですよ。こちらとしても心得とるんですから、もっと用心をしとくべきでした。またあの秘書も、どうやら手癖が悪いということは薄々勘づいてましたので。情を掛けずさっさと、馘にしておけばよかった」

「『悪妻は百年の不作』という言葉はありますが部下についてもまた然り、ですからなぁ。やはりこれは、災難ですよ」

「いやぁ、ははは成程。上手いことを仰る。いや全く、その通りです」

与党、民自党の大物衆院議員、佐浪平の政治資金パーティーだった。仕事のつき合い上、何枚ものパーティー券を買わされたという知り合いの社長が、「使うならやるよ」と諏訪部にくれたのだ。スキャンダルの渦中にある実力派議員である。周辺を窺える機会を、逃すテはない。有難く頂いて、立食パーティーに潜入した。

佐浪議員の巻き込まれたスキャンダルとは、秘書による口利き疑惑だった。独立行政法人の進める工事がとある会社の敷地を通ることになり、補償問題で揉めていた。会社社長は法人との交渉を有利に運べるよう、佐浪議員の事務所に口利きを依頼し現金を渡した、という。事実であれば受託収賄罪に問われる可能性も否定できない。

ただどうもその後の追及で、議員本人は関わっていないらしいことが見えて来た。そもそも佐浪議員はその来歴から、独立行政法人に強い影響力を及ぼせる立場ではない。そんなところに金を持ち込んで口利きを頼んだところで、徒労に終わるのがオチである。

どうやら今し方、議員本人も言ったように秘書が勝手にやったこと、というのが真相のようなのだ。会社社長にこちらから声を掛け、困っているのなら力になろうと持ち掛けた。すっかり信用した社長は「どうかお願いします」と金を渡した。秘書は政治資金収支報告書への記入を誤魔化し、大半を懐に入れて知らん顔を決め込んだ。そんな辺りが真相だったらしい。

ただ金銭の授受は議員の事務所で直接、行われていた。だからこそ社長も、秘書の言い分を鵜呑みにしてしまったのだ。そういう意味では監督不行き届きの誹り(そし)は免れない。またこの金はいったん、全額が地元政治団体の金庫に収められたのだが収支報告書には、一部しか記載されていなかった。与り知らぬところで行われていたにしても、この点でも責任は追及されて然るべきだった。

実際、議員は記者会見では「秘書のやったこととは言え、私にも監督責任の一端はある」と神妙な態度を崩さなかった。「関係者の皆様にご迷惑を掛けて申し訳ない」と悲痛な表情で頭を下げていた。

だが所詮そんなの、世間向けのものだ。反感を買わないため、畏まった姿勢に終始しただけだ。分かってはいたが今、盗み聞きした遣り取りで議員の本音は証明された。秘書が勝手なことをやったお陰で、こっちだって被害者。それが議員の、偽らざる胸の内だった。政治家なんて皆、こんなものである。

今の会話は全て、ＩＣレコーダで録音した。記事の文脈によっては、一つのネタとして使い道はあるだろう。パーティーに潜入した甲斐はあった、というものだ。おまけに出席者の中で「おや」と思う者は、密かにスマホで顔写真を撮っておいた。これまた使いようによってはどうとでもなる。そこそこの収穫、と言っていいだろう。

自分は目立たない。これまでの経験から、諏訪部は自認していた。どこにでもいそうな目鼻立ち。ごく普通の控え目な背格好。全身からの自己主張は極力、抑える。だからこんなパーティーに入り込んでも、誰も気にも留めないのだ。もっともこういう集まりでは、普通に背広さえ着ていればいくらでも周囲に溶け込めるのも確かだが。いったん受付を通り抜けさえすれば、よほど目立ったことでもしない限り見咎められることなどまずない。

それでも警戒されない、という特質はこの仕事をする上で、大いに役立っていることは間違いなかった。こんな風にヒソヒソ話をしている脇に、すっと歩み寄る。密かに聞き耳を立てる。「何だお前は」などと誰何されることはない。それどころかそんな奴がいることにすら、気づいてもいない。内緒話も聞き放題である。こうして、ネタが取れる。

出席者の写真も撮れる。中でも気になったのが、大手リゾート・デベロッパーの社長が顔を出していたことだった。現在、我が国でもカジノを解禁しようという動きが進んでいる。デベロッパーらもこの流れに乗って、一儲けしようと企んでいる。事実、カジノ議連の背後には彼らが暗躍し議案推進に大いに貢献していると専らの噂だ。裏で大枚の金もバラ撒かれていることだろう。

一方、佐浪議員はパチンコ業界と近いことで知られていた。CR機のメーカーがパーティー券を大量に購入している事実が一部、報道されたこともあった。パチンコ業界は基本的に、カジノ解禁に反対である。ギャンブル好きがそちらに流れて行ったのでは、客が減ってしまう。死活問題に関わるのだから、当然ではある。なのにそんな反対派に近い議員パーティーに、推進派の人間が出席しているとはどういうことか。

これから懐柔して寝返らそうというのか。それとも実は既に議員は抱き込まれていて、陰で推進派として動き始めているのか。これは、追及してみるのは面白そうだと思われた。

「あの、済みません」議員の取り巻きがちょっと離れた隙を見て、話し掛けた。「雑誌『週刊時代』で記者をしております、諏訪部と申します」名刺を差し出した。

「『週刊時代』、ほぅ」大勢が入り乱れるパーティーだ。密かにマスコミ関係者が入り込むことも、珍しくはない。議員はさして驚いた風もなく、名刺を眺めていた。「その記者さんが、何か」

「こんなところで大変、訊き難いことなんですが一言コメントを頂きたいんですよ。現在、巷で騒がれている口利き疑惑について」

「あれは今、報道されとる通りですよ。秘書が勝手にやったことだ」既に何度も、記者会見で述べているコメントである。スラスラと口から滑り出た。「ただ、私にも監督責任がある。世間を騒がせて申し訳なく思ってます。それは、偽らざる本心ですよ」

「世間を欺く行為をした秘書に対して、思うことは」

「そりゃぁ、怪しからんと思ってますよ。うちの事務所の名前を使って、世間様にご迷惑を掛けた。憤りしかないですな」

「こちらも騙されたようなものですからね」

「そうそう」我が意を得たり、というように頷いた。「その通り」

「こちらも被害者のようなものだ、という意識はありませんか」

一瞬、間が空いた。虚を突かれたようなものだった。いや、突かれたのは胸の内の本音、か。「いや、それはありませんな」一拍、措いて続けた。「うちの事務所の名前が使われとるんだ。知らなかったとは言え、責任の一端はあると思っとりますよ。今も言った通りです。また、そんな行為を働くような不逞の輩を雇ってしまった。こちらの不徳の致すところです。忸怩たる思いこそあれ、被害者意識など、そんな」

さすが、海千山千の議員だった。世間の反感を買い兼ねない言質は、決して与えない。あくまで下手に出るコメントに徹する。さすがだった。この辺りは直ぐに揚げ足を取られるようなことを口にする、若手議員では足元にも及ばない。

「分かりました。このような席でわざわざお時間を頂き、有難うございました」

さっさとその場を離れた。そのまま会場も後にした。

コメントをもらったのは口利き疑惑に関してだけ、だった。カジノ推進派が会場に顔を見せていたことについては、触れもしなかった。今の段階でそのような話題を口に出せば、警戒させてしまう。マスコミが嗅ぎ回っているぞ。気をつけろ。周囲に箝口令が敷かれてしまう。まだ取材も始めていない段階でそうなるのは、上手くない。議員に核心をぶつけるのは、もっと取材を進めて周りの状況がある程度、摑めてからだ。構図が見えて来た時点で記事の締めに使えるコメントを直接、引き出すのだ。

それに口利き疑惑について綺麗事でも、コメントが取れたのはよかった。その前に他の出席者と交わしていた、本音の遣り取りとの対比ができるからだ。表向きのコメントが綺麗事であればあるだけ、本音が生々しく浮かび上がる。記事も面白く仕上がる。

「終わったよ」パーティー会場のホテルを出ると『週刊時代』編集部に電話を掛けた。担当編集者が出たので、今日の模様を報告した。「表向きと本音と、両方が録音できた。これで、最低限のネタにはなるよ」

これだけあちこちでマスコミが動いているのだ。そうそうスクープなんて取れるものではない。だが一方、この件に全く触れない号を出すのも難しい。事件の概要をつらつら解説し、読みどころでこのネタを仕込めば穴埋めの記事にはなる。

「今週、あまりいいネタが摑めちゃいないんだよ」事実、編集者は言った。「だからそのコメント、使わせてもらうことになると思う。ちょっと打ち合わせもしたいから、編集部に来てもらえるかな」

「あぁ、いいですよ。どうせデータ原稿、書かなきゃならないし。あ、それともう一つあったんだ。佐浪のパーティーにカジノ推進派の社長が来てた。これも編集会議にネタとして出せると思うよ。とにかく細かい話は、これから会ってから」

「データ原稿」とは諏訪部のような取材記者が、「誰に取材してどのような話を聞いたか」「会ったのはどんな状況で、相手はどんな風だったか」など詳しく情報を書き入れたメモのことだ。こうした、各地に散って取材に当たった記者によるデータ原稿と、資料とを元にアンカーと呼ばれるライターが完成原稿に仕上げる。読者の目に触れる記事に纏められる。

スマホを仕舞い、駅へ向かって歩き出そうとした。と、呼び出し音が鳴った。

ちっ、と舌を鳴らした。普段、使っているスマホではない。こちらの番号を知っているのは、一人しかいない。

「よぉ」通話ボタンを押して携帯を耳に当てると、ボイス・チェンジャーを介した異様に低い男の声が飛び込んで来た。いつもこうだった、こいつは。地声を俺に聞かれるのは避けたいのだ。「相変わらず、要領よく動いてるようじゃないか。女の情報ももう充分、仕入れたか」

「充分、なんてことはあり得ないよ」諏訪部は答えて言った。「集めても集めてもやり過ぎ、ってことはない。それが、情報ってモンだ」

「さすがだな」鼻が鳴った。少々、小馬鹿にしたような物腰と受け取れなくもなかった。「さすがは生き馬の目を抜く世界に生きる、記者さんだ。言うことが違う」

「これであんたの評価、第三段階クリアにでもなるのかな」

「あぁ」ははっ、と笑った。「まぁ、そうだな」

こいつがいきなり、連絡を入れて来たのはもう二ヶ月も前になる。あの事件を起こして直後のことだった。スマホが鳴り、この番号が表示されたのだ。未登録の番号だったが珍しいことではない。よくは知らない間柄であっても、貴重なネタを齎してくれる情報源だっていないわけではない、決して。

「諏訪部さんだな」だが電話に出た途端、こいつはヤバいと悟った。ボイス・チェンジャーを使っていたからだ。どれだけ身許を隠したい奴だって、こんなものまで使うことはまずない。「ははっ、興味深いな。人殺しと話すのは俺だって、生まれて初めての体験だ」

「何だ、あんた。いったい誰だ。ふざけてんのなら、もう」

「おっとっと。切らない方がいいと思うぜ。何よりあんたのためにならねぇ。俺の言うことを信じな」

「何を言っているんだか、見当もつかないんだけどな」

「トボけなくてもいいんだぜ。俺は知ってるんだから」一拍、措いて続けた。「あんたが板橋の事件を起こした犯人、人殺しだってこと」

「悪戯電話か。それとも掛ける先を、間違えたか」

「だからトボけるな、ってんだよ。時間の無駄だ。俺は、知ってるんだからな」

「仮に、俺があんたの言う通りの人殺しで」ヤバい。平静を装って会話を続けながら、諏訪部は自分に言い聞かせた。脳内を急速に回転させた。俺は今、破滅の瀬戸際にいる。こいつから上手く言葉を引き出し、目的を探らなければ。対応を少しでも誤ったら、俺は塀の中だ。悪くすれば首まで括られる。「あんたがそれを知っているんなら何で、こんな面倒なことをする。さっさと警察に行ったらいいだろう」

「そいつもいいが、あまり面白くはねぇ」男は言った。乗って来たな。見切ったような口ぶりだった。悔しいがここは仕方がない。ある程度、相手の土俵で戦うしかない。「それよりせっかくなんだから、もっと楽しいことをしよう、ってんだよ。その方がお互いの利益になるかも知れないし、な」またも一拍、措いた。「特に、あんたの利益に」

「何をしよう、ってんだ」

「まずは、そうだな。あんたもこのために特化した通信手段が要る。アシのつかないプリペイド携帯を至急、手に入れろ。そうしたらこの番号に掛け直せ。分かったな」

「いつまでに」

「だから至急、って言っただろ。急げ、ってるのにモタモタしてるようじゃ、俺のあんたに対する評価はガタ落ちだ。こんなこと続けたって意味はねぇ、って判断になる。そいつはあんたにとって、決していいことじゃぁない筈だ」

掌の上で踊らされている。分かっているがここは、合わせるしかなかった。相手の出方が分からないのだ。それどころかどこの誰なのか、も。目的も何も分からない段階で、闇雲な反撃に出たってどうしようもない。待っているのはただ破滅、である。

早速、歌舞伎町に出掛けた。アシのつかない飛ばしの携帯を手に入れた。こういう業界には仕事柄、詳しいのだ。何に使うのか、などと売る側から訊かれることもない。そもそも後ろめたいことに使うのでもない限り、こんな携帯を必要とするわけもない。

掛け直すと当初、なかなか繋がらなかった。呼び出し音が延々、鳴り続けるだけだった。その内、向こうから切られた。

電話に出られない状況にあったのだろう。周りに人がいたのかも知れない。確かに人の目がある中で、ボイス・チェンジャーはさすがに使えない。

「いやぁ、済まん済まん」暫くすると、向こうから掛かって来た。「ちょっと別の用があった。こんなに早く、あんたが携帯を手に入れるとも思ってなかったんだ。さすがだな」

「お褒めの言葉は有難く受け取っとくぜ」少しずつ、〝ゲーム〟のルールを飲み込みつつある。感触があった。そう、こいつも〝ゲーム〟の一環だ。今はこいつに踊らされているがきっと、いつか逆転してやる。こいつに目にもの見せてやる。「これで俺に対する評価、第一段階クリアってとこかな」

「そうそう。そういうことだ」クックッ、と笑った。

こいつは案外、お調子者らしい。乗って来る。ここまでの遣り取りで、見えて来た。好みの反応を示してやれば、喜ぶ。乗って来る。そうして少しずつ、情報を引き出してやるのだ。それが当面、俺にとってこの〝ゲーム〟を続ける上での戦略ってとこだ。暫くは掌の上で踊らされてやる。ご機嫌を取っておけばつい、ポロリと何かを漏らす局面も出て来るだろう。今はそいつを期するしかない。

「次にあんたを満足させるには、どうしたらいい」

「そうだな。これから一つ、貴重な情報をくれてやろう。そいつをあんたがどう料理するか。じっくり見させてもらおう」

「情報」

「そうだ。あんたにとっては限りなく貴重な情報だ。そいつをこれから、くれてやる」一息、間を空けた。こちらを不安にさせるための間。いや、それよりは自分のセリフ回しが、より劇的になるのを狙ってのことと見た。つまりこいつは目立ちたがり。常に自分が中心になっていなければ、満足できない。

敵の性格を知るのは戦略上、とても重要だった。今、一つの〝武器〟を手に入れた感触を諏訪部は確実に得ていた。「あんた、見られたぜ。殺害現場を」

「何だって」

「電気の検針員だ。各家のメーターを見て回って、料金を弾き出す女だ。そいつが丁度、あんたが事件を起こしてる時あの家に来ていた。裏の勝手口の方から敷地に入って、メーターを読んでいた」

あの時のことを頭に思い浮かべた。確かにそんな仕事があることは、諏訪部だって知っている。たまたま運悪く、あのタイミングで検針員が現場に来ていたということもあり得ないではない。

ではそれは、厳密にどのタイミングで、だったのか。俺があの屋敷に侵入した時か。庭で背中のバックパックを下ろし、衛生作業服に着替えていた最中か。それとも殺害を終え、庭に出て来て作業服を脱いでいた時か。屋内での模様を見られた恐れはない。メーターは裏の勝手口にあるのだから、建物の中を見ることはできない。

少なくとも作業服を脱いでいる時は、あり得ないな。結論づけた。さすがに人一人を殺した後で、神経が張り詰めていた。もし、その場を目撃されていたら相手の動揺も察知できた筈だ。ハッ、と息を飲む気の動きくらい、勘づけないわけがない。確信できた。

ならば事件を起こす、前の時点でか。しかし建物に侵入する時だって、緊張はしている。誰かに見られていないか、周囲に気を張り巡らす。目撃されていたらこれも、分かった筈ではないかと思えた。

ただ、確信はできなかった。さすがに事後ほど、気は立っていない。おまけに目撃者だって、まさかそれが殺人者だとは思わなかったかも知れない。さっさと敷地に入って行った姿を見て、庭で作業する人か何かかと思ったかも知れない。そうであればさして動揺はないだろう。俺が察知できなかったとしても、あり得ないことではないと思えた。そして後にあの家で事件があったと知って、女はあれが犯人だったのではと気がついた。可能性がゼロとは言えない。

「さすがに戸惑ってるな」笑い声が耳に飛び込んで来た。「何があったのか。考えるので手一杯、ってところだろう」

「どういうことだ」訊き返すしかなかった。「俺を見た、っていうその検針員。どこの何ていう女なんだ。そもそも何であんたが、そのことを知っている」

「さぁな。そんなこと、あんたの知ったこっちゃない。ただ俺は全ての情報を手にしている、というだけのことさ」

「それにその女、何でそんなところを目撃したってのに、警察に証言もしない」

「さぁな。そっちもあんたの知ったこっちゃない。もしかしたらそろそろ、警察に行くタイミングなのかも知れないぜ。それとももう、行っちまったのかも」

「何ていう女だ」

「さぁな。そいつを突き止めるのがあんたの、第二段階のハードルだ。検針員の名前が何で、何を考えてるのか。見事、調べ上げてみなよ。今度も俺を満足させてみなよ。朗報を待ってるぜ」

通話は一方的に切れた。歯がギリッ、と鳴った。

だが今は、踊らされるしかない。今のところ〝ゲーム〟は、相手に一方的に有利な段階なのだ。まずは自分にできることをやるしかない。

慎重に行動を開始した。調査を進め、検針員の名前も突き止めた。警察に相談に行っていることも分かった。だが今のところ、捜査がそれに基づいて諏訪部に焦点を合わせた節は窺えない。未だ当局は犯人の目星もついてはいないように見える。いったい、どういうことか。

　更に調査を進める中で、色々と見えて来た。警察サイドのキーマンは、穂積という一匹オオカミの刑事であることも分かった。あの女、戸田奈津実の担当を一手に引き受けていた。

あいつは危険だ。大して調べるまでもなく、悟った。くれぐれもあいつには用心しておかねばならない。

ただ逆に、穂積の動きにさえ目を光らせておけば今のところ、他はさして気にしなくてもいいと分かった。このように全体像が見えて来れば、どことどこを押さえておけばよいかも摑めて来る。情報の海を長年、泳いで来た俺だ。こういうことには長けている。自負があった。

　集めても集めてもやり過ぎ、ってことはない。それが情報ってモンだと今し方、ボイス・チェンジャー男に言った。嘘ではない。ただかなりの情報を既に、手中にしている手応えはあった。しかしそいつを相手に明かすことはない。自分の手駒がどれだけあるか。敵に打ち明ける馬鹿はいない。〝ゲーム〟を進める上で不利になるだけだからだ。

「用は、何だ」だから久しぶりに連絡して来た相手に対し、率直に尋ねた。こちらから明かすことは何もない。「何か、新しい動きでもあったのか」

「あぁ、そういうことだ」男は答えて言った。「まぁ動きがあった、と言うよりこちらが、ってことだな。機は熟した。いよいよ、行動を起こす」

「何をする気だ」

「そんなこと、あんたが知る必要はない」

「俺は何をすればいい」

「そいつも追って、こちらから指示するよ。ただ間もなく行動開始。あんたも心構えだけはしておけ、ってこった」

「分かった」あくまで下手に出続けた。これでいい。こいつに対処するにはこうするのが一番、とこれまでの経験から分かっていた。「連絡を待ってるよ。近日中、ってことだな」

「あぁ。そういうことだ」

通話はいつも通り、一方的に切られた。

さてさて、どう出て来る魂胆か。いずれにせよこの〝ゲーム〟に、俺は負ける積もりは更々ない。最終的には必ず、勝ちを収めてやる。負けたお前らを全員、踏み躙ってやる。

諏訪部は携帯を懐に仕舞った。改めて『週刊時代』の編集部に向かった。

28

まだまだ暑いが最盛期に比べれば、少しはマシになった。朝晩も気温が下がり、いくぶん過ごしやすくなって来た。いよいよ季節は秋本番に向かって行く。私は何とか一番、厳しい季節を乗り越えたのだ。達成感があった。ここを乗り切れば後は何とかなる。この仕事を続けていくこともできるだろう。自信が湧いた。冬になれば今度は寒かったり、雪が降って路面が凍結したりの危険はあるだろうが夏の暑さよりはマシだ。

ただまだまだ、油断はできない。熱中症の危険もなくなったわけではない。奈津実は変わらず大きな水筒を、自転車の荷籠のケースに収めていた。歩いている途中に水分を補給するための、ペットボトルも常にバックパックの中だった。塩アメも定期的に口に含んだ。

今日はちょっと時間が掛かるかも知れない。最初から予想がついた。満里奈はいつものように、幼稚園で夕方まで見ていてくれる「預かり保育」をお願いしている。普段だって仕事の遅い自分は、定時の二時までに迎えに行ける自信がなく仕事の日は利用しているのだ。だから心配は、何もない。

「あぁ、ゴメンなさいね、検針員さん」担当区域を回る途中でその家に着くと、家の人が門扉のところに出ていた。苦笑したまま会釈した。「今、ちょうど始まったところで」

庭をのぞくと中には数人の人影があった。白い大きな防護服を、上から着ている最中だった。頭をすっぽり覆うヘルメットも傍らに置いてあった。すごい重装備だ。でも大げさなわけでは決してない。

そう、この家には大きなスズメバチの巣があるのだった。それもよりにもよって、電気メーターの真上の軒先に。

「うちとしてもどうしようもないのよ」以前、ボヤいていた。「何度、駆除してもらってもまた同じところに巣を作られて。ハチに気に入られる、何かがあるのかしらねぇ。スズメバチの巣って縁起がいい、って人もいるけど、とんでもないわ。こっちからしたら迷惑なだけ。ハチがブンブン飛び回って、危なくってしょうがないですからね。自分ちの庭なのに、ろくに歩き回ることもできやしない」

奈津実としても気の毒だなと思うしかなかった。ハチが勝手に巣を作るだけなのだ。それも、放置しているわけでも決してない。何度も駆除してるのに、また作られてしまうという。自分の家なのに自由に動き回ることもできない。毎日の生活の場がそうなるのでは、ボヤくのも当然と思えた。

でもこっちだって、ただ気の毒だではすまない。月に一度とは言え、必ず訪れなければならないのだ。それも、巣の真下に。ハチの飛び回る中、刺激しないようにこわごわ近づいてメーターを読まなければならない。

またそのメーターの場所が、日の差さない陰にあって暗いと来ていた。そんなところだからこそハチも、好んで巣を作るのかも知れないけども。なかなか数字が読めない。さっさと引き上げたいのに、そうはいかないのだ。他のところならペンライトをつけて、照らしてやればいいがハチがいるからそれもできない。ヘタに明かりを当てればそれこそ、妙な刺激を与え襲われてしまうかも知れない。

だからいつも、この家に来るのは気が重かった。こちらが悪いのではない、と百も承知でもやっぱり困りものなことに変わりはなかった。

「ゴメンなさいねぇ、検針員さん」そうしたら先月、家の人に言われたのだ。「いつも、ハチのせいで迷惑を掛けて。今度、また駆除してもらうことになったのよ。ただねぇ、その日が」

一月後のちょうどこの日、というのだった。そんじょそこらのハチならともかく、スズメバチでは自分で巣を駆除することなどできない。専門業者に頼むしかないのだが、都心部にはそんなニーズはあまりない。郊外の業者だと今度は忙しくて、なかなか予定が空かないのだという。やっと予約をとりつけたのだが、ちょうど検針日と重なってしまった。何とか動かせないかと頼んでみても、他の日はもう一杯ですと断られてしまったらしい。

「だから、ねぇ。来月は他のところを回ってから、うちに来てよ。夕方には終わってると思うから。そしたら安心して、ゆっくり検針もできるでしょう」

そうは言われても、いつも回るエリアは既にコースが定着している。頭に、というより身体の方に染みついている。考えるまでもなく勝手に身体が動くのだ。またそうした方が何よりスムーズに行く。最も早く、効率的に仕事ができる。

だから一応、普段の通りに回ることにした。ここにもいつものように来てみる。そしてもし、作業が始まっていたら諦めて先に進む。他を全て回ってから、改めてここに戻って来る。そういう段取りに決めた。家の人にも言っておいた。

そうして来てみたらやっぱり、ちょうど始まったところというタイミングだったわけだ。まぁ、仕方がない。こうなるかも知れないという覚悟は、最初からあった。

「気にしないでください」だから家の人に言った。「他を先に回ってから、戻って来ます。こうなるかも知れないと思ってたから、大丈夫ですよ」

むしろ、間もなく業者が到着するというタイミングだったらかえって困ったろう、という気もした。急いでメーターを読まなければならない。ハチが頭上をブンブン飛び回る中で。薄暗い中、刺激しないようにいつも慎重にやっているのに、焦っていたらどうなるか。メーターを読み間違うなり、ろくなことにならない可能性が高い。もしかしたらハチを怒らせてしまい、襲われるかも。

それよりは巣が駆除された後、余裕を持って読んだ方がいいに決まっているのだ。多少、遅くなるだけで問題は何もない。満里奈だってこのために「預かり保育」を頼んでいる。

「ゴメンなさいね。作業が終わったら、貴女の携帯に連絡を入れるから」

「あぁ。そうしていただけると助かります。それじゃ、また」

その家を離れた。一画を回り終え、〝駐輪場〟に戻って来た。

自転車にまたがりながらふと、頭上を見上げた。思い出して、笑みが浮かんだ。以前、ここでカラスに襲われたことがあったのだ。

自転車に歩み寄ろうとすると、真上でバサバサッと音がした。頭を何かが覆ったような感触があり、次いで飛び去って行った。カーッと大きな鳴き声が同時に響いた。

とっさのことに何が何だか分からず、「キャーッ」と悲鳴を上げて座り込んだ。何かが頭に当たり、帽子からはみ出た髪の数本が絡め取られたようでもあったが。痛いと感じる余裕もなかった。

向かいの道路の手すりにカラスが留まり、再びカーッと鳴いたためやっとあれに襲われたのだ、と察した。あまりのことに呆然となり、立ち上がることもできなかった。

「大丈夫ですか」通行人が助け起こしてくれた。親切そうな男の人だった。「災難でしたね。この季節、カラスは危ないんですよ。子育てで気が立っている。勝手にこっちを敵と思い込んで、襲って来ることもあるんです」

「ご親切に、ありがとうございます」頭などを触ってみたが、別にケガはしていないようだった。「大丈夫みたいです。どこも痛いところはないし。ただ、ちょっとビックリしちゃって」

「ケガしてないなら、よかった。それじゃ、これで」立ち去って行った。

ようやく頭上を見上げる余裕を得た。電柱にカラスの巣があった。今の人が言っていたように、あそこで子育てをしているのだろう。神経が張りつめているところに私が寄って来たものだから、敵だと思い込んでしまったのだろう。

ただ考えてみれば確かに、敵のようなものには違いない。また襲われないように急いで自転車を出しながら、スマホを取り出した。東電パワーグリッドの大塚支社に掛けた。

「あぁ、私です。今、電柱にカラスの巣を見つけまして」場所を説明した。

「分かりました。直ちに処理します。ご連絡、ありがとうございました」

そう。また別な意味でもカラスの巣は、危険なのだ。彼らは普通、細い枝などを木の上に積み重ねて巣を作る。最近だと針金製のハンガーなどを拾って来て、小枝の代わりとすることも多い。そんなものを電柱の上で組むものだから、スパーク事故を起こしてしまう被害もあるのだった。

木の代わりに電柱、小枝の代わりに針金。都会ならではの代用品なのだろうが、停電でも起こされたらこっちはたまらない。元々は人間が自然を破壊し、勝手に街を造ったせいなのかも知れないがこればかりは譲れない。見つければ専門の職員を呼んで、巣を駆除してもらうだけである。

考えてみれば私はここで、巣に苦労させられたり駆除してもらったりするばかりじゃないの。自然に苦笑が浮かんだ。自転車を飛ばして、次のエリアに向かった。

今日の担当を回り終わって、スズメバチの巣のある家に戻って来た。既に家の人から「作業は終わった」と連絡を受けていた。ハチの影も形もないところでしっかり、メーターを読んで検針票を打ち出した。インタフォンを押すと中にいたので、「あぁ、わざわざ出て来ていただかなくて大丈夫です。ポストに入れておきますので、後でとっておいてください」と告げて立ち去った。

いつもなら一日の仕事の終わりは、コンビニのイートインなんかで涼みながら会社からの電話を待つ。基幹システムに転送したデータを職員がチェックして、問題がなければ「はい、お疲れ様でした」とお役ご免となる。その間、外で待つのも暑いではないか。

でも今日は変則的なコースで回ったので、近くに適当な店がなかった。しょうがないので公園に入り、木陰のベンチに座った。だいぶ、暑気が和らいで来たのでこれでも何とかなる。暑さの盛りの頃は木陰に入ったって、とてもゆったりはできなかった。自動販売機で買って来たジュースを飲みながら、電話を待った。

スズメバチと、カラス。今日、あれこれ思ったことが再び頭の中を駆け巡った。カラスはともかく、スズメバチに襲われたのでは命の危険もある。それはその通りだ。でも私の日常は、実はそれどころではない。現実に命を狙われているのだ。

先日、イオン板橋ショッピングセンターで変な男に言い寄られたことを思い出した。あれもイヤな体験だった。もしかしたら「イヤな」どころではなかったかも知れない。怒り出したら、暴力の一つも振るわれたかも知れない。

それに、警備員さんに頼んで男を追い返してもらった。逆恨みを抱かれたかも知れない。仕返しのために待ち伏せされる、なんてこともあり得なくはない。普通の人ならそれだけで、充分に危険な非日常だろう。

でも私の場合はそれどころではない。つけ狙っているのは、本物の人殺しなのだ。恐怖が生んだ妄想でもない。監視者の存在は穂積警部補も目撃した。小柄な、体格の。

おまけにメッセージまで残された。それも、三回も。最後には家の中にまで侵入された。妄想でも何でもない。犯人は実在し、私は実際に狙われている。普通の人には想像もつかない、危険な現実なのだ。

あぁ、もう。どうしてこんなことに。頭を強く振った。わけが分からなかった。

犯人が私を監視している。つけ狙っている。でも、なぜ。私はあの現場で、何も見てなどいない。いや、見たのかも知れないけども、思い当たることは何もない。

なのに犯人は、見られたと思っている。だからこそこうして、つきまとっているのだろう。そうでなければ、監視される覚えなんてどこにもない。

私は何を見てしまったのか。それとも、何を見たと犯人に思われているのか。思い出して欲しい。穂積警部補から繰り返し促されていた。

何度もやってみた。今となっては何か変だなと思えるようなことが、あの現場でなかったか。思い出そうと努めた。

でも、分からない。気がついたことなど何もない。あの日も笠木家は、いつもと何も変わらなかった。少なくとも、外から見た限り。あの家で事件が起こっていたなんて、想像もつかなかった。おまけに後から聞かされても、そう言えば、などと思い出されるようなことなんて何もなかった。私はただたまたま、事件の最中に近くにいたというだけ。

わけが分からない。どうしてこんなことになってしまったのか。あり得ないような危険な毎日に、首筋まで浸かってしまったのか。どうしても分からない。

あんな男と結婚さえしなきゃ、こんなことには。満里奈の夏休み。実家に泊まりに行っていた時に、母の漏らした言葉が不意に浮かんだ。警察沙汰になるようなぶっそうな毎日は、何もかもあの男が悪いんだ……

母は、事件のことを知らない。奈津実が仕事で現場の近くにいたことも、実は監視者は犯人であることも知らない。心配するから教えてはいない。

でもある意味、正しいなと思えた。そもそもの始まりは、あの男との結婚だったのだ。一緒に住み始めて本性を知り、こんな男とは別れるしかないと心を決めた。そこから、奈津実の非日常は始まった。こんな異常な毎日を送ることになったのも、発端はあの男との出会いだった。あんな男と結婚さえしなきゃ。母の言葉は確かに、間違ってはいない。

と、スマホが鳴った。頭を振って、これまでの思いを振り払った。気を取り直して、画面を見た。

会社からだと思っていた。が、違った。画面に表示された名前は、幼稚園の鴻池先生だったのだ。

通話アイコンをタップしてスマホを耳に当てた奈津実は、今しがたまで頭に渦巻いていた思いが全く正しかったことを知った。思い知った。

「あ、戸田さん。すみません」焦りが声からあふれ出ていた。「実はたった今、お父さんが満里奈ちゃんを連れ帰ってしまいまして」

29

昨夜は一睡もできなかった。

布団の中で悶々とし結局、眠れないと諦めて身体を起こした。満里奈を誘拐われたのだ。元、夫（認めたくはないが、法律上は「元」ではなく今も正式な夫のままだ）に。眠気なんて訪れるわけもない。

どうして。どうして？　同じ言葉が頭の中をぐるぐる回った。なぜ昭伸は、こんなことを。私の代わりに満里奈を幼稚園に迎えに行き、そのまま連れ去ってしまうなんてマネを。いったい何をする気なの!?

実はたった今、お父さんが満里奈ちゃんを連れ帰ってしまいまして。鴻池先生からの連絡を受けてすぐ、昭伸の携帯に電話してみた。でも電源が入っていないらしく、つながらなかった。会社にも掛けてみたが、「戸田主任は今日は一日、外回りで会社には戻らず直帰の予定となっています」と答えられた。だからこそこの日を選んで、こんなことをしでかしたのだろう。

そう言えば昨日は金曜日。一夜、明けた今日は土曜で奈津実の仕事も、満里奈の幼稚園も休みである。だから奈津実が仕事に出なくても、満里奈が幼稚園に来なくても周りも不審に思わない。そこまで考えた上で、決行日を選んだのだ。考え抜いた上で出た行動、ということなのだ。

相手と連絡がつかない。なぜこんなことをしたのか、問いただすこともできない。悶々とするのは当たり前だった。寝てなんていられるわけもなかった。

「私がほんのちょっと、目を離したスキのことだったんです」鴻池先生の言葉も何度も蘇った。「そうして戻ってみたら満里奈ちゃんの姿が見当たらない。他の先生に聞いたら『あぁたった今、お父さんが引き取って行かれました』って」

昭伸には以前、何度か満里奈を迎えに行ってもらったことがあった。だから他の先生も顔を知っていた。おかげで何の不審を抱くこともなく、満里奈を引き渡してしまったらしい。

きっと満里奈だって久しぶりに見る昭伸に、「パパ〜」と喜んで飛びついて行ったことだろう。だから先生からしても、引き渡しをためらう理由はどこにもない。事情を知っている鴻池先生、以外であれば。

「本当にごめんなさいね、戸田さん。私がいれば絶対にこんなことは起きなかったのに。ほんのちょっとだけ、本当にほんのちょっとだけ私が、目を離したスキに」

鴻池先生はしきりにすまながっていた。先生が悪いわけではない。分かっている。だからそんなに謝らないでください、となだめなければならない局面だった。

でも、何もできなかった。昭伸が満里奈を誘拐って行った。あまりのことに呆然となり、常識的な反応はとてもできなかった。

「私にできることがあったら何でもおっしゃってください」繰り返す先生に対して、はぁどうもと答え通話を切るだけだった。

眠れないまま朝を迎えた。疲れ切った身体で、白んで行く空をぼんやりと見つめた。いったいどういうことなの。私はどうすればいいの。答えのない疑問が何度も湧き上がった。答えの出ないまま頭の中をぐるぐる回った。

ぼんやりと座り込んでいた。だから突然、スマホが呼び出し音を発した時はびくんと身体が跳ね上がった。

画面には番号が表示されていなかった。そういう設定がなされているのだろう。昭伸だ。一瞬でピンと来た。こんなことをするのは、他にはいない。いよいよあいつが、連絡をよこして来たのだ。

「どういうつもりよ」だから通話アイコンをタップし、スマホを耳に当てたとたん切り出した。よけいなことを言って時間をムダにするつもりはさらさらなかった。「どうしてこんなことをするのよ。私の満里奈を返して」

「せっかく久しぶりに話せたんじゃないか」案の定。やっぱり、昭伸だった。こちらをからかうような、小バカにしたような話し方だった。「最初からそんな、ケンカ腰になることはないんじゃないか」

「フザケた電話につき合ってられる気分じゃないのよ。そんなつもりもない。だからさっさと終わらせましょうよ。私の満里奈を返して」

「お前の、じゃない。俺の満里奈だ」

「おフザケにつき合うつもりはない、って言ってるでしょ」

「フザケてなんかいない。法的には夫婦の娘なんだろうが、お前はこんなとんでもないことをしでかした。罪を犯した。だからもう、満里奈の親を名乗る資格はお前にはない。つまり俺だけの、ってことだ」

「いい加減に……」

「いい加減にするべきは、お前だ」大声でさえぎった。怒りが声にあふれていた。フザケてからかっている余裕がなくなったのは、向こうも同じだったのだ。「まだ分からないのか。お前はミスったんだよ。俺に逆らうという、絶対にやってはいけない誤ちを犯したんだよ。その罪は永遠に消えない。真っ当な罰を受けなければならない」

「お願い」怒りが悲しみに転じた。あんな奴に弱みを見せるのは、悔しい。でも、どうすることもできなかった。満里奈はあいつの手にあるのだ。こちらには抵抗のすべはない。「こんなこと、止めて。満里奈に会わせて。お願い」悔しいけど最後は、涙声になってしまっていた。

「満里奈に会いたいか」勝ち誇ったような声に戻った。でも、反感を覚える余裕も失っていた。「それじゃ、俺の言うことを聞け。俺の言う通りに動け」

「どうしろ、っていうの」

「これから外出してもらうのさ。まずは着替えろ。上は地味なブラウスで、下は動きやすいスラックスを穿け。それから帽子を二つと、紙袋を用意しろ。赤いハデな帽子があったろ。それと、つばの広いグレイの奴とだ。早くしろ」

　赤い帽子を持っていることなど、どうして昭伸が知っているんだろう。いぶかった。あれを買ったのは別居して、こちらに移ってからのことだったではないか。それにそもそも、こちらの服装になど大して注意を払うこともなかった、あんな男が。

「それから、日焼け防止のストールがあったろ。赤い、目立つ奴だ。そいつを肩に羽織って、ハデな方の帽子をかぶって家を出るんだ。グレイの帽子の方は紙袋に突っ込んでおけ」

　ストールのこともどうして知っているのか。いぶかった。これもまた、別れた後に買ったものなのに。

「グズグズするな。さっさと用意をすませろ。言っておくが、警察なんかに報せたらその場でこの取引も終わりだ。お前は満里奈に永遠に会えなくなる」一瞬、口をつぐんだ。警戒するような口調に転じていた。「もしかしてお前、もう警察と連絡をとってたりなんかしてないだろうな。何かあるたびに会って、助けを求めてるあの警部補なんかに」

「え、ええ」やはり、だ。確信しながら、答えた。やはり昭伸も、私を監視していたのだ。だからこそ、穂積警部補のことも知っている。つまり私を見張っていたのは、二人いた。昭伸と、犯人。だから背景が分かりにくくなり、私も混乱してしまった。

「してないわ。そんなこと、するわけないじゃない」

「そうか。ま、信用しとこう」

帽子やストールのこともそうなのだろう、と見当をつけた。きっと私を監視している中で、見かけて知ったのだ。そう、やっぱり昭伸は昭伸で、私を見張っていた。私や警部補が目撃した監視者が小柄だったのは、それがたまたま犯人の方だったというだけで。つまりあの置き手紙をしたのは犯人の方だった、ということになる。

「用意できたか。それじゃ出かけろ。駅に行って東武東上線に乗れ。和光市方面。朝霞台駅で降りるんだ」

ＩＣカードの乗車券は使わず現金でキップを買え、とまで細かく指示された。

思わず尋ねた。「どういうこと」

「うるさい。よけいなことは訊くな。とにかく俺の指示通りにするんだ。言っとくが、お前の動向はずっと監視しているからな。ちょっとでも指示に反するようなマネをしたら、その場でお前は失格となる。満里奈とは永遠に会えなくなる。分かったな」

「え、ええ。分かったわ」

言われた通り駅へ行き、朝霞台までのキップを買った。ほんの数駅、先なだけだが実はほとんど行ったことがない。普段、行くのは都心方面であるのが大半なのだ。逆方向の列車に乗ること自体、あまりない。朝霞台駅なんて一度も、降りたことすらなかったのではないか。

ちょうど着く寸前のタイミングで、電話が掛かって来た。「朝霞台で降りたら武蔵野線に乗り換えろ。北朝霞駅から川崎へ行くんだ」

初めて目にする朝霞台駅。改札を出て右手に行き、駅舎から外に出るともうすぐそこがＪＲ武蔵野線の北朝霞駅だった。駅の名前こそ違うがここは、東武東上線との乗換駅になっていたのだ。来るまで知らなかった。

「北朝霞駅の改札を入ったら右斜め方向に向かえ。階段を上ったらトイレがある。入って、個室で帽子を取り替えろ。ストールも取って紙袋に突っ込め。済んだらトイレを出て目の前の階段を上れ。ホームに出たらそこで、列車を待て」あぁそれから、とつけ加えた。「スマホの電源は切ってしまえ。川崎駅に着く手前になったらまた電源を入れるんだ。分かったな」

言われた通りにしてホームに上がり、周囲を見渡してみてそういうことかと納得がいった。ホームのこの辺りには監視カメラがない。ここにじっとしている限り、カメラに映像が残ることはない。

これまでの行動を振り返ってみた。赤い帽子に赤いストール。いかにも目立つ。それが慣れない駅で乗り降りし、キップを買ったりさせられるものだからどうしてもキョロキョロしてしまう。乗換口は、どっちか。探すのでどうしても頭上の案内を見上げることになる。するとカメラに顔が映る可能性が高くなるというわけだ。ＩＣカードは許されずキップの料金を券売機に入れなければならないので、目的地までの値段が書かれた路線図もどうしても見上げることになる。

目立つ格好で顔を上向かせ、カメラに映像を残す。今では顔認証で、残った映像から特定の人物を探し出すことがかなり正確にできるようになっている、という。私が行方不明になったら警察は、まず間違いなくそうして映像をチェックすることだろう。朝霞台から北朝霞に乗り換えた行程は、こうして確認される。

ところが北朝霞駅に入ったところで、奈津実は帽子を換えさせられた。ストールも取った。そうするとイメージはガラリと変わる。グレイの帽子と地味なブラウス。おまけにこちらの帽子はつばが広い。下を向いていれば顔がカメラに映らない。私の行程は、ここで追跡不能になってしまうわけだ。

発車時刻表を見ると北朝霞からは、大宮(おおみや)方面に直通する列車が出ていることが分かった。ここで行方を見失った警察は、私がきっとそちらへ向かったのではと考えることだろう。逆方向の、川崎に向かったなんて想定するわけもない。そもそも川崎に行きたいのなら最初から逆、東武東上線の池袋方面行きに乗った筈なのだ。こんな不自然な乗り方をするわけがない。

そう、これは警察の目をあざむくための、昭伸の策略なのに違いなかった。わざと不自然な行き方をさせる。逆方向に行ったのだろう、と思い込ませる。指定された服装も現金でキップを買えという指示も、全てはそのためだったのだ。だからこれからは極力、カメラに映らないような行動をとらせるのではと思われた。

スマホの電源を切れという指示も同じなのだろう。これにはGPS機能がついている。電源をつけっ放しでいると、どことどこを動いたか記録が残ってしまう。それを防ぐための指示に違いなかった。

ホームで待っていると、府中本町(ふちゅうほんまち)行きの列車が到着した。乗って、座席に着いた。

車内にももちろん、防犯カメラはない。奈津実の映像が残ることもない。
府中本町に着いたのでＪＲ南武（なんぶ）線に乗り換えた。終点は川崎駅である。あとは、乗り換えることはない。

座席に座ってぼんやりと視線を窓の外に向けた。多摩川を渡った。
そうだ、と思い至った。このまま乗っていれば列車は、実家の近くを通ることになる。母に助けを求めたい、という衝動がふと湧いた。少なくとも話だけでもすることができれば、気持ちはずっと楽になることだろう。

でも、できない。できるわけがない。

お前の動向はずっと監視しているからな。さっきの昭伸の言葉を思い出した。本当にそんなこと、しているだろうか。疑問に思った。現にこれまで、それらしき姿を見てはいない。監視者の視線に対してはかなり敏感になっているのだ。誰かが自分を見ていればすぐにそうと分かる。自信があった、これまでの経験から。

だから今のところ、監視者はいないと確信があった。でもあえて、危険なことをする勇気は湧かなかった。どこか、要所要所で見ていないとは断言できないからだ。おまけに母なんかを呼び出して、会って話をしていたら不自然に時間を食ってしまう。そうすればいくら何でも、勘づかれてしまうだろう。

「そろそろ川崎だろう」終点が近づいて来たので、スマホの電源を入れた。即、電話が掛かって来た。見られていたようで、はっとした。こちらの動向はずっと監視している。もしかしたらあれは、本当にハッタリではなかったのか。「川崎に着いたら駅から出ろ。改札を抜けて、中央東口に向かえ。言っとくが、立ち止まってキョロキョロなんてするな。下を向いてさっさと行動しろ。分かったな」

あの時間に家を出て、言われた通りに行動すれば何時発の列車に乗ったか時刻表を見れば見当がつく。ひっきりなしにホームを列車が出入りするような、都心部の山手線みたいな路線とは違うのだ。だからそろそろ川崎と知ったのだろう、と察しをつけた。つまりずっと監視しているというのはやはり、ハッタリ。そう言えばさっきの東武東上線でも、朝霞台駅に着くタイミングで電話があった。

でもそうして行動を予測されているとすれば、遅れると不審に思われてしまう。母に連絡なんてしなくてよかった、と胸をなで下ろした。ずっと見てなくとも基本的には動きが把握される。現代の日本ではそれくらい、簡単にできてしまうのだ。

「川崎に着いたか。言われた通り、中央東口に向かえ。エスカレータを降りたら地下街の入り口がある。だがそっちには降りるな。左側に迂回するようにして、先に進め。京浜急行線の高架下をくぐって、正面の道を渡れ。22番のバス乗り場だ」

どうして地下街に降りるなと言ったのか。命じられた通り、降り口を迂回するようにしつつチラリとのぞくと、納得がいった。地下街入り口の頭上には監視カメラがあったのだ。あれに写らないように、という配慮だったに違いない。

こんなに細かい男だったかしら。いぶかった。確かに戦略は立てる。いかにして相手を追いつめるか。検討してから、行動に移す。そういう男であることは間違いない。長年、大手商社の営業マンとして活躍しているのだ。交渉術も仕事の重要なスキルだろう。何の戦略も立てずに相手と会っているようでは、商談は向こうの好きに持って行かれるだけだろう。

それでも監視カメラの位置や、こちらの顔の動かし方まで想定した上で、行動を指示するような。そこまでの細かさがあったかしらといぶかったのだった。おおまかな戦い方を決めたらあとはその場で臨機応変に、とばかりに走り出す。それが昭伸という男だったような気がする。

おまけに北朝霞駅の構内や、川崎駅前の位置関係まで全て、把握した上で計略を練る。事前に実地調査したということだろう。そこまでの緻密さは、昭伸の性格にはそぐわないように感じた。

言われた通り22番乗り場で待っていると、バスがやって来た。東京湾を海底トンネルと海上橋で結ぶ、アクアライン経由の高速バスだった。終点は千葉県の、木更津(きさらづ)駅東口だった。

「木更津に行け、っていうことなの」

「よけいなことは訊くな、ってんだろ。とにかく来たバスに乗れ。それからスマホの電源はもう一度、切れ。五十五分後にまた入れ直すんだ」

言われた通りにバスに乗り込んだ。ここでもＩＣカードは使うなということだったので、乗る時に整理券を取った。乗客は奈津実の他に、数組くらいに過ぎなかった。夏休み中であれば海水浴や、潮干狩りに出かける親子連れの姿もあったのかも知れない。

携帯で通話すると最寄りの基地局とつながり、電波をやり取りすると聞いたことがある。その記録も残るのだろうか。私が川崎でいったんスマホの電源を入れ、使った。その跡を警察が追うことはできるのだろうか。

最後部の座席に座って、ほっと息をついた。車内を見渡してみたが、ここにも防犯カメラは見当たらなかった。

客が乗り終わるとバスはすぐに発車した。

30

乗り場を離れたバスは駅前の大通りを左折し、更に左に曲がった。ぐるりと大きく一画を回り込んでいるような感じだったが、すぐに方向感覚は失われた。どこを走っているのか、全く分からなかった。

そもそも、現在の川崎に土地カンなどないのだ。子供の頃は遊びに連れて来てもらったこともあったが、駅前の感じは今とは全然、違っていた。おまけに東口を背にして駅からこんなに離れたことなんて、なかった。

やがて何かの線路を渡り、すぐに右折した。工場街のようなところに入った。多摩川沿いに各企業の工場や倉庫が並ぶ一帯だろう、と見当がついた。ならば倉庫のような建物の向こうはもう、川っぺりの筈だ。

高速道路の入り口のようなところに来たが、そこへは入らず右折した。これはアクアラインを通って、東京湾を横断する路線なのではなかったか。奇妙に思ったが、すぐ先のバスターミナルに停車したのでそうか、と気がついた。ここで乗り換える客のために、いったん寄っただけなのだろう。

思った通りだった。ターミナルの敷地を出るとバスは引き返し始めた。先ほどの地点に戻り、今度は高速道路に乗った。すぐにトンネルに吸い込まれて行った。

アクアラインの海底トンネルは、約十キロもの長さがある。普通の高速道路と違い、延々とまっすぐなのであっという間に距離感が失われてしまう。行けども行けども何も変わらない、同じトンネルの壁。急に不安に襲われた。この先に何が待っているの。昭伸は私と満里奈に、いったい何をしようというの。延々と続く光景は、先の見えない自分の運命を指し示しているように感じられた。

と、ようやく先の方が明るくなって来た。トンネルを抜けたのだった。

だがまだ正確には、陸上ではない。ここは東京湾のど真ん中。人工島の上なのだ。

通称「海ほたる」だった。観光名所として、訪れる客も多い。バスもいったん、停車した。

だが先ほどの指示は、バスに乗って五十五分後にスマホの電源を入れろというものだった。まだ五十五分までは程遠い。つまり次の指示が出るのはずっと先、ここでは降りるなということだろう。奈津実は席に座り続けた。他にも降りる客はなく、乗って来る人もいなかった。

再び動き始めたバスは、海上橋を渡り始めた。今までのトンネルと違い、海の上を走るため眺めがいい。開放感もダン違いだった。これまで閉鎖的なトンネルを延々、走って来たせいでなおさらだ。

それでも楽しむ気分にはとてもなれなかった。奈津実は窓の外をぼんやり眺め続けた。遠浅の海原が眼下にずっと広がっていた。

やがて、対岸に着いた。ここはもう千葉県である。バスはいったん木更津金田（かねだ）インターチェンジを出て、高速を降りた。

でもそれは乗る時と同じように、バスターミナルに寄るためだったようだ。数人の客を降ろすと、バスは走り始めた。再びインターチェンジから高速に乗った。

すぐに次の袖ケ浦インターで降りた。今度もバスターミナルに寄るようだった。

「そこだ」気がつくとバスに乗って五十五分が経過していたので、スマホの電源を入れた。今回もほぼ同時に電話が掛かって来た。「次のターミナルで降りろ」

「木更津駅まで行くわけじゃないのね」

「そうだ」

料金を支払ってバスを降りた。バスターミナルと言ってもちょっとした待合室と、窓口があるだけの施設のようだった。あとはバスが出入りするための車回しと、広い駐車場があるきりだ。元は田んぼだったところの真ん中に造られたようで、周りには何もなかった。車道沿いにかろうじて、ガソリンスタンドが見えるだけだった。

奈津実ともう数人の客を降ろすと、バスは走り去って行った。いよいよ終点、木更津駅に向かうのだろう。

他の客は思い思いの方向へ歩み去って行った。次の路線バスに乗り継ぐのか、待合室に入って行く者。そこに自家用車を停めてあるのか、駐車場へ向かう者。一人、奈津実だけがその場にポツンと残された。

どうしようか。戸惑った。辺りを見渡した。手には例の紙袋がある。北朝霞までかぶっていた赤い帽子とストール、それに……

と、ピーッと口笛が鳴った。振り返るとタクシー乗り場の車回しにグレイの乗用車が停まっていて、脇に昭伸が立っていた。

奈津実は紙袋を高く掲げて見せた。これはここに捨てて行くのか、と問うたのだ。昭伸は首を振り、とにかく早くこっちへ来い、と手招きした。仕方なく奈津実は紙袋を手にそちらへ歩いた。

「久しぶりだな」奈津実が歩み寄るとニヤリと笑った。すぐに運転席に滑り込んだ。身体検査でもされるのかと思っていたから、意外だった。「乗れ。早く」

奈津実が助手席に着くと即、発進した。理由が分かった。周りには客待ちのタクシー運転手がいたのだ。タバコを吸って休憩している姿もあった。男女がモメているようなところを、彼らに目撃されるのは避けたかったのだろう。

「そいつは後部席に置いておけ」紙袋を指差して、言った。「あとで、処分する」

「あそこで捨てさせられるのかと思ったわ」

「そいつの中身は目立つからな。ゴミの処理に来た職員か何かに、不審に思われてはたまらん。心配するな」再びニヤリ、と笑った。皮肉がこれでもか、と込められた笑みだった。「ちゃんと処分しとくさ。絶対に誰にも見つからないように、な」

ターミナルの敷地から国道に出るところの信号待ちで、いったん停車した。バッグをよこせ、というのでハンドバッグを渡した。中身を改め、放って戻して来た。中に入っていたのは財布とか、無難なものだけだったのだ。

「スマホは」

「こっちよ」スラックスのポケットから取り出した。渡そうとしたが、信号が青に変わったため車は動き出した。

「お前が代わりにやれ」運転しながらなので、自分ではできない。蛇行するような目立った動きを、周りに見られたくないのだ。「電源を切って、ＳＩＭを抜け」

「やり方が分からないわ」

「側面に小さな穴が空いてる。そこにこいつを突っ込め」

細長い針金のようなものを渡された。ゼムクリップを伸ばしたもののようだった。

言われた通りにしてＳＩＭを取り出すと、スマホごとよこせと命じられた。渡すと、とたんに昭伸はステアリングを切った。車は国道から細い路地に折れた。

小さな川を渡った。橋の上から、スマホを放り捨てられた。あれに防水機能はない。あんなところに捨てられたら、ただの板切れに過ぎなくなる。中のメモリも壊れてしまっているだろう。その前に、そもそも見つけることができる者がいるとも思えない。

「これから、どうするつもり」

「言ったろう。お前は過ちを犯した、って。俺に歯向かうという、絶対にやってはいけないことをしでかしたんだ。その罪を償ってもらう」

「満里奈に会わせてくれる、って約束した筈よ」

「あぁ、会わせるさ」声を上げて笑った。

こちらを車に乗せて、走り出した。通行量の多い国道を離れ、側道に入った。もう人目につかないように、などと配慮する必要はない。何でも好きにやることができるわけだ。圧倒的優位に立った者の、笑い声だった。「会わせてやるとも。だから、大人しくしとくんだな」

圧倒的優位、そう、その通りだ。奈津実にできることは何もない。昭伸の好きにされるがままだった。抗するすべは、どこにもない。

車はどんどん、人気のない方に向かって行った。どうやら房総半島の内陸部、山の中に向かっているようだった。

「あっここは」民家も何も見当たらない、山の中に分け入っていた。ふいに思い出した。以前、何度か来たことがあるところではないか。「ここは、まさか」

「そうさ、思い出したか」昭伸はまたも声を出して笑った。「家族で来たこともあったよな。美しい過去の思い出、って奴だ」

昭伸の会社の保養施設だった。人里、離れた山の中で社員の泊まり掛けの研修や、家族の療養などの用途に使うため建てられたものだった。だから奈津実も満里奈を連れ、遊びに来たことがあったのだ。昭伸も言った通り、まだ家族が家族らしくいられた頃の思い出だった。こんな風に壊れた今となっては、痛々しい記憶としか感じない。

「壊したのは、お前だ」昭伸が言った。「せっかく家族として仲良く過ごしていたのに。お前が全部、台無しにした」

「違うわ、それは」言い返した。「貴方が悪いのよ。思いやりのカケラもない、貴方が」

「黙れ」一喝された。同時に車が施設の駐車場に滑り込んだ。他には車は一台も駐まってはいなかった。「言い合っている暇なんてない。そもそもお前に反論する権利などない。降りろ」

保養施設の建物は、記憶のままだった。ただ、かなり古びて見えた。他には誰もいないようで、人気（ひとけ）が全く感じられなかった。

「ご覧の通り、古くなったんでな」こちらの考えを読んだかのように、言った。「もう使ってないんだ。そこを一山、越えた場所に別の施設を建てて、今はそっちをここと同じ用途で使ってる」

中に入れ、と命じられたので従った。急かすように背中をどん、と押された。彼の怪力でやられれば、それだけで痛いくらいだった。

「ただここも、放っとくままじゃもったいないからな。改装するなりして、何かいい使い道はないか社内で検討中なんだ。俺がその責任者になった。だからここの鍵も持ってる。俺の好きに使い放題、というわけさ」

階段を降りるよう、指示された。言われるままに従った。その部屋だ、と指し示されたのでドアを開けた。コンクリートの壁がむき出しの、殺風景な室内だった。窓もなかった。ガランとした空間が広がっているだけだった。

「ここは倉庫だったんだ」昭伸は言った。「だから、ほれ」今、通って来たドアを指差した。「ちょっと手を加えただけで、理想的な監禁部屋に早変わりというわけだ」

見るとドアの室内側には、ノブがなかった。ドアは室内方向に引いて開けるようになっている。つまりこれを閉められてしまったら、中からは開けることができなくなるというわけだ。

監禁部屋。昭伸の言った言葉が胸にずんと落ちた。まさしくここは、人を閉じ込めるためだけの部屋だ。そのために昭伸は、室内側のノブを取り去ったのだ。まさに今日、奈津実を監禁するためだけに。つまりそれくらい、長い時間を掛けて練られた計画だったということだろう。

「私をここに閉じ込める気なの」

「そうだ」

「満里奈は。会わせてくれるって約束したじゃない」

「嘘だよ。お前をここまで大人しく従わせるための、な」

「そんな」頭の中が真っ白になった。「そんな、ヒドい」

とたんに頰を張られた。奈津実は吹っ飛び、壁に激突して床に滑り落ちた。あまりの衝撃に気が遠くなりかけた。以前、夫婦喧嘩で殴られた時と全く同じだった。

「言ったろう。その罪は重い。これは罰なんだ、ってな。お前は俺に逆らった。ナメたマネをしでかした。その罪は重い。死をもって償うしかない。満里奈に会わせろ、だと。フザケるな。お前にそんな権利はない。あとはただ、死を待つだけの運命さ」

頰を張られたショックで、軽い脳震盪を起こしているようだった。何も考えることができなかった。身体を動かすこともできなかった。痛みで、全身が麻痺してしまっていた。

「心配するな。満里奈は元気だよ。昨日と今日、思いっきり遊んだんで疲れてぐっすり寝ちまってる。それだけは教えといてやるよ」

ぼんやりと霞んだ頭に、昭伸の勝ち誇った声が響き続けた。口の中には血の味しかしなかった。きっとあの時と同じように、歯もグラついていることだろう。

「あの事件の犯人、な。お前が現場を目撃したとか嘘をついて、警察を動かした。あいつも俺が操ってる。もうすぐ、ここに来ることになっている」

衝撃的な言葉が続いた。あの犯人を昭伸は知っていて、操っている、だって。いったいどういうこと⁉

ただ一つだけ、ハッキリしたことがあった。やはり今回のこと全ての裏には、昭伸の存在があったのだ。私が警察に嘘の相談をしたことまで知っている。それくらいずっと監視していたということだ。そうして、綿密な計画を練った。どうやったのかは分からないがあの犯人まで動かして、計画に加入させた。何もかも、ただ一つの目的のためだけに。自分を裏切って侮辱した、この私を罰する。存分に恐怖を味わわせ、最後は死をもって償わせる。そのためだけに、これまでのことがあったのだ。

「犯人にはお前をここから連れ出して、殺して死体を捨てる役回りを与えてある。場所は東京よりずっと北。群馬あたりの山の中で、お前の死体は発見される。いったんここを経由したことなど、警察だって想像もつかないだろうよ」

だから、か。霞んだ頭の中で、少しだけ納得がいった。だから昭伸は、こんな遠回りをしてここへ来させたのだ。北朝霞の監視カメラに映ったあと、奈津実の映像はどこにも残らない。死体は群馬で発見される。ならば警察はやはり、奈津実は北朝霞から大宮方面に向かったのだと想定するだろう。川崎から千葉に来ていたなんて、考える理由もない。

昭伸はここを含め、会社の保養施設関連の仕事を任されているという。きっとさっき言っていた、一山越えた先にある新しい施設で今日も何らかの仕事をしているのだろう。ちょっとだけ席を外してここへ来た。奈津実をあのバスターミナルまでおびき出し、ここまで連れて来た。犯人に身柄を引き渡すために。

死体が群馬山中で見つかるのなら、それに昭伸がからんでいたなんて誰も想像はしない。房総半島の山中の施設で仕事をし、ちょっと席を外したに過ぎないのだから。完璧なアリバイがある。奈津実の死体と昭伸を結びつける者など、誰もいない。全ては考え抜かれた計画なのだ。

昭伸が歩み寄って来た。座り込んだままの奈津実の前で屈み、顔を覗き込んで来た。顎を右手でちょっと持ち上げ、視線を自分に向けさせた。

「残念だよ」本心からの言葉であることが、眼を見れば分かった。「お前が殺される、その場を実際に見ることができない。そいつだけが心残りだよ。まぁできるだけ、残酷に殺してくれるよう犯人には命じといたからな。その図を想像して、せいぜい自分を慰めとくとするよ」

立ち上がった。笑いながら部屋から出て行った。

バタンと閉められたドアが、じっと奈津実を見ているように感じられた。ノブがなく、決してこちらからは開けることのできないドア。お前はもう終わりだ。満里奈と会うこともできないまま、殺されるだけの運命なのだと告げているようだった。

31

何て無防備な国民だろう。日本人を見ていて、諏訪部はしょっちゅう感じる。海外ではこんなことはあり得ない。まるで自分の持ち物を第三者に、どうぞ盗んで行ってくれと頼んでいるようなものではないか。

明治時代、日本を訪れた欧米人は「ここの人達は外出する時、家に鍵も掛けない」と驚いたという。その太平楽さは、今も変わっていないということか。確かにこれだけ町中に自動販売機が置いてあって、壊され中の物を盗まれもしないのはこの国ならではの現象と言えるのだろう。

諏訪部としてもその能天気さを、大いに利用させてもらって来た。成程、今では我々も外出する時には家に鍵を掛ける。ただやはり、警戒が薄いことに変わりはない。その気になれば直ぐに入り込める防御に過ぎないのだ。本気で第三者を締め出そうと期するならば、もっと堅牢なガードを用意するだろう。お陰で諏訪部も、狙った家に簡単に入り込み〝ゲーム〟を満喫させてもらって来た。

今回もその無防備さが有難かった。場所は、前から目をつけていたところだった。

首都圏郊外のスーパーで、客は車で買い物に来る。交通網の発達した都心部ではそんなことはないが、ちょっと田舎に来れば人は短距離の移動にも車を使う。家から大した距離でなくても歩きはしない。そんなものである。

このスーパーは住宅街の外れに位置した。客の大半は近所の住民だった。日頃の生活に入り用な細々したものが、ここには揃っている。あっ、あれがない。気づいて、車でサッと買いに来る。

日用品をちょっと買うだけ、という気安さもあるのだろう。エンジンを掛けっ放しで店内に入る客が驚く程、多かった。前に取材で近所を訪れた時、こんなにアイドリング中の車の並んだ駐車場も珍しいな、と思ったものだ。おまけに防犯カメラも店舗の軒先にしかなく、ちょっと離れた場所に停めれば映像は残らない。理想的だった。以来、気に留めていた。いつかは使うこともあるかも、と考えていた。結果的には案の定だった、というわけだ。

「いよいよだ」例の奴から電話が掛かって来た。「こないだ、言った通りだ。いよいよ行動を開始する」

日付を告げられた。次の土曜日だった。

「それで俺は、何をすればいい」

「そいつはまた、追って指示する。ただその前に準備が要るんだ。車を一台、盗んで来い。できるか」

「あぁ」頭には件(くだん)のスーパーと駐車場があった。「不可能、ってわけじゃない」

「さすがだな」ははっ、と笑った。既にお馴染みの笑い方だった。「そいつができたらいよいよ最終段階クリア、ってとこだな」

「盗み終えたらあんたに報告するか」

「そうだな。前日までにやり遂げろ。そしたらいよいよ決行だ」

「分かった」

盗んだ車を何日も乗り回しているわけにはいかない。見つかる危険性が増すだけだからだ。だから決行日の前日、金曜に行動を開始した。公共交通機関を使って例のスーパーを訪れ、これはと思う車の現われるのを待った。背中には必要なものが全て収まったバックパックがあった。〝ゲーム〟の時にいつも使う、あれだ。

白いありふれた軽自動車が駐車場に入って来た。よさそうだな、と目をつけた。運転席から出て来たのは、初老の女性だった。ヨタヨタとした足取りで、店内に入って行った。連れはなく、エンジンは掛けられたままだった。この季節、エアコンを切ると車内が灼熱になるという判断もあるのだろうか。

直ぐに待機場所を出て、車に向かった。素早く乗り込み、スタートさせた。

時刻的に食材などを買い物に来た婦人、と見た。すると何を買うか選ぶのに、それなりに時間を掛ける筈だ。メニューを考えながら食材を物色する。迷えば迷ってくれる程、有難い。

買い物が終わって外に出て来る。車がない、と呆気にとられる。だがそれは盗まれたせいだとはなかなか気づかない。自分が停めた場所が間違ってたっけ。あちこち、探して回る。こうして実は盗難に遭ったのだと気づくまでに、有難く時間を浪費してくれるのだ。店員などが助けに呼ばれ、通報を受けた警察が駆けつける頃には俺はかなりの距離を稼いでいられる。

主要道路を通るのはわざと避けた。警察のNシステムに捉えられるのを防ぐためだった。そうでなくとも幹線道路沿いには、最近では民間の防犯カメラもあちこち設置されたりしている。映像を残すのはできる限り避けたかった。特に盗難現場の近くでカメラに映ってしまえば、それだけどちら方面へ行ったのか見当がつけられ易くなってしまう。

都心部を突っ切らず、田舎道を選んで走った。途中、盗難に成功したとあいつに一報を入れた。

「そうか。さすがだな。これで最終段階クリア。計画を実行に移す」

「中身は。まだ俺は、教えてはもらえないのかな」わざと下手に出た。こいつにはその方がいい、と分かっていたからだ。

「あぁ、まだだ。明日、伝える。だからそれまで、当局の目を逃れていてくれ。万が一にも車泥棒が見つかった、なんてヘマは起こさないように気をつけてくれ」

「あぁ。分かったよ」

やがて日が落ち、暗くなって来たため田圃の畦道を舗装しただけの細い農道に入った。最初から計画していたため、行動に迷いはない。農道の先を曲がると古ぼけた神社に出る。夜になると誰もいなくなるところだった。まぁ昼間から、あまり人影を見掛けることはないのも確かだが。

参道の木陰に車を停めて外に出た。ナンバープレートを曲げて下に向け、正面や真後ろから見てもなかなか数字が見えないように細工した。更にプレートに泥を擦りつけ、汚した。万全の処理と言うには程遠いが、これで少しは役に立つだろう。あまりあからさまに細工して、逆に目立ってしまうよりこちらの方がずっといい。

済むと再び車を出した。幹線道路を通らないよう気をつけながら、千葉県内に入った。高速を使えばずっと早く行けるのだが、仕方がない。人気(ひとけ)のないところを選んで走ったため、目的地に着いた頃にはすっかり夜が更けていた。

無人の農家だった。知人の実家だが、両親が年老いたためこんな田舎に住まわせるのは不安だと、街中に新たに家を買ったのだ。掛かりつけの病院の近くであり、そこで今は両親と同居している。代々、耕して来た農地は放置することになるが、仕方がない。これも高齢化社会に生きる選択さ、と彼は苦笑していた。だからここはずっと無人であることを知っていたのだ。

途中コンビニなどに寄って食料品その他、必要なものは買い入れてあった。農家の敷地内に車を駐め、ホッと息をついた。窮屈だが今夜はここで過ごすしかない。雑誌の編集部には大切な用が出来たため、この週末は飛び込みの仕事があっても受けられない旨、告げてあった。

狭い車内で飯を喰うのも味気ないので、外に出た。夜もまだまだ熱気が残るが、開放感が違う。ヘッドライトの明かりが照らす中に丁度よい石があったため、腰を下ろした。周りに人の目は皆無なのだ。誰かに見られる恐れを想定する必要はない。握り飯やサンドイッチなどを口に放り込み、ペットボトルの水で喉の奥に流し込んだ。

腹がくちくなると立ち上がり、車の中に上半身を突っ込んだ。エンジンとヘッドライトを切った。

灯りとエンジン音がなくなると一瞬、暗闇と静寂に包まれた。だが頭上には無数の星が瞬いていた。都心部を離れれば夜の空はこうなる。虫の鳴き声が耳に心地よかった。雑誌屋として人人人の繁華街を歩き回る毎日からすれば、どちらが贅沢なのか分からなくなるくらいだった。

一息ついて諏訪部は、車に戻った。夜が明けたら忙しい。生き延びられるか、破滅か。全ては当日の行動に掛かっている。身体を休めておかねばならなかった。失敗は許されないのだ。

「よぅ」翌日、つまり今日。電話が掛かって来た。いつもながら、ボイス・チェンジャーを介した声だった。それでもどこか、緊張が嗅ぎ取れる。こいつもまた張り詰めているのか。思うと、可笑しかった。「待たせたな。いよいよ、あんたの任務を告げさせてもらうぜ」

「あぁ、頼むよ」あくまで、下手に出続けた。「俺はいったい、何をすればいいんだ」

場所を告げられた。房総半島の山の中だった。予想の通りだった。「盗んだ車でそこに来い」一拍、空けて続けた。効果を高めるための間で、芝居がかったやり方にもこっちはとっくに慣れっこだった。「女を引き渡す」

「何だって」そう来るだろうと分かってたよ。本音を胸の底に押し留めて、演技を続けた。「女、って。例の、検針員か」

「そうだ。あの女をそこに連れて来る。あんたに引き渡す。誰も女が、そこにいることは知らない。身柄があんたの手に渡ったことも、誰にも想像はつかない。そうなるように手を回しておいた」

「目撃者である女を、俺は好きにすることができるってわけだな」

「そうだ。まぁ最終的にはあんたは、都合の悪い存在を消すことになるとは思うが。そこまでは、好きにするがいい」

「何で」戸惑う演技を続けた。「何であんたはそこまで、俺のために段取ってくれるんだ。人知れず女を、俺に引き渡してくれるまで」

「さぁな」嘯いた。だが素知らぬ振りもそこまでだった。感情が迸り、抑えが利かないようだった。「ただこれだけは言っとく。殺す時はなるべく、惨たらしくやってくれ。女が苦しんで苦しんで苦しみ抜いて、死んだ。そいつが分かれば分かる程、俺の満足度も増す」

「どうやら恨みがあるようだな」諏訪部は言った。少しは納得した風を装っておいた方がいいだろう。その方が相手を油断させられる、という判断だった。「つまりこいつは、お互いにとって利がある、ってわけだ」

「まぁ、そうだ。そう思ってもらって、結構だ」

「よし、分かった。あんたの溜飲を下げてやれるよう、精々やってみるよ」

「よろしくな。これで互いの通信は終わりだ。その携帯は、破棄しといてくれ」あぁそれから、とつけ加えた。「あぁそれから、死体の遺棄場所だが関東の北の方にしてくれ。細かい場所は任せる。ただいったん、女が千葉の方に来ていたなんて想像もつかないような地点を選んでくれ」

「分かった」

通話を切った。

だが言われた通り、携帯を破棄はしない。これはあいつと俺とを結ぶ、物的証拠なのだ。万が一にも俺に全ての罪を被せてしまわれないよう、保険が必要だった。それにもう一度、こいつを使わねばならない計画もある。

車を出した。あいつは俺がまだ東京のどこかにいて、これから動き始めると思っている。だから指示された地点に着くまでには、それなりの時間を要する筈と見ている。

どっこいこちとら、まんまと操られるだけの馬鹿ではない。あいつの身許はとっくに突き止めてあるのだ。

件の検針員は戸田奈津実。離婚調停中で母子家庭で暮らすため、この仕事に就いた。分かった時点で、ならば相手の男はどうなったのかと調べ始めるのは当然だった。総合商社に勤める営業マン、戸田昭伸。周囲を探って、自分に指令を出しているのはこの男だと確信した。

彼は外回りの仕事の他に、社員の福祉関係の役職も任されていることが分かった。房総半島の山中に立つ会社の保養施設の活用も、その一環だった。

監視していると、そこまで必要なかろうと思える程、頻繁に施設に通っていた。古くなったためいったん、使用を中止している建物の方だった。現在、使われている方よりこちらに通うのが多いくらいだった。一人で建物に入って行き、半日くらい出て来ないことも何度かあった。

はははぁ、と察しが行った。つまりは人知れず、ここを活用する積もりなのだ。恐らく、監禁場所として。戸田奈津実を連れて来て、閉じ込めておくにはこれくらい理想的なところもなかろう。

だから久しぶりに連絡が入り、いよいよ決行だと言われた時にも大方の察しはついていた。何らかの方法で戸田奈津実をここまで誘導する。そうして諏訪部に身柄を引き渡す計画なのだ。復讐のため、代理殺人をさせる積もりなのだ。犯人役はつまりこの、俺。

いいだろう。途中までは乗せられてやる。言われた通りに動いてやる。

だが最後まで言いなりにはならない。自分を危険な立場に追い込むだけと分かり切っているからだ。だから中途で、反撃に出る。あいつが思ってもみなかった方向から、襲い掛かる。そのための計画を練り、事前準備も進めてあった。

指示される前から千葉県内に入り、前の夜から待機していたのもそのためだった。あいつは俺が既にこんなに近場に来ているなんて、想像もしてはいない。油断を利用して、観察するのだ。最も有利な時点で、反撃に移るために。

まずは新しい保養施設の方に赴いてみた。思った通りだった。彼は既にここにいた。何人かの社員と共に、仕事に就いていた。アリバイ造りのためだ。あいつと戸田奈津実が接触するのは、最低限の時間。ちょっと席を外した振りをして、奈津実を古い方の施設に連れて来る。監禁し、後はこちらに任す。後日、女の死体が発見され警察が捜査に来ても同僚が証言する。ええ、戸田さんはずっと僕らと一緒に保養施設で仕事をしてました。ちょっと用足しにその場を離れたりもしたなど、細かいことなど打ち明けはしない。その前にそんなこともあったなんて、覚えてすらいないかも知れない。

遠くから観察を続けた。戸田昭伸は施設の内外を頻繁に出入りしていたが、ある時点で同僚に手を振り、車に乗り込んだ。想定通りの行動だった。

諏訪部も車で後を尾行（おこな）った。

結果から言えば全て、推察の通りだった。昭伸は袖ヶ浦のバスターミナルで奈津実を車に乗せ、古い保養施設に連れて来た。途中、国道を離れて脇道に入った時には逃しそうになったが、何をしたのかは分かった。小川を渡る橋の上で何かを放り捨てたのだ。奈津実のスマホだろう、間違いない。俺だって同じことをする。

車が山道に入ったため、間の距離を空けて尾行を続けた。どうせ目的地は分かっているのだ。無理に近づいて勘づかれてしまうより、危険と判断したら行かせてしまった方がずっといい。

それくらいの余裕があったお陰で逆に上手くいったのだろう。何の問題も起こることなく、ずっと尾行することができた。

最後の最後に昭伸の車とは離れ、道を逸れた。高台に上った。あの保養施設を見下ろすのにピッタリな場所を、予め見つけてあったのだ。車を停めて表に出、監視位置についた。昭伸と女とは丁度、施設の敷地に着いて古い建物に入って行くところだった。

男だけが、直ぐにまた表に出て来た。車に乗って走り去った。長いこと留守にしていた、と会社の同僚に印象づけるわけにはいかない。急いであちらへ戻らねばならない道理だった。

今はあの建物には、戸田奈津実が監禁されている。俺が現われ、殺されるのを待っている。思えば哀れな運命だ。昭伸のような男と一緒になったばっかりに、そんな最期を迎えることになったのだ。

だが、まだだった。俺があそこに向かうには、ちょっと早い。役者がまだ全員、揃ってはいない。

諏訪部はその場で待機を続けた。あいつが姿を現わすまで、動き出すわけにはいかない。俺を執拗に追い続ける一匹オオカミ刑事（デカ）、穂積亮右。

32

　やはり、か。スマホの地図アプリに映し出された光点の軌跡を追いながら、穂積は思った。ステアリングを急に切ることもなかった。こう来るだろう、という予測は初めからあったのだ。戸田昭伸が妻に出しているのであろう指示は今のところ、全て予想の範囲内だった。

「別居している夫が、娘を幼稚園から連れ去ってしまったんです」

　昨日、戸田女史から連絡が入った。いずれ何らかの行動があるだろう、と読んでいたから意外性はなかった。むしろいよいよ来たか、と気合が入ったくらいだった。遂に行動開始だ。

「落ち着いて」まずは女史を宥めなければならなかった。男勝りとは言えやはり女性だ。娘を連れ去られ、動転している。ここは冷静に行動してもらわなければならない。下手をすると全てが台無しになってしまう。何とか落ち着かせるのに、苦労した。「いずれ旦那さんから、何らかの指示がある筈です。その前に準備しておかなければならない。まずは家を出て来て下さい。私と池袋で落ち合いましょう」

　家は見張られている恐れがあった。だから穂積がのこのこ近づくわけにはいかなかった。戸田女史が外出するところも、できるだけ見られない方がいい。なるべく身を隠して、監視を避けるようにして出て来てくれと指示した。これまで不審者につき纏われながら対処して来た女性だ。危機対応のトレーニングは積んでいる。落ち着けば上手くできる筈、との確信があった。

池袋で落ち合うと、電器店に行った。子供用の携帯を一台、購入してもらった。GPS機能を備え、持ち主の位置情報を指定したスマホに送り続けることのできる機種だ。子供にこれを持たせておけば、我が子がどこにいるか立ち処に摑め親としても安心していられる。今回はこの機能を、尾行に利用する。

「この電源を常に、入れておいて下さい」穂積は女史に言った。「そうすれば貴女の行動を、私も追尾することができる。旦那さんに察されることなく、貴女が誘導される場所に私も駆けつけられる」

指示の電話が掛かって来たらできれば、こちらの携帯も通話モードにして相手の声を拾い続けて欲しい、とも頼んだ。そうすれば次はどこへ行けと言われた、などと逐一報告を受けるまでもなく、自分も直ちに対処できる。

「ただし無理は禁物です。もしかしたら貴女の行動を、本当にどこかで監視しているかも知れない。不審な動きをしている、と疑われたら致命的なことになり兼ねない。既に警察と接触しているのでは、などと疑われてしまっては、ね。だからスマホの会話をこちらに拾わせるのは難しい、と判断したら無理はしないで下さい。大丈夫。貴女の動きをトレースできることに変わりはありませんからね。私はずっと、それに合わせて動いていますよ」

警察に接触なんかしていないだろうな。昭伸は開口一番、確認して来るだろう。だがちゃんとシラを切れ、などと余計な念押しはしなかった。大丈夫、この女性なら。言われるまでもなく、ちゃんとやってくれる。確信があった。

そして翌日、つまり今日。案の定、昭伸から戸田女史のスマホに連絡が入った。まずは東武東上線に乗って朝霞台駅で降りろ、と言う。服装の指示まで細かくあった。監視カメラに残す映像まで想定してのことなのだろう。思った通り戸田女史は、破滅的な言動を採ることもなく相手に対処していた。

最終的に誘導する先は房総半島の山の中。今は使われなくなった会社の保養施設だろう、とまで察しはついていた。昭伸の周辺を探る中で当然、あの施設には着目していたのだ。いずれ行動を起こす時は、あれを最大限に利用する積もりなのに違いない、と。

そう、昭伸については最初から目をつけていた。戸田女史が事件の現場で何かを目撃したらしい、と署に相談に来た時から。何かがおかしい、と気づいていたのだ。長年の刑事の勘が警鐘を鳴らした。本当に彼女をつけ狙っているのは、犯人なのか。

調べてみると直ぐに、彼女は離婚調停中であることが分かった。ならば周囲を監視しているというのは犯人ではなく、その夫である可能性の方が高いだろう、ずっと。ヤマを張って、穂積も女史の周囲を張り込んでみた。案の定、だった。直ぐに、つき纏っている大柄な男の姿を目にした。昭伸だった。

はっきり言って、腹が立った。この女、離婚調停を有利に進めるため犯人につけ狙われていると嘘をついて、警察を動かす積もりか。こちらが警戒していればいずれ、昭伸の行動は網に引っ掛かってくれるだろう。すると裁判所で強く言うことができる。こんなことをするような男なんです。離婚はこちらの言い分を、最大限に飲ませて下さい。裏づけてくれるのは他ならぬ警察なのだ。これ以上、堅固な補強もあるまい。

俺達を小間使い扱いしやがって。ただ、腹が立ったからと言って無下に突き放すこともしなかった。そっちがその気なら、こちらも利用させてもらう。犯人を誘き出す、餌になってもらうのだ。

犯人は雑誌記者。既に〝見立て〟はついていた。ならばそいつに情報を流すなら、記者仲間に噂を立ててもらえばいい。旧知の読日新聞の山藤記者に耳打ちした。あの事件には実は、目撃者がいる。電気メーターを読んで回る検針員だ。彼女が事件現場で何かを、目撃してしまったらしい。

ネタをもらった山藤は独自に取材に動き始める。周囲も気づく。いつの間にか噂が立ち上がる。どうやらあの事件を、検針員が見ていたらしい。遠からず犯人の耳にも届く。奴も対応を余儀なくされる。その動きをキャッチする、というテだった。

危険な賭けだった、言うまでもなく。もしこちらの監視を潜り抜けて、犯人が戸田女史を手に掛けてしまったら、どうか。何の言い訳もできはしない。前代未聞の警察スキャンダルだ。俺は馘だけでは済まない。社会的にも抹殺されてしまうだろう。上層部だって大打撃を受ける。いくら一刑事が勝手にやったことだと主張しても、通じはしない。監督不行き届きで大勢が詰め腹を切らされる。

だがその可能性は低い、と読んでいた。犯人は雑誌記者、と〝見立て〟はついているのだ。情報を流して、動き出した奴がいないか見ていれば嫌でも目につく。あいつだ、と目星がつけられる。

ただ捜査本部全体でこの方針で動けるか、と言うとそれはあり得なかった。いくら監視網を敷いていれば大丈夫、と強弁したところで一蹴されるだけに決まっていた。馬鹿か君は、穂積さん。そんな危ない橋、渡れるわけがないじゃないか。ケンもホロロに言い放つ、足立班長の姿が目に見えるようだった。

だから誰にも打ち明けず、一人で行動に出た。戸田女史は本当に何かを見てしまったらしい。班長に報告して、警戒態勢を敷く許可だけもらった。報告の際にも胸の内を読まれないよう、万全を期した。デスクの轟木あたりが探って来るような仕種も見せたが、本音は隠し通した。〝一匹オオカミ〟として長年、生きて来た俺だ。こういうことには長けている、との自負があった。

さすがは用心深い犯人だった。なかなか尻尾を摑ませなかった。考えていた以上に長い時間が掛かった。

長引けば長引く程、危険なのは言うまでもない。それだけ、犯人が周辺の情報を収集してしまう。犯行に及ぶ隙を与えてしまう。

焦りがなかった、と言えば嘘になる。ただ何とかなるだろう、との開き直りもあった。こちらの網に引っ掛かって来ないということは犯人も、動きを最小限に抑えている。戸田女史を手に掛ける、という最終手段に出るには慎重の上にも慎重に、機を見る筈だ。

そうして、見つけた。諏訪部武貞。大手出版社、巷談社の男性誌『週刊時代』などで活躍しているフリーライターだった。中肉中背の体つきで成程、人混みに紛れればあっという間に目立たなくなってしまうような男だった。全てが〝見立て〟通りだ。調べてみると今回の事件の発端になったストーカー立て籠もり事件だけでなく、茨城、埼玉、神奈川の他の三件でも取材に動いていたことが判明した。こいつだ、間違いない。

ただし奇妙なことにも気がついた。諏訪部の動きが早い。早過ぎる。穂積が山藤に情報を流し、それが噂となってから行動を起こしたのならもっと始動は遅くなってい た筈だ。なのにこいつはずっと早い時期から、検針員に見られていたという前提で調査を開始していた。いったいどういうことなのか。まさか戸田女史は、本当にあの現場で何かを目撃していたのか。

更に調べてみて、愕然とした。何と昭伸が、諏訪部に指令を出していたのだ。車の中で昭伸がボイス・チェンジャーを使っている姿を目撃したし、関連づけて諏訪部の動きを観察すれば相関関係は見えて来る。どうやってかは知らないが奴が笠木事件の犯人と気づき、接触したらしい。こちらは真相を知っているという強みを元に、操っている。そういう構図なわけだ。

つまり穂積が余計なことをしなくとも、諏訪部は昭伸の示唆でとうに動き出していた。まぁだからと言って、罪悪感が薄れるかと言えばそれはあまり感じはしないが。

ともあれ全体の構図が見えて来たところで、動きがあった。昭伸が娘を連れ去った。いよいよ来たか。戦慄が走るのも、無理はなかった。

何をする積もりなのか。大方の察しはつく。昭伸は諏訪部を使って、戸田女史を殺させる計画なのだ。自分は操るだけで、実際の犯行は諏訪部に任せる。犯人につけ狙われている、と警察に相談していた女なのだ。その死体が発見されれば誰もが思う。

あぁ、やられてしまったか。警察が必死で警戒していたが、それでも隙を突かれてしまった。つまり当局の大ポカ。犯人は笠木事件と同一人物。誰だって思う。昭伸に目をつける者など、いやしない。

ただそう単純にことは運ぶまい、とも見ていた。諏訪部はただ操られるだけの男ではない。このまま言いなりになっていれば全ての罪は自分に押しつけられるだけ、と分かり切っているのだ。唯々諾々と従うわけがない。何らかの反撃に出る筈、と確信できた。あいつはそういう男である。これまでの分析で分かっていた。

事実、昨日。子供用の携帯を買った戸田女史と池袋で別れ、穂積は諏訪部の自宅マンションをこっそり訪れてみた。留守だった。暫く張ってみたが、帰って来る気配は窺えなかった。

既に出掛けている、ということだ。反撃のチャンスを待って。昭伸に従っている振りを装いながら、何らかの手を着々と打ちつつあるのに違いない。

穂積はステアリングを握り続けた。戸田女史の場所を示す光点は、南下しつつある。いったん、北に向かわせてこちらの目を欺いてから、南に方向を転じさせたのだ。

スマホの遣り取りは通話として飛び込んでは来ない。目立つ行動は採らない方がいい、と女史が無理はしないでいるのだろう。それともスマホの移動記録を後から探られるのを嫌って、電源を切るよう指示されたのか。いずれにせよ、構わない。

光点は川崎でいったん、止まった。もう、間違いなかった。ここから高速バスに乗せて、東京湾アクアライン経由で千葉に行かせる積もりだ。それ以外にあり得ない。ならば先回りしてやる。先に向こうに着いて、周囲を探っておく。上手くいけば諏訪部の姿も見つけられるかも知れない。奴もまた既に現地にいて、機を見ているに違いないからだ。反撃に出るチャンスを虎視眈々、狙っている。

穂積の車は高速道路に乗った。そのまま目の前のトンネルに吸い込まれて行った。普通の高速と違い、全くカーブすることのない一直線道路である。代わり映えのしないトンネルの壁が延々、視界の限り続く。

待っていろ。胸の中で呼び掛けた。ゴールはもう目の前だ。全員、一網打尽にしてやる。

33

ノブのないドア。こちらからは決して、開けることはできない。奈津実はぼんやりと眺め続けた。

昭伸に張られた頬は、ずっと痛み続けている。むしろ最初の衝撃が過ぎた分、実感する痛みは増しているようにも思える。先ほど、そっと手で触ってみた。やっぱり歯はグラついていた。頭の芯がジンジンうずく。ぼんやりして、よく考えることができなかった。

私にできることは何もない。この事態に対処するすべはどこにもない。

そう、その通りだった。自分ではもう何もできない。だから待つだけだった。穂積さん、早く来て。今は彼だけが頼りだった。

昨日、連絡を入れると指示されて池袋で落ち合った。子供用の携帯を買った。GPS機能で、穂積警部補のスマホにこちらの位置情報が逐一、伝わるように設定した。できれば昭伸との会話も、携帯で拾ってみてほしい。昨日、言われた。でも難しかった。もしかしたらどこかで見張られているかも知れないのだ。不審を抱かれるような動きは見せたくなかった。携帯は例の、帽子やストールを収めた紙袋の中に落とし込んである。スマホに連絡が来るたびにそんなところから、何かを取り出すような仕種はしたくなかった。おまけに昭伸から、スマホの電源は頻繁に切るよう指示された。

でも大丈夫。無理はするなと穂積さんからも言われていたのだ。会話が拾えなくとも、位置情報は摑んでいる。それに合わせて動いているから、安心していい、と。

袖ヶ浦のバスターミナルでは、戸惑った。紙袋の中の携帯を捨てておくべきか、と迷ったのだ。昭伸が持ち物検査をすればこんなもの、立ちどころに見つかる。見つかればただではすまない。だから今の内に捨てておいた方が、と思ったのだ。ただここで捨てれば、警部補もこの先を追えなくなる。どうすればいいだろう、と悩んだ。

ところが昭伸は紙袋ごと車に乗れ、と命じた。持ち物検査どころか、身体検査すらされなかった。周囲には客待ちをしているタクシー運転手の姿があったのだ。彼らに怪しまれるような姿は見られたくなかったのだろう。奈津実が乗り込むと車はさっさと発進した。

途中、スマホは取り上げられた。ＳＩＭを抜かされ、川の中に捨てられた。でも携帯はそのままだ。紙袋は中身を確かめられることもなく、車の後部座席に置かれただけだった。今もそうなのだろう。昭伸は新しい方の保養施設に戻って行った。あの車に、乗せられっ放しなのだろう。後日、人知れず処分すればいいやという判断で。

だから穂積警部補に送られ続ける位置情報は、今は山の向こうになっている筈だ。それでも分かってくれると信じていた。動いた軌跡は全て残っている。私が監禁されているとすれば、こちらの施設の方なのに違いないと察してくれる筈だった、穂積さんなら。

と、ドアの外に人の気配があった。警部補。もう来てくれたの？　でもいくら何でも早すぎないか。それともむしろ、昭伸が帰って来た可能性の方が。

ドアがガチャリ、と開いた。ひっ、と思わず息を飲んだ。恐怖がどうしても先に立った。

「戸田さん」顔が覗いた。「戸田さん、私よ。大丈夫？」

あまりに意外な登場に一瞬、わけが分からなくなった。どうしてこんなところにいるの。なぜ、貴女が。「鴻池先生？」

「そう、私です」『めぐみ幼稚園』の満里奈の担任、鴻池先生だった。「旦那さんが満里奈ちゃんを誘拐って行ったと聞いて、私のせいだと思ったの。私が席さえ外さなければ、こんなことにはならなかった、って。それでいても立ってもいられなくって。私なりに動いてみたんです。旦那さんの後を尾行してみた。そしたら、ここに」

先生、そこまでしてくれたのか。そう言えば電話では、しきりにすまながっていた。でも先生のせいなんかじゃない。分かっている。だから本来なら、そんなに謝ることないですよ、と制するべきだった。ただこちらは、あまりのことに頭がボーッとしていた。ちゃんとした返事もできなかった。おかげで先生をここまで追い込んでしまったのか。こんな行動をとらせてしまうまで。罪悪感が胸を満たした。

「とにかく駆けつけられて、よかった。満里奈ちゃんはあっちの部屋にいるみたいです。ぐっすり眠って。さ、今の内に逃げましょう。犯人が、来てしまう前に」

手が差し伸べられた。奈津実は自分も手を伸ばして、つかもうとした。

左手だった、差し伸べられたのは。左手。先生の、左手——

鴻池先生は左利きだ。だから左手を差し出すのは、当たり前だ。

例えば、そう。思い出した。いつか池袋のフランス料理店で、一緒にランチを楽しんだ時。離婚調停の相談にも乗ってもらったことだし、料金は自分が払おうとした。ところが伝票を、さっと取られてしまった。奈津実から見てテーブルの右側にあったので、機を見て取ればいいと思っていた。ところが先生は左利きなので、反対側からも取りやすい位置だったのだ。あぁそうだった、と改めて思い出すことになった。

だが奈津実の頭を占めていたのは、その時の映像だけではなかった。

先日、犯人に家の中に侵入された時。悪夢を見て飛び起きた奈津実は、脱衣所の洗面台で鏡を正面にしていた。その時、ドアが外から閉められたのだ。背後の様子は鏡にはっきり映っていた。

曇りガラス製のドアには、外の人影しか映らない。顔の見分けなんかとてもできない。ただ、人影だけは見えるのだ。どのような動きをしたか、くらいはつかむことができる。

そして今、思い出すとあの人影は左手でドアを閉めていた。鏡に映った映像だから左右は反対になる。でも私は、検針員をしている経験からミラーを使い慣れている。反転した数字だって読めるのだ。だから左右逆転した映像も、修正して頭に描き出すことができる。外からそっとノブを押すようにして、ドアを閉めていた。その手は確かに、左手だった。

奈津実は伸ばし掛けた手を引っ込めた。何もかも分かった、今。「あんただったのね」

「どうしたの、戸田さん」

「昭伸にしては、計画が細か過ぎると思った。事前に現地調査までして、綿密に計画を練るなんてあいつらしくないと思った。でも今、分かった。あんただったんだ。あんたが裏にいて、全てを整えたんだ」

服装の指示にしても、そうだ。いくら監視していて新しい帽子とかを買ったと分かったとしても、どれとどれを着ればカメラの映像で目立つかなんて男ならなかなか考えない。女性ならではの視点だった。そう、やはり。全部の計画を立て、昭伸に指示して実行に移させていたのはこの女だったのだ。

計画だけではない。実行も二人で手分けした。現に家に侵入してあの手紙を置いて行ったのも、この女。だからこそドアを閉めたのが左手で、奈津実に真相を知るきっかけを与えた。

　どうやって鍵を開けたのか、も彼女が裏にいたとすればちゃんと説明がつく。まだ検針員の仕事を始めたばかりで要領がつかめなかった頃、帰りが遅れそうだった時に何度か満里奈を連れ帰ってもらったことがあったのだ。その際、鍵を渡した。あれで合鍵を作られてしまったのに違いない。いつか、使う時があるかもと思って。つまりそれくらい前から、この女は私を追い込むために動いていた。

　監視だってそうだ。昭伸と先生が、交代でやっていた。たまたま穂積警部補や、奈津実が見たのが先生の方だったというだけで。小柄に映ったのも当たり前である。人一倍、体格のいい昭伸に比べれば女性が小柄に見えるのは当然だった。

　もしかしたら犯人も、監視に当たっていたのかも知れない。昭伸は犯人を知っていて、操っていると言っていた。もうすぐ私を殺すために、ここに来ることになっている、と。あれは嘘ではないだろう。すると監視者は、三人。こちらが混乱するのも仕方がなかったのだ。

　ふふっ、と鴻池先生は笑った。「バレちゃった？　それじゃしょうがないわねぇ」背後に回していた右手を前に出して見せた。スタンガンが握られていた。奈津実が左手をつかんだら、素早くあれを押し当てて気絶させるつもりだったのだ。気づかなかったら、一巻の終わりだった。「何も分からない内にことを運んで、せめて楽に死なせてやろうと思ってたのに。厚意を自分から台なしにするなんて、バカな女」

満里奈はぐっすり眠っている。昨日と今日、思いっきり遊んだんで、疲れて。昭伸の言葉を思い出した。でも考えてみればあいつが、二日にもわたって満里奈の相手をしてくれるわけがない。子供をあやすにしても一定の時間。それが過ぎると飽きてしまうのがあの男だ。おまけに昭伸はここから一山、越えた保養施設で仲間と仕事をしてアリバイ作りに余念がなかった筈ではないか。ずっと満里奈の相手なんかしていられない。代わりに相手していたのも、そうこの女。満里奈は先生に懐いている。二人っきりで遊べばそれははしゃいで、疲れるのも道理だった。ぐっすり眠っている、というのも嘘ではなかったわけか。妙なところに納得した。

「私と昭伸とは、ねぇ。ずっと前からデキていたのよ」先生が言った。スタンガンを左手に持ち替え、使いやすいように構えていた。こちらが少しでもおかしな動きを示したら、あれを押し当てるつもりで。「昭伸はいい加減、あんたにウンザリしていた。早く別れたがっていた。でも変な別れ方をしたんじゃ、不利になる。親権をあんたに取られ、養育費も払わせられる。そんなわけにはいかない、って私も相談を受けて、ねぇ。どうすればいいか。熱心に話し込んだわけ」

鴻池先生はバツイチだ。だから離婚をしたらどうなるか、よく知っている。何も知らない奈津実もこれまで、ずっと相談していた。先生も親身になって助言してくれていた、表面だけ。実はそれは、こちらの意向を汲み取るためだったのだ。そうして昭伸に一々アドヴァイスして、どう対処すればいいか教えていた。

調停ではのらりくらりかわして時間を稼ぐ。作戦も、この女が与えたのだろう。その間に準備を進める。何とか上手いこと計画を進めて、最終的には私を亡き者にする。タイミングを計るための時間稼ぎだったのだ。そう言えばコンサルタントの岩上さんを紹介してくれたのも、この女だった。あの件、あれからどうなってますか。折を見て尋ねるのも自然だったろう。私、本人と岩上さん。二人から最新状況と意向が報される。対処策を練るには好都合だったことだろう。

「あんたを許せない。それは昭伸よりも、私の方がそうよ。いっときでもあの人の気持ちを奪ったんですものね。許せるわけがないわ。だから罰する。この世から、消す。当たり前よね」

では、どうすればいいか。考えに考え抜いた。なかなかいいアイディアが浮かばず、ただ気晴らしのためだけに奈津実を尾行もしてみたという。こうしている内にいつか、いいヒントが得られるかも知れないと思って。

「そしたらあのストーカー立て籠もり事件が起こった。あそこもあんたの管轄エリアよね。だからあの周辺も歩き回ったりしてみたのよ。何かのヒントで名案でも浮かばないか、と思って。そしたら」

豪邸の陰からふらりと現われた男がいたという。〝ヒルズ〟の中でも特に立派な、笠木家の屋敷だった。

現われた男は先生を見て戸惑い、慌てて名刺を取り出して見せた。『週刊時代』で記者をしている、諏訪部と申しますと名乗った。立て籠もり事件があった現場周辺をこうして、取材して回っているんですとのことだった。

「そんなこと、すっかり忘れていたのよ。でもその後、あの家で殺人事件が起こった、っていうじゃない。笠木夫人が殺された、って。一瞬でピンと来たのよ。犯人はあいつに違いない。あの時は下見をしていたんだ、ってね。そこから全ての歯車が回り出した。あんたを追い込む完璧な計画が浮かんだのよ」

奈津実への監視はそれまでもしていた。奈津実が痺れを切らすように。ただこれからはその際、わざと目立つようにやれと昭伸に指示した。奈津実が痺れを切らすように。事件を利用して、警察に相談を持ち込む気になるように。

そう言えば、と思い出す。笠木事件のあった後、この先生から何度も「仕事で近くを回っていたんでしょう」と確認された。何かを見られてしまった、なんて犯人から誤解されたとしたら大変ですよねぇなどとも言われた。今、思えば警察に相談に行くようにそれとなく水を向けられていたのだ。自分の発想で警察に行っていたように思い込んでいたが、実はちょっと違った。私もまたこの女から操られていたのだ、無意識の内に。

「狙った通り、あんたは警察に駆け込んでくれた。これで全てＯＫよ。計画通り。私らはあんたを、心理的に追い込み続ける。一方、犯人にも連絡をとってこちらの意のままに動かす。あとはタイミングを計るだけだったわ。何もかも上手くいくように、最適の時を待つだけだった」

「なぜ」残る最大の疑問だった。実は懸念が、胸に浮かんでいたのだ。もしかして。もしかして、この女。「それならなぜこうして、私の前に姿を現わしたの。もうすぐ犯人がここに来る。このまま引き渡せばよかった筈じゃない。私の前にわざわざ出て来て、タネ明かしをする必要なんてなかった筈よ」

「あんたの最期の姿を見ておきたかった。それはあるわね」頷いて、続けた。「でももっと大きな理由があるのよ。昭伸は満里奈ちゃんまでは手に掛けるつもりはない。それはそうよね。正真正銘、我が子なんだもの。でも私にとっては違う。あんたの血を引いた子なんですものね。そんなの、誰が育ててやるモンですか。まっぴらゴメンよ。昭伸とあんたとがかつて愛し合った、証（あかし）なんか。この世にいる、ってだけで目障りだわ。だから」

思った通りだった。この女、私だけでなく満里奈まで殺させるつもりだ。

「させるモンですか」ゆっくりと立ち上がった。スタンガンの動きだけをじっと見つめた。「満里奈には指一本、触れさせない。絶対に許さない」

「反撃できると思うの」先生は腰を屈めた。スタンガンを構え直した。「これがちょっとでも身体に触れれば、あんたは一瞬で気を失う。それで一巻の終わりよ。私は寝ている満里奈ちゃんをこの部屋に運ぶ。犯人には二人とも、連れてってもらう。そこで私の計画は全て完了。これまでの苦労も報われる。あぁ、いい気分だわ」

汗が額から流れ落ちた。目尻にしみて、痛いくらいだった。

スタンガンのスイッチが押された。先端からジジッ、と音を立てて電撃の火花が散った。これがちょっとでも身体に触れれば、あんたは一瞬で気を失う。そう、その通り。だからあの先端にだけは触れないように攻撃をかわして、逆に叩き落とさなければならない。できなければ一巻の終わり。それも、その通りだった。

格闘技を習った経験があるわけではない。おまけに昭伸に張り倒され、いまだ身体にはダメージが残っている。頭がまだふらつき、足元もおぼつかない。そんな状態で、できるか。第一撃をかわして叩き落とすなんて、本当にできるのか。

でも、やるしかない。できなければ全ては終わり。破滅。私だけでなく、満里奈の命まで奪われてしまう。それだけは許せない。絶対に許すわけにはいかない。

スタンガンの先端からもう一度、ジジッと火花が散った。

34

房総半島の山の中に入り込んで、車を停めた。戸田昭伸の会社の打ち捨てられた保養施設を、見下ろせる場所だった。車外に出て監視を始めると、さして待つまでもなく一台の車が現われた。出て来たのは読み通り戸田女史と、その夫だった。妻の命を狙おうという、最低の男。

諏訪部の車は見当たらない。あれを尾行しては来なかったのだろうか。それとも直近までは尾行けて来たが暫く様子を見ようと判断して、どこかで道を逸れたか。

諏訪部が潜んで監視しているとしたら、どこか。穂積は周りを見渡してみた。だがいくつも候補があり得ると分かっただけで、見当をつけるのは断念した。施設は渓谷に迫り出した、岩棚のような敷地に立っている。崖に貼りつくように建てられている。周囲は山で、複数の箇所から見下ろすことができた。あのどこからでも、監視は可能だった。

戸田女史は昭伸に促されるようにして、建物の中に消えて行った。直ぐに昭伸、一人が戻って来た。車に乗り込み、出発した。ここから一山、越えた向こうの新しい方の施設に行くのだろう。そこには他の社員もおり、昭伸のアリバイを裏づけてくれるのだろう。

スマホを見ると例の携帯の位置を示す光点は、再び動き始めていた。あの車の動きと一致していた。携帯はあれに乗せられたままということだ。どうやら昭伸には見つからなかったらしい。見つかっていたら一悶着あった筈で、こんなに早く二人が現われることもなかったろう。

車は直ぐに視界から消えた。さてどうするか。迷った。諏訪部はまず間違いなく、どこかからあそこを見張っている。そこにのこのこ姿を現わせば、奴にも見られてしまう。行動開始、のいい合図を与えてしまう。

だがこのままにしておくのも不安だった。何となればあの建物には、戸田女史と子供ともう一人、いるのだ。いない筈がない。最初から分かっていた。

子供の幼稚園の先生、鴻池瑞稀。昭伸の観察をしている中で、姿を目撃したのだ。二人はデキていた。そうか、そういうことだったのか。瞬間、全てを悟った。

要はこの計画は、あの女の練ったものだったのだ。あの女がブレーンとなって全てを決め、昭伸を動かしていた。どうやったのかは分からないが諏訪部の存在まで突き止め、計画に加担させた。あいつが主犯格だった。

構図は分かった。だがそう単純にことは収まらない。諏訪部がただ操られるままなわけがないからだ。必ず反撃に出る。現に今も、あの施設を見下ろしている。

くそっ、どうする。迷った。あの女が戸田女史に何をするか、分かったものではない。下手をしたらさっさと手を下してしまい兼ねない。あり得ることだった。そうなったらもう、取り返しはつかない。

くそっ、ままよ。腹を決めた。最悪の可能性まで考えなければならない。戸田女史が殺されてしまう事態だけは、避けなければ。

ここは監視場所として他よりも、いい。施設の敷地に近い。自分に言い聞かせた。俺があそこに姿を現わして、諏訪部に目撃されてもあいつが駆けつけるまでには、多少の時間があるだろう。その間に女を無力化し、諏訪部に対処する態勢を整えればいい。

腹を括った。車に飛び乗り、エンジンを掛けた。スタートさせた。つづら折りの道を下り、保養施設の駐車場に乗り入れた。

車を降りて施設に飛び込んだ。諏訪部の視線を痛い程、感じた。今のところを見られていた。間違いない。奴も間髪、入れずに動き出す。間もなくここへやって来る。無駄にしている時間は一瞬たりと、ない。

施設の中でいったん、足を止めた、気配を窺った。下だ。見当をつけた。エントランスの階には人の気配がない。いるとすれば、下の階しかない。

降りてみると案の定、だった。人の声が聞こえる。動きがある。ドアが半開きのままの、あの部屋だ。

足音を消して忍び寄った。人声の遣り取りが大きくなった。満里奈には指一本、触れさせない。これがちょっとでも身体に触れれば、あんたは一瞬で気を失う。戸田女史とあの女だった。どうやら女はスタンガンを持っているようだ。

ドア口まで歩み寄った。中の様子が見えた。女の背中と戸田女史とが見える。好都合だった。女の方が手前にいる。つまり、不意を突ける。

ドアを大きく押し開けた。同時に怒鳴った。「そこまでだ。大人しくしろ」

普通なら突然、こうして第三者が現われれば戸惑う筈だった。虚を突かれる。一瞬、判断力を失う。その隙に攻撃し、拘束してしまう積もりだった。

なのに女は怯まなかった。まるでこちらの登場を、予期していたかのように。振り向きざま、襲い掛かって来た。右手が鋭く突き出された。

穂積の手には特殊警棒があった。伸縮自在のもので、伸ばしたまま手に持っていた。そいつを相手の腕に叩きつければ、スタンガンは簡単に叩き落とせる。筈だった。

「穂積さん、違う」だが戸田女史の声が飛んだ。「その女、左利きよっ」

言われた通りだった。突き出された右手には何も持たれていなかった。フェイント。こちらが対処している隙に、左からスタンガンを押し当てる腹だ。

視覚では理解した。しかし身体は既に、相手の右手に対応するべく動き出していた。咄嗟に切り替えられない。若い頃なら反射的にできただろうが、定年間近な身の上ではなかなか難しい。

右手に振り下ろそうとしていた特殊警棒の動きを止め、左手の方へ向け直そうとした。が、遅い。相手の方が一瞬、早い。このままではスタンガンを、押し当てられてしまう。

咄嗟に特殊警棒を手放した。空いた右手で、相手の左手首を受け止めた。スタンガンの攻撃を避けるため、できる最低限の反応だった。

バランスを崩した。とても立ってはいられなかった。また無理に倒れまいとすれば体勢が悪くなり、相手に付け入る隙を与えてしまっていたろう。

だから背中から倒れ込んだ。女の左手首を摑んだままだった。相手を引き倒す形となった。仰向けに倒れた穂積の上に、女も倒れ掛かって来た。体勢としては馬乗りにされた格好になった。

どん、と背中が床を打った。衝撃で胸から空気が吐き出された。同時に女が左手首を捻った。スタンガンが耳の横でジジッ、と音を立てた。首筋に押し当てられる寸前だった。

「うおぉ、くっそおぉぉ」

女が吠えた。夜叉の形相だった。必死でスタンガンを押し当てようとしていた。

普通なら女を撥ね除けるくらい、わけはない。だが力の限りに抵抗されれば、現実にはなかなかに難しい。それに繰り返すがこちとら、もう若くはないのだ。

女が右手を伸ばし、左手のスタンガンを取ろうとした。持ち替えようというのだ。そうはさせない。こちらは左手で、相手の右手首を掴んだ。

「くっそおぉぉぉ畜生。このぉ放せぇっ」

両手首を取られた女は、更に必死で抵抗しようとした。手首を振り解こうと、もがいた。

と、その力がふいに抜けた。そのまま穂積の上に倒れ込んで来た。完全に意識を失い、全身が弛緩していた。

見上げると戸田女史が立っていた。手には穂積の放り出した、特殊警棒が握られていた。あれを拾って、女の首筋に叩きつけたのだ。力の限り。

女を身体の上から退けた。まだ立ち上がる気力が湧かない。座り込んだまま上半身だけ持ち上げた。柄にもなく、息が上がっていた。ふーっ、と長く吐いて、呼吸を整えた。

「恐ろしい女」

戸田女史が呟いた。全くだ。口に出しはしない。だが胸の中で、穂積も深く同意した。

漸く、立ち上がる気力を得た。まずは手錠を取り出し、女の両手を背後に回して拘束した。これで、無力化。本来ならずっと楽に終わらせる積もりだったのに、予想外に手間取った。まさかここまで抵抗して来るとは思ってもいなかったのだ。それと、左手。左利きとまでは想定していなかったため、不意を突かれた。まぁ苦しい言い訳にしかなりはしないが。

「足にも」戸田女史が言った。「手錠はもう一つ、ないんですか。足にも掛けておいて下さい」

相当な力でぶっ叩いたのだ。当分、意識が戻ることはなかろうと思われた。足にまで掛けることはなかろう。そこまで行くと過剰反応という奴だ。

だが口に出して言いはしない。女史は今し方まで、命を狙われていたのだ。恐怖はかなりのものだったろう。過剰なまでの防衛本能が働くのも、当然なのだろう。

手を振って、まずはスマホを取り出した。警察に連絡しようとした。捜査本部に掛けているのでは、遅い。説明に時間が掛かってしまう。まずは地元の、千葉県警だった。

と、地響きが来た。同時に爆発音が轟いた。耳を劈く凄まじさだった。

しまった、忘れていた。脅威はもう一つ、あったのだ。諏訪部。女をさっさと無力化する積もりが、手間取ってしまった。その間に、来てしまったのだ。

「くそっ」

床を蹴った。まずはドア口に駆け寄り、外の様子を確かめようとした。

途端に胸に、強烈な衝撃が来た。

35

スタンガンを手に構える、鴻池先生と対峙した。穂積さん、早く。早く来て。奈津実は胸の中で祈った。このままでは勝ち目はない。攻撃をかわしてスタンガンを叩き落とすなんて、とてもムリだ。

と、ドアが大きく開き戸口に人影が現われた。先生の肩越しに、見えた。願いが通じた。穂積さんが駆けつけてくれたのだ。

「そこまでだ。大人しくしろ」警部補が怒鳴った。突然、大声を出して先生を驚かそうというのだろう。不意を突いて、スタンガンを叩き落とすつもりだ。穂積さんの手には棒のようなものが握られていた。

でも先生は、ひるまなかった。こちらの視線の動きで、誰かが背後に現われたととっさに察したのかも知れない。振り向きざま、穂積さんに攻撃を仕掛けた。

フェイントだった。右手を突き出した。そうしたら誰もが、そちらにスタンガンがあると思い込む。右手を棒で叩こうとする。

だが先生は左利きだ。スタンガンも左手にある。フェイントだ。このままでは穂積さんが、だまされてしまう。

だから警告を発した。考える前に口から出ていた。「穂積さん違う。その女、左利きよっ」

警部補はハッと気がついたようだった。でも身体は動き出している。右手の方を叩こうとしている。とっさに切り替えるのは、難しい。

そこで棒を放り出した。空いた右手で、先生の左手首をつかんだ。スタンガンを押し当てられないためには、それしかなかった。

穂積さんは先生と一緒に倒れこんだ。馬乗りにされた格好になった。先生はなおも、スタンガンを押し当てようとしている。このままではやられてしまう。

奈津実は床に転がった警棒を拾い上げた。もみ合っている二人に歩み寄った。

鴻池先生。これまでずっと親切にしてもらった。満里奈を可愛がってくれた。離婚調停の相談にも熱心に乗ってくれた。

でもそれは全部、嘘だった。私をだまして好意を持たせ、殺すための演技に過ぎなかった。それだけじゃない。この女は、満里奈までも手に掛けようと狙っていたのだ。

思い切り警棒を叩きつけた。首筋だった。一瞬で、先生は気を失った。その身体をどけて、穂積さんは長い息を吐いた。立ち上がって手錠を掛けた。

そいつの足にも手錠を掛けて。頼んだ。だが穂積さんは小さく手を振った。手錠は二つ、なかったのだろうか。代わりにスマホを取り出して、どこかに掛けようとした。たぶん、警察にだろう。これで全てが終わり。奈津実たちは、命の危険から逃げ延びたのだ。

ところがそこで、地響きが来た。同時に轟音が響いた。何。いったい何……!?

「くそっ」

穂積さんはスマホを放り出し、ドアロに駆け寄ろうとした。

すぐに立ち止まった。突然、だった。何かにぶつかり、弾き返されたような感じに見えた。そのまま一、二歩、後じさりするように室内に戻った。そうして後ろ向きに倒れこんだ。何。いったい何……!?

どんと穂積さんの背中が床を打った。完全に意識をなくした人間の動きだった。後頭部を強く叩きつけた。あれではかなりの衝撃だったことだろう。

穂積さんの左胸に突き立っているものがあった。奈津実の視界にはっきりと映った。ナイフ。大きなナイフだ。それが警部補の胸に、刺さっている。

あまりのことに呆然としていた。何もできなかった。悲鳴も出なかった。身体も動かなかった。ただただ呆然と、その光景を見ていた。

ドア口にもう一人、人影が現われた。知らない男だった。が、分かった。犯人。犯人だ。こいつが笠木夫人を殺した。そして今、穂積さんまでも。

犯人は口元をゆがめた。

笑ってる。こんな局面で、笑っている。

笑っているのだ。

＊

姿を現わした、穂積が。諏訪部は、舌舐めずりしたいような心地だった。いずれは出て来る。分かってはいた。ただ現実になると、やはり興奮する。いよいよだ。いよいよ、行動開始だ。こういう瞬間が決して嫌いではない。これもまた〝ゲーム〟の醍醐味なのだ。

あいつも自分と同じように、どこかであの保養施設を見張っていたのだろう。戸田昭伸が奈津実をあの施設に閉じ込め、再び出て行くのを見ていたのだろう。

俺が監視しているのも察している。その最中に姿を現わせば、自分に不利になってしまうことも。それでも出て行かざるを得ない。いつまでも待っているわけにはいかない。何となればあの建物には、戸田奈津実と子供ともう一人、いるからだ。最も危険な存在、鴻池瑞稀。

昭伸の周辺を探っている中で、姿を見た。瞬時に全てを察した。あの女だ。そもそもの発端となったストーカー立て籠もり事件の取材で、現場の周囲を歩き回っていた時だった。〝ヒルズ〟で笠木家を見つけ、〝ゲーム〟に最適なターゲットだと狙い定めた。ところが路地の奥まで入って下見をし、出て来たところで鉢合わせしてしまったのだ。

咄嗟に名刺を出して、名乗った。自分は週刊誌の記者であり、事件の取材をしている最中である。取材では現場を見下ろせるような場所に立ち入ったりもする。だからこんな路地に入り込んだりしても、怪しいわけでも何でもない。何とか匂わせようと、全身で主張した。

ところがその後、笠木家で夫人が殺される事件が起こった。あの女は敏感に察したのに違いない。犯人はあいつだ。あの時は現場の下見に来ていたのに違いない、と。そうして計画の全体が動き出した。俺の登場はあの女にとって、この上ない天の恵みだったのだ。

動機も明確だった。見ていれば昭伸と瑞稀がデキているのは明らかだったからだ。つまり二人は奈津実を亡き者にしようとしている。天から授かった俺という存在を、最大限に利用して。

　全ての絵図を描き、周囲を操り、実行に移した女。敵ながら天晴れではある。事実、あの女は賢い。そして危険だ。俺だって油断すれば、窮地に陥ってしまい兼ねない。

　だからあの女が建物内にいると分かっていて、穂積がいつまでも躊躇っていられるわけがなかった。俺に引き渡すまでもなく自分の手で、奈津実を殺すかも知れない。それはない、とは言い切れないのだ。そしてそうである以上、穂積は程なく姿を現わす。

　結果は読み通りだった。

　保養施設の駐車場に車を停め、中に入って行った姿を認めてから諏訪部も行動に出た。自分も車を出して、穂積の後を追った。施設内に足を踏み入れた。

　迷っている暇はなかった。その点はこちらも、穂積と同様だった。あいつだって俺が来る、と分かっている。そもそもこうして、俺を誘き出すためにこんな罠を仕掛けたのだ。そういう危険な賭けに打って出る男なのだ、あいつは。これまでの観察でよく分かっていた。

　エントランスの階には階段の脇に小さな給湯室があった。御誂え向きだった。諏訪部は車からぶら提げて来たガソリンタンクをその入り口に置き、中に入った。ガスコンロがあったため取っ手を回してみたが、火はつかなかった。ガスが通じていないのだろう。それはそうだ。ここは本来、間もなく取り壊しになりそうな老朽施設なのだから。

予想はついていたため用意はしてあった。バックパックからカセットコンロと、ボンベとを取り出した。コンロ内には既に別なボンベが装着してある。手に持っている方は、燃料用ではないのだ。

カセットコンロをテーブルに置くと、火をつけた。五徳の上に、ボンベを横たえて炎で炙られるようにした。そうして室内にガソリンを撒いた。これで準備ＯＫだった。ドアを閉めて外に出た。

諏訪部は素早く階下に降りた。先程まで、騒ぎが聞こえていた。穂積と瑞稀とが揉み合っていたのだ。が、それもカタがついたのだろう。今は静かになっていた。部屋の戸口に立ち、中の様子を窺った。穂積が瑞稀の両腕を背後に回し、手錠を掛けているところだった。

足にも手錠を掛けてくれ、と奈津実が言っているのを遮り、穂積がスマホを取り出した。警察に掛ける気だろう。呼ばれると、厄介なことになる。この後もやらねばならないことは、山とあるのだ。

と、最適なタイミングで先程の仕掛けが実を結んだ。炎で炙られたボンベが爆発し、床に撒いたガソリンに引火したのだ。ガソリンは揮発性が高い。空気より重いため下に溜まり易いが、あんな狭い部屋にたっぷり撒いておいたため充分に上方に漂っていたのだろう。地響きと共に凄まじい爆発音が辺りを劈いた。仕掛けた諏訪部、自身もちょっと驚いたくらいだった。

弾かれたように穂積がスマホを放り出し、戸口に駆け寄って来た。外の様子を見ようというのだろう。さすがのあいつも虚を突かれ、冷静な判断力を失っている。ちょっと考えれば爆発は陽動作戦で、誘き出すためと察しがついただろうが。

いずれにしてもこちらからすれば理想的な反応だった。諏訪部はさっと戸口に進み出ると、駆け寄って来た穂積の左胸をナイフで一突きにした。かなりの衝撃だった。ナイフを持っていたこちらの手にも痺れが来るくらいだった。

穂積は何が起こったのかも分からなかったことだろう。唖然として一、二歩、後退るとそのまま背後に倒れ込んだ。どん、と後頭部が強く床を叩いた。完全に意識を失った人間の動きだった。つまりは即死だったということだ。

穂積が倒れて開けた室内の視界に、戸田奈津実が映った。ただ今の光景を唖然と見詰めていた。

愛らしい。ふと、思った。実際、美人なのだ。おまけに俺や鴻池瑞稀といった連中に運命を翻弄され、追い詰められていた。そうして最後に、俺に殺されようとしている。ターゲットに愛着を覚えるのは、珍しいことでも何でもなかった。

「戸田奈津実。話をするのは初めてだな」口元に笑みが浮かんでいるのが、自分でも分かった。本来ならこんな風に、口を利く必要もない。それでもついつい、喋ってしまっていた。俺の、俺だけの愛らしいターゲット。最期に一言くらい、声を掛けたいではないか。「そして、最初で最後だ。これでお別れだ。お前はここで焼け死ぬ。お前の娘もな。悪く思うな。そういう運命だったんだよ。それじゃ、あばよ」

慌てて駆け寄って来ようとしたが、間に合うわけがない。諏訪部はドアを閉めた。この部屋は監禁用に、内側からはドアは開けられないよう改造されている。ノブが取り除かれている。閉めてしまった以上、奈津実はあそこから出られない。このまま焼け死ぬ運命だった。

今、俺自身が口にした通りだ。

36

「戸田奈津実。話をするのは初めてだな」犯人が言った。普通の声だった。特段、凶悪そうに聞こえるわけでも、冷酷さがにじみ出ているわけでもない。ただ淡々としゃべっているだけと、奈津実には聞こえた。「そして、最初で最後だ。これでお別れだ。お前はここで焼け死ぬ。お前の娘もな。悪く思うな。そういう運命だったんだよ。それじゃ、あばよ」

ドアが閉められる。そうされれば、もう何もできない。あれは内側からは開けられない。完全に閉じ込められてしまう。そうなればもう、ここからは出られない。

何も考えなかった。ただドア口に走り寄ろうとした。犯人に近づいたら危険だ、などという判断もなかった。

閉められたら終わりだ。何もできないまま、この部屋で死を迎えるしかなくなる。頭にあったのはそれだけだった。他のことを考えている余裕なんて、なかった。

でも、間に合うわけがなかった。犯人はドア口に立っているのだ。どれだけ早く走ったって、間に合うわけがない。おまけにこれまで衝撃的なことが起こり過ぎて、身体がちゃんと反応してくれない。足がふらついている。

ドアが閉められた。がちゃり、と音を立てた。断末魔の声のように聞こえた。

立ち尽くした。呆然と見つめ続けた。閉ざされたドア。それは生との境を、完全に閉め切られたのと同じだった。私はこのままここで、死ぬ運命。

どれだけそうしていたろう。時間の感覚が分からない。何分か。もしかしたら、十分以上もただそうやって、立ち尽くしていたのかも知れない。

気がついた。焦げ臭い。何かが燃えているような臭いがする。

思い出した。犯人は言っていたではないか。お前はここで焼け死ぬ。つまり火をつけたのだ。さっきの地響きと爆発音は、そのためだったのだろう。

誰も止めることはできない。外から助けてくれる者はいない。火はただ燃え広がり、この保養施設を焼き尽くす。

閉じ込められた私も、焼かれるしかない。何もできない。ここから出ることすらできず、延焼して来た火に焼かれるだけ。そういう運命。犯人の言葉が頭の中でこだました。

でも私だけじゃない。この建物には満里奈もいるのだ。放っておいたらあの子も火に巻かれてしまう。それだけは何としてでも、止めなければならない。

ドアに歩み寄った。こちら側にはノブがない。手がかりになるようなものは何もない。ただのっぺりとした一枚板のドアがあるだけだ。ドアはこちら側に引いて開ける。でも引っ張れるような手がかりは、どこにもない。

ドアに触れた。何とか。何とかならないか。どうにかしてこのドアを開けられないか。さもないと満里奈が。満里奈が……

できるのはドアをなでることだけだった。だがそれでは何にもならない。なでて開くようなドアなどない。でも、引っ張る手がかりもない。じゃぁいったい、どうすれば。

外から泣き声のようなものが聞こえた。満里奈だ。さっきの爆発音で目が覚めたのだ。びっくりして泣いているのに違いない。

ただ寝ていたところを驚かされてかわいそう、どころではない。このままでは建物全体に火が回ってしまう。

叩いた。拳を握って、ドアを叩いてみた。びくともしなかった。戸板はあくまで頑丈だった。でもこうするしかない。引くことはできない。ならばこのドアを、叩き壊すしか。今度は足で蹴ってみた。やはりびくともしなかった。

気がついた。物の焼ける焦げ臭さ。さっきより臭いがずっと、濃くなっている。見るとドアと枠とのすき間から、煙が入り込み始めていた。煙。つまりもう、それだけ建物内に立ち込めているということだ。廊下はとっくにドス黒く曇ってしまっているのに違いない。

蹴った。もう一度、蹴った。ドアはびくともしない。これを壊すなんて、夢のまた夢。

絶望に座り込みそうになった。だがそんなわけにはいかない。座ってなどいられない。やらなきゃ。どれだけ難しそうでも、このドアを壊さなきゃ。そうでないと、満里奈が。満里奈が……

*

諏訪部は踵を返すと、階段に走った。爆発で火が回る。グズグズしていると自分も逃げられなくなってしまう。エントランス階に戻った。既に炎は高く舞い上がっていた。給湯室のドアは吹き飛び、周りにも燃え広がっていた。この分だと建物全体が燃え尽きるのも、時間の問題だ。

施設から駆け出し、車に滑り込んだ。これで始末したのは、三人。穂積と鴻池瑞稀と、奈津実だ——おっともう一人、子供もいたか。だがまだ終わらない。殺さねばならない奴が残っている。

車をスタートさせながら、プリペイド携帯を取り出した。戸田昭伸に掛けた。

「おぃ」相手は直ぐに出た。異変が生じた、と察したのだろう。「その電話は始末しておけ、と言った筈だぞ」

「大変なことが起こったんだ」更に言い募ろうとするのを、遮るようにして言った。焦りが声に現われるよう、気をつけた。「施設に、あの警部補が現われた」

「何だって」

「幸い、俺が上手いこと立ち回ってあの部屋に閉じ込めることに成功した。通信手段も奪った。だからちょっとの間なら、時間稼ぎができる」

「燃やしちまえ」昭伸は言った。あぁ確かにそいつが、真っ当な判断だろうよ。俺も実際には、そうした。「人目につかない施設だ。建物ごと焼き殺したって誰にも気づかれない。そうして焼け跡から死体を運び出せばいいんだ。生きたまま閉じ込めとくとあの刑事のことだ。何を始めるか分からんぞ。だからさっさとカタをつけちまえ」

「あぁそれも考えたよ。ただ一つ問題があるんだ。あの部屋には子供と、子守りの女も閉じ込められてるんだよ」

「何だって」

「仕方がなかったんだ。巡り合わせで。あの刑事を閉じ込めるには、そうするしかなかったんだ。だがあの子供だけは、死なせるわけにはいかん。そうだろ」

「あぁそりゃそうだ」即答だった。「子供だけじゃない。その子守り、の女も死なせるわけにはいかん」

「だろ。だからもう一度、ドアを開けて二人は出してやらなきゃならん。だが俺一人だけじゃ無理だ。警部補に対処しなきゃならん。助けが要る」

「分かった」迷ったのも一瞬、だった。さすがだぜ、エリート商社マンさんよ。大切な判断は即決。そうでなきゃビジネスの世界で、生きてなど行けないだろうさ。「俺が行く。ちょっと待っていてくれ」

通話を切った頃には目的の地点に着いていた。事前に周辺を調べて、御誂え向きな場所を見つけておいたのだ。あの保養施設に向かうには、この道を通って来るしかない。そして目の前のカーブを曲がって来るなら、この地点は完全な死角になる。車を一台、停められるスペースもあった。諏訪部は車をバックでその場所に収めた。背後は崖になっている。本当ならもうちょっと、弾みをつけるための距離が欲しいところだが贅沢も言っていられない。これ以上、退がったら後部が脱輪してしまう。

さして待つ必要もなかった。カーブを曲がってやって来る車があった。昭伸の乗る社用車だった。

諏訪部は車を急発進させた。こいつは軽自動車だから名前通り、軽い。だから目的の箇所に思い切り、正確にぶつけるしかない。

タイミングはドンピシャ、だった。諏訪部の車は昭伸の座っている、運転席の側面に力強くフロントを突っ込んだ。衝撃でドアが大きく凹む。進路を曲げられた社用車は道路脇の、立木に正面から激突した。エアバッグがステアリング・ホイールから飛び出し、大きく膨らんだ。

それは実は、こちらも同様だった。エアバッグに視界を塞がれ一瞬、前が見えなくなった。だがショックを吸収したら直ぐに萎む。フロントガラス前の光景が目に飛び込んで来た。

昭伸の車のエアバッグも萎んでいた。ただ彼の場合、衝撃を受けたのは横からだ。ドアは大きく歪み、彼の身体を挟み込んでいた。ガラスも砕けていた。横顔は、血塗れだった。

だがまだ、気を失ってはいなかった。さすがは鍛え上げた元フットボーラー。一発では気絶させるには足りなかったようだ。

気絶していればあの車の中を捜索し、スマホだけを取り上げて車内に火をつける積もりだった。炎はいい。何も彼も焼き尽くす。燃料のガソリンに火が回れば爆発し、後に余計な証拠になりそうなものも全て無効化してくれる。

それでもスマホだけは、幸運に頼るわけにはいかなかった。中のメモリが復元され、通話記録が蘇ったら第三者の関与が疑われてしまう。あのスマホだけは、現場に残して行くのはマズいのだ。焼いたからと言って安心はできない。

しかし昭伸に意識がある。これでは捜索はできない。反撃されたらこちらは、ただでは済まない。体力が違うのだ。所詮、普通の体格のライターでは元フットボーラーには敵うべくもない。

ただし、こっちには知恵がある。そいつでここまで生き延びて来た。そして、この先も……

諏訪部は車をいったんバックさせた。もう一度、同じところにぶつけてやればいくら昭伸でもお終いだ。気絶さえさせてしまえば後は、こちらの好きにできる。

血塗れの顔がこっちを向いた。何をしようとしているか、察したのだろう。恐怖が表情に浮いた。

そう。お前ももう終わりだ。

ビジネスの世界で生きて行く才覚はあったのかも知れないが、ちょっと勘違いしたらしいな。犯罪の世界に生きるには、また違う能力が要る。あんたは女にそそのかされ、来てはいけない領域に足を踏み入れちまったんだよ。そいつが命取りになった、ってわけさ。

37

げほげほっ、とせき込む声がした。

奈津実は戸惑った。咳。誰が？　満里奈じゃない。そもそも室内、すぐ背後から聞こえたのだ。

振り返った。穂積さんだった。ゆっくりと上半身を持ち上げていた。

でも、でも。その左胸には、ナイフが。

座り込んだまま、そのナイフを抜き取った。次いで背広の内ポケットから、何かを取り出した。「お守りだ」苦しそうな声で言った。「女房がいつも、近くの神社で買って来る奴だ。中には硬い木の板が入ってる。そいつが本当に、俺を守ってくれた」

ナイフはお守りの木の板に刺さり、穂積さんの身体に達してはいなかったのだ。そう言えば胸に深々と突き刺さっているのなら、もっと外に飛び出ている刃の部分は短くなっていた筈だった。動転していて、不自然さに気づいてはいなかった。それは恐らく、突き刺した犯人も。

はっ、と思い出した。慌てて、言った。「穂積さん、大変。犯人は建物に火をつけて行ったみたい。早くここから出ないと。満里奈も」

頷いて、穂積さんは立ち上がった。痛そうに胸に手を当てていた。刺し貫かれたわけではなくとも、強い力で突かれたのだ。衝撃はかなりのものだったろう。ちょっとの間気を失っていたくらいだ。もしかしたら肋骨に、ヒビでも入っているのかも知れない。倒れた時に打った後頭部も痛そうだった。

ドアに歩み寄って屈み込むと、戸板と枠とのすき間にナイフの先をこじ入れた。ごそごそ、と刃先を動かし始めた。

そうか。分かった。ドアは戸板の間から飛び出したラッチが、枠の穴に引っ掛かって閉まる。ノブはそのラッチを出し入れするためのものだ。だからノブがないこちら側からでは、開けることができなかった。

でもラッチはバネ仕掛けだから、何か薄く硬いものをこじ入れてやれば、戸板の中に押し込むことができる。そうすればドアが開く。

「くそっ」

なかなか上手くいかないようだった。穂積さんが苦しそうに息を吐いた。胸を強く突かれた衝撃は、そうとうに強かったのだろう。額の汗をぬぐった。

頑張って。胸の中で応援した。何とか、そのドアを開けて。そうでないと満里奈が。満里奈が……

「よしっ」

カチッ、と音がした。天国への門が開く音のように聞こえた。

ラッチを押し込んだまま上手くナイフに力を掛けて、ドアを内側に引いた。開いた。とたんに廊下の煙が、どっと室内に流れ込んで来た。

「伏せろっ」穂積さんが強い声で言った。「煙を吸うな。不完全燃焼で、一酸化炭素が生じている可能性もある。吸うと、脳が酸欠状態になって一瞬で気を失う」

聞いた覚えがあった。火事で本当に怖いのは煙だ、ということを。現在の建物は建材に様々な薬剤を使っているから、燃えると身体に毒となるガスを発することも多い。おまけに一酸化炭素を吸ってしまうと、脳に酸素が届かず動けなくなってしまう。そうして逃げることもできず、命を落とすのだ。焼け死ぬ前に、ガス中毒か酸欠で。

　だから穂積さんに言われるまま、両手を床に着いた。四つん這いになって廊下に出た。外に出たため満里奈の泣き声が、より大きくなって聞こえた。

　鴻池先生を助けている余裕はない。こちらが生きるか死ぬか、という瀬戸際なのだ。それに気絶している人間は重い。抱えたりなどしていたら、とても逃げられない。第一こっちは、四つん這いなのだし。

　穂積さんが一瞬、迷ったような仕種を見せた。でも奈津実が首を振ると、それはそうだというように頷いた。そもそも満里奈を殺そうとした女ではないか。胸の中で言い聞かせた。助けてもらう資格なんて、最初からない。

「あっちだ」

　エントランスに上がる階段とは逆側の、廊下の先だった。満里奈の泣き声はそちらから聞こえる。逃げ口から離れることになるが、そんなことを言ってはいられない。

　肘を突いて這っているため、速く動けない。でもそれも仕方がない。穂積さんが先になって、進んだ。苦しそうな息が聞こえた。やはり胸が痛いのだ。ただこんなところで、大丈夫ですかなんて訊いたって何にもならない。頑張って。胸の中で願うばかりだった。

　煙がみるみる増えていく。頭上に厚く垂れ込めたため、身体を更に低くしなければならなかった。匍匐前進のような格好だった。進むのはますます遅くなる。体力も費やす。上の階では物が崩れ落ちるような音が響いた。燃え落ちた何かが倒れたのだろう。

無理な体勢だったがようやく、泣き声の聞こえる部屋の前までたどり着いた。廊下の一番、奥の部屋だった。警部補だけではない。奈津実だってすっかり息が上がっていた。汗がいく筋もこめかみを流れ落ちた。

穂積さんが上半身を持ち上げて腕を伸ばした。ノブをつかんだ。ドアに鍵は掛かっていなかった。開けると二人、続けて中に転がり込んだ。素早くドアを閉めた。煙をこれ以上、室内に入れるわけにはいかない。満里奈が吸ってしまう。

部屋の真ん中にはベッドがあった。その上に座り込んで、満里奈が泣いていた。駆け寄って抱きしめた。「もう大丈夫よ。もう大丈夫」耳元で言い聞かせたが、効き目はなかった。無理もない。怖くて怖くて仕方がないのだ。パニックに陥っているようだった。

なだめている暇なんてない。それでも奈津実は、我が子を強く強く抱きしめてしまうのを止めることができなかった。私の可愛い満里奈。ヘタをしたらもう二度と、会えなくなってしまうところだった。再会できた。その奇跡を、抱きしめることで実感したかった。愛おしい子供の匂いが、鼻をくすぐった。それだけで幸せだった。

「この窓だ」穂積さんの言葉に我に返った。「廊下に戻って、階段を上がってはいられない。この分だと階上は火に覆われているし。煙も充満してとても逃げられない。ちょっと危ないがここから、飛び降りるしかない」

ドアの右手にある窓だった。廊下の突き当たりと同じ側面に位置する。見下ろすと、外は急な斜面になっていた。もともとこの建物は、渓谷に突き出した棚のような地形に建てられているのだ。崖にへばりつくようにして、下方に地階が伸びている。だから側面の窓からヘタに飛び出せば、崖の法面(のりめん)を滑り落ちることになる。

「大した高さじゃない。転がらないように気をつければ、下まで滑り落ちることもない」

確かに窓から斜面までの距離は、そう離れてはいなかった。あちらに向けて全力で飛びつけば、へばりつくことはできそうだ。急斜面と言っても垂直な崖というわけではない。角度のゆるい箇所も多い。岩の表面を土がおおって草も生えているので、転がり落ちさえしなければ何とかしがみつけそうだ。

「でも」

「子供は私が引き受ける。怖がるだろうが仕方がない。火が迫っているんだ。迷っている暇もない」

知らないおじさんに抱っこされたため、満里奈は更に火がついたように泣き出した。可哀想だが今は、そんなことを言っている余裕もない。

満里奈を胸に抱えたまま穂積さんは、窓枠によじ登った。泣きわめく子供を抱いているためバランスが取りにくそうだったが、ためらっているのも一瞬だった。意を決したように飛び出した。

子供に衝撃を与えないように穂積さんは、飛びながら宙で身をひねった。背中から斜面にぶつかった。同時に両足の踵を地面に突き立てた。滑り落ちないためのブレーキだった。

それでも落ちる速度がついている。身体、一つ分くらい斜面をずり落ちた。ただ、それだけだった。踵を斜面に押しつけて強く踏ん張ったため、そこで動きは止まった。ほっと息をついた。

「今の要領だ」窓から見下ろしている奈津実に顔を向けて、言った。満里奈を抱いているため手が使えない。背中の筋肉と足とを交互に使い、斜面を横にずれながら、だった。法面は土なので摩擦があり、そういう移動もできるようだった。同じように奈津実も飛び出せば、同じ場所に落ちてしまう。だからその前に、位置をずらしているのだ。「貴女は私みたいに、背中から落ちる必要はない。斜面に正面から飛びつくんだ。両手両足で崖にしがみつけば、さして滑り落ちることもない」

へっぴり腰になるのが一番、危ない。思い切って飛びつけ、と指示された。でもやっぱり、怖い。へっぴり腰になるな、なんて言われると逆に失敗しそうな感覚にとらわれてしまう。窓枠の上に何とか、立った。でもそこで、足がすくんだ。

「飛ぶんだ」警部補が怒鳴った。「でないと結局、あの女に負けたことになってしまうぞっ」

言葉に背中を突き飛ばされたようだった。奈津実は思い切り、窓枠を蹴っていた。

38

窓から飛び出し、斜面に取りついた戸田奈津実と共に崖を横に移動した。泣き叫ぶ子供を抱えながらだから苦労はあったが幸い、さして長距離を動く必要はなかった。崖下に降りる階段が斜面に設けてあったのだ。そこに辿り着けば、後は楽だった。施設の駐車場まで難なく上がることができた。

上がり切るとその場にへたり込んだ。さすがに体力の消耗は隠すべくもなかった。何度も繰り返すがもう若くはないのだ。おまけに胸を強く突かれ、酷く痛む。この分だと肋骨にヒビが入っているな、と察しがついた。

「ママー」穂積が子供を放すと、同じく座り込んでいる母親の胸に飛び込んで行った。戸田女史は我が子を固く抱き締めていた。それはそうだろう。つい今し方まで、生きるか死ぬかの瀬戸際だったのだ。助かった、という実感を子供を抱き締めることで味わっているのだろう。

穂積は座り込んだまま、燃え上がる建物を見詰めた。既に内部には完全に火が回っていた。あちこちの窓ガラスが割れ、中から炎が吹き出していた。もう少し遅れていれば自分達も、あれと一緒に焼かれている運命だった。

「もう少し、あっちに移りましょう」女史が立ち上がって、言った。駐車場の隅を指差した。「ここはまだ、熱いわ」

確かにまだ建物に近過ぎる。熱はここまで強く伝わって来る。子供に熱い思いをさせるわけにはいかない、と感じたのだろう。煙だって吸ってしまう。

母親は強い。子供のためなら無尽蔵の力が湧く。

穂積も立ち上がった。ただ、彼女とは別な力に衝き動かされたせいだった。刑事の本能。

「もうここにいれば安心だ」女史に声を掛けた。子供も漸く興奮が冷めて来たようだ。泣き方も一頃ほどではなくなっていた。「待っていて下さい。程なく、助けも来る」

「車で助けを呼びに行くんですか。それなら私達も一緒に乗せて下さい。こんなところに二人だけ、なんて嫌だわ」

「いや、その前に俺にはやることがある。犯人はあんたの旦那を途中で待ち伏せしている筈なんだ。彼まで殺して証拠を全て隠滅し、自分だけ逃げ延びる積もりだ。そうはさせない。必ず、阻止してやる」

返事ができないでいる女史を置いて、自車に歩み寄った。運転席に着くとエンジンを掛けてスタートさせた。山から施設へのアプローチを、逆走した。諏訪部武貞はこの先にいる。戸田昭伸を迎え討とうとしている。いやもう既に、仕留め終わってしまっているかも知れない。

山道なのでカーブが多い。頻繁にステアリングを切らなければならない。急いでいるが、思い切りアクセルを踏み続けるわけにはいかないのだ。ブレーキとハンドリング。次いでアクセル。その繰り返し。大きくステアリングを切る時は胸が痛んだ。やはりヒビが入っている。呼吸も苦しかった。煙を幾分かは吸ってしまったのだ。肺にもダメージがある。が、だからと言って躊躇ってはいられない。

諏訪部武貞。逃さない。奴を炙り出すため、これまでの全てがあったのだ。想定外の展開が重なったとは言え、奴を見つけ出すことには成功した。囮になってもらった戸田女史を危険な目に遭わせる羽目になったが、何とか無事に救い出した。

後はあいつを捕まえるだけだ。鴻池瑞稀も死なせた。諏訪部の思惑を叩き潰し、戸田昭伸を確保する。それで全ては終わる。危険な綱渡りを続けていたこの事件の捜査に、終止符が打てる。

やがて前方の視界が開けた。カーブの先で、路傍の立木に突っ込んでいる車が視界に飛び込んで来た。戸田昭伸の乗る社用車だ。木に突っ込んだフロントだけでなく、運転席側のドアも大きく凹んでいた。何が起こったのか。一目瞭然だった。

諏訪部だ。奴が言葉巧みに昭伸をここまで誘き出し、車で突っ込んだのだ。元フットボーラーの昭伸と正面、切って喧嘩はできない。普通の体格の諏訪部では簡単に負かされてしまう。だから車ごと攻撃して、まずは戦闘能力を奪う。そういう戦略。昭伸が気絶してしまえば後はどうとでもできる。

その諏訪部は車をいったん、後退させているところだった。最初の一撃で昭伸を完全に気絶させてしまうことはできなかった。だからもう一度、突っ込んでやろうというのだろう。間一髪、間に合った。もう一度、激突して昭伸を無力化させてしまえば、車に火でもつけて諏訪部はさっさと引き上げてしまうところだった。まだ俺にも、運が残っている。

運転席の諏訪部の顔がこちらを向いた。表情が映った。俺の登場を見て心底、驚愕していた。それはそうだろう。殺した積もりだったのに、生きていた。こうして反撃に出た。さすがに虚を突かれたのだろう。

穂積はステアリングを切った。フロントを諏訪部の車に向けた。同時にアクセルを踏み込んだ。昭伸への再攻撃はさせない。そいつは許さない。

衝撃が来た。フロントが諏訪部の車に突っ込んだのだ。だがエアバッグが膨らむ程ではない。そこまでショックは大きくない。そもそもこちらはそんなにスピードは出ていなかった。おまけに向こうは、バック中だった。互いのベクトルはほぼ、同じ。諏訪部も失神などしてはいなかった。それどころではない。車は更に大きく凹んだとは言え、奴は今の衝突では怪我すらしていないようだった。

もう一度、突っ込むか。しかしいったん後退などしていたら、奴に反撃のチャンスを与えてしまう。せっかく不意を突いたこちらの優位も、そいつで相殺されてしまう。

不意に思い至った。奴の思惑を妨害まではしたが、この後の捕獲は簡単ではない、ということに。奴を気絶でもさせない限り、車外に出て行って逮捕などとても無理、ということに。

俺はもう満身創痍だ。これまでのことで全身のあちこちにダメージがある。肋骨にヒビが入り肺も傷んでいる。諏訪部に力の限り反撃されれば、取り押さえることは難しかろう。攻撃を受け、さして抵抗もできずに逃がしてしまう恐れが高い。

それに、昭伸もいる。あちらも車を衝突させられたが、気を失ってはいない。奴も機を見て逃げようとするだろう。二人を同時に確保するのは不可能だ。ただでさえ難しいのに、俺は今は手負いと来ている。

諏訪部武貞。空き巣狙いというだけではない。冷酷な人殺しだ。望んだことではなかったとは言え、家に帰って来た笠木夫人を冷酷に手に掛けた。夫人だけではない。これまで何人も、命を奪っている。穂積の調べがついただけでもう一件、殺人が起こっているのだ。実際にはもっと大勢、犠牲者がいることだろう。

本来ならばちゃんと取り調べ、全ての罪を白状させたかった。公の法廷に引き摺り出してやりたかった。

だが今の俺には、無理だ。ならばできることは、一つしかない。どうせ裁判の場に引っ張って行っても、最終的に判決は死刑以外あり得ないのだ。ならばその執行は、俺がこの手でやってやる。

諏訪部の顔が恐怖に凍りついた。俺が何をやろうとしているか。表情から察したのだろう。そう、その通り。お前の推察は、正しい。

諏訪部の車にフロントを突っ込んだまま、穂積はアクセルを踏み込んだ。あいつの背後は直ぐ崖だ。このまま押してやれば、転落するしかない。

諏訪部はギアを前進に切り替え、アクセルを踏んだ。車を前に出そうとした。

だが奴の車は、軽だ。こちらの方がずっと重い。おまけにそれまでバックしていたため今更、前進しようとしても弾みがついていない。タイヤが地面を上手く噛まない。一方、こっちには慣性がついている。

　穂積は更にステアリングを切った。確実に諏訪部の車を背後に落とす角度に、だった。同時にアクセルを踏み込んだ。

「止(や)めろ」諏訪部が叫んだ。実際には声は聞こえない。車がぶつかり合い、エンジンを吹かし合っているため人の声なんか聞こえやしない。それでもフロントガラスに見える奴の口の動きから、何と言っているかははっきりと分かった。「止(や)めてくれ」

　死にたくないか。あぁその気持ちは分かる。誰だって死にたくはない。

　だがお前に抗う資格はない。その手に掛けられて来た犠牲者が、もし同じように冀(こいねが)ったとしてもお前はそれを聞いてやったか。聞きやすまい。だから自分が同じような目に遭わされても、文句は言えないのだ。

「死ね、畜生め」

　穂積は更にアクセル・ペダルを踏んだ。諏訪部の車が後退した。「止(や)めてくれ、頼むっ」フロントガラスの中で、奴は絶叫した。既に後輪は崖の外に飛び出していた。車は大きく背後に傾いでいた。

　その角度が更に大きくなった。と思った次の瞬間、車は視界から消えた。崖から転げ落ちて行った。車体があちこちにぶつかる音が大きく響いた。最後に巨大な爆発音。衝撃でガソリンに火がついたのだろう。ここからは見えないが、崖を火の玉が落ちて行く様が脳裡に浮かぶようだった。

やった。穂積はステアリングに額を載せ、大きく息を吐いた。とうとうこの手で、人の命を奪ってしまった。先程、鴻池瑞稀をも死なせたがあれは火の中に放置しただけだった。助ける気もなかったが、実際にこの手で息の根を止めたわけではない。が、今のは違う。はっきりと殺意を持って、死なせた。刑事生活の最後にとうとう、俺はこの手を血に染めてしまったのだ。

だからと言って後悔はない。罪悪感もない。あんな奴、殺されて当然の報いだ。悔いが残るとすればただ一つ。生かしたまま取り調べて、これまでの罪を全て白状させられなかった。そいつだけは心残りだった。

と、衝撃が来た。一瞬、何が起こったのか分からなかった。

振り返って、悟った。戸田昭伸。奴が車を転進させて、襲い掛かったのだ。こちらの車にぶつけて来た。諏訪部にやられたのと同様、こちらの運転席にフロントを突っ込んで来たのだった。

ドアが大きく凹んだ。足が挟み込まれた。くそっ、抜き取れない。アクセルにもブレーキにも足が載せられない。反撃に出ようにも、何もできない。

もう一度、ショックが来た。ドアが更に歪み、身体を動かせる余地も殆どなくなった。頭を強く揺さぶられ、意識が遠退きそうになった。

諏訪部のように俺も、車もろとも崖から落としてやろうというのだろう。奴の意図は、明らかだった。が、何もできない。歪んだドアに挟まれ、身体が動かせない。おまけにこの体勢では、奴に崖から突き落とされる以外にない。諏訪部を落とすため既に、崖の間際までフロントを突き出していたのだ。そこにぶつけられたため、更に崖の方に押し出されている。既に左の前輪は、中空に飛び出ている。

衝撃で額のどこかが切れたらしい。血が流れ落ち、眼に入った。視界が真っ赤に染まった。

もう一度、突っ込まれれば俺も落ちてしまう。悟った。諏訪部の後を追う運命か。それが俺の死に様だったとはな。

もう一度、来られれば終わりだ。覚悟した。

が、来なかった。

何があった。訝った。いったい奴、何をしている。

身体が殆ど動かせない。それでも必死で首を捻り、背後を見た。ヒビだらけのガラスの外に視線を飛ばした。

戸田昭伸は車外に出ていた。正確に言うと命じられ、引き出されていた。

他にも人影が二つ、あった。昭伸に両手を車に突かせ、身体を叩いて所持品検査をしていた。私服警官だ。検査が終わると昭伸に両手を後ろに回させ、手錠を嵌めた。

　戸田女史が警察に通報したのだろうか。だが、どうやって。スマホはない。彼女のは昭伸に川に捨てられたらしいし、自分のはあの燃える施設に残して来た。通信手段は、なかった筈なのだが。

　ガラスがヒビだらけで、警官の顔が分からない。内の一人が、こちらに歩み寄って来た。

　ドアを開けようとした。が、開かない。大きく歪んでいるため、開閉不可能になっているのだ。反対側は崖に突き出しており、人一人も回り込むことができない。

「穂積さん」話し掛けて来た。「大丈夫ですか。このドアは、切断して開けるしかない。今、救助隊を呼んだ。間もなく到着します。だからそれまで、もうちょっと我慢していて下さい」

　声で分かった。特捜班のデスク、轟木だった。もう一人は足立班長のようだった。

　助かった、何とか。辛うじて生き延びた。悟ると同時に、穂積の意識は空に吸い込まれて行った。

39

「班長らは俺の車に発信機を仕掛けていたらしい」穂積警部補は言った。ベッドに上半身を起こし、口元に皮肉な笑みを浮かべていた。その顔の半分は包帯に包まれていた。他にも全身のあちこちに包帯が巻かれていた。「信用のないことだぜ、全く。もっとも自分をそういう立場に追い込んだのは、他ならぬ俺自身なんだけどな」

中野の警察病院だった。犯人の車を崖の下に落とし、自分も昭伸に落とされそうになった警部補は仲間が救援に駆けつけてくれ、何とか九死に一生を得た。とは言え、あちこちを怪我していた。その前にも犯人に胸を突かれていたし、煙を吸って肺も傷めていた。そんなこんなで車から助け出された直後に近くの病院に搬送され、その後こちらに移されたのだ。

仲間がどうして救援に駆けつけることができたのか。その理由として、車に発信機をつけられていたと警部補は奈津実に説明したのだった。

「俺は〝一匹オオカミ〟の〝見立て屋〟だ。自分の〝見立て〟に従って、一匹で動く。周りも半ば、黙認していた。だが今回ばかりはかなり危険な賭けだった。班長達も、危ない橋を渡ろうとしていると薄々察していたらしい」

いったい何をしようとしているのか。探ろうという班長らの意図が節々で感じられたらしい。でも警部補は〝一匹オオカミ〟として長い。生半可なことでは尻尾をつかませない。だから班長達は、警部補の車に発信機を取りつけた。動きを追うことで、何を企んでいるのか知ろうとした。結果的にはそれが、警部補の命を救うことになった。

「危険な賭け」奈津実は言った。口にすることで、実感できた。「それはつまり、私を囮にして犯人をおびき出すことだったんですね」

警部補は頷いた。「あの事件に目撃者がいると知れば、犯人は動き出す。見張っていれば必ず、こっちの網に引っ掛かる。そいつを待つ作戦だった。もっともそんな計画、捜査本部に諮ってOKが出るわけがない。俺一人の判断で動くしかなかった」

「おかげで」とたんに怒りが湧いた。実際に口にしたことで、心に触れた面も大きかったのかも知れない。「おかげで私たち家族を、危険にさらした。子供までも」

「あぁ、そいつはすまなかった。率直に謝るしかない」ただ、と続けた。「ただあんたの旦那とあの女が、あそこまで策謀をめぐらせてるとは想像もしてなかったんだ。あいつらはあいつらで勝手に、あんたの周辺を探って離婚に有利になるよう図ってるだけだと踏んでいた。まさかあの犯人まで突き止めて接触し、あんたの命を奪おうとするとは思ってもいなかった」

それは、そうだ。昭伸達がこの件に関わっておらず、犯人だけだったらことはずっと単純だった。警部補は目撃者がいると情報を流した上で、妙な動きを示す者がいないか気をつけていればよかった。奈津実らがこんなに危険な目にあうこともなかっただろう。犯人が網に飛び込んで来て、一件落着。

今の話でもう一つ、聞き逃してはならない点がある。昭伸達が奈津実を監視していると、警部補はとっくに知っていたということだ。指摘すると穂積さんは、あぁその通りだとこれも素直に頷いた。

「早くから分かってたさ。あんたが最初に相談に来てすぐからね。あんたは何も目撃なんかしちゃいない。ただ警察を利用して旦那の動きをキャッチさせ、離婚を有利に持って行くことが目的だった。態度を見てりゃ何か変だなと気がつくし、ちょっと周辺を探ってみたらあんたが離婚調停中だってこともすぐに分かる」

「なのに、知らん顔を続けた」あぁ、と認めた。「私を囮として利用するために」あぁ、とこれも認めてから警部補は切り出した。

「はっきり言って、腹が立ったのは事実だよ。こいつめ、警察を利用なんかしやがって。そんならこっちだって考えがある。逆にそいつを利用させてもらう。まぁ子供じみてる、って言われりゃぁその通りなんだろうがね。そんな思いが裏にあったのは確かだよ」

「自業自得、って言いたいわけですか。私がよけいなことをしたから、こんな目にあったんだ、って」

「そこまでは言わない。ただ結果論から言やぁ、俺が罠を仕掛けるまでもなくあんたは危険な目にあわされる運命だった。旦那やあの女が犯人を利用して、あんたを亡き者にしようとしていたんだからな」

考えてみれば、そうだ。そして私が警部補を巻き込んでなかったら、昭伸達の計画は上手くいっていた可能性が高い。警部補が私の計画を逆利用し、事件に関わったからこそあいつらの思惑を阻止することもできたのだ。警察に相談するという私の計画は、回り回って自分の命を救ったことになる。満里奈の命をも。結果論として私の動きは、正しかったのだ。

「あの事件に目撃者がいる。本来ならその情報を流してしばらく経ってから、犯人は動き出す筈だった。なのに見ていると、どうも妙だと気がついた。犯人の動きが早過ぎる。これは誰か、情報を流した奴が他にいるなと分かった。そうして周囲を調べ直して、全体の構図が見えて来た。実はあの女が黒幕だった、という構図が、ね」

先ほどの怒りが急速に冷めていた。私の思惑くらいこの人には、最初からお見通しだった。言われてみればこれまで、それらしい反応がちょくちょくあったのだ。知った上で放ったらかしにされた。私は一人相撲をとっていただけだった。自分だけ、何も知らず。でも繰り返すが結果的に、おかげで私は助かったのだ。何だか不思議な感じがした。

「それで」質問を換えた。「これから、どうなるんです」

首謀者の二人は死んだ。でも昭伸は生きている。怪我を負ったため入院しているが、意識ははっきりしているので病室で取り調べは進んでいるらしい。回復すれば改めて勾留され、裁判に掛けられることになるだろう。

「素人の女性を囮に使い、犯人をおびき出そうとした。何とか女性を助けることはできたが、首謀者二人を死なせることになってしまった。俺一人の勝手な暴走とはいえ、警察のしでかしたことだ。大失態だ。そいつを許した上司の監督責任も問われる。つまり真相は決して、表に出すわけにはいかない」

だから無難なシナリオが書かれる筈だと警部補は言うのだった。昭伸達が何らかの形で、犯人を知った。そのことを元に脅迫した。しかし仲間割れが起こり、関係者の内二人が死ぬことになった。外部の目撃者はいないのだ。警察につごうのいいストーリーはいくらでもひねり出せる。

昭伸もそいつを飲むだろう、とも語った。事件を主導したのは死んだ二人。責任は死人におっかぶせて、自分は従犯として協力しただけということにすれば罪状もかなり軽くて済む。だからこのストーリーに従った証言で押し通せ、と警察も迫る筈だと言うのだった。刑事を車ごと崖から落とそうとした、なんて犯行もなかったことにしてやるから、と。自分に有利になるのだ。飲まないテはない。かくして裁判は、警察につごうのいいシナリオに沿って進行する。結審し、これが真相として歴史に残される。

「笠木夫人を殺したのは諏訪部。そこのところは動かない。奴の家を家宅捜索して他の犯行の証拠も続々、上がっているようだからな。そっちが奴の仕業であることは間違いない。問題は最後に何があったのか、だけなんだよ。何で犯人や女が死ぬことになったのか。そこだけは辻褄を合わせておかなきゃならない。あくまで警察にとっては、の話なんだがね」

「つまり、私の存在なんかなかったことにされる」

またも頷いた、大きく。「あの事件に目撃者なんていなかった。それはまぁ、事実そうだったんだけどね。こっちがあんたのガードなんかもしなかった。言うまでもなくあんたは、房総半島のあの施設にも行ってなどいない。この件に一切、関わってはいない。愛人と一緒に犯人を脅迫しようとしたのがたまたま、離婚調停中の夫だった、というだけでね。それ以外は一切、無関係で無害な一女性に過ぎない」

「警部補の介入も」

今度は頬を歪めて笑った。「それこそ絶対に表に出すわけにはいかない。最大のアンタッチャブルだ。だから外向きには今、言ったようなストーリーで裁判が進行し、俺は人知れず警察から外される。いわゆるクビ、だ」

「だってこの事件を解決した、最大の功労者なのに」

「俺に不満はないよ。後悔もない。あのクソ野郎を炙り出し、罪を償わせたというだけで満足だ。その過程を人にも知って欲しいなんて金輪際、思いもしないね」
「でももう、警察にもいられなくなるんでしょう」
「どうせそろそろ、定年だったんだし、な」ハハッ、と今度は声を出して笑った。
「最後に事件を解決することができた。極悪人に罪を償わせた。何人も人を殺してい
るようなクソ野郎に、な。それだけで俺は満足だよ。ラストをいい形で締めくくるこ
とができた。最高の刑事人生と言えるんじゃないのかな」それに、とつけ加えた。
「それに案外、いい再就職先を差し出してくれるかも知れんぞ。黙っているご褒美、
という意味でな。とにかく警察は、不祥事を何よりも嫌う。黙って言うことを聞いて
いる限り、エサだってくれる。そういうところさ」
もしいい再就職先を差し出されたとしても、この人はそこには行かないだろうな。
何となく、分かった。〝一匹オオカミ〟。自分で言った通りだ。世間に対してよけいな
口を開くことはない。ただ、上に唯々諾々と従うこともしない。そういう人だ。やっ
かいな組織から解放されたのをいいことに、これからは自分の人生を生きて行くこと
だろう。これまでもそうだったのだろうが、これからは、もっと、ずっと。
「あんたも、だぞ」指差された。「黙ってじっとしていれば、いい。警察は放ってお
いてくれる。だが妙な道徳心を発揮して、告発なんかしたら命取りだ。この裁判はお
かしい。実際にあったのはこういうことだ、なんて世間に訴えたりなんかしたら、

な。警察はありとあらゆる手段を使って、あんたを妨害する。つぶそうとする。こいつは嘘八百を並べ立てる妄想癖の持ち主だ、などと人格攻撃までして、な。そういうことすらやりかねないところさ」

誰かが私を監視している。どうやらあの犯人らしい、と警察に相談に行ったのは事実なのだ。〝前科〟がある。そこのところを膨らまされれば、「妄想女」なんてレッテルを貼るのは容易だろう。番記者を使って悪評を流すくらい、簡単なことなのだろう、警察なら。

「そんなつもりはありません」奈津実は言った、きっぱりと。「せっかくようやく、静かな暮らしを手に入れられたんですもの。よけいなことをして、台なしにする気なんてありません」

「あぁ、俺もその方がいいと思うよ」警部補は言った。「黙っていれば、放っておいてくれる。刑期を終えて出て来た旦那が何かしようとしたとしても、守ってくれるかも知れんぞ。沈黙を続けたご褒美としてな。警察は上手く使うことだ。あんたが最初に相談に来た時のように、な」

ウィンクした。思わず奈津実は、ぷっと吹き出してしまった。どうにも憎めない。そういうものを持っているのだ、この人は。だからこそ〝一匹オオカミ〟の〝見立て屋〟なんて生き方も許されたのかも知れない、警察というがんじがらめの組織にあっても。

「もうすぐ女房が来る」時計を見て、警部補は言った。「あのお守りで、俺の命を救ってくれた女房だ。だから」

「ええ、分かります」今度は奈津実が頷く番だった。「そろそろ、帰ります」

「あぁ、そうだな」

この人と会うことは二度とない。だからその奥さんという人とも、会わない方がいい。話が弾み、別れるのが辛くなってしまいそうだからだ。こいつは私と満里奈の命を危険にさらした男じゃないの。無理にでも恨みを抱いて、この場をさっさと引き上げた方がいい。

「それじゃ、警部補。お大事に」

「あぁ。あんたもお達者で、な」

病院の建物を出た。駐輪場に停めてあった自転車にまたがった。もう背後を気にする必要はない。私を尾行する者なんて、どこにもいない。

黙ってじっとしていれば警察も放っておいてくれる。穂積警部補の言葉を思い出した。あぁその通りだろう、と思えた。でも妙な道徳心を発揮して、告発なんかしたら命取りだ。警察はありとあらゆる手段を使って妨害する。監視もきっと、ずっと張りつくことだろう。

あぁ、ブルブル。やっと監視者の存在を排除したのだ。個人でさえやっかいだったのに、警察という組織が敵に回ったら、どうなることか。対処なんてできるわけがない。おまけに助けてくれる穂積さんも、もういない。

そんなつもりはありません。自分で言った通りだった。望みに望んだ、静かな暮らしをようやく手に入れたのだ。多少、事実とは違った方に裁判が動いたからと言って告発する気なんてない。満里奈と母親、女三人の平穏な生活を大切にする。何よりも心休まる、日常を。間違っても警察に関わることなんてない、普通の日々を。

さぁ、明日もまた担当エリアを回らなければならない。一件一件、回って各戸の電気メーターを読み、ハンディ・ターミナルに打ち込む。料金の算出された検針票を郵便受けに突っ込む。時には犬に吠えられたり、わがままなお客に悩まされたりしながら。

でもイヤなことばかりではない。何より地域の人達との触れ合いがある。鏑木さんのように月に一度、私が来るのを楽しみに待ってくれている人だっている。それで十分、心豊かな毎日ではないか。

奈津実は自転車をこいで走り出した。病院の敷地を出た。肌をなでる風が気持ちいい。秋がもう、空のすぐ向こうまで来ていた。

初出
電気新聞　二〇一七年十一月一日～二〇一九年三月六日
本書は二〇一九年五月、小社より単行本として刊行されました。

|著者| 西村 健　1965年福岡県福岡市生まれ。6歳より同県大牟田市で育つ。東京大学工学部卒業。労働省（現・厚生労働省）に入省後、フリーライターになる。1996年に『ビンゴ』で作家デビュー。その後、ノンフィクションやエンタテインメント小説を次々と発表する。2005年『劫火』、2010年『残火』でそれぞれ日本冒険小説協会大賞を受賞。2011年『地の底のヤマ』で第30回日本冒険小説協会大賞、翌年、同作で第33回吉川英治文学新人賞、2014年『ヤマの疾風』で第16回大藪春彦賞を受賞する。著書に『光陰の刃』『激震』「博多探偵シリーズ」など。

目撃

西村 健

講談社文庫

定価はカバーに
表示してあります

2021年5月14日第1刷発行

発行者――鈴木章一
発行所――株式会社　講談社
東京都文京区音羽2-12-21　〒112-8001
電話　出版（03）5395-3510
　　　販売（03）5395-5817
　　　業務（03）5395-3615

Printed in Japan

デザイン―菊地信義
本文データ制作―講談社デジタル製作
印刷―――豊国印刷株式会社
製本―――加藤製本株式会社

ISBN978-4-06-523461-7

講談社文庫刊行の辞

二十一世紀の到来を目睫に望みながら、われわれはいま、人類史上かつて例を見ない巨大な転換期をむかえようとしている。

世界も、日本も、激動の予兆に対する期待とおののきを内に蔵して、未知の時代に歩み入ろうとしている。このときにあたり、創業の人野間清治の「ナショナル・エデュケイター」への志を現代に甦らせようと意図して、われわれはここに古今の文芸作品はいうまでもなく、ひろく人文・社会・自然の諸科学から東西の名著を網羅する、新しい綜合文庫の発刊を決意した。

激動の転換期はまた断絶の時代である。われわれは戦後二十五年間の出版文化のありかたへの深い反省をこめて、この断絶の時代にあえて人間的な持続を求めようとする。いたずらに浮薄な商業主義のあだ花を追い求めることなく、長期にわたって良書に生命をあたえようとつとめるところにしか、今後の出版文化の真の繁栄はあり得ないと信じるからである。

同時にわれわれはこの綜合文庫の刊行を通じて、人文・社会・自然の諸科学が、結局人間の学にほかならないことを立証しようと願っている。かつて知識とは、「汝自身を知る」ことにつきていた。現代社会の瑣末な情報の氾濫のなかから、力強い知識の源泉を掘り起し、技術文明のただなかに、生きた人間の姿を復活させること。それこそわれわれの切なる希求である。

われわれは権威に盲従せず、俗流に媚びることなく、渾然一体となって日本の「草の根」をかたちづくる若く新しい世代の人々に、心をこめてこの新しい綜合文庫をおくり届けたい。それは知識の泉であるとともに感受性のふるさとであり、もっとも有機的に組織され、社会に開かれた万人のための大学をめざしている。大方の支援と協力を衷心より切望してやまない。

一九七一年七月

野間省一

古井由吉
東京物語考
解説=松浦寿輝　年譜=著者、編集部

徳田秋聲、正宗白鳥、葛西善藏、宇野浩二、嘉村礒多、永井荷風、谷崎潤一郎ら先人たちが描いた「東京物語」の系譜を訪ね、現代人の出自をたどる名篇エッセイ。

ふA13
978-4-06-523134-0

古井由吉
詩への小路　ドゥイノの悲歌
解説=平出 隆　年譜=著者

リルケ「ドゥイノの悲歌」全訳をはじめドイツ、フランスの詩人からギリシャ悲劇まで、詩をめぐる自在な随想と翻訳。徹底した思索とエッセイズムが結晶した名篇。

ふA11
978-4-06-518501-8

講談社文庫　目録

西村京太郎　函館駅殺人事件
西村京太郎　内房線の猫たち〈異説里見八犬伝〉
西村京太郎　東京駅殺人事件
西村京太郎　長崎駅殺人事件
西村京太郎　十津川警部　愛と絶望の台湾新幹線
西村京太郎　西鹿児島駅殺人事件
西村京太郎　札幌駅殺人事件
西村京太郎　十津川警部　山手線の恋人
西村京太郎　仙台駅殺人事件
仁木悦子　猫は知っていた
新田次郎　新装版　聖職の碑
日本文芸家協会編　愛　染　夢　灯　籠〈時代小説傑作選〉
日本推理作家協会編　犯人たちの部屋〈ミステリー傑作選〉
日本推理作家協会編　隠　さ　れ　た　鍵〈ミステリー傑作選〉
日本推理作家協会編　Play　推理遊戯〈ミステリー傑作選〉
日本推理作家協会編　Doubt　きりのない疑惑〈ミステリー傑作選〉
日本推理作家協会編　Bluff　騙し合いの夜〈ミステリー傑作選〉
日本推理作家協会編　Propose　告白は突然に〈ミステリー傑作選〉
日本推理作家協会編　Acrobatic　物語の曲芸師たち〈ミステリー傑作選〉

日本推理作家協会編　ベスト8ミステリーズ2015
日本推理作家協会編　ベスト6ミステリーズ2016
二階堂黎人　増加博士の事件簿
二階堂黎人　ラ　ン　迷　宮〈二階堂蘭子探偵集〉
新美敬子　猫のハローワーク
新美敬子　猫のハローワーク2
西澤保彦　新装版　七回死んだ男
西澤保彦　人格転移の殺人
西澤保彦　麦酒の家の冒険
西澤保彦　新装版　瞬間移動死体
西村　健　ビ　ン　ゴ
西村　健　地の底のヤマ(上)(下)
西村　健　光陰の刃(上)(下)
楡　周平　陪　審　法　廷
楡　周平　宿　命(上)(下)〈ワンス・アポン・ア・タイム・イン・東京〉
楡　周平　血　戦〈ワンス・アポン・ア・タイム・イン・東京2〉
楡　周平　修　羅　の　宴(上)(下)
楡　周平　レイク・クローバー(上)(下)
西尾維新　クビキリサイクル〈青色サヴァンと戯言遣い〉

西尾維新　クビシメロマンチスト〈人間失格・零崎人識〉
西尾維新　クビツリハイスクール〈戯言遣いの弟子〉
西尾維新　サイコロジカル(上)〈兎吊木垓輔の戯言殺し〉(下)〈曳かれ者の小唄〉
西尾維新　ヒトクイマジカル〈殺戮奇術の匂宮兄妹〉
西尾維新　ネコソギラジカル(上)〈十三階段〉
西尾維新　ネコソギラジカル(中)〈赤き征裁vs.橙なる種〉
西尾維新　ネコソギラジカル(下)〈青色サヴァンと戯言遣い〉
西尾維新　ダブルダウン勘繰郎　トリプルプレイ助悪郎
西尾維新　零崎双識の人間試験
西尾維新　零崎軋識の人間ノック
西尾維新　零崎曲識の人間人間
西尾維新　零崎人識の人間関係　匂宮出夢との関係
西尾維新　零崎人識の人間関係　無桐伊織との関係
西尾維新　零崎人識の人間関係　零崎双識との関係
西尾維新　零崎人識の人間関係　戯言遣いとの関係
西尾維新　xxxHOLiC　アナザーホリック　ランドルト環エアロゾル
西尾維新　難　民　探　偵
西尾維新　少　女　不　十　分
西尾維新　本　題〈西尾維新対談集〉

花村萬月 續信長私記
畑村洋太郎 失敗学のすすめ
畑村洋太郎 失敗学実践講義〈文庫増補版〉
はやみねかおる そして五人がいなくなる〈名探偵夢水清志郎事件ノート〉
はやみねかおる 都会のトム&ソーヤ(1)
はやみねかおる 都会のトム&ソーヤ(2)〈乱! RUN! ラン!〉
はやみねかおる 都会のトム&ソーヤ(3)〈いつになったら作戦終了?〉
はやみねかおる 都会のトム&ソーヤ(4)〈四重奏〉
はやみねかおる 都会のトム&ソーヤ(5)〈IN塀戸〉(上)(下)
はやみねかおる 都会のトム&ソーヤ(6)〈ぼくの家へおいで〉
はやみねかおる 都会のトム&ソーヤ(7)〈怪人は夢に舞う〈理論編〉〉
はやみねかおる 都会のトム&ソーヤ(8)〈怪人は夢に舞う〈実践編〉〉
はやみねかおる 都会のトム&ソーヤ(9)〈前夜祭 内人side〉
はやみねかおる 都会のトム&ソーヤ(10)〈前夜祭 創也side〉
服部真澄 クラウド・ナイン
原 武史 滝山コミューン一九七四
濱 嘉之 警視庁情報官〈シークレット・オフィサー〉
濱 嘉之 警視庁情報官 ハニートラップ
濱 嘉之 警視庁情報官 トリックスター
濱 嘉之 警視庁情報官 ブラックドナー
濱 嘉之 警視庁情報官 サイバージハード
濱 嘉之 警視庁情報官 ゴーストマネー
濱 嘉之 警視庁情報官 ノースブリザード
濱 嘉之 オメガ 対中工作
濱 嘉之 ヒトイチ 警視庁人事一課監察係
濱 嘉之 ヒトイチ 画像解析〈警視庁人事一課監察係〉
濱 嘉之 ヒトイチ 内部告発〈警視庁人事一課監察係〉
濱 嘉之 カルマ真仙教事件(上)(中)(下)
濱 嘉之 新装版 院内刑事
濱 嘉之 新装版 院内刑事〈ブラック・メディスン〉
濱 嘉之 院内刑事〈フェイク・レセプト〉
濱 嘉之 院内刑事 ザ・パンデミック
馳 星周 ラフ・アンド・タフ
畠中 恵 アイスクリン強し
畠中 恵 若様組まいる
畠中 恵 若様とロマン
葉室 麟 風渡る
葉室 麟 風の軍師〈黒田官兵衛〉
葉室 麟 星火瞬く
葉室 麟 陽炎の門
葉室 麟 紫匂う
葉室 麟 山月庵茶会記
葉室 麟 津軽双花
長谷川 卓 嶽神〈上・白銀渡り〉〈下・湖底の黄金〉
長谷川 卓 嶽神伝 無坂(上)(下)
長谷川 卓 嶽神伝 孤猿(上)(下)
長谷川 卓 嶽神伝 鬼哭(上)(下)
長谷川 卓 嶽神列伝 逆渡り
長谷川 卓 嶽神伝 血路
長谷川 卓 嶽神伝 死地
長谷川 卓 嶽神伝 風花(上)(下)
原田マハ 夏を喪くす
原田マハ 風のマジム
原田マハ あなたは、誰かの大切な人
羽田圭介 コンテクスト・オブ・ザ・デッド
花房観音 恋塚
畑野智美 海の見える街

2021年3月12日現在